달
그늘
아래
부서진
각인

달 그늘 아래 부서진 각인 1

2024년 7월 17일 초판 1쇄 인쇄
2024년 7월 22일 초판 1쇄 발행

지은이 무 연
발행인 김관영

기획 편집 주종숙 김유니
마케팅 지원 유형일 장민정

발행처 (주)로크미디어
출판등록 2003년 3월 24일
주소 서울특별시 마포구 마포대로 45 일진빌딩 6층
편집 문의 (02)6365-5170 **구입 문의** (02)3273-5134
홈페이지 rokmedia.com
E-mail romance@rokmedia.com

달 그늘
아래
부서진
각인

上

무연 장편소설

ROCODO

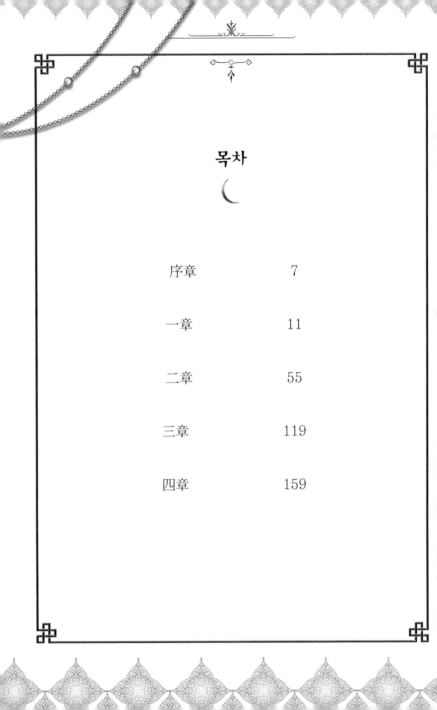

목차

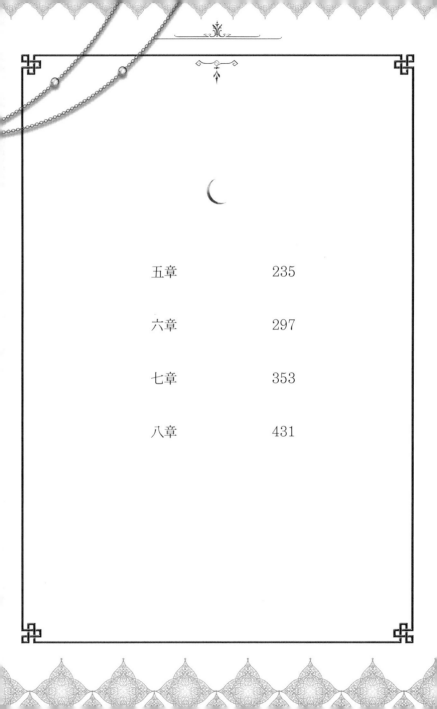

序章

소리 없이 내리는 눈이 땅에 소복하게 쌓였다.

바람이 불자 저택의 지붕에 매달려 있던 작은 종에서 나는 소리가 공허한 공터에 나지막이 울렸다.

그리고 그 공터의 가운데에 젊은 사내가 서 있었다.

그가 내뿜는 분위기는 시선만으로도 사람을 베어 버릴 것처럼 날카로웠지만, 군살 없이 단단한 체격과 흠잡을 곳 없이 또렷한 이목구비는 그 모든 것을 감당할 유혹이 들 정도로 끌어당기는 매력이 있었다.

"폐하."

얼굴까지 완전히 가린 인영이 기척도 없이 사내의 뒤로 다가왔다. 낮은 목소리에 놀랄 법도 했지만, 사내는 미동조차 없었다.

인영의 눈이 사내의 어깨에 내려앉는 눈을 불안하게 쳐다보았다.

"폐하. 이곳의 주지가 쉬실 자리를 마련하였다고 합니다."

머리와 어깨에 쌓인 눈도, 은근히 불어오는 차가운 바람도 느끼지 못하는 것처럼 사내의 눈은 정면에 굳게 닫힌 문을 하염없이 노려보고 있었다.

눈빛에서 고스란히 느껴지는 광기에 고하던 인영이 결국 뒤로 물러났다.

굳게 닫혀 있던 문이 열리며 소복에 긴 머리를 한쪽 어깨로 내린 여인이 맨발로 방 밖으로 걸어 나왔다.

"그렇게 계셔도 돌아가지 않습니다. 이만 황궁으로 돌아가십시오."

단호한 거절에도 사내는 전혀 흔들림이 없었다. 사내의 눈이 밖에 나와 있는 여인의 파리해진 얼굴과 소복을 입은 작은 체구와 마지막으로 아직도 피가 배어 나오는 붕대가 감긴 손을 향했다.

손만의 상처는 아니었던 듯 소매 아래로 보이는 얇은 팔목 곳곳에도 깊고 얕은 상처가 가득했다.

"돌아가자."

여인의 말 따위 듣지 않은 것처럼 사내의 말은 간결하고 단호했다.

사내의 말에서는 거스를 수 없는 무게감이 느껴졌고, 약한 마음을 교묘하게 파고드는 호소력이 있었다.

거짓말.

여인의 마음 깊숙이 감춰 놓은 진심을 흔들고, 이 상황을 힘들어하는 여인을 현혹하려는 위험한 속삭임이었다.

처음부터 제 삶이 지옥이 될 거라는 걸 알면서도 선택했었던 길.

하지만 이제 그것도 끝이었다.

"이제 끝났습니다."

그녀에게 남은 것이라고는 살아남은 몸뚱이 하나뿐이었다. 빛을 잃은 눈이 제 왼손을 보았다.

자신은 최선을 다했고, 더는 제 삶을 붙잡으며 버틸 이유가 사라졌다.

"이곳에서 조용히 여생을 살다가 가겠습니다."

그 끝이 얼마나 길지 알 수 없었지만, 이제 남은 약조라고는 그것뿐이었다.

"제 결심은 바뀌지 않으니 이만 황궁으로 돌아가십시오."

"네가 가지 않으면 이곳을 불태우겠어."

몸을 돌려 방으로 들어가려던 여인의 걸음이 멈추었다. 여인의 눈에 짧게나마 적의가 보였던 것도 찰나 차분하게 가라앉은 눈이 사내와 시선을 마주했다.

"그럼 그 불에 저도 죽겠습니다."

사내의 눈에 은은하게 서려 있던 살기가 소름 끼치도록 무섭게 바뀌었다.

차분하게 가라앉았던 사내의 분위기는 이제 마주하는 것만으로도 고통스러울 정도로 끔찍하게 뒤틀렸다.

거리를 두고 서 있던 사내가 여인의 앞까지 다가왔다.

"나와 함께 황궁으로 같이 가든지."

흔들리지 않는 여인을 보던 사내가 손을 위로 올렸다. 순간 정적이 일던 곳에 비명이 울리고, 코끝에 타는 냄새가 퍼졌다.

"아니라면 이 불에 같이 죽자."

불을 끄라는 비명도, 높은 담 너머로 보이는 연기도 상관없다는 것처럼 여인을 붙잡은 사내의 눈이 부드럽게 휘었다.

一章

"날 좋다."

한차례 바람이 불자 여인이 가던 걸음을 멈추었다.

불어오는 바람에 하나로 길게 내려서 묶은 댕기가 흔들렸다. 붉은 입술에 하얀 피부는 부드러운 이목구비와 어울려 단아한 분위기를 풍겼다.

분홍 치마와 연분홍 상의에 금실로 수놓아진 비단옷은 귀족들도 엄두를 못 낼 만큼 고급스러웠지만, 정작 여인이 들고 있는 천은 피와 얼룩으로 더러웠다.

"이원 아가씨!"

뒤에서 들리는 여인의 목소리에 이원이 고개를 돌렸다.

대륙 최고의 병력과 힘을 가진 하원.

그 하원을 황후의 가문인 홍가와 무가인 은가가 지배하고 있었다.

은가의 가주인 은건명의 딸. 은이원.

이원은 가문의 위세만큼이나 건명의 금지옥엽으로 조만간 황태자비가 될 거라는 이야기가 돌고 있었다.

"왜 여기에 계시는 거예요?"

"이호의 건강이 좋지 않아서 데리고 여민관에 다녀온다고 서신 남겼잖아."

"의원을 직접 부르면 되죠! 여민관까지 직접 오실 건 아니었다고요!"

"와도 되잖아."

이원의 태연한 반응에 난희가 소리 없이 한숨을 내쉬었다. 귀한 은가의 딸이 환자가 득실거리는 의원에서 손과 옷을 더럽혀 가며 일하고 있다고 말하면 믿을 사람은 누구도 없을 것이다.

"그런데 무슨 일이야?"

"그게요. 유수 도련님이 와 계세요."

이원의 안색이 굳어지는 것을 보며 난희가 고개를 저었다. 이원에게 오라버니인 유수는 걸림돌이지 도움을 주는 사내가 아니었다.

"당장 들어가서 아가씨를 데리고 나오라고 하셨어요. 이호 도련님이 아프든 말든 상관없으니 명 전하께서 오시기 전에 아가씨를 치장시켜야 한다며 난리를 부리셨거든요."

"……처소가 뒤집혔겠네."

"그러다가 장군님께서 들어오신다는 말에 꽁지가 빠지게 이쪽으로 달려오셨어요. 아무튼 이복 오라버니이신데도 아가씨나 이호 도련님과는 완전히 다르다니까요."

난희의 말을 들으니 유수가 얼마나 난리를 쳤을지 보지 않아도 훤하였다.

여민관의 더러운 환자들과 만나기는 싫고 이원은 데리고 나와야 하니 난희에게만 화를 내며 들들 볶았을 터, 들을 가치도 없었다.

"이제 슬슬 이호가 깨어날 시간이구나. 가 봐야겠다. 괜히 나가서 시달리지 말고 여기에 있어."

"네. 아가씨."

밖에서 이를 갈며 기다리는 유수는 신경조차 쓰고 싶지 않았다. 답답한 속을 토해 내듯 한숨을 내쉬며 이호가 있는 방으로 걸음을 옮겼다.

＊＊

핏기 없는 입술에서 흘러나오는 힘없는 숨소리가 끊어질 것처럼 위태로웠다.

또래의 사내들은 목소리가 바뀌고 체격이 붙었지만, 이호는 이원보다도 마르고 약했다.

원인을 알 수 없는 고열과 발작으로 고생하던 어머니는 이호를 낳은 후, 얼마 지나지 않아 생을 내려놓았다. 자신처럼 건강했으면 했지만, 안타깝게도 이호는 어머니의 병을 그대로 물려받았다.

'이호 도련님이 아프든 말든 상관없으니…… 아가씨를 치장시켜야 한다며 난리를 부리셨거든요.'

난희의 보고를 듣던 이원이 저도 모르게 다시 한숨을 내쉬었다.

유수는 서자이기는 했어도 은가의 장남이었다.

차기 은가의 가주가 될 자인데도 유수는 검을 익히기보다는 여인의 분내를 더 좋아했고, 건명의 지도를 받으면서도 검술 실력은 형편없었다.

'내가 사내였으면 검도 배울 수 있었을 텐데.'

풍족한 삶이었지만 하원에서 여인이 할 수 있는 건 제한적이었다. 그녀가 사내여서 검을 배웠다면, 그래서 유수보다 더 뛰어났다면 차기 가주가 되었을 것이다. 그랬다면 아픈 이호를 가주로서 지켜 주었을 것이다.

하지만 하원의 여인으로는 꿈도 꿀 수 없는 일이었다.

"……누님."

"깨어났느냐?"

가까이 다가온 이원이 미지근하게 식은 이마의 천을 가져와 찬물에 담갔다. 다행히 오늘은 발작이 일어나기 직전에 온 덕분에 심하지는 않았다.

건강했다면 은가의 차기 가주는 서자인 유수가 아니라 정실부인의 자식인 이호가 되었을 것이다.

"매번 누님께서 욕보십니다."

"내 걱정은 하지 마라. 네 덕분에 나도 밖으로 나올 수 있는 것이 아니냐?"

이원 혼자서 밖으로 나오는 건 건명의 허락이 있어야 했지만, 이호와 함께 나가는 건 그러지 않아도 되었다.

안채에 갇혀 있다시피 하는 이원에게 이렇게 여민관과 은가를 오고 가는 일은 잠깐이나마 숨통을 틔울 수 있는 시간이었다.

"아……."

"의원을 데리고 와야겠다."

자리에서 일어나려는 이원을 이호가 붙잡았다. 가쁜 숨을 내쉬며 힘들어하던 이호가 무거운 눈꺼풀을 들어 이원을 쳐다보았다. 미안해하는 시선에 이원이 미간을 좁혔다.

"미안해하지 말래도."

"누님에게 폐만 끼칩니다."

"넌 이제 겨우 열두 살이란다. 아픈 게 죄도 아니고 폐도 아니야."

통증을 억누르며 이호가 이원을 향해 힘없이 입꼬리를 올렸다. 짧게 생긴 미소마저 다시 밀려드는 통증에 곧바로 사라지고, 곧 힘든 숨이 가쁘게 흘러나왔다.

마음속 깊이 치미는 초조함을 삼키며 이마에 송골송골 맺혀 있는 땀을 이원이 닦아 냈다.

"의원을 불러야겠다."

"비파……를 타 주시면 안 되겠습니까?"

통증에 힘들어할 때마다 이원은 이호에게 비파를 타 주었다. 고작 비파로 통증이 가라앉을 리는 없었지만, 종종 이호는 이원에게 비파를 연주해 달라고 했었다.

"이호야. 창을 닫지 않는 게 좋을 것 같다. 그래도 되겠느냐?"

이원의 의도를 깨달은 이호가 고개를 끄덕였다. 자세를 잡은 이원의 손가락이 현에 닿자마자 맑은 소리가 울렸다.

가쁜 숨을 토해 내며 힘들어하던 이호의 숨이 연주가 이어질수록 점점 차분해졌다.

은 장군의 장녀가 연주하는 비파는 하원의 으뜸이다.

은가의 기세에 아부하는 이들이 꺼낸 말이었지만 소문이 아니더라도 이원의 비파에서 나오는 음률은 부드러우면서도 안정을 주었다.

연주하던 곡이 끝났지만, 멈추는 대신 곧바로 다른 곡으로 이어졌다.

이호가 잠든 후에나 이원이 비파를 조용히 내려놓았다.

"쉿!"

비파를 내려놓자 박수를 치려는 사람들을 향해 이원이 손가락을 들어 입을 막았다. 그녀의 부탁에 다들 고개를 끄덕이며 입을 막았다.

잠든 이호를 위해 창문을 닫으려는 찰나, 사람들의 끝에 서 있는 젊은 사내를 본 이원이 숨을 삼켰다.

"……명 전……."

좀 전에 그녀가 했었던 것처럼 사내가 조용히 하라는 듯이 검지를 들어 입술을 막았다.

나오라는 눈짓에 고개를 숙인 이원이 열린 창문을 닫고 밖으로 나갔다.

***

서우명.

하원의 권력을 쥐고 있는 홍 황후의 유일한 아들이자 하늘이 바뀌지 않는 한, 하원의 다음 황제가 될 남자였다.

황제를 그대로 닮은 또렷한 이목구비와 훤칠한 체구는 사람들의 시선을 끌어당겼고, 뛰어난 문무에 어울리는 자비로운 성격은 성군의 자질이라며 칭찬하고 부러워했다.

"오라버니는 오늘 저녁에 전하께서 저택으로 오신다고 하셨습니다."

"그리하려 했는데 시간이 나서 말이다. 마침 가는 길에 은가에서 보낸 시종이 네가 이곳에 있다는 말을 하더구나."

"동생의 일로 잠시 나왔습니다. 사람을 보내셨다면 저택으로 돌아가 준비하고 있었을 것입니다."

"내가 원해서 한 걸음이니 불평하지 말아야지. 그리고 편안한 모습의 널 보는 것도 나쁘지 않구나."

무척이나 다정하고 배려심 있는 말이었지만 이원은 있는 그대로 받아들여지지 않았다. 어차피 황후의 가문인 홍가와 은가의 결합일 뿐이었다.

아직 혼인에 뜻이 없어서일까. 이원은 명이 영 불편하고 어색했다.

"덕분에 좋은 연주를 들었다. 하원제일의 비파라고 불릴 만하구나."

"전하께서 듣고 계신지 몰랐습니다. 부족한 실력을 보여 드렸습니다."

"네 비파는 귀하단다. 귀한 이들에게 들려줘야지. 이들에게는 과하구나."

단호한 말에 이원이 표정을 감추듯 고개를 숙였다.

황태자로서 항상 많은 이들 위에 군림하던 사내이니 저리 오만한 말을 할 수도 있을 것이다.

그걸 이해하면서도 한편으로는 황제가 될 사내라면 이곳에 왜 이렇게도 다친 사람이 많은지, 왜 그들이 부족한 제 비파 소리를 듣겠다며 아픈 몸을 끌고 오는지 관심을 가져 줬으면 했다.

"그저 하찮은 비파 연주에도 많은 이가 들어 주시고 칭찬해 주셔서 감사할 따름입니다. 그리고 저들은 전하의 통치에 근간이 될 귀한 이들이지 않습니까? 과하다고 생각하지는 않습니다."

이원의 말에 명의 말문이 짧게 막혔다.

잠깐의 정적에 이원이 명을 향해 몸을 숙였다.

"전하의 뜻을 거스르거나 부정하는 것이 아니었습니다. 죄송합니다."

"그래. 네 말이 맞다. 내 생각이 짧았다."

"앞으로는 언행에 조심하겠습니다."

명이 웃음을 터트렸지만, 확실히 조금 전과는 기색이 완전히 달랐다.

불쾌감을 숨기지 않은 채 몸을 돌린 명이 빠르게 문밖으로 나갔다. 이원이 있는 방향으로 몸 한 번 돌리지 않은 그는 순식간에 시야에서 완전히 사라졌다.

'아버지께 또 한 소리 듣겠네.'

명이 이원에게 원하는 것은 여인으로서 얌전하고 순종적으로 곁을 지켜 주는 것이었다. 하지만 이원은 단 한 순간도 그런 여인이 되는 것을 원하지 않았다.

여인도 바라는 것이 있었고, 배우고 싶은 것이 있었고, 이루고 싶은 것이 있었다.

"아!"

너무 깊게 생각한 나머지 바람이 세게 부는지도 알지 못했다. 머리카락을 묶었던 댕기가 풀리며 눈앞으로 날아가는 순간, 이원의 상념은 멈추었다.

다급하게 팔을 뻗었지만, 손끝에 닿았던 댕기는 야속하게 나무 위를 향했다.

그런데 새빨간 댕기가 나무에 걸리기 직전, 누군가의 손이 댕기를 잡아챘다.

댕기를 보던 눈이 그것을 붙잡은 이에게로 향했다.

"놀라게 할 생각은 없었다. 그저 잠시만 더 보고 싶었다."

언제부터 저기에 있었지?

담 옆의 나무에 앉아 이원에게 댕기를 내미는 사내는 매몰차게 돌아섰던 바로 그 명이었다. 똑같은 얼굴에 같은 옷차림이 분명 명이 맞았다.

놀라 아무 말도 못 하는 이원을 보며 명이 눈을 내렸다.

"실은 조금 더 널 보고 싶어서 욕심을 부렸단다. 여기에 숨어 있으면 너에게 들키지 않을 줄 알았는데 댕기 때문에 걸렸구나."

"……."

"많이 놀란 것이냐? 이렇게 놀랄 줄 알았으면 여기에 올라오지 않을 것을 그랬다. 바람이 세게 부니 댕기는 단단히 매는 게 좋겠구나."

명이 내미는 댕기를 이원이 받아 들었다. 명이 건넨 댕기를 한참 쳐다보던 이원이 나무에 앉아 있는 그를 다시 쳐다보았다.

눈에 보이는 것만으로 판단한다면 분명 저 사내는 명이었다.

"이제 가 볼 테니 쉬거라."

"누구십니까?"

짧은 물음이었지만, 그 여파는 좀 전과는 완전히 달랐다.

당황하는 사내를 보며 이원은 제 짐작이 틀리지 않았음을 깨달았다.

이원이 아는 명은 날아가는 댕기를 대신 잡아 줄 자가 아니었다. 하물며 이원이 좀 더 보고 싶어 몰래 지켜보다니, 그런 일은 있을 리가 없었다.

"명 전하께서는 댕기가 날아가면 새로 사 주겠다고 말씀하실 분이지, 대신 잡아 주는 분은 아닙니다."

"……."

"무슨 연유로 명 전하인 척하시는지 모르겠지만, 다른 사람들에게 그리하시면 큰 곤욕을 치르실 것입니다. 그리고…… 이것 받으십시오."

품에 넣어 놓았던 손수건에 예비로 들고 다니는 상처 약을 감싼 이원이 사내를 향해 내밀었다.

"바람에서 피 냄새가 납니다. 상처부터 치료하시지요."

복잡한 눈으로 이원을 보기만 할 뿐, 사내는 다가오지 않았다.

그때였다.

"아가씨!"

"응?"

"아가씨! 다른 분이랑 계신 거예요?"

"아!"

뒤에서 들리는 난희의 목소리에 이원의 주의가 흐트러졌다. 그 순간 손에 들려 있던 손수건과 약을 사내가 채 갔다. 놀란 이원이 사내를 향해 고개를 돌렸지만 이미 흔적조차 완전히 사라진 후였다.

"아가씨! 누구와 같이 계셨어요?"

"아, 아니야."

명과 무척이나 닮은 사내.

누구인지 알지 못하니 의문이 들었지만 누구인지 알려 줄 사람도 없었다.

이호가 찾는다는 난희의 재촉에 걸음을 옮기며 이원이 생각을 접었다.

**

일주일에 두 번, 유수는 건명에게서 검을 배웠다.

난희조차 떼어 낸 채 이원이 조심스럽게 주변을 둘러보고는 담을 타고 올라갔다. 난희나 다른 사람이 봤으면 기함하며 난리를 칠 일을 저지르고 있었지만, 이원은 그 어느 때보다도 숨을 죽이며 두 사람에게 집중하고 있었다.

"검을 똑바로 들고 팔과 검이 일직선이 되게 뻗어라."

"하앗!"

유수가 힘껏 팔을 뻗었다. 유수의 검이 날카로운 소리를 내며 허공을 갈랐지만, 건명의 표정은 좋지 않았다.

건명의 반응에 입이 마른 유수가 다시 검을 내질렀지만, 그럴수록 건명의 얼굴은 구겨졌다.

"힘으로 검을 뻗지 말라고 하지 않았느냐! 팔과 손목을 이용해서 검을 뻗고 흐름을 만들어야 어떤 방향으로든 검을 휘두를 수 있는 것이다! 몇 달 전에 알려 준 것을 아직도 익히지 못하면 어쩌자는 것이냐? 연습을 하고 있기는 한 것이냐!"

"하, 하고 있습니다!"

"어디서 그딴 실력으로 은건명의 장자라고 할 수 있겠느냐! 다시 해 보거라!"

건명의 호통에 유수가 몸을 움츠렸다. 다시 유수가 검을 뻗었지만 곧이어 건명의 호통이 다시 이어졌다. 검을 제대로 배운 적 없는 이원의 눈에도 유수의 움직임은 둔하고 엉성했다.

"오늘은 여기까지 하자. 내일까지 연습해 와야 한다!"

건명이 사라진 후, 유수가 가지고 있는 검을 바닥에 집어 던졌다. 화를 내는 유수를 보던 이원이 매달려 있던 담에서 조용히 내려왔다.

"이렇게 뻗으면 좀 더 길게 뻗어질 텐데."

제 앞에 떨어져 있는 긴 나뭇가지를 주운 이원이 좀 전에 건명이 했던 그대로 나뭇가지를 앞으로 내질렀다. 건명에게 검을 배우면서도 단 한 번도 제대로 뻗지 못했던 유수와는 달리 이원은 똑같은 선을 만들어 냈다.

"이렇게 움직여도 선이 나올 텐데."

이원의 검이 움직일 때마다 그림을 그리는 것처럼 새로운 선이 그려졌다. 건명이 유수에게 바랐던 모습을, 심지어 건명조차 생각하지 못했던 움직임을 이원이 만들었다.

하지만 건명에게 보일 수 없었다. 어렸을 적, 치기에 어려 건명의 앞에서 검을 들었다가 그녀 대신 난희가 매질을 당하는 것을 본 이후로 이원은 절대 다른 이들 앞에서 검을 들지 않았다.

하원에선 여인이 검을 들면 천하다며 손가락질받았다. 아무리 이원이 무가의 여인이어도 하원의 오랜 악습을 바꿀 수는 없었다.

"아!"

멀지 않은 곳에서 기척이 느껴지자 이원이 들고 있던 나뭇가지를 멀리 던졌다. 얼마 지나지 않아 건명이 안으로 들어왔다.

"아직 잠들지 않았구나."

"달이 좋아 보고 있었습니다. 이제 침소에 들려 했습니다."

차분하게 말하는 이원을 건명이 미안한 눈으로 바라보았다.

여인이기에 억누르고 있었지만, 그의 눈에도 이원은 뛰어났다.

"안채의 그 사람이 잘 챙겨 주느냐?"

"저와 이호에게는 어머니이시니까요. 신경 써 주시니 걱정하지 않으셔도 됩니다."

이원과 이호의 어머니가 죽자마자 빈 조강지처의 자리를 꿰찬 유수의 어머니, 송 부인은 야심이 컸다.

송 부인에게 가문을 이어받을 가능성이 있는 이호와 그 이호를 제 몸처럼 지키는 이원은 눈엣가시 같은 존재였다. 비록 그의 앞에서는 극진했지만, 그게 진심이 아니라는 것을 건명 또한 알고 있었다.

하지만 그걸 알면서도 건명은 나설 수 없었다. 그에게는 이원과 이호만큼이나 유수도 귀했고, 송 부인을 아꼈다. 자칫 과한 관심은 지금 만들어 놓은 균형을 깰 수 있었다.

"네가 마음고생이 많다는 건 알고 있단다. 이호도 기댈 사람이 너밖에 없으니 네가 더 힘들겠지."

"아버지. 그건……."

"그래서 더욱 널 좋은 곳에 혼인시키고 싶단다."

"……."

"네가 하원의 황후가 되고, 유수가 가주가 되면 이호도 더 나은 환경에 있을 수 있지 않겠느냐? 지금은 힘들겠지만 나중에는 이 아비의 뜻을 알게 될 것이다."

건명의 말에 말문이 막힌 이원이 고개를 숙이는 것으로 표정을 감추었다. 건명의 뜻도 알았고, 이호를 위한 최선의 길이라는 것도 알고 있다.

다만 머리로는 알아도, 마음은 내키지 않는 것이 문제라면 문제였다.

"아버지의 뜻을 이해하려 노력하고 있습니다. 그리고 가문 덕분에 많은 것을 누렸으니 당연히 가문을 위해야지요."

"네가 아들이었다면……."

"네?"

"아니다. 이번 보름의 축제에 황태자 전하께서 함께 보자고 하신단다. 다녀오거라."

가고 싶지 않았다.

하지만 가지 않을 수 없다는 건 이원이 더 잘 알고 있었다.

"그러겠습니다."

이원이 몸을 숙이자 건명의 얼굴에 만족스러운 미소가 생겼다.

*
**

하원은 늦은 시간에는 돌아다닐 수 없었지만, 보름에 한 번은 밤늦도록 거리를 돌아다닐 수 있게 통금을 풀어 주었다.

이를 사람들은 보름의 축제라고 말하곤 했다.

그렇기에 보름 때 도심의 가게는 성황을 이루었고, 돈을 벌 기회를 상인들은 절대 놓치지 않았다.

"전하께서 급한 일이 있으셔서 오지 못하신대요."

"그래?"

곱게 꾸미고 나가야 한다는 성화에 아침 일찍부터 일어나 요란스럽게 준비를 했다. 고운 것을 떠나 몸이 천근만근이었지만, 그렇다고 불만을 토해 낼 수도 없었다.

"서운하시죠?"

"사정이 있으셔서 못 나오시는 것을 서운하다고 할 수는 없지."

겉으로 내색할 수는 없었지만 명을 만나지 않는다는 사실에 이상하게 안도가 되었다.

세상이 바뀌지 않는 한, 명과의 혼인은 바뀌지 않겠지만 솔직히 아직은 생각하고 싶지 않았다.

"가마꾼을 부를게요."

"음? 벌써?"

"사람도 많고, 밤이 늦었잖아요."

"나오기 힘들잖아. 좀 구경하다 들어가자."

모처럼 홀로 밖을 나왔으니 조금 더 바람을 쐬고 싶었다. 사람들 사이를 걸어 다니는 이원의 눈이 모처럼 반짝였다.

"음?"

희미했지만 분명 코끝에 스치는 향은 피 냄새였다. 자신이 잘못 맡은 거라 생각하며 몸을 돌리려는 순간 귓가로 병장기가 부딪치는 소리가 들렸다.

"아가씨? 왜요?"

"여기에서 기다려. 절대 오면 안 돼."

"무, 무슨! 아가씨! 어디 가세요!"

난희의 외침을 외면하며 이원이 소리가 나는 방향으로 달려갔다. 애먼 일에 엮일 수 있다는 걱정이 들었지만 지금 가야 한다는 생각뿐이었다.

희미하게 나던 혈향이 점점 더 강렬해지고, 막연하게 들렸던 검이 부딪치는 소리가 지금은 귓가를 찢을 것처럼 울렸다.

"아!"

제 앞에 보이는 상황에 놀란 이원이 짧게 비명을 질렀다.

서우명과 무척 흡사하게 생긴 사내.

하지만 서우명과는 완전히 다른 사내였다. 그때도 다쳤었던 사내는 흑의의 인영에 둘러싸인 채 지금도 피를 흘리고 있었다.

가쁜 숨을 내쉬던 사내가 이원을 발견하고는 눈이 커졌다. 이원의 비명에 검을 들고 있는 흑의의 인영들 또한 몸이 돌아갔다.

"저건 뭐야?"

"목격자가 있으면 안 돼. 죽여 버려!"

흑의의 사내들이 들고 있는 검이 이원을 향하자 사내가 몸을 일으켰다. 베인 상처에서 피가 떨어졌지만 신경조차 쓰이지 않는지 떨어져 있던 검을 다시 들었다.

"도망가!"

"죽여!"

사내의 비명에 멈칫한 사이에 이원의 앞으로 날카로운 검이 찔러 들어 왔다.

'보여?'

제 앞까지 오는 검이 무척이나 느리게 보였다. 이런 일에 엮인 건 처음이었기에 알 수 없었지만 저에게 다가오는 사내들의 움직임이 전부 보였다.

제 미간을 향해 내질러 오는 검을 피한 이원이 전에 건명이 유수에게 보여 줬던 그대로 손목을 힘껏 내리쳤다.

"아악!"

사내가 들고 있는 검이 바닥에 떨어지자 이원이 집어 들려 했다. 하지만 나뭇가지와는 다르게 묵직한 검을 들기란 쉽지 않았다.

"검을 놔!"

제 앞을 막는 흑의 인영의 목을 베며 사내가 소리쳤다. 억지로 검을 들려 했던 이원이 옆에서 들리는 바람 소리에 몸을 뒤로 뺐다.

아슬아슬하게 옆을 스쳐 가는 검을 보며 이원이 숨을 삼켰다. 조금만 늦었으면 목이 꿰뚫렸을 것이다.

"이 망할 년이!"

거의 끝나 가는 상황에 나타난 계집은 귀찮을 만큼 재빠르고, 짜증이 날 만큼 침착했다.

어서 저 사내를 죽이고 몸을 피해야 했건만, 이 계집은 이제는 공격을 피하다 못해 반격하고 있었다.

목숨을 위협할 정도의 공격은 아니었지만, 교묘히 다리나 팔을 공격하니 계집을 죽이기가 쉽지 않았다.

"망할!"

회심의 일격으로 검을 휘둘렀지만, 찔리는 감촉 대신 계집의 잔상만이 남았다.

계집을 따라 고개를 돌리는 순간 반대 방향의 다리에서 느껴지는 통증에 비명을 질렀다.

"이년이! 컥!"

분명 이 사내를 죽이고도 남을 인원이었다. 그런데 이 계집에게 한눈을 판 사이에 일이 이렇게 되어 버렸다. 제 옆구리를 찌른 검을 인영이 믿을 수 없다는 듯이 쳐다보았다.

"이런 망…… 컥!"

"하아. 하아."

가쁜 숨을 삼키며 이원이 몸을 비틀거렸다. 갑자기 일어난 상황에 미처 보지 못했던 참상이 이제야 눈에 들어왔다. 처음 보는 끔찍한 광경에 숨을 삼키는 것과 동시에 배의 상처를 붙잡은 사내가 검을 잡고 무릎을 꿇었다.

"괜찮아요?"

누구인지 알 수 없었지만 이 사내는 전에도 다쳐 있었고, 오늘은 더 심각해 보였다. 아무리 의원 옆에서 곁눈질로 보기는 했어도 이 정도의 상처는 그녀가 손을 댈 수 없었다.

"사람을 부르겠습니다!"

그때 일어서려던 이원의 팔목을 사내가 붙들었다.

"어떻게……."

"네?"

"어떻게 명이랑 날 구별하는 거지?"

이원이 맑은 눈으로 사내를 응시한 채 차분한 목소리로 말했다.

"다르니까요."

"……."

"다른 분이지 않습니까?"

피에 젖은 눈이 이원을 오랫동안 쳐다보았다. 사내의 입에서 무슨 말이 나오려는 것 같았지만, 알아들을 수 없었다.

이원이 좀 더 다가오는 순간 힘이 빠진 사내가 그녀의 품에서 정신을 잃었다.

*
**

"사, 살려 주십시오!"

귀하디귀한 홍옥 비녀로 곱게 올렸던 머리는 헝클어져 있었고, 좀 전까지 진주를 갈아 발랐다며 자랑하던 피부는 생채기로 가득했다.

황제가 직접 하사했다는 비단옷은 이곳까지 끌려오면서 찢기고, 흙탕물에 빠져 엉망이었다.

"제가 그래도 폐하께 황은을 입은 몸이 아닙니까? 살려만 주십시오! 첩지를 받아도 전 죽은 듯이 살겠습니다! 얼굴조차 들지 않고 그저 숨만 쉬겠습니다!"

"그러기에는 너무 입을 많이 놀리지 않았는가?"

"제가 잘못했습니다! 제발!"

감정 없는 마른 눈이 두 손을 들어 빌고 있는 여인을 보았다. 좀 전까지 황은을 내세우며 보였던 당당한 모습은 온데간데없이 사라져 있었다.

"전하. 살려 주세요! 제발 살려 주세요!"

이들이 먼저 자비를 구하며 살려 달라 하는 사람은 하원의 황태자인 서우명이었다.

감흥 없는 눈이 여인을 향했다. 곧 들고 있던 검이 날카로운 소리를 내며 움직였다.

툭.

비명조차 지르지 못한 여인의 머리가 바닥에 떨어졌다. 그러자 사내의 옆에 서 있던 이들이 가져온 자루에 머리를 주워 담았다.

"이리 다오."

사내가 손을 내밀자 머리를 담은 자루를 건넸다. 자루를 건네는 사람이 사내의 얼굴을 보고는 몸을 움찔거리며 고개를 숙였다.

명과 비슷하다 못해 똑같은 얼굴과 체구, 아주 미묘하게 달라서 누구도 구별하지 못하는 목소리.

두 사람을 구별할 방법은 팔에 새겨져 있는 거짓 가(假) 자의 유무가 유일했다. 그마저도 옷에 가려져 있으니 겉모습은 명 그 자체였다.

"나 혼자 가겠다. 그대들은 돌아가라."

"환 도련님을 보필하라는 황후 마마의 명이 있으셨습니다."

서우환.

황족들만이 가질 수 있는 '서우'라는 성을 받기는 했지만 그는 절대 겉으로 드러낼 수 없는 그림자였다.

고위 귀족들은 그의 존재를 알았지만 홍 황후가 무서워서 이를 드러내지 못했고, 하급 관리들이나 황궁의 낮은 직위를 가진 궁인들은 환을 제대로 보지 못했거나 보게 되더라도 홍 황후와 명의 쓸모 있는 검 정도로 알았다.

명과 똑같은 외모.

서우명의 얼굴로 반역의 무리에게 심판을 내릴 수 있고, 서우명 대신 손을 더럽힐 수 있는 존재.

종종 호기심을 가진 이들이 환에게 접근했지만 그들은 호기심과 욕심이 충족되기 전에 목숨을 잃었다.

"피가 뚝뚝 떨어지는 머리를 들고 피 냄새를 풍겨 가며 사내 셋이 황궁을 같이 걸어가자는 건가? 재미있겠군."

"도련님, 그런 말씀이 아니라 저희는 그저 도련님을 보호해야……."

"이렇게 사이좋게 다니다가 폐하라도 뵙게 되면 내가 너희들의 목을 베면 되는 건가? 들키면 곤란한 상황이니 누구는 책임은 짊어져야지."

"……."

"꺼져라."

환의 도발에 사내들의 눈에 적의가 물들었지만, 곧 그에게서 느껴지는 비틀린 분위기에 그들도 모르게 고개를 돌렸다.

홍 황후와 명의 가장 더러우면서도 강한 검. 환이 나서는 일은 실패하는 법이 없었다.

환의 존재를 눈엣가시처럼 여기면서도 홍 황후는 자신과 명의 곁에 환을 두었다.

"구역질 나는 인간들."

가 보겠다는 말조차 하지 못한 채, 도망가는 사내들을 보며 환이 비소를 터트렸다.

똑같은 외모로 똑같이 더러운 짓을 하고 있건만, 사람들은 명에게는 존경의 눈빛을 보이며 몸을 숙였고, 환에게는 꺼림칙한 눈빛을 보이며 도망가기 급급했다.

'제대로 구별도 못 하는 주제에.'

심지어 명을 낳은 홍 황후조차 둘을 제대로 구별하지 못했다. 팔에 새겨진 글자는 명을 구별하지 못한 홍 황후가 분노하여 새긴 것이었다.

'누구십니까?'

커다란 눈에 붉은 입술이 단아하고 부드러운 얼굴이었다. 입은 비단옷은 고급스러웠지만 소매 끝에 약간의 자수만 새겨져 있을 뿐이라 귀족 여인의 것이라기에는 수수해 보이기까지 했다.

귀찮아하며 명을 호위하러 간 것이었지만 여인의 비파를 듣는 순간 한 걸음도 움직일 수 없었다.

그저 비파만 듣고 사라질 생각이었다.

'하필 댕기가 날아가서는……'

그냥 눈에 보이기에 잡았을 뿐이었다. 어차피 들켜도 명의 행세를 하면 그만이었다.

'무슨 연유로 명 전하인 척하시는지 모르겠지만, 다른 사람들에게 그리하시면 큰 곤욕을 치르실 것입니다.'

의심이라고는 한 치도 없는 맑은 눈이 그 누구도 하지 못한 물음을 던진 순간 놀란 나머지 숨을 멈춘 것조차 알지 못했다.

명이 아니라는 것을 알면서도 여인은 비명을 지르는 대신 상처를 치료하라며 약과 손수건을 건넸다.

"도련님. 오셨습니까?"

사람들의 눈을 피해 명의 궁에 도착하자 기다리고 있던 건명이 고개를 숙였다. 사방이 적인 곳에서 그나마 환에게 호의적인 사람은 은건명뿐이었다.

"알아서 들어갈 것인데 괜히 기다리셨습니다."

"머리는 주시지요. 제가 황후 마마께 가져가겠습니다."

"죽인 인간이 들고 가야지요. 괜히 봉변을 같이 당하실 필요는 없지 않습니까?"

의미가 담긴 말에 건명의 얼굴이 굳어졌다. 명에게 충성을 다하는 남자였지만, 환의 말뜻을 모를 정도로 눈치 없는 이가 아니었다.

조금 전부터 닫힌 문 너머로 독한 술 냄새가 느껴졌다. 이 이후가 어떻게 될지 뻔히 알았기에 건명을 끌어들일 수는 없었다.

입가에 생긴 조소를 삼킨 환이 안으로 들어가기 위해 손을 뻗은 것과 동시에 건명이 그를 붙잡았다.

"지난번의 상처가 잘 낫지 않으시는 것 같아서 통증을 줄여 주는 약을 가져왔습니다. 이거라도 드시지요."

건명이 주는 약은 통증에 제법 잘 들었다. 고맙다는 말을 하며 환이 건명의 약을 안주머니에 넣었다.

그 순간 잠깐이나마 잊고 있었던 여인이 다시 떠올랐다.

"혹시 장군의……."

"네?"

"아닙니다. 들어가겠습니다."

은건명의 딸이라면 황태자비로 내정된 여인이었다. 그런 여인의 이름을 물어볼 정도로 환은 무모하지 않았다.

제 속마음을 철저히 감추며 환이 문을 열었다.

**

반라의 여인이 명에게 제 몸을 비비고 있었다. 풀린 동공이나 입가에 흐르는 타액이 제정신으로는 보이지 않았다.

분명 저 여인은 자신이 어떻게 될지 알지 못한 채 그의 품에 행복하게 안겼을 것이다.

아무리 탄탄한 기반을 가진 황태자여도 주색에 빠져 있다는 소문은 곤란했으니까.

"늦었습니다."

궁녀의 몸을 주무르며 술잔을 비우던 명이 환을 발견하고는 몸을 일으켰다. 몸에 매달려 있던 궁녀가 바닥에 쓰러졌지만, 시선조차 주지 않았다.

짝!

환의 얼굴이 완전히 돌아갔다. 통증이 밀려오기도 전에 이번에는 다른 쪽 뺨에 주먹이 꽂혔다.

"고작 계집 목 하나 베는 것이 뭐가 그리도 어려워서 이제 온 것이냐?"

다른 이들 앞에서 보여 주는 자비롭고 배려심 많은 황태자는 어디에도 없었다.

얼굴을 때리는 것으로 화가 풀리지 않는지 환의 배에 주먹을 내리꽂았다.

술에 취해 휘두르는 주먹 따위 고통은 없었지만 억지로 버텨 봤자 명의 짜증만 돋울 뿐이니 적당히 고통스러운 척하는 것이 편했다.

"내 얼굴 덕분에 살아난 놈이면 네 주제를 알고 기어다녀라. 버러지처럼 황궁에서 숨어 사는 새끼가."

주먹질로 모자라 발길질을 하는 명의 입에서는 함부로 입에 담을 수 없을 정도로 더러운 욕설까지 나왔다.

입안을 깨물어 일부러 상처를 만들어 피가 밖으로 흘러내리게 하자 그제야 명의 발길질이 멈추었다.

명이 뱉은 침이 몸과 얼굴에 떨어졌지만, 환은 자비를 구하듯 바닥에 얼굴을 박고 몸을 웅크릴 뿐이었다.

무릎을 꿇고 자비를 구하는 건 그다지 어려운 일이 아니다.

"잘못했습니다!"

"찌꺼기면 찌꺼기답게 행동해!"

명이 환의 멱살을 붙잡고 끌어당기자 도망치려 발버둥을 쳤다.

같잖은 반항을 힘으로 제압한 명이 안주머니에 넣어 놓은 병을 꺼냈다.

고통으로 일그러진 얼굴을 보니 온종일 쌓였던 짜증이 그나마 좀 풀어졌지만 아직 부족했다. 아직 쓸모가 있기에 살려 두었지만, 역시나 환은 마주 보는 것만으로도 구역질이 치밀었다.

발버둥 치는 환의 턱을 붙잡은 채, 명이 병에 있는 것을 모두 환의 입에 털어 넣었다.

"우욱."

"전부 마셔라."

환이 흘려 내지 못하게 입을 틀어막은 명의 얼굴에 만족스러운 미소가 생겼다.

은건명은 물론이고 어머니인 홍 황후조차 보지 못한, 아니 어쩌면 외면하고 있을 서우명의 진짜 모습이었다.

제 안의 분노를 환에게 푸는 걸로 철저히 본모습을 감추는 어리석은 사내. 저 사내의 본모습을 모르는 사람들은 그의 인품을 칭송했지만, 누구보다 그를 잘 아는 환에게는 웃음조차 안 나오는 같잖은 이가 명이었다.

"이번 것은 내 직접 고르고 고른 것이란다."

"우욱."

"이곳에서 게워 내면 네놈의 손가락을 잘라 버릴 것이다."

비릿하고 걸쭉한 물을 삼키자 눈앞이 흐려지고 속이 뒤집혔다.

이번에는 여러 가지가 섞인 것인지 눈앞이 깜깜해지면서 열이 들끓었다. 일이 끝날 때마다 명이 포상이라며 먹이는 그것은 환을 주먹질보다 더 효과적으로 괴롭혔다.

"고통스러워하는 꼴을 보니 조금 기분이 풀어지는군."

"컥!"

"이년과 같이 넣어라. 죽지 않으려면 저 쓸모없는 년이라도 품어야지."

명의 명령에 들어온 내관들이 환과 궁녀의 몸을 붙잡고 끌었다. 약에 흐트러진 눈이 옆에서 같이 끌려가는 궁녀를 향했다.

"그럼 즐기시길."

명과 여인을 창고에 넣은 호위들이 비웃음을 흘리며 문을 닫았다. 정신을 못 차리는 여인이 연신 색에 젖은 신음을 터트렸다.

"흐으윽. 전하."

환을 향해 고개를 돌린 궁녀의 얼굴에 힘없이 미소가 생겼다. 궁녀에게 남은 기억이라고는 명과 함께한 정사밖에 없을 것이다. 여인의 몸을 보던 환이 온몸에서 날뛰는 기운을 다시 억눌렀다.

"전하. 제발…… 제발 와 주세요. 죽을 것같이 답답하여……."

죽지 않을 만큼만 먹은 환과는 달리 이 궁녀는 죽을 것이다. 중독되어 죽지 않으면 해가 뜨는 대로 목이 베일 테니.

온몸에 날뛰는 약의 기운을 억누르며 환이 입술을 깨물었다.

처음에는 굴복하여 명이 버린 여인을 탐할 뻔도 했었다.

그때는 이성을 놓지 않기 위해 단검으로 제 몸에 상처를 내며 억지로 버텨 냈었다.

밀려드는 열락보다 몸의 고통이 강해야 이겨 낼 수 있었다.

정신의 피폐보다는 치료를 할 수 있는 몸의 고통이 나았다.

그렇게 천천히 환은 굴복하는 대신 이겨 냈다.

"……전하."

검을 꺼낸 환이 여인의 앞에 섰다.

자신을 보며 명을 찾는 여인을 보던 환이 주저 없이 검을 휘둘렀다.

"컥!"

단번에 목이 베인 궁녀의 숨이 끊어졌다. 비릿한 혈향이 진동하는 참상 앞에서 환의 눈은 약간의 감흥조차 없었다.

약에서 정신을 차린 후, 공포 속에서 죽느니 아무것도 모른 채 환에게 죽는 것이 이 궁녀에게도 그나마 나은 마지막이었다.

"네 마지막도 그다지 좋지는 않구나."

죽은 궁녀를 보던 환이 흔들림 없이 궁녀의 옷을 찢고 온기가 남아 있는 팔과 몸을 손으로 움켜쥐었다.

명이 주는 미약에 내성이 생기면서 이성을 붙잡고 있었지만, 그 사실을 절대 명에게 들킬 수는 없었다.

미약에 미쳐 궁녀를 죽이고 날뛴 미친 버러지.

그게 명의 귀에 들어갈 환에 대한 보고였다.

"그래도 이번 약은 약하네."

도리어 얼마 전에 다친 상처로 인한 통증이 더 고통스러웠다. 여인의 몸에서 흘러내린 피와 제 몸의 상처에서 나는 피 냄새가 가득한 창고에서 환이 벽에 몸을 기댔다.

잠시 속이 울렁거리는 것을 참던 환이 떠올랐다는 듯이 품 안에서 손수건과 작은 약통을 꺼냈다.

'저들은 전하의 통치에 근간이 될 귀한 이들이지 않습니까? 과하다고 생각하지는 않습니다.'

피식.

처음으로 환과 명을 구별한 여인.

여인의 당돌한 말에 당황한 명의 표정이 떠오르자 환의 입가에 처음으로 편안한 미소가 감돌았다.

이렇게 떠올린다고 그 여인이 자신의 것이 되는 것도 아니었고, 직접 만날 일은 더더욱 없었다.

그걸 알면서도 그 여인의 얼굴이, 그 상황이 지워지지 않았다.

"망할 비파."

이곳에서는 작은 벌레 소리도 들리지 않았건만, 머릿속에서는 그날 들은 비파 소리가 사라지지 않았다.

밀려드는 통증에 여인이 준 약통을 열었지만, 이상하게도 아깝다는 생각이 자꾸 들었다. 다시 여인의 약통을 품에 넣은 환이 건명이 준 약을 입에 털어 넣었다.

머릿속에서 울리는 부드러운 선율과는 달리 그의 눈앞에는 처참하게 죽은 궁녀와 피로 얼룩진 창고만 보였다.

외면하고 싶어도 제 앞에 드리워진 현실. 환의 입가에 비소가 감돌았다.

"후우."

끔찍한 밤이었지만 오늘은 조금이나마 나을 것 같다. 뒤집히는 속을 억누른 채, 환이 눈을 감았다.

**

새벽 해가 떠오를 무렵 환이 나오자 밖을 지키던 내관들이 그에게 다가왔다. 피범벅이 되어 있는 환을 보던 이들이 열린 방 안에서 훅 밀려드는 혈향과 끔찍한 광경에 숨을 삼켰다.

"재미가 없어서 그냥 죽였다."

"저, 저 그게……."

"왜? 네놈들도 즐기려 했는데 그 재미를 내가 방해했나?"

"아, 아닙니다! 소, 소인들이 어찌!"

피투성이인 채 지은 미소가 소름 끼치도록 무서웠다. 명의 앞에서는 철저히 몸을 낮췄지만 다른 이들 앞에서는 환은 제 광을 거침없이 드러냈다.

어찌 되었든 홍 황후가 직접 검으로 부리는 자였다. 환이 제 성질을 못 이겨 저지르는 패악은 홍 황후나 명에게는 그저 사소한 일이었다.

"그럼 왜 여기에 있지?"

"네?"

"치워. 설마 나보고 저년까지 치우라는 건가?"

피딱지가 마른 검에 손을 가져가자 내관들이 안으로 들어갔다. 비명과 구역질을 하는 그들을 무시하며 환이 얼굴과 손에 묻은 피를 닦아 냈다.

광기를 가리지 않았던 눈이 차분해지고, 비틀린 미소를 짓던 입가는 단정한 것으로 바뀌었다.

그를 발견한 내관과 궁녀들이 도망가는 것에도 괘념치 않고 걷던 환은 어느새 서쪽 구석에 있는 허름한 궁 앞에 도착해 있었다. 환이 남아 있는 살기를 없애듯 긴 숨을 내쉬었다.

약간의 기척을 내자 문이 열리며, 중년 여인이 밖으로 나왔다.

"환이니?"

"더 주무시지 그러셨습니까?"

"네가 오지 않아서 말이다. 다친 것이냐?"

차마 비단이라고 부를 수도 없을 정도로 허름한 당의와 치마, 깔끔하게 머리를 올렸지만 꽂고 있는 비녀는 때가 잔뜩 끼어 녹까지 슬어 있었다.

황은을 입었던 이라 생각할 수 없을 정도로 늙고 엉망인 모습.

차라리 상궁을 모시는 무수리의 행색이 중년 여인보다 더 나아 보일 정도였다.

황은을 입어 황자를 낳았지만, 첩지를 받지도 못했고 황궁을 나갈 수도 없었다. 황궁에 갇혀 사는 그녀를 사람들은 정 상궁이라 불렀다.

"다른 이의 피입니다. 다치지 않았습니다."

"황태자 전하를 보필하는 일이 점점 더 험해지는구나. 진짜 다치지 않은 것이냐?"

단 한 순간도 머물고 싶지 않은 황궁에서 악착같이 버티게 하고, 명의 앞에서 몸을 숙이며 더러운 검을 굳이 자처한 이유는 단 하나뿐이었다.

광으로 자신을 가린 환이 유일하게 제 모습을 드러낼 수 있는 존재.

홍 황후의 가문을 두려워하면서도 인정받지 못한 아들을 지키기 위해 스스로 궁에 갇히기를 자처한 자신의 어머니.

제 손에 피가 마르지 않는 이 상황을 버티는 이유는 오로지 어머니인 정 상궁을 궁 밖으로 내보내기 위함이었다.

"이번 일이 조금 어려웠을 뿐입니다."

"이 어머니는 네가 다치지만 않으면 전부 괜찮단다. 황태자 전하께서 험한 일을 시키셔도 위험하다 싶을 때는 도망치거라. 알겠느냐?"

"……그러겠습니다."

하루가 다르게 안색이 나빠지는 정 상궁의 손을 환이 붙잡았다. 시중을 들 궁녀조차 없었기에 정 상궁의 손은 무수리만큼 거칠었다. 환의 안색이 어두워지자 괜찮다는 듯 미소를 지으며 정 상궁이 손을 슬그머니 뺐다.

"어머니. 곧 나갈 수 있을 겁니다."

나직한 말소리와 달리 엄청난 말에 사색이 된 정 상궁이 물었다.

"무, 무슨 소리를 하는 것이냐?"

황제가 정 상궁과 환에게 자비를 내려 그들을 궁 밖으로 내보내 줄 거라고는 생각하지 않는다.

"조금만 더 버티십시오."

환은 그들의 더러운 일들을 처리해 주며 홍 황후 자신도 모르는 약점을 하나씩 모으고 있었다. 홍가의 기반이 흔들리는 찰나의 순간, 그가 가진 정보는 치명적인 약점이 되어 그녀를 흔들 것이다.

"길지 않을 것입니다."

불안한 눈으로 환을 보던 정 상궁의 눈가에 물기가 어렸다.

괜찮다며 미소를 지었지만, 정 상궁의 눈이 언제나 궁의 담 너머를 보는 것을 환은 한순간도 놓치지 않았다.

홍 황후와 명은 절대 둘을 놓지 않겠지만, 본인들이 살기 위해서라도 환과 정 상궁을 붙잡은 손을 놓게 될 것이다.

주름진 손을 환이 힘주어 붙잡았다.

＊＊

앞을 가로막은 병사가 휘두르는 검을 막은 환이 거리를 좁혔다.

바로 앞까지 다가온 환을 보며 병사가 뒤로 몸을 뺐지만, 그보다도 먼저 환의 검이 병사의 심장을 찔렀다.

"하아. 하아."

숨이 끊어진 병사를 보던 환이 거친 숨을 내쉬었다. 홍가에 반기를 드는 관리를 제거하라는 명령을 받고 보름에 움직였지만, 매복해 있는 병사를 마주했다.

함정.

그나마 다행인 것은 환을 죽일 생각으로 움직이는 것이 아니라 생포하려는 것처럼 행동했다. 잠깐이나마 만들어진 틈에 간신히 빠져나왔지만 몸에 깊은 검상이 새겨졌다.

'표가.'

마치 환에게 홍가가 아니라 자신의 꼭두각시를 하라는 것처럼 노골적으로 그에게 제 존재를 드러낸 이들이었다. 하지만 홍 황후의 가문만큼이나 믿을 수 없는 곳이 표가였다.

표가는 은가에게도 이를 드러낼 곳이다. 은가를 떠올리자 건명이, 이름 모를 그 여인이 떠올랐다.

"여기다! 여기 있…… 컥!"

"반드시 잡아야 한다!"

곳곳에서 포위망이 좁혀 오자 환이 상처를 억누르며 다시 몸을 일으켰다. 어깨와 다리에도 깊은 검상이 새겨졌지만, 지금은 통증을 느낄 겨를조차 없었다.

막아서는 병사를 제거한 환이 황궁이 아니라 시전 쪽으로 방향을 틀었다. 예상대로 보름의 밤을 즐기기 위한 이들로 사람들이 북적거렸다.

"찾아라!"

흐르는 피를 손으로 막으며 사람들 사이를 빠르게 걸어갔다. 하지만 지독한 혈향이 풍기는 상처투성이의 환을 찾는 건 어려운 일이 아니었다.

하나둘 환을 찾은 이들이 다가왔고, 결국 구석으로 그를 몰아갔다.

'다섯.'

몸의 고통을 억누르며 환이 붙잡은 검에 힘을 주었다. 부상이 없었다면 어느 정도 가능했지만, 지금의 몸 상태로는 두 명이 최선이었다.

"얌전히 가시는 게 좋지 않겠습니까?"

"몸에 검을 이렇게 쑤셔 대 놓고 이제 와서 같이 가자는 건가? 같잖은 말을 참 그럴듯하게 하는군. 아무튼 있는 것들이란."

환의 조롱에 사내들의 안색이 굳어졌다. 그들이 멈춘 순간, 환의 검이 먼저 움직였다. 하지만 호기롭게 내지른 검은 몸에 닿도 못한 채 막혔다. 평소에 상대하던 이들과는 급이 완전히 달랐다.

"어서 목을 베…… 컥!"

어깨를 찌른 자객의 검을 붙잡은 환이 그의 목에 검을 꽂았다. 자객이 쓰러지자마자 가까이 다가온 다른 자객이 그를 향해 주먹을 휘둘렀다. 미처 피하지 못한 환이 주먹을 맞고 쓰러졌다.

"독한 놈."

"그냥 죽여 버리세."

목에 닿는 검의 감촉을 느끼며 환이 가쁜 숨을 토해 냈다. 연이은 부상으로 더는 방법이 없었다. 살아남아 어떻게든 황궁을 나가고 싶었지만, 여기까지였다.

생의 마지막 순간, 정 상궁이 떠올랐다. 그리고…….

'손수건을 돌려줘야 하는데…….'

이럴 줄 알았으면 이름이라도 물을 것을 그랬다.

고작 두 번 스치듯이 만난 게 전부이건만, 자꾸 떠오르는 그녀였다. 그래서 그런지 이젠 눈앞에 그녀의 환영까지 보인다.

'아직 안 뒤졌는데.'

"아!"

'아닌가?'

헛것이라고 생각한 건명의 딸이 지금 제 눈앞에 있었다.

왜 하필 이 상황에, 제 눈앞에 있는 건가!

"도, 도망가!"

"저년도 죽여 버려!"

여력이 없던 몸에 억지로 힘을 주었지만, 마음처럼 움직이지 않았다. 그사이 자객이 그녀에게 다가가 검을 휘둘렀다.

"안 돼!"

당장에라도 목을 벨 것 같았던 빠른 검은 여인이 몸을 틀면서 허공을 갈랐다. 그저 우연이라고 생각한 자객이 다시 여인을 공격했지만, 또다시 헛손질이었다.

건명에게 무(武)를 배웠을 리는 없다. 실제로 움직임은 무를 알기보다는 모르는 사람에 더 가까웠다.

그럼에도 고왔다.

이럴 상황이 아니라는 것을 알고 있으면서도 여인이 움직이면서 만드는 선에 심장이 뛰어 눈을 뗄 수 없었다.

"아악!"

처음에는 피하기만 하던 여인이 틈을 노려 자객의 손목을 후려쳤다. 떨어진 검을 여인이 주우려는 순간 환의 생각은 멈추었다.

"검을 놔!"

여인이 쓰기에는 저 검은 무거웠다. 다행히 환의 목소리를 들은 여인이 몸을 뒤로 빼 공격을 피했다.

피가 배어 나오도록 입술을 깨문 환이 다시 검을 붙잡았다.

살려야 한다.

"마, 막아!"

뒤늦게 환의 움직임을 알아차린 이들이 반격했지만, 피가 흐르는 것도 상관없이 달려드는 환을 막는 건 무리였다.

다섯이 셋으로, 셋이 하나로 줄어드는 순간.

여인에게 다리를 맞은 자객이 흔들리는 틈을 타 힘껏 검을 찔렀다.

"컥!"

자객을 전부 죽인 환이 비틀거리자 여인이 가까이 다가왔다.

이제는 살 수 있을지도 알 수 없었다. 고통조차 느껴지지 않는 몸을 억지로 움직여 제 몸을 부축하는 여인에게 기댔다.

"괜찮아요?"

얼굴을 보고 싶은데 시야가 흐릿해서 그마저도 되지 않았다.

왜 이런 위험한 상황에 끼어들었냐며 화를 내야 했지만 그럴 기운조차 없었다. 어쩌면 이 여인과 이렇게 있는 것도 마지막일지 모른다.

남은 모든 기력을 짜내어서라도 묻고 싶었고, 그녀의 대답이 듣고 싶었다.

"어떻게…… 어떻게 명이랑 날 구별하는 거지?"

"다르니까요."

"……."

"다른 분이지 않습니까?"

명과 환은 다르다.

사실이면서도 누구도 해 주지 않았던 말을 죽을 때가 되어서야 들을 수 있었다.

죽기 전 듣는 말로 나쁘지 않았다. 그녀의 품에 몸을 맡기며 환이 정신을 놓았다.

*
**

몸이 불덩이였다.

환은 일어나고 싶었지만, 몸은커녕 눈꺼풀을 들어 올리는 것조차 어려웠다.

"누워 계셔야 합니다."

여인은 환의 머리에 올려놓은 수건을 가져가 차가운 물에 담갔다. 머리에서 다시 느껴지는 서늘한 기운에 그제야 무거운 눈꺼풀을 들어 올렸다.

"여기는……."

"제 어머니의 묘지 옆에 만들어 놓은 저택입니다. 도성에서 좀 떨어져 있고, 은가의 묘지가 모여 있는 곳이라 사람들이 꺼립니다. 그러니 안심하셔도 됩니다."

"돌아가야……."

몸을 일으키자 통증이 머리끝까지 치밀었지만 이를 악물고 일어났다. 관리를 죽여야 한다는 명령을 지키지 못한 것도 모자라 표가에 꼬리를 잡히고 말았다.

아직은 홍 황후의 명령에 몸을 바짝 숙여야 했으니 어떻게든 황궁으로 돌아가야 했다.

"연이어 이렇게 다치시면 몸이 버틸 수 없습니다. 지금은 쉬셔야 합니다."

"가야 한다."

사내는 이원의 만류에도 고집을 부렸다. 억지로 몸을 일으키니 상처에 감아 놓았던 붕대가 피로 붉게 물들었다.

조금만 늦었으면 이 사내는 죽었을 것이다.

"무슨…… 헉!"

그녀가 앞을 가로막으며 가깝게 마주하게 된 순간 환이 멈칫했다. 그때를 놓치지 않고 그녀가 환의 어깨를 붙잡은 그대로 힘을 주었다. 미는 힘은 약했지만 온몸의 상처와 가까이 다가오는 여인에 당황했는지 환은 바닥으로 다시 눕혀졌다.

"아플 때는 일어나는 게 아니라 쉬셔야 합니다!"

무척이나 단호한 눈으로 저리 말하니 일어나야 한다는 고집을 부릴 수가 없었다.

일어나려던 환이 몸에서 힘을 빼자 단호했던 눈이 부드럽게 풀렸다.

하지만 곧 환의 몸을 타고 있는 자신을 확인한 그녀가 화들짝 놀라며 옆으로 내려왔다.

아니 저럴 거면서 왜 저렇게 무모하게 달려들었는지.

"그렇게 아플 때는 고집을 부리시는 게 아니라 주변의 말을 들으시란 겁니다. 공자의 몸에 상처가 워낙 많으니 드리는 말씀 아닙니까."

"이러다가 그대의 아버지에게 걸리면 어쩌려고 이러는가?"

"네?"

"명에게 알려져도 곤란할 텐데."

"……."

"돌아가는 게 낫지 않겠나?"

핵심을 찌르는 말에 이원의 말문이 잠시 막혔다. 고민하던 눈이 그를 보고, 그의 몸을 감고 있는 피 묻은 붕대로 향했다.

솔직히 이원이 해야 할 최선은 건명에게 사람을 보내서 의원을 데려오는 것이었지만, 왠지 그러면 안 될 것 같았다.

문제는 그렇게 생각하고 나니, 이 사내를 자신이 치료했다는 사실이 머리를 스쳤다.

"죄송합니다."

"네 상황이 곤란하지 않으냐고 물어본 건데 사과는 너무 뜬금없지 않나?"

"의원을 불렀어야 했지만, 미처 그러지 못했습니다. 곁눈질로 배운 의술로 섣불리 상처를 치료했습니다."

"그래서?"

"네? 그게, 여인 주제에 같잖은 의술을 썼으니 불쾌하셨을 것입니다. 오늘은 좀 쉬시고 날이 밝는 대로 의원에게 상처를 보이십시오."

"살려 줬으면 감사한 거지, 여인이고 사내인 것이 무슨 상관인가?"

대수롭지 않게 툭 튀어나오는 말이 이원이 마음속 깊숙이 숨겨 왔던 본심을 자꾸 건드렸다.

언제나 건명과 명에게 들었던 여인으로서의 행동과 마음가짐에 대한 것이 이 사내의 입에게서는 단 한 번도 나오지 않았다.

"괜히 아버지의 눈 밖에 나서 곤란해하지 말고 가 봐."

"종종 어머니의 묘소에서 지냈던 적이 있던 터라 괜찮습니다. 이곳에 머물다 간다고 했으니 신경 쓰지 마십시오. 깊은 상처는 두 시진에 한 번씩 약초를 갈아 줘야 합니다."

차분한 목소리는 듣기 괜찮았지만, 역시 문제는 상처였다. 상처에서 느껴지는 통증만큼이나 높아지는 열 때문인지 정신은 점점 몽롱해졌다.

환이 가쁜 숨을 내쉬니 그녀의 눈에 긴장이 서렸다.

"안 죽어."

"네?"

"죽지 않으니 그런 눈으로 보지 말라고. 꼭 죽어 줘야 할 거 같잖아."

농담기가 담긴 말이었지만 이원에게는 전혀 농담으로 들리지 않았다.

지금이나 저렇게 말을 할 수 있었지만, 이곳에 데리고 올 때까지 이원은 정신을 잃은 이 사내의 심장까지 멈출까 봐 마음을 달달 졸였었다.

속상한 마음에 자신도 모르게 그의 팔을 이원이 꼬집었다.

"아야!"

"그런 말은 함부로 하는 게 아닙니다. 솔직히 무슨 일을 하시는지 모르겠지만 진짜 죽을 뻔하셨단 말입니다."

"능력이 좋은 누구 덕분에 살았잖아."

"……."

"어설픈 의원들보다 잘 고치네. 그 좋은 재능 숨기지 마."

말 한마디도 절대 지지 않는 사내였다. 하물며 말투도 거칠고, 행동도 제멋대로인 사내였다.

하지만 그와 있으면 다른 이들에게서 느꼈던 불편한 위화감은 전혀 느껴지지 않았다.

"여인이 의술을 익히고, 무를 배우면 천하다 합니다. 다들 그러한데 공자는 안 꺼려지십니까?"

불편한 자세를 바꾸며 환이 참았던 숨을 길게 내쉬었다. 어차피 일어나서 움직일 기력조차 없었다. 누군가와 대화를 하는 것도 그다지 좋아하지 않았지만 이 여인과는 그다지 꺼려지지 않았다.

"자객들 사이에서 피투성이로 쓰러져 있는 나보다는 덜 꺼려질 것 같은데."

"네?"

"원래 그런 상황에서는 같잖게 나서지 말고 도망치라는 말이다. 그런 상황을 꺼려야 한다는 말이다."

"……."

"은건명은 나에게 무모한 짓을 하지 말라고 그렇게 잔소리를 하더니만 정작 딸에게 그런 중요한 걸 가르치지 않았군."

낮게 투덜거리는 말에 눈이 동그래져 듣고 있던 이원이 입술을 깨물었다. 작게 나오던 웃음은 결국 손으로 입을 가렸는데도 크게 터져 나왔다.

"무슨 말이 그러십니까?"

"여인이 무슨 장신구도 아니고 하고 싶으면 하는 거지. 검을 배우면 천하고, 의술을 익히면 천하다? 그렇게 다 가릴 거면 여인에게서 태어나지를 말든가."

"……."

"다른 사람들이 짖는 멍청한 소리 따위 피할 수 없으면 무시해 버려."

말을 끝낸 환이 거친 기침을 터트렸다. 그의 말에 놀랄 틈도 없이 이원이 가까이에 다가왔다.

불덩이 같은 이마에 데워진 물수건을 다시 차갑게 적셔서 올려 주고, 마른기침과 함께 토해 낸 피를 젖은 수건으로 닦아 냈다.

건명이 이 밤에 사내와 함께 있다는 것을 알면 불같이 화를 낼 것이다. 잠시 그 사실에 두려움을 느꼈지만, 동시에 사내가 하는 말이 이원의 마음을 흔들었다.

"좀 더 쉬십시오."

무거운 눈꺼풀을 들어 올려 쳐다보자 그녀가 옅게 미소를 지었다.

고작 몇 시진 돌아오지 않는다고 홍 황후나 명이 움직이지는 않을 것이니 우선은 상처 치료가 우선이었다.

그렇게 적당히 자신과 타협한 환이 눈을 감았다.

몸은 피곤했지만, 잠은 오지 않았다. 가만히 누워 있으니 떠오르는 건 그녀의 비파였다.

당장 들을 방법 따위 없다는 것을 알면서도 자꾸 환의 머릿속을 헤집어 놓았다.

"망할 비파."

환의 얼굴에서 땀을 닦아 주던 손이 멈추었다. 감았던 눈을 뜨자 미간을 좁힌 그녀가 환을 빤히 쳐다보고 있었다.

"망할…… 비파요?"

그는 무언가 말을 하려다 다시 눈을 감았다.

단순하리만큼 명확하게 속이 보이는 명과는 다르게 이 사내는 어디로 튈지 알 수 없었다.

"그럴 때는 비파가 듣고 싶다고 하시는 것입니다."

"……."

"얌전히 치료를 받으시면 다음에 연주해 드리겠습니다."

"명이 끔찍하게도 싫어하겠군."

환의 말에 그녀가 작게 웃음을 터트렸다.

비파는 들을 수 없었지만 이원의 웃음소리는 제법 듣기 좋았다. 좀 더 이렇게 이야기를 나누고 싶었지만, 이 몸의 상태로는 무리였다.

이마에 닿는 여인의 손길을 느끼며 환이 다시 까무룩 정신을 놓았다.

*
**

간병하다가 잠깐 잠이 들었다. 눈을 뜨자마자 보이는 빈자리에 이원의 눈이 커졌다.

"아!"

누워 있어야 할 이는 어디에도 없었다. 남아 있는 것이라고는 피가 묻은 자리와 더러워진 붕대뿐이었다. 다급히 비어 있는 자리에 손을 대 보니 차가웠다.

"도대체 그 몸으로 어디를……."

이곳에 사람이 오지는 못할 것이니 며칠은 더 머물러도 된다고 하려 했다. 하지만 그 말을 꺼내기도 전에 그는 사라져 버렸다.

"이름도 못 물어봤는데……."

꽤 여러 대화를 나눴지만 정작 제 이름을 말하지도 않았고, 그의 이름을 듣지도 못했다.

이름이라도 알았다면 좋았을 것을.

깨어나면 조금이라도 이야기를 해 보고 싶었건만, 이 사내는 무엇이 그리도 급했는지 그 몸으로 흔적도 없이 사라졌다.

"말을 해 주고 가지…… 음?"

빈자리를 보던 이원이 탁자에 접혀 있는 서신을 발견했다. 그저 서신을 펼쳐 보면 되는데, 왜 이리 떨리는 건지, 평소와 달리 이원은 그것을 한참 바라보기만 했다.

떨리는 숨을 길게 내쉬며 서신을 펼치자 그답게 짧은 문장이 한 줄 적혀 있었다.

「빚은 한 번에 갚겠다.」

"진짜 갚으라는 건 아니었는데."

서신을 보는 이원의 입가에 미소가 생겼다. 명의 앞에서는 긴장이 되고 신경이 곤두섰지만, 이 사내와는 자꾸 웃음이 나왔다.

이 사내는 이원을 몸가짐을 바로 해야 하고 행실을 조심해야 하는 여인이 아니라 그저 사람으로 봐 주었다.

그 사실이 당장의 현실을 바꿔 주지는 않았지만, 그럼에도 숨이 막히던 현실에서 조금은 벗어나는 기분이었다.

"이제는 그렇게 다치시면 안 됩니다."

그에게 닿지 못할 말을 꺼낸 이원이 서신을 곱게 접어 안주머니에 넣었다.

二章

그 뒤로 석 달이 지나가 있었다.

언제나 똑같은 나날이었다. 이호의 병 때문에 여민관을 갈 때를 빼놓고는 안채에서 나오지 못했다. 명에게 잘 보이도록 치장을 하고, 황태자비에 어울리는 여인이 되도록 행실을 배웠다.

특별할 일이 없는 일상이었지만 언제부터인가 그녀도 모르게 처소의 나무를 보게 되었다.

"역시 여기까지 오는 건 무리겠지?"

그를 만난 건 여민관 담 옆의 나무였다. 하지만 이원이 은가의 여인이라는 것을 안다면 여기까지 올 수도 있지 않을까?

"어렵긴 할 거야."

하지만 아무것도 모르는 이원이 봐도 그의 실력은 뛰어났지만 이곳은 은가에서도 깊숙한 곳에 있는 안채였다.

역시 무리일 것이다.

"차라리 그런 말을 남기지나 말지."

명이 사람을 시켜 보낸 연서는 어디에 있는지도 기억나지 않았지만, 그가 짧게 남긴 글은 그렇게 처박아 놓을 수 없었다. 그렇다고 내놓았다간 난희에게 들킬 수도 있었기에 잘 보는 책 사이에 껴 놓았다.

문장이라고 할 만한 것도 없었지만, 그녀도 모르게 자꾸 펼쳐 보게 되었다.

"하아."

결국 느는 건 한숨뿐이었다. 복잡한 생각을 없애려 방으로 들어간 이원이 비파를 들고 밖으로 나왔다. 감정을 가라앉히듯 자세를 잡은 이원이 현을 천천히 퉁겼다.

명에게 잘 보이기 위함이라는 말을 듣기는 했지만, 이원은 연주하는 것을 좋아했다. 현을 퉁기면서 나오는 소리에 귀를 기울이자 공허했던 마음이 천천히 가라앉았다.

"아!"

"연주 잘 들었어."

비파의 현에서 손을 떼자마자 보이는 그의 모습에 이원의 눈이 커졌다. 언제부터 보고 있었던 건지 알 수 없었지만, 꼭 여민관에서 만났었던 그때처럼 나무 위에 앉아 있었다.

마지막으로 봤을 때와는 다르게 나아진 모습을 보니 괜히 화가 울컥 치밀었다.

"그렇게 말도 없이 가 버리시면 어떡합니까? 걱정했지 않습니까!"

"죽지 않게 살려 줬잖아. 걱정할 것까지야."

허허실실 나오는 태연한 말에 이원의 미간이 찌푸려졌다. 이원의 표정에도 상관없이 환이 나무에서 훌쩍 내려왔다.

명이 바로 앞에 있어도 아무렇지도 않던 심장이 이 사내가 조금씩 거리를 좁히는 것만으로도 문제가 있는 것처럼 요동쳤다.

어떤 말을 꺼내야 할지 고민하던 찰나 바로 앞까지 다가온 그가 이원에게 손을 내밀었다.

그의 손에는 깨끗하게 접힌 손수건과 연분홍 술에 새하얀 백옥으로 장식된 노리개가 놓여 있었다.

"빚 갚으러 왔어."

"……."

"나름 열심히 고른 건데 받아 주지?"

말은 그렇게 했어도 나름 진심이었다. 여인에게 선물을 해 본적도 없었고, 관심은 더더욱 없었다. 그나마 정 상궁에게 사 주고 싶은 것을 보고, 그녀의 모습을 떠올리며 고른 것이었다.

좋아하며 받아 주지는 않아도 조금은 반응이 올 줄 알았건만, 정작 당사자는 물끄러미 쳐다보기만 할 뿐이었다.

"보답을 할 생각이면 내 의견도 들었어야죠."

"뭐?"

"그리고 이런 건 저에게도 많이 있습니다!"

평소라면 절대 하지 않았을 억지였다. 그저 기분 탓일 수 있지만, 이걸 받으면 이대로 이 사내와는 끝날 것 같은 불안이 치밀었다.

"그럼 넌 뭘 받고 싶은데?"

명이라면 여인이 그리 욕심이 많으면 안 된다고 가르치려 들었겠지만 이 사내는 무엇을 원하는지 먼저 말해 보라며 길을 열어 주었다.

다만 솔직히 무언가를 원해서 그를 도와준 건 아니었다.

어떻게 말해야 할지 고민하던 이원의 눈에 사내의 허리에 채워져 있는 검이 보였다.

"검!"

"응?"

"검을 가르쳐 주실 수 있습니까?"

말을 꺼내자마자 이원이 속으로 탄식했다. 아무리 그때 그렇게 말했어도 지금은 어떤 생각을 하고 있을지 모르는데 너무 섣부르게 행동했다.

고작 세 번밖에 만나지 않은 여인에게 검을 가르치라니, 다른 사내들이 저런 제안을 받았으면 크게 화를 내거나 자신의 실력을 무시하는 거라며 분노했을 것이다.

"그, 그게 죄송합니다. 제가……."

"죽이고 싶은 사람이라도 있어?"

"네? 무슨 말도 안 되는 말씀이십니까!"

"내가 배운 검은 그런 거야. 가르쳐 주는 건 어렵지 않지만 그대에게는 전혀 도움이 안 된다는 거지."

"아……."

이건 전혀 생각하지 못한 답이었다. 담 너머로 몰래 배우는 것도 이제 한계에 부딪히고 있었다.

물론 진짜 그에게 배울 수 있을 거라 생각하지는 않았지만 그럼에도 현실을 마주하자 다시 힘이 빠져 버렸다.

"흐음."

"신경 쓰지 마십시오. 그저 가볍게 꺼낸 말입니다. 잊어버리시고, 노리개는……."

"주기 싫어졌어."

"네?"

"생각해 보니까 누구에게 주기는 너무 비싼 노리개네."

무슨 소리냐는 듯이 그녀가 눈을 좁혔지만, 환은 태연히 건넸던 노리개를 다시 품에 넣었다.

명의 여인이 될 사람과 더 엮이는 건 그에게도 그다지 좋은 일은 아니다. 그런데 시무룩해하는 표정이, 아쉬워하는 눈이 환을 자꾸 건드렸다.

"호신 정도는 괜찮겠네."

"네?"

간단한 호신법 정도만 알려 주겠다는 것이었는데, 얼굴 가득한 그녀의 미소에 눈을 뗄 수 없었다.

여인의 미소를 본 적이 없던 것도 아니었고, 더한 것도 궁녀들에게서 봐 왔건만 이 여인의 미소는 좀 더 보고 싶었다.

"아! 저……."

"음?"

"성함이 어떻게 되십니까?"

그녀의 물음에 환이 잠시 고민하듯 입을 굳게 다물었다. 이름을 알려 줘도 될까? 아니 그전에 이 여인은 자신을 무엇을 믿고 저렇게 무방비로 있는 건가?

의문은 꼬리를 물고 이어졌지만, 환은 생각을 접었다.

"환이다."

"은이원이라고 합니다!"

명과 있을 때와는 확실히 다른 모습이었다.

길지는 않을 것이고, 다른 사람에게 들키지만 않으면 될 뿐이었다. 명과 혼인하여 황궁에 들어갈 즈음, 환은 황궁을 나가게 될 것이다.

"잘 부탁드립니다!"

"그래. 잘 부탁해."

그저 연이은 목숨을 빚진 것에 대한 보답일 뿐이다. 그뿐이었다.

**

"그렇게 뻗기만 한다고 상대방이 알아서 달려와서 검에 몸을 박는 게 아니거든? 좀 더 빠르게 찔러."

선생인 환은 훨씬 더 제멋대로고 약간의 자비조차 없었다. 호신용으로 가르쳐 주는 거라고 했지만 말만 그럴 뿐, 시작은 나뭇가지를 쥐는 것부터 시작했다.

'진짜 하나씩 해야겠네.'

일주일 동안 배운 것이라곤, 나뭇가지를 붙잡은 것뿐이었다. 제대로 가르치고 있는 게 맞는지 의심이 될 무렵, 환은 나뭇가지로 허공 찌르기를 시켰다.

찌르기는 유수를 가르치는 것을 담 너머로 보며 충분히 배웠다고 생각했건만, 이원의 찌르기를 본 환의 얼굴은 곧바로 구겨졌다.

형편없다는 잔인한 평가를 듣기 싫어 시간이 날 때마다 연습했지만, 환에게서는 빈말이라도 잘한다는 말 한 번 하지 않았다.

"하앗!"

"형편없어."

허공에 나뭇가지를 찌르는 것도 3주째, 드디어 허공에서 환으로 목표는 바뀌었지만 솔직히 다행이라는 생각은 들지 않았다. 허공은 아무 말도 하지 않았지만, 환에게선 놓칠 때마다 독설이 튀어나왔다.

"일관된 걸 좋아하는 건 아는데 그렇다고 적도 일관적으로 가만히 서 있지는 않아."

"알고…… 있다고요!"

분명 자객을 상대할 때는 그 움직임이 보였건만, 환은 그 흔적을 따라가는 것도 쉽지 않았다. 그를 향해 몸을 튼 이원이 환을 따라 나뭇가지를 뻗었다. 호기롭게 내지른 나뭇가지가 환에게 닿기 직전, 잔상과 함께 허공을 갈랐다.

"이렇게 고생할 걸 왜 가르쳐 달라고 했어? 그냥 지금이라도 그만하는 게 낫지 않겠어?"

종알종알. 허허실실. 비웃으며 꺼내는 말이 이원의 신경을 살살 긁다 못해 화가 나게 했다.

명이 언제나 말했던 것처럼 네가 여인이라 안 되는 것이라고 했다면 그저 웃으며 무시할 수 있었다.

하지만 환의 비웃음은 여인과 사내의 문제가 아니라 은이원이라는 존재가 무능하다는 것으로 들리는 게 문제였다.

"나야 명 녀석의 대타도 해야 하고, 놈을 지키기도 해야 하니까 검을 배웠지만 넌 그냥 배우고 싶다며? 설마 생명의 위협이 없어서 대충 소일거리로 삼아 배우겠다고 한 거 아니지?"

"그런 거 아니라고요!"

환이 정확히 명과 무슨 관계인지, 하물며 무슨 일을 하는지는 전혀 알지 못했다. 그저 환이 꺼내는 말을 추측할 때 명과 밀접한 관계인 것만 짐작할 뿐이었다.

이원에게 검을 가르친다는 것을 명에게 들키면 큰 곤욕을 치를 수도 있었지만, 환은 위험을 무릅쓰고 이원과의 관계를 비밀로 해 주었다.

"괜히 이런 고생 하지 말고 그냥 호위들에게 지켜 달라고 해. 넌 지켜 줄 사람도 많잖아."

하지만 비밀을 지키는 건 지키는 거고, 살살 약 올리는 저 말투는 진심으로 한 대 때리고 싶었다.

그래서 더욱 손에 피부가 벗겨지도록 연습을 했다. 실상은 나뭇가지로 허공을 허우적대는 것이 전부였지만.

어쩌면 검을 알려 준다는 핑계로 환은 이원에게 제 주제나 깨달으라는 조롱을 하는 것일지도 몰랐다.

환에게 느꼈던 고마운 감정은 약 올리는 말에 점점 사라졌다.

"그냥 포기해."

조롱이 담긴 말에 울컥 눈물이 나면서도 자꾸 오기가 일었다.

겉으로는 풍족해 보여도 이원을 붙잡는 제약은 너무나도 많았다. 그 상황에서도 이원은 진심으로 최선을 다했다.

그 노력을 저 사내가 무시할 수는 없다.

나뭇가지를 힘껏 쥔 이원이 환을 향해 힘껏 뻗었다. 나뭇가지가 뻗는 방향을 피해 환이 움직이는 순간 이원이 움직였다. 미처 피하지 못한 환의 소매에 이원의 나뭇가지가 스쳤다.

"윽!"

"스, 스쳤다!"

다리가 풀린 이원이 그 자리에 주저앉았다. 무리해서 나뭇가지의 방향을 트느라 손바닥의 피부가 까지고 손목이 지끈거렸지만, 아프다는 생각조차 들지 않았다.

처음으로 환에게 닿았다.

"잘하네."

"아……."

"봐. 할 수 있잖아."

주저앉은 이원을 보며 환이 활짝 미소를 지었다. 지금까지 그녀에게 보여 줬었던 조롱이나 비웃음은 어디에도 없었다.

마치 그녀가 해낼 줄 알았다는 것처럼.

그제야 환이 했던 말들이 진심이 아니라는 것을 깨달았다.

"일부러 그런 거죠?"

"그래야 한 방 먹이고 싶어질 거 아냐! 약 올리던 놈에게 한 방 먹이니 재미있지 않아?"

"네? 그, 그게……."

속마음을 그대로 들킨 이원이 그녀도 모르게 환을 보던 시선을 돌렸다. 하지만 곧 그의 눈치를 보듯 다른 곳을 향했던 눈이 그를 향했다.

잠깐이나마 그에게 나뭇가지가 닿았다는 기쁨보다도 그를 당황하게 했다는 사실에 더 기뻐했었다.

그로서는 어쩌면 기분이 무척 나빠야 할 일이었건만, 정작 당사자는 아무렇지도 않아 했다.

"이제는 진짜 선물을 해야겠네."

"네?"

당황하는 이원의 앞에 환이 안주머니에 넣어 놓았던 긴 물건을 꺼내어 내밀었다.

환이 내민 건 팔뚝의 절반 정도 되는 단검이었다. 흔한 장식도 없이 투박한 가죽으로 된 검집에 들어간 단검은 얇지만 무척이나 날카로웠다.

신기한 듯 손에 든 단검을 보는 이원에게 환이 가까이 다가갔다.

"이렇게 손잡이를 붙잡고 비틀면."

"아!"

순간 검날이 길어져 이원의 팔 정도로 늘어났다. 단검이 순식간에 장검이 되자 이원의 눈이 동그랗게 변했다.

"하원에는 없는 물건이라서 구하기가 어려웠지만, 대신 몸 어딘가에 검을 숨겨 놓기는 편하겠지."

"이건……."

"호신하려면 검 정도는 필요할 테니까."

일주일에 한 번, 때로는 두 번, 모두가 잠든 조용한 밤마다 이원의 처소로 환이 찾아왔다. 그리고 이런 식으로 아무렇지 않게 이원에게 다가와서 그녀가 알지 못하는 세상을 보여 주었다.

그렇게 언제부터인가 이원은 환이 오는 날만 손꼽아 기다리게 되었다.

또다시 허공을 찌르던 검은 대련으로 바뀌었고 명과 똑같이 생긴 낯선 사내는 언제부터인가 이호 다음으로 신뢰하는 이로 바뀌고 있었다.

하루만 더, 아니 한 달만 더 이 상황이 바뀌지 않기를 바라는 시간이 계속되었다.

*
**

여민관에서 잠든 이호를 보던 이원이 조용히 방 밖을 나왔다.

이호의 건강만 나아지면 더는 바랄 것이 없었지만 안타깝게도 동생의 건강은 나아지지 않았다.

"하아."

이호의 앞에서는 괜찮아질 거라며 자신 있게 말했지만, 지금은 혼자 있으니 속마음을 감추는 게 쉽지 않았다. 아픈 동생이어도 함께 있기에 은가에서 버틸 수 있었다.

만약 혼자 남게 된다면.

'어머니.'

마루에 앉아 있던 이원이 치마에 걸어 놓은 노리개를 붙잡아 물끄러미 바라보았다. 자색 옥과 진주로 만들어진 화려한 나비 장식 가운데에 '원'이라는 글자가 새겨져 있었다.

이원이 태어난 후, 그녀의 어머니가 만들어 준 것이었다.

힘들 때마다 노리개를 붙잡고 있으면 심란했던 마음이 조금은 가라앉곤 했는데 오늘만큼은 그마저도 쉽지 않은지 아무리 노리개를 붙잡고 있어도 마음이 편안해지지 않았다.

"노리개가 곱네."

목소리가 들려온 방향으로 고개를 돌린 이원의 눈이 커졌다.

다른 사람의 기척은 제법 잘 느끼지만 환이 작정하고 기척을 숨기면 읽기 어려웠다.

"언제 오셨어요?"

"명 녀석이 왔거든."

"아……."

"아직은 괜찮아. 이곳 주인이 붙잡아 놓고 있거든. 동생이 아픈 가 보네."

"이제 좀 나아졌어요."

"나아진 얼굴은 아니네."

속을 꿰뚫는 말에 억지로 괜찮은 척하던 이원이 표정을 가리듯 고개를 숙였다. 누님인 자신이 마음을 다잡아야 한다는 건 알았지만 역시 쉽지 않았다.

그래도 환에게 이호에 대한 걱정을 말할 수는 없었다. 이미 그에게 많은 것을 받고 있었고, 이건 이원이 감당할 책임이었다.

"네 동생은 나름 열심히 싸우고 있어."

"네?"

"네가 걱정하는 걸 아니까 네 동생도 나아지려고 여기까지 오는 거잖아. 그러니까 혼자 버틴다고 생각하지 마."

환의 말을 듣던 이원의 눈이 흔들렸다. 노리개를 보던 이원이 길게 숨을 내쉬었다.

고개를 다시 들어 환을 보는 이원의 표정에는 좀 전까지 있던 걱정이 남아 있지 않았다.

언제부터인가 힘들어하는 이호를 보며 혼자 버텨 내야 한다고 생각했었다. 하지만 이호 또한 싸우고 있다는 생각 자체를 하지 못했다.

"의원이 되고 싶었습니다."

이원의 뜬금없는 말에도 환은 딴죽을 거는 대신 말해 보라는 듯이 지켜보았다. 말없는 시선에 이원이 용기를 냈다.

"어머니와 같은 병을 가진 동생에게 도움이 되고 싶었습니다."

"그럼 하면 되는 게 아닌가?"

"네?"

여인은 의원이 될 수 없다. 그것을 알면서도 환은 저런 말을 꺼냈다.

잠시 그녀를 놀리는 건지 고민하던 이원이 곧 환을 보고는 미소를 지었다.

"그러게요."

이원은 물론이고 환조차 여인은 의원이 될 수 없다는 건 알고 있었다.

하지만 의원이 되지 못할 뿐, 의술을 익혀 동생에게 도움은 될 수 있지 않느냐는 의미였다.

그 순간 문득 궁금증이 일었다. 자신은 여인이라는 것과 은가에 제약이 있었지만, 환은 무엇에 제약이 있는 것일까?

"환이라면 명 전하의 곁이 아니더라도 마음껏 원하는 것을 이룰 것 같습니다. 그런데 왜 곁에 계시는 것입니까?"

이원의 물음에 환의 입가에 있던 미소가 사라졌다. 달라진 분위기에 당황한 이원이 그에게 다가가려는 순간 닫혀 있던 문이 열리며 난희가 나타났다.

"아가씨. 황태자 전하께서 오셨어요."

"응?"

"무슨 일 있으세요?"

"아, 아니야. 가자."

난희를 따라가던 이원이 환이 있던 자리를 흘낏 쳐다보았다.

사라지기 직전 환이 보여 줬던 표정이 머릿속에서 사라지지 않았다. 말실수를 했다는 생각에 마음이 무거워졌지만, 이미 그가 있었던 자리에는 아무도 없었다.

*
**

그 흔한 자수조차 없는 허름한 흑의를 입은 환과는 달리 명은 금실로 화려하게 수놓은 최고급 비단으로 만든 흑의를 입고 있었다.

새삼스러운 모습도 아니었지만, 자꾸 환과 비교하게 되었다.

"동생이 걱정되는 건 이해하지만 이곳은 너에게는 너무 험하단다."

"그저 도성에서 가장 큰 의원일 뿐입니다. 위험할 것이 있겠습니까?"

"배우지 못한 자들이 드나들기도 하는 곳이다. 병자일 수도 있지만, 무슨 마음을 먹었을지 알지 못한 자들이다. 입궁할 때까지는 네가 조심했으면 싶구나."

말은 그럴듯했으나, 결국 은가의 안채에서 나오지 말라는 말이었다. 하늘이 뒤집히지 않는 한, 명과의 혼인이 바뀔 일은 없었다. 그렇다면 혼인을 하기 전까지만이라도 이원에게 자유를 주었으면 했다.

"오늘은 동생이 많이 나아졌습니다."

"그 아이의 병은 쉽게 낫지 않을 거란다. 나아진 건 다행이지만 널 좀 신경을 썼으면 싶구나."

사람을 비교하는 건 잘못된 행동이지만 같은 물음에 전혀 다른 답이 나오니 그녀도 모르게 자꾸 명에게서 환을 찾게 되었다.

"전하."

"말하거라."

"전 의원이 되고 싶었습니다. 의원이 되어 동생을 치료해 주고 싶었습니다."

이원의 물음에 명이 노골적으로 미간을 찌푸렸다. 이원은 종종

68

이렇게 억지스러운 말을 던질 때가 있었다. 오늘이 또 그런 날인지 이원은 또 말도 안 되는 말을 꺼냈다.

이원을 연모하지 않는 건 아니다. 아니 도리어 어느 여인보다도 귀하게 여겼다.

이 여인이 명에게 가져다줄 은가의 세력이 중요했고, 단아하고 고운 외모가 마음에 들었으며 여인으로서 부족함이 없는 단정한 행동이 좋았다.

그렇기에 이원이 종종 꺼내는 쓸데없는 생각 따위 듣고 싶지도 않았고 받아 줄 마음도 없었다.

"의원은 사내의 몫이란다. 네 고운 손으로 병자들의 피고름을 받는 모습은 생각하는 것만으로 기분이 좋지 않구나. 넌 그런 것을 하지 않아도 되는 여인이다. 동생은 실력 좋은 의원들이 치료할 것이니 그런 생각은 하지 말거라."

"……."

"알겠느냐?"

명이 이상한 게 아니다. 도리어 이상한 사람은 환이었다.

그럼에도 환의 그 이상함이 이원은 좋았다. 그리고 이상함이 좋을수록 명과 이원 사이의 벽은 점점 두꺼워졌다.

그래서 더 슬펐다.

이 벽 같은 사내와 혼인해야 한다는 사실이 이원은 너무 싫어졌다.

"이원아."

"알겠습니…… 푸흡."

명을 보던 이원이 입을 막으며 웃음을 삼켰다. 갑작스러운 그녀의 반응에 당황한 명이 미간을 찌푸렸지만 이원은 입술을 깨무느라 고역이었다.

사라진 줄 알았던 환이 명의 뒤쪽 나무에 앉아 이원을 보고 있었다. 그의 존재에 당황한 것도 잠시 이원을 향해 환이 혀를 쭉 내밀고 우스꽝스러운 표정을 지어 보였다.

"아하하하."

"이, 이원아?"

"죄, 죄송합니다. 전하. 좀 전에 새가 지나갔는데 그 모습이 이상하여 그만…… 저도 모르게 웃음이 나왔습니다."

이원의 말에 명이 몸을 뒤로 돌렸지만, 아무것도 없었다. 다시 고개를 돌리니 이원이 무척이나 고운 얼굴로 웃으면서 나온 눈물을 손가락으로 닦고 있었다.

항상 경직되어 있던 이원이 처음으로 무방비한 모습으로 그를 향해 웃고 있었다.

심장이 떨리고 시선을 뗄 수 없었다. 여인이라면 질리도록 알았지만 이원에게는 언제나 처음처럼 새로웠다.

궁녀들이 다가오는 것처럼 이원이 먼저 그에게 다가왔으면 좋겠다.

"저, 전하?"

"연모한다."

"네?"

이원의 웃음기가 사라지자 초조가 명을 집어삼켰다. 이원에게서 느껴지는 거리감이 지금만큼은 싫었다.

그가 제 마음을 표현하는 것처럼, 이원에게서도 확인을 받고 싶었다.

이원을 붙잡은 명이 그녀의 턱을 붙잡아 자신을 바라보게 했다.

"저, 전하!"

"가만히."

이원을 제 앞에 세운 명이 고개를 숙였다.

이 사내는 자신의 가군이 될 사내이니 밀어내면 안 된다는 건 알고 있다.

하지만 저 나무 어딘가에 몸을 숨긴 환이 보고 있을 것이다.

"시, 싫습니다!"

이원이 힘껏 명을 밀어냈다.

그녀의 거부에 명의 얼굴이 일그러지자 제가 무슨 짓을 저질렀는지 깨달았지만 이미 늦은 후였다.

"도, 동생에게 가 봐야겠습니다. 죄송합니다."

명이 어떤 얼굴인지는 관심조차 없었다. 그저 더 이상은 환에게 이런 모습을 보여 주고 싶지 않다는 생각뿐이었다.

몸을 돌린 이원이 한 번도 뒤를 돌아보지 않은 채 도망갔다.

**

온몸을 피로 뒤집어쓴 환이 제 앞에 쓰러져 있는 시체를 감흥 없이 보았다.

가진 것이 그리도 많으면서도 홍 황후와 명은 하나도 포기하지 않았다. 그들의 욕심이 지켜질수록 환이 죽여야 하는 사람은 늘어 갔다.

'이원이 날 보며 웃어 주었다.'

새삼스러운 일도 아니었지만, 시체를 보는 환의 눈은 평소보다도 더 가라앉아 있었다.

명에게 경직되어 있는 게 불쾌하리만큼 안쓰러워서 장난을 걸었다. 다만 그의 장난에 이원이 그렇게 환하게 웃을 거라고는 생각하지 못했다.

'이원이 그렇게 웃는 건 처음 봤다.'

"네놈이 아니었어. 망할 자식."

살기를 숨긴 딱딱한 눈이 제 손등에 길게 나 있는 상처를 보았다. 충분히 막을 수 있는 공격이었다.

하필 그 순간 이원에게 명이 다가가던 모습이 머릿속을 가득 채웠다.

이원의 눈이, 경직된 몸은 보이지도 않는지 명은 이원을 붙잡은 채 가까이 다가갔다.

만약 이원이 명을 밀어내지 않았다면.

"망할!"

고작 입맞춤 따위가 뭐라고.

하물며 둘은 혼인할 사이였으니 입맞춤을 한들 잘못될 건 없었다. 그걸 알면서도 짜증이 치밀었다.

기분 나쁜 일 따위 쉽게 잊어버린다고 생각했건만 이원에게 명이 한 짓거리가, 그녀의 몸에 닿았던 놈의 손이 머릿속에서 사라지지 않았다.

"도련님."

"황궁으로 먼저 가 있어라."

대답을 듣지도 않은 채, 환이 방향을 은가로 잡았다.

온몸에 묻은 피와 상처가 마음에 걸렸지만 지금은 의기양양한 명의 얼굴 따위 마주하고 싶지 않았다.

은가의 누구에게도 들키면 안 되었기에 검 연습은 깊은 밤이 되어서야 할 수 있었다.

곧게 뻗으며 찌르던 검이 방향을 바꾸어 허공을 베었다. 바람을 가르며 베었던 검은 막힘없이 다음 동작으로 연결되었다.

숨소리마저 조절하며 검을 연습하던 이원이 순서를 끝낸 후 긴장을 풀어내듯 긴 숨을 내쉬었다.

"후우. 아!"

한 번의 끊김도 없이 검을 휘두를 때는 흐트러지지 않았던 숨이 방에 서 있는 피투성이의 환을 보는 순간 미친 것처럼 달음박질을 쳤다.

이원을 본 환이 방 밖으로 걸어 나왔다.

"언제 오셨습니까?"

"방금 전에."

어딘가를 응시하는 환을 보던 이원이 가까이 다가갔다. 그의 시선을 따라 고개를 돌린 이원의 눈이 휘었다.

"어머니께서 남겨 주신 노리개예요."

"지난번에도 한 걸 봤어."

"제가 태어났을 때 만드셨다고 하셨어요. 제일 아끼는 거예요."

은건명의 하나뿐인 딸이었기에 입고 있는 옷과 장신구는 최고급이었고 항상 바뀌었지만, 저 노리개만큼은 언제나 하고 있었다. 눈에 띄는 장식이었기에 관심을 가졌지만, 죽은 어머니가 준 건지는 몰랐다.

노리개에서 관심이 사라진 환이 그녀가 들고 있는 검을 향했다. 낡아 보였지만, 실제로는 손에 상처가 나지 않도록 질긴 가죽을 골라 연마해서 만든 것이었다.

그런 가죽이 닳아 있었다.

"한번 보여 줘."

"네?"

"연습하고 있었잖아."

갑작스러운 요구에 이원이 고개를 숙였다. 물론 매일 밤 연습하기는 했지만, 아직 환에게 보여 줄 정도는 아니었다.

"아직 보여 드릴 정도는 아니에요."

"잊고 있나 본데, 더 엉망일 때부터 난 봤었거든."

"……."

"처음부터 다시 해 봐."

장검으로 바꾼 이원이 좀 전까지 연습했던 그대로 움직였다. 마루에 다리를 꼬고 앉은 환이 이원의 움직임을 그대로 따라갔다.

언제나 이원의 검을 따라가던 눈이 오늘은 자꾸 검이 아니라 그녀를 향했다.

집중하는 눈을 보았고, 숨을 조절하느라 굳게 다문 입술을 보았다. 가르쳤던 걸음 그대로를 따라 하는 작은 발을 따라서 꽃이 흩날리듯 움직이는 치마를 보았다.

"어떠십니까?"

그녀의 목소리를 들린 다음에나 상념은 멈추었다. 환이 고개를 드니 이원이 고개를 갸웃거리며 환을 보고 있었다.

처음 자각해 버린 감정이 환을 집어삼키고 심장을 떨리게 했다.

"무슨 문제라도…….."

"곱다."

가볍게 나온 말이었는데 듣는 이원의 얼굴을 새빨갛게 달아올랐다.

분명 수없이 명에게 들었던 말이었건만, 왜 갑자기 이리도 사람을 흔드는지 알 수 없었다.

그에게 표정을 감추려 고개를 돌린 순간, 그의 손목에 감겨 있는 붕대가 보였다. 그에게 묻어 있던 피가 다른 이의 것이 아니었던 건지 붕대는 피로 축축하게 젖어 있었다.

"다치셨습니까?"

"내 피 아니야."

"붕대에서 피가 배어 나오고 있지 않습니까?"

"음. 아주 안 다친 건 아니고 조금?"

말이 끝나기가 무섭게 이원이 몸을 돌려 서랍을 뒤졌다. 왜 그러냐는 말이 나오려는 순간 이원이 환을 붙잡아 자리에 앉혔다.

가까이 다가오는 이원을 피해 환이 몸을 뒤로 틀려 하자 절대 안 된다는 것처럼 작은 손이 피 묻은 옷을 힘껏 붙잡았다.

"치료해야 합니다!"

버릇인지 알 수 없었지만 이원은 제 감정을 숨기려 할 때면 고개를 숙였었다.

그런 그녀가 지금만큼은 피하지 않고 환을 마주했다. 그 작은 사실을 자각하자 괜찮다는 말로 상황을 피할 수 없었다.

그가 얌전히 있자 이원이 서둘러 환의 손에 남아 있는 피를 닦아 내고 상처를 치료했다.

"도대체 명 전하는 환에게 무슨 명령을 내리기에 언제나 이런 상처만 있으십니까?"

"제 놈이 하기 싫은 일."

"네? 왜 그런 일을…… 환은 왜 그 명령을 따르시는……."

"어머니. 얼마 전에 그 녀석 곁에 왜 있냐고 물어봤잖아?"

간결한 답이었지만 이해하기에는 충분한 답이었다.

이원에게 지켜야 할 사람이 이호라면 환에게 그런 존재가 어머니였다. 건명과 명이 무슨 일을 하는지 알려 주지는 않았지만 정치를 하는데 깨끗할 수 없다는 건 그녀도 어렴풋이 알고 있었다.

하지만 둘은 피를 묻히지 않을 동안, 환의 몸에는 상처가 늘어가고 있었다. 치료를 끝내고도 마음은 여전히 무거웠다.

"그런 눈으로 있으니까 명이 다가오는 거야."

"네?"

"그런 눈으로 보고 있으면 사내는 돌아 버리거든."

놀란 눈으로 고개를 드는 순간 거리를 좁힌 환이 이원의 턱을 붙잡았다. 명보다도 빠르게 이원에게 다가온 환이 얼굴을 숙였다.

밤바람에 차가워진 입술과 입술이 만나자 뜨거운 숨이 엉켰다. 타인의 입술에서 느껴지는 말캉하고 뜨거운 감촉이 어색했지만 무척 달았다. 닿았던 입술을 좀 더 열자 환이 길게 내쉬는 숨결이 입안 가득 느껴졌다.

숨을 쉬지 못해 답답해지면서도 떨어지고 싶지 않았다. 떨어지지 말라는 듯이 그를 붙잡았지만, 한계에 다다른 이원이 몸을 휘청거리자 환이 이원의 입술에서 떨어졌다.

"안 피하네."

열기에 들끓는 눈이 이원만을 보고 있었다. 분명 평소에 느끼던 그와는 완전히 달랐다.

머리에서는 이 이상은 안 된다며 비명을 지르고 있었지만, 분명 마음에서 나오는 말은 그렇지 않았다.

"환은 혼인했습니까?"

"아니."

"혼인할 사람은 있습니까?"

"그럴 리가."

환의 멱살을 붙잡은 이원이 먼저 다가갔다.

"그럼 제가 돌아 버려도 상관없지 않습니까?"

"뭐?"

"저는 조금 더 하고 싶습니다!"

좀 전까지 닿았던 입술에 다시 입을 맞춘 이원이 환이 그랬듯이 입안을 파고들어 숨결을 삼켰다. 먼저 다가온 이원에게 놀란 것도 잠시 허리에 팔을 감은 환이 제 품으로 이원을 끌어들였다.

얼마나 오랫동안 입을 맞추고 있었는지 알 수 없었다. 빨리고 씹힌 입술이 붉게 부어오르고 한계까지 치달은 숨에 쓰러질 것처럼 얼굴이 창백해진 다음에나 환은 이원을 놓아주었다.

"너 진짜 사내를 뭐로 보고!"

"사내만 먼저 하라는 법은 없지 않습니까? 그리고 확인해 보고 싶었습니다."

명은 가까이 있는 것만으로도 불편했지만, 환은 아니었다.

허락 없이 다가온 입맞춤이 싫기는커녕 심장이 터질 것처럼 좋았다.

순간이라고 할 만큼 짧은 시간이었지만, 이원은 이 사내를 마음에 담았다.

"제가 먼저 다가가서 환은 싫었습니까?"

그만해야 한다.

저 정도면 제 몸 정도는 어느 정도 지킬 수준은 되었다. 그가 가르치지 않았어도 이원은 기본기도 있었고 재능도 있었다.

황궁을 나가야 하는 환에게 이 상황은 곤란했다.

하지만 그만하자는 말 대신 환이 입맞춤을 했다. 허락 없이 다가왔지만, 이번에도 이원은 환을 힘껏 받아 주었다.

"명에게 그렇게 웃어 주지 마."

"그건 환이 그런 표정을 지어서 그런 것이 아닙니까!"

"그래도 웃어 주지 마."

"알겠습니다. ……환의 앞에서만 그렇게 웃겠습니다."

제 약속을 지키겠다는 것처럼 이원이 활짝 웃었다. 이원의 미소를 환이 홀린 듯이 바라보았다.

눈을 뗄 수 없을 정도로 고왔다.

열기에 붉어진 뺨을 감싼 환이 제 감정을 보여 주듯 이원의 입술에 입을 맞추었다.

**

"환아."

손의 상처에 올라왔던 딱지는 떨어져 흔적만 남아 있었다.

최근 표가와 홍 황후와의 대립이 점점 거세졌기에 환 또한 하루가 멀다 하고 홍 황후가 시킨 일들을 처리했다.

"어머니."

"잠깐 들어가도 되니?"

"편하게 들어오시면 되죠. 자리에 앉으시죠."

환이 씻은 물에 번진 핏물을 보던 정 상궁의 미간이 짧게 굳었다. 그녀의 기색을 보던 환이 모르는 척 대야를 제 뒤로 넘겼다.

일이 늘어나면서 환의 몸에 상처가 늘고, 피 냄새가 사라지지 않았다.

예전이었다면 밀려드는 절망감에 아무것도 하지 못했겠지만 요즘에는 그마저도 기꺼웠다.

'몸을 좀 아끼시라고 하지 않았습니까? 무모하게 나서지 말고 위험하면 도망가시란 말입니다!'

상처가 생기면 한껏 울 것 같은 얼굴로 이원이 치료해 주었다. 치료를 해 주고 나면 쉬고 가라며 제 무릎을 내주니 짧게나마 머무는 시간이 꿈처럼 평온했다.

명을 보며 경직되었던 이원은 환을 보면서는 항상 활짝 미소를 지어 주었다.

'어머니는 저를 원이라고 부르셨습니다. 이원이라는 이름을 싫어하는 건 절대 아니지만 환은 절 원이라고 불러 주셨으면 합니다.'

"환아. 혹 여인이 생긴 것이냐?"

기분 좋게 머릿속을 맴돌던 생각이 그 순간 멈추었다. 당황한 환이 뒤늦게 표정을 감추었지만 어머니인 정 상궁을 속일 수는 없었다.

"어, 어떻게 아셨습니까? 혹 명이나 황후가…….."

"네 어미가 아니냐? 나도 낌새만 조금 느꼈을 뿐 확신은 없었단다."

"그게……."

"잘되었다."

가까이 다가온 정 상궁이 상처 가득한 환의 손을 감쌌다.

환은 어떤 것도 말하지 않았지만 정 상궁은 전부 알고 있었다. 다만 그것을 알면서도 아무것도 도와주지 못하는 자신이 너무나도 무력했다.

그저 모르는 척, 곁을 지켜 주는 것이 자신이 할 수 있는 전부였다.

언제나 사라질 것처럼 위태로웠던 환이 요즘은 달라져 있었다.

"어떤 여인인지 물어봐도 되겠느냐?"

정 상궁의 물음에 환이 숨을 삼켰다.

명의 것이 될 여인.

순간의 평온함에 불나방처럼 달려들었지만, 환은 그 사실을 단 한 번도 잊지 않았다.

"아직은 보여 드리기 좀 그렇습니다."

마음에 드는 궁녀를 능욕하고 죽여 버리면서도 명은 이원에게 집착했다.

아무 감정이 없을 때조차 함께 있는 둘을 보며 느꼈던 불쾌했던 감정은 이원의 손을 만지는 명을 보는 것만으로도 죽여 버리고 싶을 정도의 살의가 되었다.

하지만 그럴수록 환은 자신을 다잡았다.

"이 어미가 너무 성급했던 것 같구나."

"죄송합니다. 어머니."

"아니야. 기분이 상하거나 서운하다는 게 아니야. 진심으로 그렇게 생각하는 거란다."

환이 마음을 연 정인이 생겼다는 사실만 생각하고 좋아한 나머지 모자가 처한 상황을 잊고 있었다.

좋은 가문에서, 좋은 가르침을 받았다면 이렇게 힘들게 살지 않았을 것이다.

환이 고른 여인이라면 보지 않아도 믿을 수 있다.

"조용하면서도 강단이 있는 여인이니 어머니께서도 좋아하실 것입니다. 길지 않을 것입니다."

빠르면 6개월, 길어도 1년 안에 전부 끝낼 것이다.

가능하다면 환이 황궁을 나갈 때, 은가의 답답한 담 안에 갇혀 있는 이원도 함께 데려갔으면 했다.

"모든 게 잘될 겁니다."

"환아."

"제가 그렇게 만들 것입니다."

명의 의지를 꺾는 일도, 건명을 설득하는 것도 쉽지 않겠지만 이원만 의지가 있다면 환은 무엇이든지 할 수 있었다.

하루하루가 너무나도 빨리 지나갔고, 환은 밀려드는 초조를 억눌렀다.

제가 바라는 미래를 얻기 위해서라면 지금의 고통은 아무것도 아니었다.

*
**

81

자리에 앉은 건명의 안색이 어느 때보다도 어두웠다.

명과 뱃놀이를 다녀오라는 명을 내린 순간 보여 주었던 이원의 표정이 너무나도 또렷했다.

노골적으로 명은 이원이 자신에게 거리를 둔다며 불평을 터트려 놓았다.

못난 놈이 제가 노력할 생각은 하지 않고 채근하는 꼴이 영 마음에 들지 않았지만 어쨌든 은가의 번영을 위해서는 끌고 가야 하는 놈이었다.

'네가 답답해하는 것 같다며 황태자 전하께서 신경을 써 주셨단다. 다녀오거라.'

'하지만 전하께서는 정사에 힘을 쓰셔야 하지 않습니까? 제 일로 폐를 끼칠 수 없습니다. 이호의 건강도 좋지 않으니 뱃놀이는…….'

'이원아. 네가 혼인을 하여 평생 가군으로 모실 사내란다. 사내라면 제 내자가 될 여인에게 그 정도는 신경을 써야 하는 거란다.'

'아버지.'

'너에게 좋은 모습을 보이려는 것이니 다녀오거라.'

건명을 보던 이원이 표정을 감추듯 고개를 숙였다.

제 감정을 숨길 때마다 이원은 제 어머니처럼 고개를 숙였었다. 제 어머니와 똑같은 모습을 보이는 이원을 보며 건명이 쓴물을 삼켰었다. 하지만 이번만큼은 그도 물러설 수 없었다.

'이호는 시종을 시켜 여민관에 보낼 것이니 걱정하지 말고 전하께 최선을 다하거라. 표현은 안 하시지만 너에게 서운한 게 있으신 것

같더구나. 사내는 보듬어 줘야 곁을 내주는 것이란다.'

결국 송 부인의 시종까지 전부 불러 치장을 시키고, 어찌해야 하는지 수없이 가르친 후에나 뱃놀이를 보냈다.

치장한 이원을 보며 만족한 명은 환한 미소를 지었지만, 그를 보며 이원은 다시 고개를 숙였다.

그것만으로도 답은 충분했다.

그때의 일을 회상하던 건명이 손으로 이마를 감쌌다.

보면 안 되는 것을 봐 버렸다.

좀처럼 잠이 오지 않아 밤에 홀로 산책을 나왔다가 이원의 웃음소리를 들었다. 낯선 만큼 행복해하는 웃음이었기에 잠시 딸을 보러 간 것이었다.

검은 무복에 피 묻은 검, 곳곳에 흉터처럼 새겨져 있는 상처, 결정적으로 명과 똑같은 외모.

이원의 무릎에 머리를 베고 누워 있는 놈이 명일 리가 없었다. 하지만 그럼에도 약간의 희망을 담고 봤다.

명일 것이다. 명이어야 했다.

'원아.'

환에게서 나오는 이름에 건명이 몸을 비틀거렸다. 원이라고 부른 사람은 죽은 이원의 어머니밖에 없었다.

명은 절대 이원을 그렇게 부르지 않았다.

'이제 가야 해요.'

'가기 싫어.'

무릎에 누워 있던 환이 몸을 일으켜 이원을 마주 보았다.

제 어미가 죽은 후, 동생을 지켜야 한다는 압박 때문이었는지 이원은 좀처럼 웃지 않았다.

하물며 명 앞에서 이원은 언제나 경직되어 있었다. 그런 자신의 딸이 다른 사내와 마주 보며 환하게 웃고 있었다.

명이다.

저기에서 마주 보고 있는 건 분명 명이어야 했다.

'환! 잠시만요.'

실낱 같은 희망은 이원의 입에서 나오는 이름에 철저히 부서졌다.

담을 넘으려는 환을 붙잡은 이원이 상처가 남아 있는 손을 감쌌다. 말없이 상처를 보는 이원을 환이 제 품으로 끌어당겼다.

"왜 하필 그놈이냐!"

다른 놈도 안 되지만, 서우환은 절대 안 되었다.

서우환은 철저히 목적에 의해 만들어진 검이었다. 목적만 다 이루면 정리할 존재, 하필 절대 만나지 않아야 할 사내와 이원이 만나 버렸다.

"네놈이 감히 내 딸을."

약간의 희망을 담아 명에게 보냈지만 이원의 표정으로 모든 것을 알 수 있었다.

제 딸이 마음에 담은 사람은 서우명이 아니라, 서우환이었다.

"막아야 한다."

속절없이 빠져드는 것이 연심이다. 손을 쓸 수 없는 상황이 오기 전에 움직여야 했다.

환에게는 적어도 일주일이 걸릴 만한 일을 보내 놓았다.

"일주일."

이삼일은 걸릴 만한 곳에 뱃놀이를 보내 놓았으니 그사이 명과 이원이 가까워지면 그만이었다.

송 부인의 시종들에게 단단히 일러 놓았으니 알아서 잘 하겠지만 그 안에 준비를 끝내고 환에게 손도 써야 했다.

"누구 없느냐?"

말이 끝나기가 무섭게 문이 열리며 시종이 안으로 들어왔다. 그에게 바쁘게 지시를 끝낸 건명이 초조함을 억누르듯 주먹을 쥐었다.

* *

이원과 함께 있었던 사흘은 더할 나위 없이 만족스러웠다.

이원의 손을 붙잡았고, 함께 다니며 좋은 모습만 보여 주려 최선을 다했다.

비록 조심스러운 이원은 그에게 완전히 마음을 열어 주지 않았지만 그럼에도 조금씩 미소를 지어 주었다.

'조금만 더 다가오면 좋으련만.'

명이 손을 뻗는 것만으로도 알아서 옷고름을 풀었던 궁녀들과는 달리 이원은 입맞춤조차 쉽지 않았다.

하지만 명이 조금이라도 경직되면 죄송하다며 몸을 숙이니 치밀던 화가 언제 그랬느냐는 듯이 사라졌다.

'간택령까지만 기다리면 된다.'

어차피 제 손아귀의 여인이었다. 조금 늦게 품에 안는다고 달라질 것은 없었다.

"황태자 전하께서 오셨습니다."

"부르셨습니까?"

뱃놀이를 갔다 온 후라 몸이 천근만근이었다. 좀 쉬었으면 했지만 그새를 못 참고 건명과 황후가 득달같이 불렀다.

귀찮은 표정으로 들어왔던 그가 방을 무겁게 짓누르는 분위기에 숨을 삼켰다.

"무슨 일이라도 일어난 것입니까? 혹시 표가의 놈이 나선 것입니까?"

아무것도 모르는 명을 보던 홍 황후가 이마를 짚으며 고개를 저었다.

요즘 내내 몸이 좋지 않았다. 태의에게 진맥을 받았지만 신경을 쓰느라 기가 약해졌다는 원론적인 이야기만 나왔다.

눕고 싶었지만 지금은 당장 처리해야 할 일이 있었다.

"은 장군께서 직접 말하시게."

"이원이가 환 도련님의 존재를 알았습니다."

좀 전까지 느꼈던 편안함이 차갑게 식었다. 언제부터 손을 떨고 있었는지 알 수 없었다. 뒤늦게 자각한 떨림에 명이 힘껏 쥐었다.

"그럴 리가 없다! 그녀가 어떻게 그놈에 대해 알고 있단 말인가! 혹 장군에게 물어본 것인가?"

"전하와 비슷한 외모의 사내라는 것 정도만 알고 있습니다. 어떻게 알게 되었는지는 확인하지 못했습니다."

그날 밤 본 두 사람의 모습에 대해 건명은 절대 꺼내지 않았다. 명은 딱 저 정도만 알면 되었다.

비록 저 멍청한 놈을 볼 때와는 비교조차 안 되는 다정한 눈으로 환을 바라봤지만 그 사실이 절대 밖으로 드러날 일은 없을 것이다.

"그놈이 말했겠지."

홍 황후의 앞이라는 것조차 잊은 채, 명이 입술을 깨물었다.

지금까지 환의 존재를 알아차린 이들은 제 선에서 전부 제거했지만, 이원은 절대 그럴 수 없었다.

제 부인이 될 여인.

처음 건명의 옆에 서 있는 이원을 봤었을 때 명은 처음으로 제 심장이 뛰는 것을 느꼈었다.

비록 이원은 명에게 쉽게 마음을 열어 주지 않았지만, 그럼에도 명은 얼마든지 기다릴 수 있었다.

하원의 황제로 성군이 되기 위해서는 이원이 필요했다. 그리고 가장 고귀한 자리에 앉으려면 이원 또한 당연히 명을 선택해야 했다.

"그럴 리는 없겠지만 이원이 환에게 호감을 보였는가?"

그렇게까지 머리가 없는 놈은 아니었는지 홍 황후가 하지 못한 물음을 명은 던졌다.

제 귀한 딸은 하원의 황후가 될 것이다. 이원이 황후에 오르는 순간 하원은 은가의 나라가 될 것이다.

"호감을 보인 사람은 도련님이었습니다. 제 딸아이가 그랬다면 저에게 도련님이 누구인지 물어봤겠지요. 그러니 손을 써야 합니다."

"내가 죽이겠소."

좀 전까지 귀찮아하던 눈에 짙은 살기가 스며 나왔다.

처음부터 죽었어야 할 놈이었다. 그저 제 얼굴과 비슷했기에 방패로 쓰고 검처럼 휘둘렀을 뿐이었다.

감히 제 주제도 모르고 이원에게 손을 뻗었다.

"대신 나도 은 장군께 듣고 싶은 이야기가 있소."

"무엇입니까?"

"내가 직접 나서서 이번 일을 정리하는 건 어렵지 않소. 하지만 은가가 얼마나 날 황제로 세우는 데 적극적인지 확답을 듣고 싶소."

명의 눈을 마주 보던 건명이 슬며시 주먹을 쥐었다. 아주 멍청한 놈이라고 생각했건만, 그래도 아직은 쓸 만한 것 같았다.

저놈이 권좌에 오를 때까지, 최소한 이원이 황자를 낳을 때까지는 품고 가야 할 놈이었다.

"황태자 전하와 황후 마마께서 흔들리지 않는 믿음에 보답만 해 주시면 됩니다. 무슨 일이 있더라도 제 딸은 전하의 여인이 될 것입니다. 그럼 이제 저도 전하께 묻겠습니다. 전하께서는 제 딸을 어느 위치까지 올려 주실 것입니까?"

"황후요. 난 이원이를 황후로 올릴 것이오."

답은 충분히 들었다.

이제 며칠 후면 일을 끝낸 환이 돌아올 것이다. 그럼 지금의 혼란도 가라앉을 것이고, 전처럼 은가의 미래는 탄탄할 것이다.

"그럼 간택령을 준비하십시오."

은가의 담을 넘는 환의 얼굴이 딱딱하게 굳어 있었다.

표가의 흐름을 알아보라는 명령에 일주일을 도성에서 떠나 있었다. 불안한 기분에 붙여 놓았던 사람에게서 나오는 보고에 내내 분노가 치밀었다.

"제길."

막연한 불안은 이원이 명과 함께 뱃놀이에 갔다는 보고에 기분은 바닥을 찍었다.

무려 사흘, 이원이 철저히 선을 그었다고는 했지만 낮 내내 명에게 시달렸다고 했다.

무력한 자신이 끔찍하게 싫었다.

지금 당장 이원을 위해 할 수 있는 일이라고는 그저 달 그늘에 몸을 숨겨 그녀에게 가는 것뿐이었다.

언제나 담을 넘으면 기척을 읽었던 이원이 환을 보며 밝은 미소로 다가왔었다.

"원아."

무릎을 모은 채 머리를 숙이고 있던 이원이 고개를 들었다.

눈가에 그렁그렁 맺혀 있는 눈물을 보던 환이 치미는 욕지거리를 참으며 이원에게 다가갔다.

다가오지 못하는 이원을 보던 환이 한쪽 무릎을 꿇고 앉았다.

"미안."

"……."

"잘못했어."

눈가에 가득 맺혀 있던 눈물이 얼굴을 타고 흘러내렸다. 차라리 소리를 내 울었으면 했지만, 이원은 입술을 깨물어 소리를 삼켰다.

환이 손을 내밀어 작은 손을 붙잡았다. 차가운 손에서 느껴지는 떨림에 몸을 일으킨 환이 그녀에게 다가왔다.

"곧 간택령이 있을 거라고 합니다."

아직은 준비가 되지 않았다며 자비를 구했지만, 건명은 완고했다.

온몸을 파고드는 절망과 공포에 한 걸음도 밖으로 나갈 수 없었고, 은가의 누구에게도 말할 수 없었다.

"나 혼인하기 싫어."

"……."

"황궁에 들어가기 싫어."

유일하게 속마음을 꺼낼 수 있는 환에게 이원이 가장 하고 싶었던 말을 꺼냈다.

떨림이 남은 손으로 환의 손을 힘껏 붙잡자 가까이 다가온 그가 이원을 품으로 당겼다.

환도 어쩔 수 없다는 것을 알면서도 그에게 매달리는 게 이원이 할 수 있는 전부였다.

"혼인하기 싫어. 서우명의 손을 잡고 황궁에 가는 건 더 싫어."

환의 품에 얼굴을 묻은 이원이 그제야 작게 흐느꼈다. 우는 이원을 다독이며 환이 입술을 깨물었다.

어떻게든 방법을 생각해야 했지만, 너무 빨랐다.

최소 석 달은 있어야 손을 쓸 수 있었다. 지금은 답이 없었다.

"나가자."

"응?"

"밖에 나가 보자."

어떻게 해야 할지 고민할 사람은 은이원이 아니라 서우환이었다. 결정적으로 은가라는 족쇄에 이원을 가두고 싶지 않았다.

"어디를…… 아앗!"

눈물을 그친 이원을 환이 안았다. 단숨에 땅을 박차고 담을 넘자 놀란 이원이 그의 옷을 붙잡았다.

답답했던 은가를 빠져나간 환이 이원을 단단히 붙잡은 채 밖으로 나왔다. 피부로 느껴지는 바람이 좀 전과는 다르게 느껴졌다.

"오늘은 늦었으니까 걱정은 내일부터."

"네?"

원래대로 돌아온 이원을 보며 환의 눈꼬리가 휘었다.

조금 전까지 숨을 쉬지도 못할 정도로 고통스러웠던 감정이 환을 만나자 언제 그랬느냐는 듯이 사라졌다.

해결 방법이 없다는 것을 알면서도 환을 보고 있으면 왠지 방법이 나올 것 같은 위로를 받았다.

"들키면 저택이 발칵 뒤집힐 거예요."

"이 시간에 누가 깨어 있겠어? 잠깐이면 들키지 않을 거야."

무모한 생각이었지만 들켜도 상관없을 것 같았다. 명과 함께 있었던 사흘이 너무나도 끔찍했기에.

마음대로 하라는 듯이 환을 껴안자 낮은 웃음소리가 들렸다.

불안했던 마음이 그제야 천천히 안정되었다. 조용했던 길에 사람의 목소리가 들리자 자리에 멈춘 환이 그녀를 내려 주었다.

"아……."

곳곳에 밝게 켜져 있는 등불 사이로 사람들이 모여 있었다. 이

시간이면 인적이 전혀 없던 곳이 북적거리자 놀란 이원이 환을 보았다.

"오늘 보름이잖아."

"아!"

"같이 둘러보자."

언제나 은가의 사람들과 같이 나와 봤지, 이렇게 홀로 나오기는 처음이었다.

하물며 사내와 함께라니, 건명이 안다면 완전히 뒤집힐 일이었다.

그래도 지금만큼은 상관없었다. 잡아 달라는 듯이 이원이 손을 내밀자 환하게 웃으며 그가 붙잡았다.

오늘 밤이 아주 길었으면 좋겠다. 아니, 할 수만 있다면 이대로 모든 게 멈추었으면 싶었다.

잠깐만 둘러보고 돌아가자고 했지만, 귀가는 자꾸 미뤄지고 또 미뤄졌다.

같이 손을 잡고 사람들 사이를 걷는 것만으로도 행복했다. 사람들 사이를 지나갈 때마다 부딪칠 뻔하기도 했지만, 그때마다 환이 몸으로 막아 주니 힘들지 않았다.

이원이 궁금해하면 환은 자리에 멈춰 직접 경험하게 해 주었다.

"여기야."

"아……."

"역시 들어가기는 좀 더러우려나?"

환의 말에 절대 아니라는 것처럼 이원이 고개를 저었다. 시전에서 빠져나온 둘이 간 곳은 종종 환이 일이 끝나지 않을 때 잠시 머무는 곳이었다.

환은 이원이 있기에 더러운 것 같다며 미간을 찌푸렸지만, 이원은 상관없다는 듯이 환의 곁으로 다가와 그의 손을 붙잡았다.

홀린 것처럼 이원의 미소를 보던 환이 잡고 있던 손등에 입술을 맞추었다.

"간지러워요."

작게 터트리는 웃음소리에 귀를 기울이며 마루에 이원을 앉혔다.

반대편에 앉은 환이 손을 뻗어 뺨을 감싸자 손바닥에 얼굴을 기댔다. 자신의 거친 손과는 달리 이원의 뺨은 무척이나 따뜻하고 보드라웠다.

"거칠어."

"하나도 안 거칠어요."

"거짓말도 능청스럽게 할 줄 알았네."

약 올리는 건지 비아냥인지 알 수 없는 말에도 이원은 미소를 지을 뿐이었다.

연모는 환이 생각한 것보다도 더 빠르게 그의 안을 채웠다. 다른 누구에게도 느낄 수 없는 감정을 채워 주는 사람은 은이원뿐이었다.

그런 이원을 명에게 보낼 수 없다.

"환?"

"원아. 우리 도망갈까?"

지금까지 세웠던 모든 계획이 전부 부질없게 느껴졌다.

"그냥 전부 다 포기하고 둘이서 도망가자."

지독히도 충동적이었지만, 명에게 이원을 보내느니 그냥 전부 내려놓고 둘이서 도망치는 것도 나쁘지 않을 것 같았다.

그로 인해 평생을 쫓기게 될지도 모르지만 머리에 남은 방법은 도망뿐이었다.

"지금 도망치자."

이원은 숨을 멈추고 있는지도 자각하지 못했다. 참았던 숨을 길게 내쉬고 환을 다시 볼 때까지, 말을 던진 그는 미동조차 없었다.

그녀에게 남아 있는 제약을 모두 벗어 버리고 환과 함께 떠난다.

꿈처럼 달콤하고, 당장에라도 이루어졌으면 하는 바람이었다.

"그게 안 된다는 걸 아시잖아요."

이원의 말에 환의 입가에 쓴 미소가 생겼다.

잠깐이나마 외면했던 현실을 이원은 바로 일깨웠다.

이원에게는 동생이, 환에게는 어머니가 있었다. 서로에게 중요한 둘을 버리고 떠날 수 없었다.

하지만 명과 이원이 혼인하게 둘 수도 없었다. 이제는 이원의 곁에 명이 있는 걸 상상하는 것만으로도 구역질이 치밀었다.

"좀 더 빨리 만났어야 했어."

환이 쓰게 내뱉는 말에 이원이 눈가가 흐려졌다.

오늘 밤이 끝나면 간택령 준비를 할 것이다. 그녀의 의사와는 상관없이 명의 손을 잡고 황궁에 입궁해야 할 것이다.

환은 황궁에서 벗어나고 싶어 했으니, 그녀도 모르는 사이에 떠나게 될 것이다.

무모하게 시작한 관계였지만 정확히 이 정도일 뿐이었다.

"오늘 은가로 안 갈 거예요."

이원의 말뜻을 깨달은 환의 눈이 커졌다.

머리로는 절대 안 된다고 소리를 질렀지만, 그 어느 때보다도 그녀는 진심이었다.

상황을 바꿀 수 없다면 적어도 처음은 자신이 원하는 사내와 함께하고 싶었다. 누구도 없었을 이 사내에게 자신을 남기고 싶었다.

"안 돼."

"환은 싫어요?"

"그런 문제가 아니라는 거 알고 있잖아! 난 저지르면 되지만 넌…… 넌 아니야!"

정절을 잃은 이원을 명과 건명은 용서하지 않을 것이다. 그렇게 되면 그녀가 그토록 지키고 싶어 하는 동생의 안위도 장담할 수 없게 될 터였다.

자신은 진창에서 더럽게 굴러도 되지만, 이원은 절대 아니었다.

"좀 전에 내가 했던 말은 잊어버려."

"환."

"밤이 늦었어. 돌아가자."

"오늘 날 안지 않으면 혀를 깨물고 죽을 거예요."

"원아!"

"황궁에 들어가면 난 혼자예요. 나도 참고 버틸 수 있는 기억 하나는 가지고 싶어요."

"……데리고 나올 거야."

나지막이 나오는 선언에 이원의 눈이 커졌다. 그녀의 눈을 마주 보며 환이 마음에 품었던 말을 다시 꺼냈다.

"네가 어느 자리에 있든지 데리고 나올 거야."

어느 자리에, 누구의 부인으로 있어도 이원은 이원이었다.

당장 데리고 올 수 없다면 몇 달 후에라도, 몇 달이 안 되면 몇 년이 걸리더라도 상관없었다.

혼인을 해도 상관없고, 명에게 안겨도 상관없었다.

서우환의 평생에 처음으로 함께하고 싶은 여인이었다. 그런 여인을 빼앗기고 평생을 고통 속에 살고 싶지 않았다.

"멍청하고 한심한 부탁이라는 건 알고 있지만 버텨. 어떻게든 황궁에서, 명에게서 널 되찾으러 갈게. 그러니까……."

"못 믿겠어요."

"원아!"

"못 믿겠으니까 나한테 증명해 봐요! 환이 진심이라는 걸 직접 알려 달라고요! 이러니까 나만 안달 난 거 같고! 나만 절박한 거 같고! 아무리 내가 여인이라는 틀에 갇혀 있는 걸 싫어해도 계속 이러는 건 싫……."

말이 채 끝나기도 전에 울먹이는 입술로 환이 파고들었다. 놀란 이원이 환을 밀어낸 것도 잠시 곧 그의 목에 팔을 감고 더 가까이 다가갔다.

작게 열린 입술이 답답한 환이 작은 턱을 잡아 벌렸다.

조심스럽게 다가오던 입맞춤과는 달랐다. 혀뿌리가 얼얼하고, 깨물린 입술이 아릿했다. 거칠게 다가오는 기세에 움츠러들었지만 무섭다는 생각은 들지 않았다.

환이 떨어질 때까지 이원은 어떻게든 버텨 내려 했다. 하지만 곧 숨이 한계까지 차오르고 이원이 환의 어깨를 붙잡았다.

이쯤 되면 이원을 배려해서 물러났을 환이 해보라는 듯이 팔로 허리를 감싸 저에게 끌었다.

"흐읏."

"명에게는 절대 그렇게 말하지 마. 그 망할 놈은 너에게 더 자극되어서 달려들 테니까."

낮게 으르렁거리는 목소리에 아무 말도 못 하고 가쁜 숨만 토해 냈다.

이원은 처음 보는 환의 화가 난 모습이었다. 단 한 번도 환은 그녀를 이렇게 무섭게 몰아붙인 적이 없었다.

"너만 안달 난 거 같아? 너 혼자만 이 상황에서 허우적대는 거 같아? 망할! 마음 같아서는 그냥 너만 데리고 하원에서 나가 버리고 싶어. 하루에도 몇백 번이고 명의 목에 검을 박고 싶은 걸 참느라 돌아 버릴 거 같다고!"

"……환."

"그런데 안 되잖아! 그 순간 네 동생도, 내 어머니도, 너도! 이 빌어먹을 인생을 죽을 때까지 끔찍하게 살아야 하잖아! 화가 안 나냐고? 화가 나 미치겠어! 화를 내도 하나도 바뀌는 게 없다는 게 사람을 진창으로 내리꽂아, 무력하게도!"

놀란 눈으로 환을 보던 이원이 입술을 깨물었다.

자신의 초조함만 보여서 환에게 상처를 주었다. 그를 아프게 할 생각은 전혀 없었다. 이제는 그의 상처를 보면 자신도 아팠다.

미안하다는 말 대신 이원이 환의 품을 파고들었다. 거친 숨을 내쉬면서도 환이 이원을 품에서 다독였다.

"환을 주세요. 나 갖고 싶어요."

"안 돼."

"데리러 온다면서요. 꼭 되찾으러 올 거라면서요."

"……."

"기다릴게요."

견고하게 다잡고 있던 마음에 서서히 균열이 일었다. 끝까지 주저하는 환에게 이원이 다가갔다.

말없이 이어지던 시선의 끝에서 무너진 사람은 환이었다. 앉아 있던 이원을 안아 든 그가 방으로 들어갔다.

옷이 하나씩 벗겨지자 얼굴에 닿았던 서늘한 바람이 몸을 파고들었다. 짧게 느껴지던 추위는 제 옷을 벗은 환이 다가오면서 열기로 바뀌었다.

"아앗!"

몸을 가리고 있던 옷이 전부 벗겨지자 부끄러운 이원이 팔로 몸을 가렸다. 창가에 들어오는 달빛에 이원의 몸이 고스란히 보였다. 티끌 하나도 없는 새하얀 피부에 시선을 빼앗긴 환이 손을 뻗어 이원의 어깨를 감쌌다.

손바닥에 느껴지는 촉감이 녹아 버릴 것처럼 보드라웠다. 고개를 숙여 이원의 어깨에 입술을 맞추자 작은 어깨에서 옅은 떨림이 느꼈다.

"곱다."

"……."

"내 생애에 여인으로 다가온 사람은 너뿐이었어."

"나도."

"음?"

"나도 환밖에 없어요."

지지 않고 나오는 고백에 환의 절제가 끊어졌다.

뒤통수를 붙잡고 나오는 더운 숨을 마음껏 삼켰다. 젖은 입술을 손가락으로 쓸어내리며 턱을 잡아 내리자, 달콤한 숨이 얼굴에 훅 밀려왔다.

숨결이 섞이면서 타액이 엉켰다. 갈증을 가라앉히듯 몇 번이고 삼켰지만 달디단 타액은 끊임없이 나와 흐트러진 이성을 흔들었다.

한 손에 쥐어지는 가는 목을 감싸자 이원의 맥이 고스란히 느껴졌다.

"간지러워."

목에 닿았던 손이 쇄골을 어루만지자 이원이 작게 웃음을 터트렸다. 그냥 미소를 짓는 이원도 좋았지만 저렇게 소리 내어 웃는 이원의 웃음소리는 어느 무엇과도 바꾸고 싶지 않았다.

쇄골을 만지던 손이 아래로 내려와 소담한 가슴을 감쌌다. 손에 담뿍 담기는 보드랍고 탄력 있는 감촉을 느끼던 환이 애무하던 손에 힘을 주었다.

"하아."

처음 느껴지는 감촉에 이원의 얼굴이 붉게 달아올랐다. 부끄러워하던 이원이 긴장된 목소리로 속삭였지만 그마저도 환에게는 유혹이었다.

제 눈에, 만지는 손에, 마지막으로 맞닿은 몸에 각인시킬 것처럼 환이 이원에게 제 흔적을 남겼다.

제 타액으로 촉촉하게 젖은 입술을 이로 잘끈 깨문 환이 고개를 숙여 가는 목에 입술을 묻었다. 이를 세워 깨물자 코끝에 연하게 맴돌던 체향이 훅 밀려왔다.

"연모해."

누워 있던 이원의 눈이 부드럽게 휘었다. 이원의 손가락이 내려다보는 환의 입술에 닿았다. 이에 살짝 스치는 손가락을 환이 잘근 깨물었다. 열기에 젖은 눈을 보던 환이 고개를 숙였다.

살짝 맺힌 눈가 위로 환의 입술이 닿았다. 그의 손이 몸에 닿을 때마다 처음 느껴지는 열기와 몸의 변화에 정신을 차릴 수 없었다. 다리 사이로 느껴지는 물기에 새빨개진 이원이 다리를 모았지만, 환이 무릎으로 파고들었다.

"그, 그게……."

부끄럽다는 말은 깊게 이어지는 입맞춤에 막혔다. 손에 깍지를 낀 그가 가는 허리를 팔로 감쌌다. 다리를 벌린 자체가 부끄러웠던 것도 순간 은밀한 곳에서 느껴지는 그의 성기에 힘이 들어갔다.

이원의 음부를 적시고 있는 애액이 귀두의 끝에 묻어 나왔다. 손가락보다도 굵고 단단한 성기의 감촉에 이원이 숨을 삼켰다.

"다리를 더 벌려야 덜 아프다고 했어."

"하아."

"……조심해 볼게."

마음에도 없는 거짓말이 술술 제 입에서 나왔다. 이원의 몸에 닿을 때부터 절제는 남아 있지도 않았다.

조심해 보겠다며 속삭이는 지금도 이원의 몸에 제 흔적을 흉터처럼 남기고 싶은 욕구밖에 없었다.

미약에 당했을 때도 여인을 참아 낼 수 있었는데, 이원 앞에서는 그 자제력이 아무 소용이 없었다. 완전히 그녀에게 취해 버린 것 같았다. 환은 이원을 붙잡은 채로 천천히 성기를 밀어 넣었다.

여린 살이 파고드는 성기를 밀어내려 했지만, 그보다도 들어오는 힘이 더 강했다. 겨우 절반이 파고들었지만 그마저도 이원에게는 버거운지 질구를 파고드는 성기를 자꾸 밀어냈다.

따뜻하고 젖은 살이 성기를 자극할 때마다 환의 신경이 곤두섰다.

"흐으윽."

감당하고 받아들였지만, 그녀가 지금까지 알았던 고통과는 완전히 달랐다. 숨을 길게 내쉬고 힘을 뺐지만 기어코 눈물이 울컥 나왔다.

이원이 힘들어하자 환이 달래듯 땀이 송골송골 맺혀 있는 이마에 입술을 맞추었다. 그 와중에도 반쯤 남은 성기가 점점 이원의 안을 벌렸다. 무척이나 좁은 음부를 성기가 밀고 들어오자 참았던 이원의 몸에 힘이 들어갔다.

"흐윽."

이원이 울음을 터트리자 환이 움직임을 멈추었다. 치미는 욕지거리를 속으로 삼킨 환이 더 움직이는 대신 이원의 등을 어루만지고 다시 입술을 묻어 숨결을 삼켰다.

통증이 완전히 사라지는 건 아니지만 그의 애무에 팽팽했던 몸의 긴장이 조금씩 풀렸다.

"괜찮아요."

"……후우."

"나 괜찮아."

환한 미소로 다가온 이원이 환의 입술에 입맞춤을 하고, 그의 몸에 제 손길을 거듭 남기자 한계에 다다른 그가 힘겹게 붙잡고 있던 인내가 끊어졌다.

환이 다가올 때마다 이원의 몸이 흔들렸다. 배려하던 행동은 어디에도 남아 있지 않았다.

여전히 통증이 그녀를 힘들게 했지만, 그 안에서 알 수 없는 감각이 이원의 이성을 나락으로 빠뜨렸다.

입에서 나오는 신음이 낯선 나머지 입술을 깨물었지만 아무런 도움도 되지 않았다.

몰아붙이는 움직임에 이원의 몸이 밀리자 낮은 욕지거리를 터트리며 환이 이원의 어깨를 붙잡았다.

"조금만…… 천천히……."

간신히 꺼냈던 말은 환에게 닿기도 전에 허공에서 흩어졌다.

환에게 붙잡혀 움직이지도 못한 채 그와 함께했다. 어느 순간부터 통증보다도 온몸 가득 몸집을 불린 열기에 숨이 막히는 것 같았다.

그저 그를 전부 받아들이고, 다가오는 그를 소유하고 싶다는 열망밖에 들지 않았다.

신음을 터트리는 이원을 감싼 환이 품으로 끌어당기는 것과 동시에 함께하는 순간은 더욱 거칠어졌다.

"흐윽."

한계를 넘어선 열기에 몸이 부서질 것 같은 순간, 환에게서 낮은 신음이 터져 나왔다. 머릿속이 새하얗고 눈앞이 흐릿했다.

처음 느껴 보는 쾌락에 제 의지와는 상관없이 몸이 떨렸다. 진정하고 환을 보고 싶었지만, 절정이 지나며 온몸의 힘이 빠져나갔다.

땀으로 젖은 얼굴에 환의 입술이 닿고, 낮은 목소리가 들려왔지만 지금은 그를 볼 기운조차 남아 있지 않았다.

환이 이끄는 대로 품에 안긴 이원이 그대로 정신을 놓았다.

잠에서 깨니 저를 안고 있던 환이 작은 이마에 입맞춤을 해 주었다.

맞닿은 몸에서 환의 체향이 나자 이원이 품에 얼굴을 묻었다. 몸은 아팠지만 마음은 어느 때보다도 행복했다.

조심스럽게 손을 환의 가슴에 가져가니 심장이 뛰는 느낌이 손바닥으로 느껴졌다.

심장에 있는 이원의 손을 끌어온 환이 보드라운 손바닥에 입술을 맞추었다.

"간지러워요."

모르는 척 이원을 품에 안으면, 그녀가 환을 기다릴 유일한 기억을 품듯이 그도 그럴 수 있을 거라고 생각했다.

멍청한 생각이었다.

이제 다시는 명이 있는 방향조차 이원이 보게 하고 싶지 않았다.

무모하고 충동적이라며 내려놓았던 무책임한 계획을 환은 다시 꺼냈다.

"솔직히 지금처럼 살지는 못할 거야. 네 고운 손도 거칠어질 거고, 하루하루가 먹고살기 힘들다며 내 원망도 많이 할 거야."

"환?"

"어머니와 네 동생을 데리고 도망가는 건 불가능하다고 생각했어. 하지만 생각해 보니 방법이 전혀 없는 건 아니야."

"무슨 말이에요?"

"내 어머니와 네 동생까지 책임지려면 힘들겠지만, 같이 있으면 가능하지 않을까?"

"……."

"하원에서 나가자."

전부 필요 없었다.

명과 홍 황후를 향한 증오도, 은건명에게 가진 미안함도 환은 버렸다.

환에게 남은 것이라고는 이원밖에 없었다. 명의 곁에 억지로 서 있는 이원을 보느니 전부 놓고 떠날 것이다.

"하원 밖에서는 여인도 의원이 될 수 있다고 들었어요."

"되는 곳으로 가면 되지."

"내 동생은 나와 환의 손이 많이 갈 거예요."

"같이 할 거니까 괜찮아."

환과 함께 하원을 떠난다.

지금까지 누려 왔던 모든 것을 포기하고 빈손으로 가야겠지만, 심지어 이호를 설득하기까지 해야 했지만 상관없었다. 모든 것을 누리고 있는 지금도 이원은 행복하지 않았다.

건명은 가장 귀한 여인이 되라고 했지만, 그마저도 원하지 않았다.

그의 말대로 쉽지는 않겠지만 적어도 그 고난을 혼자 걷지는 않을 것이다.

"일주일 후에 북문에서 만나자. 난 어머니를 모셔 올 테니까, 넌 동생하고 같이 나와."

"북문이요?"

"북문 밖은 길이 험하고 복잡해서 나가기만 하면 시간을 벌 수 있어."

모든 것을 버리고 떠난다는 사실이 피부로 와 닿자 긴장이 밀려왔지만 묘한 흥분도 같이 느껴졌다.

환과 함께 떠날 수 있다.

"환하고 같이 가면 어디든지 갈 수 있어요."

이원의 팔을 붙잡고 끌자 간지럽다고 웃으면서도 환의 품을 파고들었다.

처음이자 마지막일지도 모르는 기회.

간택령으로 모두의 시선이 향할 때 이원을 데리고 하원을 나가야 했다.

쉽지는 않겠지만, 못 할 일도 아니었다. 안겨 있는 이원을 바라보며 환이 마음을 다잡았다.

*
**

"환. 이거 받아요."

새벽 해가 떠오르기 직전 환은 이원을 데려다주었다. 집으로 다시 돌아갔지만 나올 때와는 마음가짐이 달랐다.

방으로 들어가기 직전, 환을 부른 이원이 제 치마에 있던 노리개를 뜯어 그에게 내밀었다. 어머니가 남겨 준 유일한 노리개를 건네는 이원에게 환이 고개를 저었다.

"이건 네 어머니가 남긴 유일한 거라며?"

"그러니까 주는 거예요. 꼭 다시 가져와요."

"꼭 올게."

환에게 노리개를 건넨 이원이 환하게 웃었다. 이원을 보던 환이 다시 다가와 입술을 맞추었다. 간지럽다고 하면서도 이원이 환에게 제 숨결을 모두 내주었다.

이제 진짜 가야 한다는 속삭임에 환이 아쉬운 듯 이원의 이마

105

에 짧게 입술을 맞추었다.

진심으로 가고 싶지 않았지만 일주일 후면 이제 평생을 이원과 함께할 수 있었다.

자신 때문에 환이 가지 못한다는 것을 알아차린 이원이 뒤를 돌아보지 않은 채, 방으로 들어갔다.

"후우."

가자마자 해야 할 일이 산더미였지만 모두 기꺼이 해낼 수 있었다. 초조한 마음을 억누르며 환이 담을 내려간 순간이었다.

휘익!

날카로운 소리를 내며 날아온 화살이 환의 옆구리에 박혔다.

"컥!"

"잡아!"

반격할 틈도 없이 밀려드는 공격에 환이 속수무책을 당했다. 정신을 잃지 않으려 버텼지만, 뒤통수에 밀려드는 통증에 이겨 낼 수 없었다.

환이 힘없이 무너지며 정신을 잃자 사내들이 그를 어깨에 둘러 메고 서둘러 자리를 피했다.

*
**

얼굴로 쏟아지는 차가운 물에 환이 눈을 떴다. 흐릿했던 시야 는 무릎을 꿇은 정 상궁과 그녀의 목에 검을 대고 있는 건명을 보 는 순간 또렷해졌다.

"어, 어머니! 컥!"

옆구리의 상처에 몸을 휘청거리자 옆에 있던 사내들이 묶여 있는 환을 억지로 일으켰다. 온몸의 통증에 힘이 들어가지 않았지만 이를 악물고 버텨 냈다.

창백한 환을 감정 없이 바라보던 건명이 정 상궁에게 갖다 댔던 검의 방향을 틀었다. 정 상궁의 목에서 핏물이 가늘게 흘러내리자 환의 몸이 당장에라도 튀어 나가려 했다.

"건명!"

"가만히 있어!"

"왜 이러는 건가! 그러지 마!"

환의 절규에도 건명은 보란 듯이 정 상궁의 목에 상처를 냈다. 그녀의 목에서 흘러내린 피가 옷을 물들이자 환의 고함도 커졌다.

"도대체 왜 이러는 것인가!"

툭.

발버둥을 치는 환 앞에 건명이 다른 손에 들고 있었던 물건을 던졌다. 제 앞에 놓인 단검을 보던 환의 눈이 커졌다. 이원에게 선물로 주었던 것이었다.

검 손잡이의 가죽이 너덜너덜해질 때까지 이원이 손에서 놓지 않고 있었던 것이 지금 건명의 손에 들려 있었다.

"도련님은 오래 곁에 두기 위험한 분이셨습니다. 명분이 필요하던 순간에 제 딸아이가 좋은 생각이 있다며 방법을 알려 주더군요."

"무슨…… 개소리를 하는 건가!"

"간택령 전에 해결해야 한다며 기회를 만든다고 하더니 그 영특한 아이는 도련님을 정리할 기회를 만들어 주었습니다."

"……."

"물론 도련님은 모르셨겠지만요."

분명 같이 있었던 이원은 환에게 하나도 남김없이 보여 주었다. 그런 그녀가 그를 배신할 리가 없었다.

"말도 안 되는 소리 하지 마라. 원이 그럴 리가 없다."

그녀가 진심이 아니었다면 노리개를 주지 않았을 것이고, 자신을 데리고 나가 달라며 매달리지도 않았을 것이다. 건명의 모략질일 뿐이다.

함께 도망가자고 말했을 때의 이원이 보여 줬던 표정은 분명 진심이었다. 제 바람을 말하고, 제 희망을 말하며 환과 함께하고 싶다고 속삭였었다.

그런데 그게 거짓일 리가 없다.

"거짓말하지 마라!"

"예전이었다면 도련님이 이렇게 쉽게 잡히셨겠습니까? 아니요. 제가 아는 환 도련님은 그렇게 약한 분은 아니셨습니다. 다만 오늘의 도련님은 방심하신 겁니다. 그 방심을 누가 만들었을까요?"

"……."

"이 단검도, 오늘의 방심도 제 딸이 만들어 주었습니다."

환의 얼굴에 피어나는 절망을 건명은 하나도 놓치지 않았다.

서우환을 죽이는 것으로 상황은 정리되지 않는다. 자칫 명에게 은가의 약점이 잡혀 버릴 수 있었다. 은이원은 철저히 은가의 여인으로 가문을 위해 최선을 다했다는 것으로 보여야 했다.

이로써 약간이나마 생긴 의혹마저도 서우환의 죽음과 함께 철저히 묻어 버릴 것이다.

"난 그대를 믿었다."

"그 목적으로 성심을 다했습니다. 그래야 이 모든 것을 정리해야 하는 날이 왔을 때 도련님을 잡을 수 있을 테니 말입니다."

건명의 말이 잔독한 독이 되어 환의 심장을 찔렀다. 머리로는 건명의 말 따위 믿으면 안 된다고 했지만, 다른 한편에서는 정말로 그럴지도 모른다는 두려움이 일었다.

이원의 연심이 거짓일 리가 없다.

하지만 건명의 호의도 진심으로 믿었었다.

"거짓인지 진실인지는 확인해 보면 그만이지."

"무슨……."

건명이 눈을 좁힌 것과 동시에 포박을 푼 환이 옆의 사내에게 달려들었다. 갑작스러운 공격에 사내의 중심이 흐트러지고, 그 틈을 파고든 환이 검을 빼앗아 휘둘렀다.

"컥!"

"막아!"

대열이 흐트러진 사내들은 차치하고 건명에게로 향하자 주변을 지키던 병사들이 그의 앞을 막고 검을 찔러 왔다. 그러나 닿기도 전에 먼저 거리를 좁힌 환의 검이 병사의 목을 베었다.

화살에 맞은 상처가 벌어지고, 새로운 상처가 몸에 생겨도 상관없었다.

조금이라도 어머니에게 가까워질 수 있다면, 적어도 저 건명의 검을 막을 거리까지만 확보할 수 있다면 어머니를 구할 수 있었다.

"맞았다! 어서 잡…… 컥!"

어깨를 찌르는 창을 붙잡은 그가 그대로 검을 휘둘렀다. 병사의 몸에서 나오는 피가 얼굴을 적셨지만 충혈된 눈은 잡혀 있는 어머니를 향할 뿐이었다. 어머니를 구하고, 이원에게 갈 것이다.

나갈 수 있다!

"하앗!"

병사의 벽을 뚫고 건명의 앞으로 달려간 환이 쥐고 있는 검에 힘을 주었다. 정 상궁의 목에 닿아 있던 검이 환을 향해 방향을 바꾸는 찰나 이를 악문 그가 건명과의 거리를 좁혔다. 건명의 검을 쳐 낸 환이 그의 목을 향해 검을 뻗었다.

건명의 목에 검이 닿기 직전, 옆구리의 상처에 날카로운 검이 파고들었다.

"쿨럭!"

"네놈만큼은 내가 직접 죽이고 싶었다."

명이 검을 뽑자 환이 주저앉았다. 명의 잔인한 미소도, 그에게 다가오는 병사들의 검도 보이지 않았다. 점점 아래로 내려가는 건명의 검이, 그리고 그 검 아래에 있는 어머니의 얼굴만 보였다.

검으로 막을 수 없다면 몸으로 막으면 된다.

피를 토하며 환이 몸을 일으키려는 순간 어머니의 입이 움직였다.

소리 없는 말에 환의 몸이 멈춘 사이 건명의 검이 그녀의 목을 베었다.

"아아악!"

쓰러진 여인의 목에서 피가 흘러나오자 환의 눈에 핏줄이 터졌다. 바닥에 떨어진 검을 붙잡은 환이 다시 건명을 향해 몸을 날렸다.

제 앞을 가로막는 병사 따위 두 합을 넘기기 전에 목숨을 거두었다.

바로 앞까지 다가온 환을 보며 당황한 건명이 검을 제 앞으로 끌어당기는 순간 건명과 환의 사이를 명이 파고들었다.

"컥!"

제 심장을 찌른 검을 확인하기도 전에 환이 붉은 피를 토해 냈다. 심장을 뚫은 검을 환이 붙잡았다.

"하라는 대로 하지 않았는가?"

"내 것을 노리지 않았는가? 역시 버러지 따위에게 자비는 과한 것이었다."

"……컥."

"네 어미라는 년은 고통 없이 죽여 주었으니 뭐 그것도 과한 자비군."

비웃음을 터트리며 명이 심장에 박은 검에 힘을 주었다. 심장을 파고드는 검에 환이 자리에 주저앉았다. 건명에게서 새 검을 받아 든 명이 환의 앞으로 다가왔다.

"은이원이 있어야 할 곳은 하원의 황궁이다. 주제도 모르는 놈 같으니!"

"쿨럭."

"네 어미 손이나 잡고 저승으로 꺼지거라."

명의 검이 제 앞으로 내려오는 걸 보면서도 피할 기력이 없었다. 이미 숨이 끊어져 있는 어머니를 지켜보는 것만이 환이 할 수 있는 전부였다.

그때였다.

"황태자 전하! 은 장군!"

검이 목을 베기 직전, 문을 박차고 병사가 달려왔다. 결정적인 순간에 제동을 건 병사를 명이 사납게 노려보는데 숨이 넘어가도록 달려온 병사는 다급하게 몸을 숙였다.

"폐, 폐하께서 오고 계신다고 합니다!"

"뭐?"

"무슨 말인가! 폐하께서 이곳에 발길을 끊으신 지가 언제인데 어찌 오신단 말인가!"

"모르겠습니다! 황후 마마께서 폐하를 막으시려 했지만, 워낙 완강하시어 어쩔 수 없이 같이 오고 계시다 합니다! 무슨 수를 써서라도 상황을 정리하라는 황후 마마의 명령이 있으셨습니다!"

"평소에는 살아 있는지 관심도 없던 인사가 왜 지금!"

아무리 황후가 많은 것을 가지고 있어도 하원의 일인자는 황제였다. 이 상황을 들켜 버리면 자칫 역풍을 맞을 수 있었다.

분노하여 광기를 터트리는 명과는 달리 침착함을 되찾은 건명이 환의 상태를 빠르게 훑었다.

"우선 시신들을 처리하고 자리를 정리해야 합니다."

"하지만 아직 이놈의 목을 베지 못했다!"

"심장을 찔렀고, 온몸이 자상이라 살 수 없습니다."

"그, 그래도 지금까지 내가 가지고 있던 분노가……."

"전하. 곧 죽을 놈 따위에게 화풀이를 하느라 전하의 자리를 위협당해도 좋다는 말씀이십니까?"

"……."

"이원이를 황후로 세운다던 약조는 잊지 마십시오."

이원이라는 말에 명의 이성이 차갑게 돌아왔다.

불만에 가득 찬 눈이 온몸에서 피를 흘리고 있는 환을 경멸스럽게 보았다. 얼굴을 푹 숙인 환에게서는 끊어질 듯 희미한 숨소리만 들릴 뿐이었다.

"이놈의 목을 베어 북쪽 한궁의 뒤에 버려라. 어차피 죄인들의 시신을 버리는 곳이니 연이든 놈이든 하나 더 추가된다고 걸리지도 않겠지."

말을 끝낸 명이 환을 향해 침을 뱉었다.

곧 죽으려는지 명의 침이 몸에 묻어도 놈은 미동조차 없었다. 이제는 마지막이 될 환에게 비웃음을 날리며 명이 몸을 돌렸다.

**

"이미 죽은 놈인데 목까지 잘라야 하는가?"

"괜히 그곳에 오래 있다가 누구에게 들키면 우리만 죽는 거야! 그냥 적당히 버리고 가세."

가장 북쪽에 있는 한궁은 이름만 궁일 뿐, 황궁에서도 버려진 곳이었다.

하원에서 끔찍한 죄를 저지르거나 역모에 관련된 이들이 죄의 대가를 받고 시신이 되어 버려지는 곳이었다.

큰 죄를 저지른 만큼 처벌 또한 끔찍했기에 온전한 시신도 없었고, 시신이 썩어 백골이 되어도 수습해 주는 이도 없었기에 언제나 한궁에는 시체 썩는 악취와 음산한 기운이 같이 흘러나왔다.

아무리 체구가 좋은 장정이어도 시체가 말려 있는 멍석을 들고 이동하는 건 보통 힘든 일이 아니었다.

한참 동안 사람을 피해 한궁으로 들어가 가파른 언덕을 걸어 올라가니 가쁜 숨이 절로 터져 나왔다.

"구역질이 나 미치겠군."

"서두르세. 거의 다 왔어."

홍가가 권력을 잡으면서 하루가 멀다 하고 한궁에는 반란이라는 죄목으로 목숨을 잃은 이들이 산더미처럼 쌓였다. 오죽하면 시체가 썩을 겨를도 없이 새로 버려지는 시체가 쌓여 산을 이룬다는 소문이 났겠는가?

하지만 그게 마냥 소문만은 아니었다. 끔찍한 악취와 살이 썩어 문드러져 형상도 알아볼 수 없는 시신들이 엉켜 있는 건 사실이었다.

제정신으로는 볼 수 없을 정도로 역겹고 구역질 나는 광경이었다.

"우우욱."

"어서 버리고 가세!"

시체들 위로 멍석을 던진 사내들이 뒤도 돌아보지 않은 채 뛰어 내려갔다.

뛰어가는 소리가 완전히 사라진 후, 미동조차 없던 멍석이 천천히 움직였다.

"콜록. 콜록."

핏발이 선 눈이 떠지고 마른 숨이 힘겹게 터져 나왔다. 온몸을 가득 채운 고통을 억누르며 환이 고개를 돌렸다.

그의 옆에 이제는 완전히 숨이 끊어진 어머니가 차갑게 굳은 채로 버려져 있었다.

피가 고여 있던 눈에 물기가 차오르고, 피가 섞인 눈물이 얼굴을 타고 흘러내렸다.

'이제 난 신경 쓰지 말고 네가 하고 싶은 대로 하렴.'

생의 마지막 순간에도 어머니는 자신을 걱정했다.

내내 말하지 못한 진심을 처음으로 꺼내 보였는데, 어머니는 눈조차 제대로 감지 못한 채 제 생을 내려놓았다.

어머니의 시선을 보던 그가 힘들게 고개를 들어 새벽하늘을 쳐다보았다.

"날씨 징그럽게도 좋네."

어머니는 항상 밤하늘을 보면서 황궁 밖으로 나가기를 간절히 바랐었다. 그래서 무슨 수를 써서라도 밖으로 내보내 드리고 싶었다.

그 바람 하나만으로 여기까지 버텼건만, 우습게도 그가 꿈꿔 왔던 바람은 찌꺼기조차 남지 못한 채 사라졌다.

"아……."

웃음인지 울음인지 알 수 없는 기괴한 소리가 낮고 거칠었다. 핏발 선 눈에서 흐르는 피가 얼굴을 타고 흘러내렸다.

피와 상처로 엉망인 손이 옷을 파고들어 명이 찔렀던 심장의 상처로 향했다.

더러운 손에 들려 나온 건 원이라는 글자가 반으로 쪼개진 노리개였다. 명의 검 끝을 노리개가 막은 덕분에 환은 죽지 않았다.

"아하하하……."

제 어머니를 죽인 원수의 딸이 자신을 살렸다.

잠깐이나마 그녀에게 다른 감정을 가진 것이 욕심이었다면, 하늘은 어머니가 아니라 자신에게 벌을 내렸어야 했다.

"빌어먹을 연모."

처음이자 마지막이었을지도 모르는 연모가 어머니를 죽이고 자신을 나락으로 처박았다.

무척이나 달콤해 보였기에 위험해도 달려들었던 여인은 환에게 처음부터 독이었다. 그 독이 환을 망가트리고 결국에는 지키고 싶었던 어머니를 죽게 했다.

"이대로 죽으면 개죽음이겠지."

구름 한 점 없는 밤하늘을 핏발이 선 눈으로 노려보았다.

더는 그 무엇도 믿고 싶지 않았지만, 딱 한 번 있지도 않을 하늘에게 환이 그 어느 때보다도 간절히 빌었다.

찢어 죽여도 가치가 없는 목숨이었지만 한 번만 더 살려 달라고.

"내가 전부를 잃었으니."

너희들도 잃어야지.

자신이 보고 있는 이 끔찍한 광경을 그들도 보게 될 것이다.

그들의 것을 전부 빼앗아 자신이 전부 가질 것이다.

그리하여 모든 것을 잃은 그들의 앞에서 가장 고통스럽게 목숨을 거둘 것이다.

진실이었든 거짓이었든 더는 아무 상관도 없었다. 그 빌어먹을 선택이 전부를 잃게 했다.

잠깐이나마 꿈같았던 연모가 절망과 함께 사라진 자리에 남은 것이라고는 살고자 하는 발악과 밑바닥을 알 수 없는 증오였다.

*
**

약속한 일주일이 지나도 환은 북문에 나타나지 않았다.

쏴아아.

며칠 내내 장대비가 멈추지 않고 내렸다. 내리는 비를 보던 이원이 대청마루에 무릎을 모으고 앉았다.

"사정이 있어서 늦어지는 걸 거야."

이렇게 앉아 있다 보면 환이 나타나 먼저 손을 내밀곤 했었다.

그와 이야기를 하다 보면 좋지 않았던 일도 그저 스쳐 지나가는 듯이 사라졌었다.

"검이 없어졌어."

혹시나 싶어 난희에게 간접적으로 물어봤지만, 전혀 모른다고 하니 도저히 찾을 수가 없었다. 다른 물건은 전부 그대로였건만, 환이 준 그 검만 보이지 않았다.

"올 거야."

모은 무릎에 얼굴을 묻으며 이원이 흔들리는 마음을 다잡았다.

"조금 늦어지는 걸 거야."

북문으로 오지 못했으니 이곳으로라도 올 것이었다.

그저 비가 많이 와서 일이 늦어지는 것일 뿐이다. 곧 늦어서 미안하다며 환한 미소로 나타날 것이다.

내리는 비를 물끄러미 보며 이원이 매일 밤 그가 내려왔었던 담 앞에서 기다리고 또 기다렸다.

하지만 일주일이 한 달이 되고, 한 달이 반년이 되고 그렇게 2년이 지났는데도, 환은 오지 않았다.

三章

하원의 수도인 석영으로 들어가는 관문은 평소와는 다르게 무척이나 적막했다. 평소에는 부지런히 오고 가던 상인들조차 보이지 않았다.

"이상할 정도로 조용하지 않은가?"

"하아암. 뭐 그런 날도 있는 거지. 유난스럽기는."

늘어지게 하품을 하던 병사가 지루한 듯 기지개를 켰다. 그를 보던 병사가 다시 불안한 듯 관문을 지나가는 사람을 보았다.

조만간 황태자가 황태자비를 맞이할 것이고, 별다른 일 없이 시간은 흐를 것이다.

어차피 시간만 적당히 보내면 되는 관문지기였지만, 오늘따라 내내 기분이 좋지 않았다.

"괜히 오한이 든단 말이지."

"자네 마누라에게 노름빚이라도 걸린 건가? 괜히 쓸데없는 소리 할 거면 그냥 일찍 가 보게."

"에잇. 괜히 기분만 더러운⋯⋯ 음?"

기분이 나쁜 듯 몸을 떨던 병사가 멀리서부터 피어오르는 흙먼지에 눈을 좁혔다. 잘못 본 듯싶어 눈을 좁혔지만, 희미하게 보이던 먼지는 점점 더 선명해졌다.

먼지가 어느 정도 사라지자 보이는 광경에 병사의 눈이 커졌다.

"저거 병사 아닌가?"

먼지를 뚫고 나온 병사들이 관문을 향해 돌진해 왔다. 의심스러운 눈초리는 점점 확신으로 변했다.

"바, 반란!"

허둥거리며 내려온 병사가 종을 울리려 뛰었다. 끈을 붙잡고 종을 울리려는 순간 병사의 목에 서늘한 감촉이 닿았다. 제 목에 닿아 있는 검을 보던 병사의 눈이 옆을 향했다.

"자, 자네!"

"조용히 모르는 척하고 있으면 끝나네."

알겠다는 듯이 고개를 끄덕이자 목에 닿았던 검이 떨어졌다. 관문 안에 잠시 소란이 일었지만, 수습은 빠르게 이루어졌다.

같은 순간, 열려 있는 관문을 통과한 병력이 도성 안으로 거침없이 들어왔다. 관문에 있던 병력 대부분이 그 병력에 합류되어 같이 움직이기 시작했다.

**

"이제 보름 후면 국혼이구나."

명의 말에 이원이 고개를 숙였다. 시선을 피하는 듯한 이원의 행동에 명의 눈이 짧게 흔들렸다.

환을 없앤 후, 곧바로 간택령을 하려 했었다. 하지만 간택령을 하기 직전 홍 황후가 쓰러졌다.

반년을 원인 모를 병을 앓던 황후는 얼마 가지 못했다. 죽기 전 무엇을 봤는지는 알 수 없었지만, 죽은 황후의 얼굴은 무언가 못 볼 것이라도 본 것처럼 공포로 끔찍하게 일그러져 있었다고 한다.

황후가 죽은 후, 2년은 어떤 혼인도 할 수 없었기에 간택령은 미뤄질 수밖에 없었다.

"그날 꼭 내가 널 데리러 올 것이란다."

"전하."

"가군이라 불러 보거라."

명의 요구에 이원이 굳게 입을 다물었다.

누구에게도 환에 대해 물을 수 없었다. 아니 묻지 못하게 막았다는 것이 맞았다.

그리하여 마냥 수없이 많은 밤을 그가 오길 기다릴 수밖에 없었다. 하지만 환은 오지 않았다.

"죄송합니다. 전하."

이원의 거부에 명의 미간이 찌푸려졌다.

명이 불쾌해하는 것을 보고도 이원은 아무 감정도 들지 않았다. 건명은 명에게 헌신해야 한다고 했지만 2년 전 보름에 이원은 환에게 제 감정을 모두 주었다.

단 하룻밤. 환이 사라진 지금도 이원이 버틸 수 있는 건 그때의 기억이 있기 때문이었다.

"급한 일도 아니고, 어차피 황궁에 들어오면 해야 할 것이니 천천히 해도 된다.”

“전하께서는 아무렇지도 않으십니까?”

“뭐?”

“제가 전하께 단 한 번도 곁을 내어 드리지 않는데도 상관없으시냐고 물었습니다.”

당황하는 명을 보며 이원이 굳게 입을 다물었다.

어차피 이 혼인에 제 의사는 중요하지 않다는 건 알고 있다. 하지 않겠다고 해 봤자 들어줄 리 없다는 것도 알고 있다.

그걸 알면서도 할 수 있는 한 발버둥이라는 것을 치고 싶었다.

“전하께서는 이미 전부 알고 계시는 것이 아닙니까?”

“무, 무슨 말이라도 들은 것이냐? 무슨 소리를 하는 것인지 모르겠구나.”

거짓말.

자신과의 관계를 알게 된 명이 환을 그대로 두었을 리가 없다.

어쩌면 환은 죽었을 것이다.

‘아니야!’

“이원아?”

꼬리를 물고 이어지는 끔찍한 생각을 이원이 억지로 밀어냈다.

환은 누구보다도 강하니 꼭 돌아올 것이다. 이원이 어느 자리에 있어도 데리고 온다고 했으니 그녀 또한 마음을 굳게 잡고 기다릴 것이다.

“이원아. 네가 아직 마음을 잡지 못한 건 알고 있단다. 하지만 가끔 과한 생각은 네 스스로 널 너무 힘들게 하는 것 같구나.”

“전하.”

“연모한다. 내 생애에 여인은 너 하나뿐이란다.”

"……"

"그러니 너도 날 절대 배신하면 안 된다. 약조해 주겠느냐?"

배신이라는 말에 왠지 모르게 적의가 느껴졌다. 마치 그 환과의 관계를 전부 알고 있다는 눈이었다.

차라리 환에 대해 말하면서 자신을 내쳤다면 좋았을 것이다.

'이 사내는 은가의 힘이 필요해서라도 자신을 버리지 못한다.'

설령 이원이 환의 품에 안겼다는 사실을 알게 되어도 명은 그녀를 놓아주지 않을 것이다.

이원이 혼자였다면 이런 사내나 가문 따위 버리고 환을 찾으러 떠났을 것이다. 하지만 아직 그녀에게는 이호가 있었다.

이호가 병을 이겨 내고 스스로 독립할 때까지만, 그때까지만 이 상황을 참아 낼 것이다.

"전하께서도 저를 배신하지 말아 주세요."

"이, 이원아?"

"그럼 저도 약조하겠습니다."

"그러겠다."

"진심이십니까?"

"지금 나에게 신뢰를 보여 준다면 나 또한 너에게 평생 신뢰를 약조하마."

"네?"

맑고 동그란 눈이 당황스럽게 쳐다보는 순간, 명이 가까이 다가왔다.

명이 무엇을 하려는지 깨달은 이원의 몸이 딱딱하게 굳었다. 턱을 붙잡은 명이 이원의 바로 앞까지 다가왔다.

당황한 원이 피하려 하자 명이 그녀를 잡은 손에 힘을 주었다.

팔에서 느껴지는 통증에 이원이 미간을 찌푸렸지만, 명은 상관없다는 듯이 다가왔다.

"황태자 전하!"

닫혀 있던 문이 열리면서 호위가 들어오자 당황한 명이 움켜쥐었던 손을 조금 풀었다. 그 순간을 놓치지 않은 이원이 힘껏 명을 밀고 거리를 벌렸다.

이원의 거부에 명의 눈이 사나워졌지만, 그녀에게 소리를 치는 대신 명의 눈이 호위를 노려보았다.

"바, 반란입니다! 반란이 일어났습니다! 전하!"

다급한 호위의 말과는 달리 소름 끼치도록 조용한 정적이 일었다. 크게 눈을 뜬 채 보기만 하는 명을 보며 호위가 말을 더 이었다.

"표, 표가입니다. 표가가 더는 홍가의 폭거와 폐하의 무능을 방관할 수 없다며 병사를 앞세워 들고 일어났습니다."

"누구를 앞세워서 감히 폐하께 검을 세운단 말인가! 폐하의 유일한 아들은 나 하나뿐이다."

"그, 그것이…… 서우환이라고 합니다. 그 또한 황제의 피를 받은 아들이며, 그 증명을 믿은 역도들과 함께 황궁으로 올라오고 있다고 합니다. 그들이 요구하는 것은 황위가 아닌 명 전하의 폐위와 홍 가문의 처단이며……."

"그놈은 죽지 않았느냐!"

호위의 말을 자른 명이 불안을 감추지 못한 채 손으로 입을 막았다.

분명 확실히 정리했다는 보고를 받았다. 그게 거짓이라는 건가? 아니 그들이 시킨 대로 처리하지 않았어도 그때 입은 상처로 살아나기란 불가능했다.

혼란스러운 상황을 받아들이려던 명이 뒤늦게 이원의 존재를 깨닫고는 눈을 돌렸다.

"이호에게 가 있거라."

"저도 들어야 할 것 같습니다."

"이원아!"

"저도 들어야 합니다!"

건명은 아무 관계도 아니라고 했지만 명은 바보가 아니었다. 이원의 눈이 언제나 담 너머의 나무에 향해 있었던 것을 명은 한순간도 놓치지 않았다.

씹어 죽여도 모자랄 놈이 이원에게 손을 대었다. 그리고 저 명청한 여인은 제 상황도 생각하지 못하고 그 버러지 같은 놈에게 마음을 준 것이 분명했다.

죽어도 서우명의 여인으로 죽어야 할 주제에 조금만 여지를 주면 기어오르려 했다.

"이 상황에서도 그 같잖은 고집을 부릴 것이냐! 내가 말하면 넌 따르면 될 뿐이다! 여인이면 여인답게 사내가 하라는 대로 하면 된단 말이다!"

"……."

"당장 자리를 비우거라!"

명의 고함에 이원이 입술을 깨물었다.

어렴풋이 짐작했던 일이 결국은 사실로 드러났다. 환이 오지 못한 이유는 명 때문이었다.

환이 살아 있어서 다행이다.

"은이원!"

"전하께서는 본인의 틀에 절 가두시려고 합니다. 그게 연모입니까?"

"뭐?"

말문이 막힌 명이 놀란 눈으로 이원을 봤지만, 이원은 명을 지나쳐 밖으로 나가 버렸다.

이원의 반항이 꼭 어리광처럼 느껴졌다. 명은 고개를 저으며 긴 숨을 내쉬는 것으로 초조함을 억눌렀다. 환이 노리는 건 권좌가 아니라 명의 자리라고 했지만, 같잖은 말장난이다.

노쇠한 황제에게는 이제 힘이라고 할 건 없었다. 결국 명의 자리가 권좌였다.

"상황은 얼마나 안 좋은 것이냐?"

"도성의 북문과 서문이 열렸다고 합니다. 남문의 병사는 도망갔고, 동문의 병사들이 황궁으로 가는 문을 최대한 막고 있습니다만 압도적인 병력에 밀리고 있다고 합니다."

"그렇게 될 때까지 왜 아무런 보고가 없었던 것이냐!"

"그걸 전해야 할 병사들이 모두 반란군과 함께 움직이고 있습니다."

표가는 도대체 언제부터 준비를 한 것일까?

이렇게 될 때까지 병력의 움직임을 전혀 알지 못했다는 사실을 명은 도저히 받아들일 수 없었다.

그 서우환이라니. 2년 전에 죽었어야 할 놈이 망령이 되어 명의 목을 조르고 있었다.

"은 장군은 어떻게 하고 계시는가?"

"반란군을 막기 위해 최대한 병력을 모으고 계십니다. 준비가 끝나는 대로 반란군의 집결지로 향하신다고 합니다."

"병력이 결집하지 못하면 어떻게 되는 건가?"

"……."

"사실대로 말하라."

"은가의 병력이 막고 있을 때 피하셔야 합니다! 홍가의 병력이 밖에 준비되어 있습니다."

자신은 하원의 황태자이자 황제가 될 사람이었다.

서우환에게서 도망치다니, 그의 자존심으로는 절대 받아들일 수 없었다. 하지만 이대로 죽어 버리면 그것이야말로 그 찌꺼기 같은 놈이 바라는 일이었다.

"이원이를 데리고 가야겠다."

"전하. 지금은 가마를 움직일 수 없습니다. 지금 전하를 호위하는 몇을 제외한 내관과 궁녀들도 버리고 가야 합니다."

"뭐?"

"지금 최선은 반란군을 피해 최대한 조용히 이동하는 것입니다. 여인을 데려가기는 어렵습니다. 전하."

"……."

"전하께서 무너지시면 하원이 무너지는 것입니다! 그리고 이미 은가에서 따로 움직였을 것입니다."

건명이 직접 반란군을 막고 있다면 이원에게 신경을 쓸 겨를 따위 없을 것이다. 뻔히 보이는 거짓말이었지만 명은 그 어떤 반박도 할 수 없었다.

이원은 이호를 절대 포기하지 않을 것이다. 여인 하나만 데리고 가는 것도 힘든 상황에서 병자까지는 데리고 가는 건 무리였다.

"믿을 만한 호위들로만 준비해라. 곧 나가겠다."

세상의 모든 부귀영화는 내가 살아 있고, 내 기반이 버텼을 때 가능한 것이었다.

좀 전의 신뢰를 말하던 명의 당당한 모습은 어디에도 없었다. 이원을 아끼고 전부를 주겠다는 약조 따위 명에게는 남아 있지 않았다.

*
**

이호를 진맥하는 의원의 이마에 땀이 송골송골 맺혀 있었다.

오전부터 시작된 발작은 탕약을 쓰고 침을 놓아도 쉽게 가라앉지 않았다.

최근 이호의 건강이 좋지 않았기에 본가에서 떨어져 있는 분가로 와 있었다.

조금은 조용한 곳에서 안정을 찾기를 바랐지만, 밖의 상황이 좋지 않았다.

'당신도 황족이었구나.'

명과 똑같은 외모에서 어렴풋이 느껴지는 건 있었지만, 설마 황족이 그렇게 험하게 살고 있을 거라고는 생각하지 못했다.

그가 왜 그렇게 힘들게 살았는지 이유는 명확했다.

'그놈은 죽지 않았느냐!'

명의 절규를 듣는 순간 이원은 어렴풋이 생각했던 자신의 예상이 그대로 맞아떨어졌다는 것을 알 수 있었다.

동시에 명과 은가에서 자유로워져도 환에게 갈 수 없는 자신의 처지를 깨달았다.

'당신은 안 온 게 아니라 못 온 거였구나.'

환이 돌아왔다는 말을 들었을 때부터 이원은 그에게 가고 싶은 생각밖에 들지 않았다.

얼마나 힘들었는지, 무슨 일이 있었는지 그에게 직접 듣고 싶었다.

"아가씨."

밖에서 부르는 목소리에 이원이 방을 나왔다.

발이 빠른 시종이 이원을 보며 몸을 숙였다. 혹시 몰라 분가로 나올 때 이 사람을 데려온 것이 다행이었다.

"어서 본가로 가. 이곳에서 기다리고 있을 테니, 마차와 병사를 보내 달라고 해 줘."

"그러겠습니다. 아가씨."

"그리고……."

고민하던 이원이 안주머니에서 은화를 꺼내 시종에게 내밀었다. 갑자기 손에 쥐여 주는 거금에 놀란 시종이 숨을 삼켰다.

"아, 아가씨!"

"본가에 말을 전한 후에는 가족에게로 가. 멀리 도망갈 수 없으면 절로 들어가. 그곳까지 병사가 들이닥치지는 못할 거야."

"무, 무슨?"

"어서 가."

더는 말할 수 있는 상황이 아니었다. 시종을 내보낸 이원이 자신도 모르게 무거운 숨을 내쉬었다.

혼자 갈 수 있다는 말로 함께 따라오는 내관과 궁녀를 돌려보낸 후, 명과 호위가 나누는 대화를 들었다.

그녀를 절대 놓아주지 않을 것처럼 매달리던 명은 제 앞의 위기에서 주저 없이 이원을 버렸다.

'환은 은가에도 원한이 있다.'

명이 환을 죽였다면 건명도 분명 책임이 있을 것이다. 그게 아니었다면 환은 곧바로 이원에게 왔을 것이다.

2년 동안 단 한 번도 환을 향한 연심이 바뀐 적은 절대 없었다. 그가 돌아왔다는 말 한마디에 뛰는 심장이 아직도 가라앉지 않았다.

그녀 혼자였다면 주저 없이 환에게 갔을 것이다. 설령 적의에 변해 버린 환이 자신을 죽이더라도 그를 볼 수 있다는 마음에 한걸음에 달려갔을 것이다.

"이호는 살려야 해."

그러나 환은 건명의 아들인 이호를 반드시 죽일 것이다.

환이 죽이지 않더라도 역당으로 지목받은 홍가와 은가는 잡히면 살아남지 못할 것이다.

"후우."

두려움에 파르르 떨리는 손을 긴 옷소매에 숨겼다. 허공에서 불안하게 흔들리던 눈이 감기고, 곧이어 다시 뜬 눈이 이제야 안정을 찾은 이호를 보았다.

건명이 올 때까지 버티는 것이 그녀가 할 수 있는 유일한 방법이었다.

'아버지는 오실 거야.'

여인인 자신은 필요가 없어도 이호는 아들이니까 건명은 올 것이다.

환을 보러 가야 한다는 마음을 억누르며 이원이 마음을 다잡았다. 하지만 그녀의 바람과는 다르게 그녀를 맞이한 사람은 도성으로 진격한 반란군이었다.

*
**

최고급의 비단에 금실로 수놓은 옷이 저절로 눈이 향할 정도로 화려했다. 손가락의 절반을 덮는 금반지에는 커다란 청금석이 박혀 있었다.

눈가에 미세한 주름이 아니었다면 나이를 가늠하기 어려울 정도로 여인의 화장은 진했다.

화려한 치장에도 상관없이 수선스럽게 주변을 둘러보던 여인이 호위들 사이에 있는 유수를 발견하고는 한달음에 다가왔다.

"유수야!"

"어머니. 어찌 여기까지 오셨습니까?"

무장을 하고 있었지만 유수는 창백했다. 제 아들의 어두운 안색을 보던 송 부인이 입술을 깨물었다.

혼인도 안 한 건명을 유혹하여 유수를 낳고 결국에는 건명의 정실부인까지 되었다.

이제 유수가 은가의 가주만 되면 더는 바랄 것이 없었건만, 반란은 그녀가 가진 모든 것을 전부 앗아 가려 했다.

"아버지께서는 어디에 계시느냐?"

"지금 황궁 상황을 보고받고 계십니다. 곧 진격하여 역도를 막을 것입니다."

"미쳤느냐! 홍가도 버린 황궁을 왜 은가가 지킨단 말이냐!"

"네?"

"앞장서거라!"

유수를 따라 험한 병사들 사이를 한참을 걸어가니 다른 이들과 함께 서 있는 건명이 보였다. 뒤늦게 둘을 발견한 건명이 주변을 물리고 다가왔다.

건명이 입을 열기 직전, 송 부인이 주변의 시선에도 상관없이 무릎을 꿇었다.

"부인!"

"장군. 지금은 황궁으로 가실 때가 아니라 은가의 사병을 모아 도성을 빠져나가셔야 합니다. 하원을 걱정하는 장군의 충심을 모르는 건 아니지만 지금은 가문을 생각하셔야 합니다!"

"어, 어머니!"

"그게 무슨 말도 안 되는 말이오!"

건명이 소리쳤지만 송 부인은 요지부동이었다. 아닌 척해도 겁에 질린 유수를 보던 송 부인이 마음을 다잡고 먼저 말을 꺼냈다.

"이미 홍가는 은가를 방패 삼아 도성을 빠져나갔습니다. 이번 일의 원흉인 황태자와 홍 가주 또한 그들과 함께 도성을 피했다고 합니다."

"그렇다고 폐하께서 계시는 황궁을 포기하자는 말이오! 장군이라는 자가 그리할 수는 없소!"

생각했던 말이 그대로 나오자 송 부인이 고개를 들어 건명과 눈을 맞추었다.

건명은 전쟁에서는 뛰어났지만, 정치적인 행동으로 가끔 무모한 짓을 할 때가 있었다.

품에 가져온 단검을 꺼낸 송 부인이 제 앞에 내려놓았다.

"부인!"

"저들이 원하는 것은 권좌가 아니라 황태자와 홍가입니다. 폐하를 죽일 생각이었다면 홍가가 아니라 황궁을 먼저 공격했을 것입니다! 이미 그들은 은가를 방패 삼아 도망갔습니다! 역도들의 날카로운 검에 장군과 유수가 죽는다면, 은가는 끝입니다. 장군께서 힘들게 지켜 오신 은가를 이렇게 버리실 것입니까!"

"······."

"의리도 없는 홍가 따위 버리라고 하고 싶습니다만 이후의 대업을 위해서라면 우선은 몸을 피하는 게 맞습니다! 은가는 뿌리 깊은 무가이니 홍가와는 다른 기회를 얻을 수도 있지 않겠습니까?"

"그건 아니오."

"장군."

"서우환은 은가에 원한이 있는 자요. 은가를 절대 그대로 둘 리가 없소."

환의 앞에서 정 상궁의 목을 직접 베었다. 시간이 알아서 죽였을 놈이 어떻게 살아왔는지는 알 수 없지만, 저들의 목표가 홍가와 은가라는 것을 봤을 때는 그가 확실했다.

하지만 송 부인의 말도 틀린 것은 아니었다.

계속된 은가의 병사들의 보고에서 나오는 건 홍가의 병력은 전혀 보이지 않는다는 것이었다.

같이 싸워도 모자랄 상황에서 반란군의 기세에 압도되어 도망간 멍청이들 같으니.

"그렇다면 지금은 더더욱 피하셔야 합니다! 홍가로 향한 적의가 은가로 향하게 해서는 안 되지 않겠습니까?"

흔들리는 건명을 보던 송 부인이 유수를 향해 시선을 보냈다.

가망 없는 전쟁을 해야 한다는 사실에 암담해하던 유수가 송부인의 시선을 받고는 그 옆에 무릎을 꿇었다.

"아버지가 잘못되시면 은가는 끝입니다! 이원이와…… 이호도 생각하셔야지요."

이원과 이호라는 이름에 건명은 확연히 흔들렸다. 그 모습에 송 부인의 눈에 불쾌감이 서렸지만, 고개를 숙이는 것으로 가렸다.

"이원이와 이호는 어찌 되었는가? 오늘 황태자가 이원이를 보러 간다고 했었다."

"황태자는 홀로 빠져나왔다고 합니다."

"어째서! 같이 움직일 수 있었을 것인데!"

"몸이 아픈 아이와 여인을 데리고 가기는 어렵다고 생각했겠지요. 하지만 장군! 지금은 홍가와 척질 때가 아니라 같이 움직여야 합니다. 이 모든 굴욕은 원래의 자리로 돌아갔을 때 갚아 줘도 늦지 않습니다! 지금은 은가를 지키셔야 합니다!"

"망할 놈!"

흔들리던 건명의 마음이 완전히 기울었다. 은가를 지키기 위해서라도 지금은 빠져나가야 했다.

"유수야. 병력을 도성 밖으로 빼내거라. 우리도 빠져나가겠다."

"그러겠습니다. 아버지."

"그리고 반드시 이원이와 이호도 데리고 와야 한다."

"병사를 바로 보내겠습니다!"

"부인은 두 아이가 오면 신경을 써 주시오. 많이 놀랐을 것이오."

"그러겠습니다."

건명이 사라진 후, 송 부인이 몸을 일으켰다. 건명의 지시를 따르려는 유수를 붙잡은 송 부인이 인적이 드문 곳으로 그를 끌어당겼다.

"이원이와 이호에게는 사람을 보낼 필요가 없다."

"어머니? 무슨…… 아버지께서 반드시 데리고 오라고…….."

"이 아둔한 것아! 이 좋은 기회를 그냥 날릴 것이냐! 우리가 손을 대지 않아도 알아서 죽어 줄 것인데 그것들을 왜 살리려 하는 것이냐!"

"……아!"

"보내는 시늉만 하고 넌 아버지의 곁에서 최선을 다하거라!"

"그러겠습니다."

달려가는 유수를 보던 송 부인이 떨리는 숨을 토해 냈다. 본가를 잃고 도성에서 쫓겨나는 건 견디기 힘들었지만, 어쩌면 이번 일은 유수에게 기회가 될 수 있었다.

지금은 이렇게 도망가지만 반드시 다시 돌아올 수 있다.

다만 그때 이원과 이호는 없어야 했다.

*
**

2년을 내내 배워도 발전이 없는 유수와는 달리 이원은 건명의 가르침을 받지 않아도 스스로 검을 익힐 정도의 수준까지 올라섰다.

"절대 문을 열면 안 된다!"

"큭!"

절대 검을 쓸 수 있다는 것을 남들 앞에서 들키면 안 된다.

평생을 지킬 거라고 생각했던 맹세는 오늘 깨졌다.

이원의 검이 병사의 팔을 베었다. 살을 베는 감촉에 이원의 얼굴이 창백해졌지만 지금은 그걸 신경 쓸 겨를이 없었다.

처음 다가오는 병사의 검은 무거웠지만 지금은 무기를 가릴 때가 아니었다.

"아가씨!"

"난희는 이호 옆에 있어라! 절대 나오지 마라!"

본가에서 보내온 병사들은 은가에 들어온 지 1년도 되지 않은 이들이었다. 유수가 보냈다는 보고를 듣는 순간 이원은 저와 이호는 버림받았다는 것을 느꼈다.

이호의 상태가 조금은 나아졌기에 급한 대로 근처 절에라도 옮겨 가려 했지만, 그보다도 먼저 적이 들이닥쳤다.

"은가의 계집이다! 잡아라!"

"가까이 오지 마라!"

사람을 죽여 본 적도, 다치게 한 적도 없었지만 지금 이원에게는 자신보다도 방에 있는 이들이 우선이었다. 제 앞의 검을 쳐 낸 이원이 병사의 사이를 파고들었다.

제 앞으로 밀고 들어오는 검에 병사의 몸이 휘청거리자 이원의 검이 방향을 바꾸어 다리를 베었다.

"하아. 하아."

"겨우 병사 몇과 계집일 뿐이다! 어서 잡아라!"

말이 떨어지기가 무섭게 세 개의 검이 동시에 이원의 앞으로 밀려왔다.

한 번에 두 개까지는 어떻게 막을 수 있었지만, 다른 하나는 방법이 없었다. 문을 지키는 이원이 몸을 비틀어 공격을 피했지만, 아슬아슬하게 팔이 베였다.

"으윽!"

"아가씨! 피하십시…… 컥!"

이원에게 들어오는 공격을 막은 은가의 병사가 바닥에 쓰러졌다. 병사의 몸에서 흐르는 피를 마주하는 순간 이원의 눈이 파르르 떨렸다.

'죽기 싫어.'

건명은 왜 자신과 이호를 버렸는가!

언제나 이원의 곁을 지켜 줄 거라 했던 누구도 이 자리에 없었다. 자각하게 된 현실이 너무나도 무서웠다.

가까이 다가오는 병사의 손목을 벤 이원이 검의 무게에 몸을 휘청거렸다.

"아가씨!"

검을 다시 들고 병사를 향해 움직이려는 순간, 방 안에서 난희의 찢어지는 비명이 들렸다. 머릿속에 가득 찼던 생각은 온데간데없이 사라졌다.

"아!"

겁에 질린 난희와 그 옆에 창백한 이호의 목에 날카로운 검이 닿아 있었다. 눈을 제외한 모든 곳을 검은 옷으로 가린 이들이 이원을 쳐다보았다.

마주하는 것만으로도 이원의 목을 조르는 것 같은 압박감.

"죽이고 싶지 않다면 검을 내려놓아라."

이원의 손에 있던 검이 날카로운 소리를 내며 바닥에 떨어졌다. 그사이 다가온 병사들이 이원의 몸을 붙잡아 주저앉혔다.

전부 괜찮을 거라고 말하려는 순간, 뒤통수로 통증이 밀려왔다.

눈앞이 흐릿해지면서 이원이 정신을 놓았다.

*
**

정신을 차리니 수많은 사람들이 묶여서 모여 있었다. 대부분 알지 못하는 사람이었지만 그 와중에도 건명과 친분이 있는 관리들도 있었다.

'괘, 괜찮은 건가?'

어떻게 된 상황인지도 모르겠고, 이곳이 어디인지도 모르나 머릿속에 떠오르는 건 마지막에 본 이호와 난희였다.

불안이 치밀었지만, 내색하는 대신 이원의 눈이 주변을 바쁘게 살폈다. 하지만 역시 보이지 않았다.

"전하께서 오셨습니다!"

죄인을 지키던 병사들의 분위기가 순식간에 바뀌었다. 숨 막히는 압박에 묶여 있는 사람들이 몸을 움츠렸다. 그사이 흑의를 입은 사내가 가장 상석에 앉았다.

2년.

명과 똑같은 외모에 다른 분위기를 가졌던 그는 완전히 달라져 있었다.

말은 제멋대로였지만 다정한 분위기에 부드러운 눈을 가지고 있던 사람이었다. 하지만 지금은 좀 더 날카로운 얼굴선과 단단한 체격이 예전의 환과는 완전히 다르게 느껴졌다.

"날 아는 사람도 있고, 모르는 이들도 있으니 제대로 인사하겠다. 내 이름은 서우환이라고 한다. 폐하의 또 다른 아들이자 이제는 폐태자인 서우명의 동생이다."

환의 말이 끝나자마자 묶여 있는 사람들 사이에서 소란이 일었다. 믿을 수 없다며 부정하는 사람들 사이로 결국 이렇게 되었다는 사람들의 말이 섞여 들어갔다.

묶여 있는 사람들 사이의 혼돈을 지켜보던 환이 재미있다는 듯이 입꼬리를 올렸다. 그 모습이 여유로우면서도 방심하는 순간 목을 베어 버릴 것 같은 살기가 느껴졌다.

"죄인은 모두 죽어야 함이 맞으나."

나른한 목소리와는 다르게 나오는 차가운 말에 묶여 있는 이들이 숨을 삼켰다. 그들의 모습을 하나씩 살피듯 환의 눈이 짧게 훑었다.

홍 황후의 옆에서 제 잇속만 차리던 이들. 환의 존재를 알면서도 외면한 이들. 환을 전혀 몰랐지만 홍 황후의 옆에서 권력을 가졌던 이들이 모두 이 자리에 있었다.

"몸을 숙이고 살려 달라고 빌면 자비를 내리겠다."

"어찌 황제 폐하께 검을 겨누고 황궁을 더럽힌 무리에게 몸을 숙인단 말인가!"

"하원의 황태자는 명 전하이시지, 근본도 없는 네놈이 아니다!"

"저 극악무도한 놈에게 머리를 숙이면 안 됩니다! 설령 저놈이 우리의 가족을 모두 붙잡고 위협을 하더라도 절대 몸을 숙여서는 안 되오!"

가족을 붙잡고 있다는 말에 이원의 놀란 눈이 환을 향했다. 목소리를 높이는 이들을 재미있다는 듯이 보던 환의 눈이 그 순간 이원을 향했다.

완전히 달라져 있었어도 환은 환이었다. 다른 사람들이 하는 말은 믿지 않아도 환은 믿을 수 있었다.

그 순간 이원의 마음을 알고 있다는 것처럼 환이 고개를 끄덕였다.

힘겹게 몸을 일으킨 이원이 그의 앞에서 땅에 머리를 박고 몸을 숙였다.

"저와 동생을…… 잡혀 있는 은가의 사람들을 살려 주십시오. 죽을죄를 지었습니다."

"저런! 망측한!"

"은 장군님의 장녀가 아니오! 어찌 아버지의 얼굴에 먹칠을 한단 말이오!"

"저러니 계집들을 믿을 수 없다는 것이오! 퉤! 은 장군께서 이 끔찍한 모습을 보시면 무슨 말씀을 하시겠소!"

곳곳에서 욕설을 토해 내고, 침을 뱉었지만 이원은 미동조차 하지 않았다.

환은 이곳에 있는 전부를 죽일 것이다.

지금은 자존심을 내세울 때가 아니라 칼자루를 쥔 그에게 몸을 숙이고 자비를 구해야 한다.

"사, 살려 주십시오!"

"저, 저희는 아무것도 모릅니다. 하라는 대로 했을 뿐입니다. 살려 주십시오!"

이원이 몸을 숙이자 눈치만 보던 이들이 기다렸다는 듯이 살려 달라며 매달렸다.

서로가 싸우는 외침 따위 무시하며 머리를 숙이고 있던 이원의 앞에 낯선 신발이 보였다.

평생을 함께하자며 연모를 속삭였던 사내는 이제 적의가 가득 찬 눈으로 이원을 내려다보고 있었다.

"내 어머니를 죽인 원수 놈은 자식까지 버리고 도망가고, 그놈의 딸은 염치없이 내 앞에서 목숨을 구걸하는군."

이원이 이호를 지키려는 것처럼, 환에게도 어머니는 지켜야 할 존재였다.

그 지켜야 할 존재를 건명이 죽였다.

"죽여라."

조금 전까지 환에게 몸을 숙이면 안 된다고 했었던 이들의 목에서 피가 터져 나왔다. 뒤늦게 살려 달라는 절규가 울려 퍼졌지만 목을 베는 검에는 자비가 없었다.

제 얼굴에 튄 뜨거운 것이 피라는 걸 알면서도 이원은 고개를 돌려 옆을 볼 생각조차 하지 못했다.

"살려 주세요."

"그 와중에 제 목숨을 구걸하는가?"

"동생은 몸이 좋지 않아 곁을 지켜야 할 사람이 필요합니다. 그럼에도 둘 중 하나가 죽어야 한다면 제가 죽겠습니다."

그녀의 간청에 잠시 사위가 조용해졌다. 잠시 후 냉기를 품은 환의 나지막한 음성이 들렸다.

"나도 그렇게 빌었다."

"……."

원망이었다. 저 냉기에서 느껴지는 아득한 설움은.

"내 어머니를 살려 달라고 그렇게 빌었었다. 그걸 은건명이 조롱하며 죽였다."

간신히 참고 있던 눈물이 이원의 얼굴을 타고 흘러내렸다.

어떻게든 살고 싶었지만 더는 방법이 없었다. 이대로 죽기는 너무 억울했지만, 이원이 할 수 있는 방법은 남아 있지 않았다.

이 사내에게 약간이나마 남아 있을 자비가 움직이기를 바라며 이원은 빌고 또 빌었다.

"살려만 주시면."

"그렇게 하면?"

"무슨 일이든지 하겠습니다."

이원의 애원에 환의 표정이 알 수 없게 변했다.

겁에 질려 힘이 빠진 이원이 힘없이 주저앉았다. 그런 그녀를 따라 한쪽 무릎을 꿇은 환이 작은 얼굴을 붙잡아 제 눈을 보게 했다.

"그런 말은 함부로 내뱉는 게 아니야."

"……네?"

"내가 무슨 짓을 할 줄 알고?"

2년 전 환에게 보여 줬던 그 눈 그대로였다.

기분 나쁠 정도로 똑같은 눈에 담겨 있는 감정에 짜증이 치밀었다. 저 눈에 속아 환은 전부를 잃었다.

전에는 저 눈에 흔들렸지만, 이제는 아니다.

툭.

이원을 묶고 있던 밧줄이 환의 손에 가볍게 끊어졌다. 갑작스런 자유에 이원이 몸을 비틀거렸다. 곧 그녀뿐만이 아닌 다른 살아남은 사람들의 포박도 풀렸다.

"안으로 들여라."

이원을 보던 환이 몸을 돌려 제자리로 돌아갔다. 동시에 살아

남은 사람들 앞에 정체를 알 수 없는 탕약이 놓였다. 탕약에서 느껴지는 독한 냄새에 이원이 숨을 삼켰다.

'독이다.'

"마셔라."

이걸 먹으면 죽는다.

마시지 않겠다며 발버둥을 치는 이들을 붙잡은 병사들이 억지로 탕약을 입을 벌려 들이부었다. 주저하는 이원에게 병사가 다가가는 순간, 환의 눈이 병사를 막았다.

그녀를 보는 그대로 환이 소리 없이 입술을 열었다.

'무슨 일이든지 한다고 하지 않았던가?'

연모했던 사내가 그녀에게 독을 권했다.

누구를 탓하겠는가? 제자리만 지키려 했던 멍청한 자신 때문이었고, 정도를 모르던 아버지가 저지른 죄였다.

'이제 와서 그게 전부 무슨 소용인가?'

황태자비가 되어 황궁에 가는 것만은 하고 싶지 않았으나, 발버둥을 쳐도 바뀌지 않을 미래였기에 절망스러워도 받아들이려 했다.

하늘이 뒤집혔다.

이젠 명과 혼인하지 않아도 되었지만, 그녀의 처지는 완전히 바뀌어 있었다.

단 한 번도 마음처럼 되는 것이 없었다.

또다시 버려야 하는 상황에서 이원은 하늘에 빌었다.

그저 제 죽음으로 인해 동생만은 살 수 있기를, 저 사내에게 그런 약간의 동정심이라도 남아 있기를 바라며 이원이 탕약을 비웠다.

*
**

흐릿한 눈에 초점이 돌아오고 이원이 몸을 일으켰다.

"아…….."

그 많던 사람 중에 살아남은 사람은 이원밖에 없었다. 검에 베여 죽은 사람과 독을 마셔 죽은 사람들이 흘린 피가 바닥에 끈적끈적하게 굳어 있었다.

"아악!"

비명을 지르며 몸을 일으켰지만 굳은 피에 옷이 붙어 버려 중심을 잃으면서 미끄러졌다. 억지로 붙잡고 있던 평정심은 완전히 사라졌다.

발버둥을 치던 이원의 손에 차갑고 딱딱한 것이 잡혔다. 손을 따라 움직인 눈이 피로 붉게 물든 시신의 눈과 마주쳤다.

"아. 아악!"

시신을 피해 뒷걸음질을 치던 이원의 등 뒤로 낯선 감촉이 닿았다. 이제는 돌아보는 것도 두려운 이원이 시체가 없는 방향을 찾았지만 부질없었다.

어느 방향으로 가든 죽은 시체가 널려 있었다. 공포에 울음이 터져 나왔다. 발버둥을 쳐도 나올 수 없는, 지옥이 따로 없었다.

"싫, 싫어! 싫어!"

비명을 지르며 기어가던 이원의 멱살을 누군가가 붙잡아 일으켰다. 그마저도 시체의 손으로 보인 이원이 도망가려 했지만 빠져나가지 못한 채 끌려왔다.

"자, 잘못했어요! 잘못했어요!"

눈물에 젖은 눈을 간신히 뜨자 익숙하지만 낯선 눈이 눈앞에 있었다.

분명 적의에 가득 찬 눈이 그녀를 향하고 있었는데도…… 그의 눈을 마주하니 조금이나마 안정이 되었다.

"네 아비는 나에게 호의를 얻으려 상처에 잘 든다는 약을 구해다 주었었다. 그게 내 방심을 부르기 위한 수작질이라는 것을 모르고 난 그 뜻에 따랐었다."

"그…… 그건……."

"그래서 나도 똑같이 해 본 거다. 물론 네가 먹은 약은 은건명이 나에게 줬던 약과는 다르게 환각이 보이겠지만 말이다."

도대체 명과 건명은 환에게 무슨 짓을 저지른 것일까?

그리고 왜 둘이 저지른 죄의 대가를 이원이 치르고 있는 것일까?

이제는 무서우면서도 화가 치밀었다.

"알았다면."

"음?"

"제 아버지께서 그런 걸 드렸다는 것을 알았다면 죄송하다며, 잘못했다며 몸을 숙였을 것입니다. 절대 드시면 안 된다고 했을 것입니다!"

"……."

"아무것도 몰랐습니다. 제 죄라면 그것입니다."

공포에 몸을 떨고 있었지만, 환을 보는 눈동자는 흔들리지 않았다.

붙잡고 있던 멱살을 풀어 주자 이원이 다시 바닥에 주저앉았다.

"모르는 것도 죄는 죄지. 틀린 말은 아니네."

고통스럽게 죽일 생각이었다.

제 어머니의 시신을 보면서 절규했었던 자신처럼, 이 여인의 시신을 보며 명과 건명이 절규하고 무너지기를 바랐다. 그렇게 멍청했던 시절의 연모를 정리할 생각이었다.

은이원의 죽음이 그 모든 것의 시작이 될 것이었다.

하지만 터트리듯 쏟아 내는 절규가 환에게 남아 있는 약간의 주저를 건드렸다.

아직 제 안에 이 여인이 남아 있다는 건가?

"네 아비가 나에게 그랬던 것처럼 나 또한 널 똑같이 대할 것이다. 대신 네 동생에게 약간의 자비는 내릴 수 있겠지."

"……."

"해 볼 건가?"

화사한 미소와는 다르게 그의 제안은 독하고 잔인했다.

하지만 그토록 듣고 싶었던 답을 들은 이원으로서는 절대 놓칠 수 없는 제안이었다.

"하겠습니다."

"그래?"

토끼몰이를 해 볼 생각이었다.

홍가의 누구도, 건명과 명도 쉽게 제 목숨을 내려놓지 못할 것이다.

절망스럽고, 고통스럽게 제 삶을 버티다가 전부 무너진 다음에나 목숨을 거둘 것이었다.

"앞으로 너는 내 검이 될 것이다."

동시에 덫도 되겠지.

하지만 뒷말은 꺼내지 않았다.

"내가 죽으면 네가 지키고자 했던 것도 모두 죽을 것이다. 물론 네가 죽어도 그들은 죽는다."

"……."

"그게 싫다면 네 앞의 검으로 날 찌르면 된다. 아니면 스스로 목을 찌르면 된다."

겁에 질려 환을 보던 이원이 제 앞에 놓인 검을 쳐다보았다.

떨리는 손으로 검을 잡았던 것도 잠시, 환의 앞에 검을 내려놓고는 몸을 숙였다.

"내 어머니의 목숨은 어느 것과도 바꿀 수 없는 천금이었으니, 네 선택의 대가는 쉽게 갚지 못할 것이다."

환의 선언에도 이원은 미동조차 없었다.

제 삶이 앞으로 어떻게 될지 알지도 못하는 주제에 원수의 딸은 제 앞에 몸을 숙였다.

피로 물든 황태자의 자리에 환이 앉았다.

황제가 버젓이 권좌에 앉아 있었지만 이미 모든 건 그의 손아귀에 들어와 있었다.

*
**

고요한 방에 중년 사내의 기침 소리만이 끊임없이 들렸다. 늙고 병든 모습과는 달리 입고 있는 옷에 금실로 새겨진 용의 자수는 화려하고 고급스러웠다.

가쁜 숨을 내쉬던 중년 남자가 거리를 두고 앉아 있는 환을 보며 힘겹게 몸을 일으켰다. 힘들어하는 모습에도 환은 보기만 할

147

뿐, 가까이 다가오지 않았다.

"죽은 홍 황후를 폐위하고 정 상궁을 황후의 자리에 올려 달라는 부탁을 하는 것이냐?"

"부탁으로 들리셨습니까? 제가 잘못 말씀드린 것 같습니다."

"……."

"더는 죄인을 그 자리에 둘 수는 없지 않습니까? 그리고 제 어머니께서 황후의 자리에 오르지 못할 이유는 없다고 생각합니다. 어찌 되었든 폐하께 황은을 입어 저를 낳으신 분이 아닙니까? 비록 살아 계실 적에 단 하나도 누리지 못한 가여운 분이지만 말입니다."

목소리만 차분할 뿐, 황제를 보는 환의 눈은 다가가기 꺼려질 만큼 살기가 느껴졌다.

명을 제외하고 유일하게 살아남은 아들. 그렇기에 더더욱 시선조차 주지 않았다. 약간의 관심을 가지면 그나마 살아 있는 환조차 죽일 거라는 생각이었다.

그 판단이 얼마나 어리석었는지 뒤늦게 깨달았지만 그때는 이미 정 상궁과 환은 명에게 죽음을 당하여 시신조차 찾을 수 없게 되어 있었다.

"짐으로서는 어쩔 수 없는 선택이었다. 내가 관심을 끊어야 네 모자가 살 수 있었다."

이 와중에도 자기방어를 하는 황제를 환이 경멸 어린 시선으로 노려보았다.

어차피 아버지라는 이에게 바라는 것은 없었다. 지옥보다도 더 끔찍했던 그곳에서 살아난 순간부터 환은 정도라는 것을 내려놓았다.

"폐하께서 저와 어머니께 자비를 내리실 생각이셨다면 조금 더 일찍 오셨어야 했습니다."

마른기침에 떨리는 몸이 무척이나 가여웠지만 딱 그 정도일 뿐이었다. 이 무능한 사내는 힘을 가지고 있을 때는 그것을 지키려 하지 않았고, 이렇게 된 후에는 어쩔 수 없었다며 회피만 했다.

"홍 황후를 폐위시키겠다. 어차피 죽은 이고, 죄가 있었으니 폐위하는 건 문제가 없다. 다만 죽은 정 상궁은 황후가 아니라 황태후에 올릴 것이다."

"무슨 말씀이신지?"

"선위를 할 것이다."

"……."

"네 말대로 난 아무것도 하지 못했다. 하지만 너라면 가능할지도 모르지. 전부 가져가거라."

"또 그렇게 도망가시는 겁니까? 아직 죄인들은 저 밖에서 몸을 숨기고 있습니다."

"무능한 지아비이고, 아버지여도 내 아들을 죽일 수는 없다. 그러니 내려놓게 해 다오."

"싫다면 어떻게 하시겠습니까?"

"비록 짐이 늦게 도착했지만 네 목숨은 살려 준 꼴이지 않으냐. 그 대가로 할 수는 없겠느냐?"

어설프게 가지고 있던 황제의 위엄은 어디에도 없었다. 그저 힘없고 병든 노인만이 남아 있었다.

이 멍청한 사내가 조금만 일찍 왔어도 정 상궁은 죽지 않았다. 아니 차라리 조금이라도 늦게 왔으면 환도 죽었을 것이다.

살려 줘서 고맙다고 해야 하나? 아니면 이 지옥 같은 삶을 지켜 줘서 감사하다고 해야 하나?

결과가 어쨌든 환이 원한 건 권좌였으니 가지면 될 뿐이었다.

"쿨럭."

황제가 피를 토해 내며 쓰러졌지만, 환은 눈길 한 번 주지 않았다.

얼마 후, 황제가 선위를 선포하고 환이 권좌에 올랐다.

피와 원한에 미친 황제가 제 의중을 드러낼 때마다 가문은 멸문되었고, 도성은 매달린 목에서 흐르는 피로 붉게 물들었다.

하지만 조세를 낮추고 홍가가 독점했던 이득을 나눠 주니 혼란한 정국은 빠르게 수습되었다.

환이 권좌에 오른 지 2년.

명의 나라가 될 줄 알았던 하원을 가진 사람은 환이었다.

*
**

하원의 성군. 하원의 미친 황제.

새로운 황제가 권좌에 오른 후 환을 칭하는 말은 극단적으로 갈렸다.

선위를 끝낸 황제가 얼마 후 세상을 떠나자 환은 하원에 남아 있는 문제들부터 하나씩 건드렸다.

환이 고치려는 것 중에는 귀족들의 예민한 부분이 섞인 것들도 있었지만, 회유가 안 되면 피로 갚아 주는 황제에게 불쾌함을 드러내는 귀족은 없었다.

"승상."

"폐하께서는 계시는가?"

얼굴에 주름은 있었지만 체구는 건장하고 힘이 느껴지는 사내였다.

닫힌 문을 보는 눈은 부드럽고 순했지만 뺨에서부터 목에까지 길게 난 흉터는 숨을 내쉴 때마다 뱀이 움직이는 것처럼 꿈틀거렸다.

홍가의 위세가 하늘을 찌를 때 가장 앞장서서 대립했던 가문의 가주. 그로 인해 자객으로 왔었던 환에게 목숨을 잃을 뻔했었던 표가의 가주인 해준이었다.

죽기 직전의 환을 거두어 살린 해준은 결국 홍가를 완전히 밀어내고 개국공신으로 승상이 되었다.

"들어가십시오."

문이 열리고, 침소 안으로 들어가자 검은 침의를 입은 채 자리에 늘어져 있던 환이 몸을 일으켰다.

숨만 간신히 붙어 있는 놈을 쓸 만하게 만들어 황제의 자리에 앉힌 지도 벌써 2년이 지나 있었다.

"짐은 승상께서 퇴궁을 하신 줄 알았습니다. 이리 황궁에 와 계신 줄 알았다면 승상과 술이라도 한잔할 것을 그랬습니다."

"폐하께 여쭤볼 것이 있어서 잠시 들렀습니다. 소인이 감히 드릴 물음은 아니지만 오늘은 황후 마마께 가시는 날이 아니셨습니까?"

"아직 해야 할 일이 남아 있어서 말입니다. 감사하게도 황후께서도 이해해 주셨습니다. 아버지로서 서운하셨습니까?"

"소인 어찌 그런 마음을 품겠습니까?"

여유롭고 즐거운 웃음소리가 환에게서 나왔지만, 몸을 숙인 해준의 얼굴은 굳은 채 미동조차 없었다.

환을 황제로 세우고, 귀한 딸을 황후로 세웠다. 도움이 되는 가문의 여식들을 후궁으로 들어앉히고 표가는 모든 것을 가졌다.

분명 그러한데 안도가 되기보다는 불안하고 초조했다. 그리고 그 원인은 저 속을 알 수 없는 황제였다. 제 손아귀에 잡혀 흔들리기만 하던 놈이 권좌에 앉자 조금씩 바뀌었다.

"어찌하여 홍가와 폐태자인 서우명을 잡지 않으시는 것입니까? 벌써 2년이 지났습니다. 그들의 세력을 빼앗기만 할 뿐, 언제나 결정적일 때는 놓아주고 계시지 않습니까? 역도를 어서 소탕하시고 불손한 무리의 싹을 단숨에 제거하시어 폐하의 기반을 다지는 것이 옳지 않겠습니까?"

하루가 멀다 하고 역도들을 죽이고 있었지만, 정작 핵심이 될 만한 명, 홍가와 은가는 아직 그 목숨이 붙어 있었다.

2년을 그렇게 압박을 하니 반란 세력은 많이 꺾였지만, 문제는 환의 공포정치에 해준의 사람들 또한 위축되어 있다는 것이었다.

황제의 눈 밖에 나면 죽는다.

해야 할 일이 산더미였지만, 환을 의식하여 아무도 나서려 하지 않았다.

"짐을 진정으로 걱정해 주시는 건 승상뿐입니다."

"폐하."

"그 찢어 죽일 홍가가 제대로 해 준 것이라고는 짐과 표가를 이어 준 것이지요. 표가 덕분에 짐은 황제가 되었고, 귀한 황후를 얻었습니다. 그러니 더더욱 뿌리를 완전히 도려내야지요."

"무슨 말씀이십니까?"

"세력을 점점 쳐낼수록 그것들은 살기 위해서라도 더 뭉칠 것이니 한 번에 없애야죠. 어설픈 여지 따위 짐과 승상 모두에게 좋지 않습니다."

미소를 담은 채 꺼내는 말투가 마치 승상을 가르치는 것처럼 차분하고 단호했다. 분명 그가 알지 못하는 무언가가 있는 것처럼 느껴졌지만 저렇게 자르니 반박할 수 없었다.

"그렇다면 잠깐이나마 내렸던 조세를 올려야 하지 않겠습니까? 폐하의 말씀대로라면 우선 필요한 것은 병력을 키울 자금입니다."

"그래서 관리들의 채용 범위를 넓혀야 한다는 것이오."

"무슨 말씀을 하시는 것입니까?"

"지금까지는 하급 관리까지도 귀족이어야만 자격이 되었지만, 그 범위를 늘린다면 좀 더 많은 이들이 관심을 가지지 않겠소? 관심을 가진 이들은 제 능력을 발휘하여 관직을 얻으려 할 것이고, 공을 세우기 위해서라도 제 것을 내놓게 될 것이오. 백성들에게 덜 걷는 조세는 그들에게 걷으면 될 것이오."

"처음에는 그렇지만 곧 반발이 있을 것입니다."

"표가의 절대적인 지지를 받는 짐에게 말입니까?"

해준에게 몸을 숙이는 듯하면서도 하나도 놔주지 않았다. 어떻게든 꼬투리를 잡아 상황을 끌어내야 했지만, 틀린 말이 없으니 파고들 틈이 없었다.

관직의 기회를 넓혀 준다면 제 충성을 보이기 위해서라도 알아서 제 자금을 내놓을 이들은 상당할 것이다. 그들이 충성을 노골적으로 보일수록 기회는 주어질 것이다.

다만 그렇게 황궁으로 들어오는 관리가 머리를 숙일 자는 해준이 아니라 기회를 준 환일 것이다.

"물론 조세를 바꾸지 않겠다는 건 절대 아닙니다. 다만 그 시기를 조금 늦추고 싶다는 것입니다."

징그럽게도 영악한 놈.

해준이 꼬투리를 잡을 상황이 되자 언제 밀어붙였느냐는 듯이 환이 몸을 숙였다.

오늘 밤 결판을 내려 했지만 더는 밀어붙일 수 없었다.

"소인은 폐하의 신하입니다. 뜻을 따르겠습니다."

"짐이 믿고 있는 사람은 승상뿐입니다."

해준을 보는 환의 시선에는 약간의 흔들림조차 없었다. 거짓인지 진실인지 알 수 없는 묘한 눈을 보던 해준이 화를 삭이며 밖으로 나갔다.

해준이 완전히 나갈 때까지 여유롭게 앉아 있던 환이 몸을 일으켰다.

금실로 수놓은 검은 침의가 흘러내리며 보이는 단단한 근육 사이사이로 짙고 얇은 흉터들이 가득 새겨져 있었다. 해준에게 보여 줬었던 약한 눈빛은 어디에도 없었다.

차분하게 가라앉은 눈빛이 해준의 것과는 비교조차 되지 않을 정도로 날카롭고 싸늘했다.

"폐하. 다른 방에 시침 준비를 끝내 놓았습니다."

잠시 후, 나이가 지긋한 내관이 안으로 들어왔다. 그저 나이 든 내관으로 볼 수도 있었지만 이마에서 눈으로 길게 뻗어 내려오는 짙은 흉터가 보는 것만으로도 꺼려질 정도로 흉측한 인상이었다.

"좀 전에 봤었던 장계를 마저 가져와라."

"밤이 늦었습니다. 용체를 보존하시어……."

"가져와라."

간결한 명령에 내시감이 고개를 숙였다. 얼굴만 똑같을 뿐, 폐태자와 황제는 하는 행동부터 완전히 달랐다.

황태자였던 명에게 간언을 하다가 그가 휘두르는 검에 얼굴에 큰 자상을 입었다. 죽다가 살아난 그가 깨어난 곳은 감옥이었다.

깨어난 후 목을 베라는 명령에 죽을 예정이었지만 환이 일으킨 반란으로 간신히 목숨을 구제받을 수 있었다.

얼굴에 흉이 있는 이는 황궁에 있을 수 없었지만, 내시감을 거둔 사람은 환이었다.

"곧 올리겠습니다."

달이 비추는 밖을 보던 그의 눈이 면경을 향했다. 똑같은 얼굴은 어쩔 수 없지만 그 외의 것은 달라져 있었다.

이제 끔찍한 독약을 억지로 먹을 필요도 없었고, 명과 체구를 맞추려 먹는 것을 조절할 필요도 없었다.

'갈 길이 멀긴 하지.'

황제가 된 것이 해준의 덕분임을 부정하지는 않았다. 그렇기에 해준의 여식을 황후로 들였고, 홍가가 독점했던 이익의 대부분을 표가가 가져가는 것을 보고도 외면했다.

권력을 쥔 것이 홍가에서 표가가 되었을 뿐이다. 그 사실이 환은 짜증 날 정도로 거슬렸다.

"폐하. 장계를 가져왔습니다."

문이 열리고, 궁녀가 장계를 가져왔다. 경상에 장계를 내려놓은 궁녀가 좀 전까지 그가 봤었던 장계를 꺼내 펼쳐 놓았다.

"내시감."

궁녀가 나가지도 않은 상태서 환이 내시감을 불렀다. 곧바로 문이 열리고, 앞으로 들어온 내시감이 몸을 숙였다.

"부르셨습니까? 폐하."

"궁녀를 새로 뽑았던가?"

"네? 폐하께서 즉위하신 이후로 새 궁녀를 들이지 않았습니다. 이 아이도 그때 들인 궁녀입니다."

"그럴 리가."

부정하는 말에 내시감은 물론이고 궁녀의 눈도 커졌다. 차분한 눈이 억울하다는 듯이 고개를 젓는 궁녀를 향했다.

"내가 봤던 아이는 너처럼 조심스럽지 않았단다."

"……."

"짐은 널 오늘 처음 봤다."

당황했던 얼굴이 완전히 구겨지고, 어쩔 줄 몰라 하던 행동은 어느새 몸을 숙이더니 땅을 박차고 달려들었다. 긴 소맷자락 사이에서 나온 가늘고 긴 검이 정확하게 환을 향해 움직였다.

한 치의 주저도 없이 바로 앞까지 오는 검을 환은 피할 생각도 없는지 느른한 눈으로 쳐다보았다.

"폐하!"

챙!

주저 없이 달려드는 검과 환의 목 사이로 또 다른 검이 파고들었다. 회심의 공격이 무산되자 궁녀가 거리를 벌렸다. 궁녀의 눈이 앞을 막은 흑의의 인영을 노려보았다.

얼굴을 완전히 가렸지만, 작은 체구에 가는 손가락이 분명 계집이었다.

"비켜!"

말이 끝나기 직전에 궁녀가 다시 움직였다. 어차피 목표는 황제였다.

저 흑의의 공격을 비껴 낸 후, 곧바로 황제를 찌른다.

계획을 세운 궁녀가 움직이려는 순간 흑의의 인영이 사라졌다. 사라진 인영을 따라 바쁘게 움직이던 눈이 제 앞까지 온 인영을 찾고는 숨을 삼켰다.

다가온지도 모르고 있었다.

"이게 어디서…… 컥!"

분명 자신에게로 오는 검을 쳐 냈다.

그런데…… 쳐 낸 검이 왜 제 심장에 박혀 있는가?

믿을 수 없다는 눈으로 흑의 인영을 쳐다봤지만, 심장에 박힌 검을 빼낸 인영이 궁녀의 목을 베었다.

궁녀가 쓰러지자 검을 추스른 인영이 환을 향해 몸을 숙였다.

"이제 좀 쓸 만해졌는가?"

끌려 나가는 시체는 보지도 않은 채 환이 제 앞에 몸을 숙인 흑의 인영을 감흥 없이 쳐다보았다.

쳐다보는 것만으로도 자비를 구하며 몸을 떨었던 연약한 모습은 어디에도 없었다.

숨소리조차 희미할 정도로 기척을 가린 인영은 환이 쳐다보는 시선에도 차분했다.

달라진 위치. 달라진 분위기. 달라진 행동.

인영의 앞으로 걸어온 환이 얼굴을 가리고 있던 복면을 벗겼다. 고정되어 있던 머리카락이 벗겨지는 복면을 따라 어깨에 흘러내렸다.

"달라지지 않은 것도 있었군."

그의 말에도 이원은 바닥을 보며 몸을 숙일 뿐, 미동조차 하지 않았다.

그녀의 앞에 몸을 숙인 환이 턱을 붙잡아 제 눈을 보게 했다. 하얀 피부만큼이나 가는 선을 가진 얼굴은 2년 전과 그다지 변화가 없었다.

환의 시선이 이원의 왼쪽 옷소매에 수놓아져 있는 메꽃 자수를 향했다. 그리고 메꽃 자수 사이사이로 보이는 암호 같은 표시를 보던 환의 눈매가 부드러워졌다.

황제의 용호군.

그중에서도 황제와 무리의 수장만이 누구인지 알고 있다고 하는 비밀조직 무흔.

동생과 자신의 목숨을 구걸하며 버티겠다고 했었던 이원은 무흔에 들어가 환의 앞에 머리를 조아리고 있었다.

四章

사람을 살리는 손이 되고 싶었다.

그게 어렵다면 사람을 도와주는 손이라도 가지고 싶었다.

"사, 살려 주게! 날 모르는 건가!"

하지만 명의 여인으로 황태자비가 되는 순간 이룰 수 없는 바람이라는 것은 알고 있었다.

하늘이 뒤집히지 않는 한 바뀌지 않을 현실이었지만, 그 하늘은 벌써 2년 전에 무너졌다.

이원의 검이 목에 닿은 남자가 손바닥이 벗겨질 기세로 손을 비비고 자비를 구했다.

"내 그대의 아버지와 인연이 있었네! 제발! 제발 살려 주……컥!"

누구인지도 모르는 남자의 목에서 튄 피가 이원의 얼굴에 묻었다. 발버둥을 치듯 남자가 이원을 붙잡았지만, 감정 없는 손이 사내를 밀어냈다.

"네년이…… 가문의 수치를 만드는…….”

그녀를 붙잡았던 가문은 더 이상 없었지만 여전히 족쇄는 있었다. 얼굴에 묻은 피를 손으로 훔친 이원이 검에 묻은 피도 말끔하게 닦아 냈다.

제 손으로 죽인 이들을 보던 이원의 눈이 짧게 흔들렸지만, 곧 차분해진 눈이 시신을 외면하듯 고개를 돌렸다.

"그렇게도 간절하게 부탁하는데 살려 주지 그랬나? 하기는 그랬으면 반역으로 목숨을 잃었겠군.”

대역 죄인의 딸.

한때는 하원의 나는 새도 떨어뜨린다는 권세를 가졌던 은가는 더 이상 존재하지 않았다. 검을 잡으면서 고운 손은 거칠어지고, 언제나 귀한 꽃물로 치장했던 몸에는 혈향이 짙게 배어 있었다.

"그럼 그 순간 제 목에 검이 들어왔겠지요.”

"그러니까 말이지. 참 아쉽게 되었어. 내가 죄인의 목을 베어 공을 세울 수 있었을 것인데 말이지.”

환의 자비로 검을 잡았어도 정확히 그뿐이었다. 황제의 호위군인 용호군에 들어가는 정도로는 이호를 지킬 수 없었다.

처음 사람을 죽였을 때 느꼈던 공포와 절망은 마음속 상처가 되었지만 절대 내색할 수 없었다.

자신이 버텨야 이호가 살 수 있다.

호신을 위해 익혔던 검은 효율적으로 사람을 죽이기 위한 검이 되어 있었다.

"가능하시겠습니까?”

"뭐?”

"제가 무엇이 아쉬워서 일부러 베시라며 목을 가져다 대겠습니까? 그렇다고 그쪽의 검이 제 목을 베지는 못할 것 같으니 말입니다."

"네, 네 이년!"

"해보시겠습니까?"

이원의 도발에 화가 난 사내가 검에 손을 가져가는 순간 그녀의 검이 먼저 움직였다. 그 순간 사내의 뒤로 비명소리가 들렸다.

사내가 반응할 틈도 없이 검에 목이 꿰뚫린 적이 쓰러졌다. 이원이 검을 빼면서 나온 피가 사내의 뒤통수에 묻어 나왔다.

제 뒤통수를 끈적끈적하게 적시는 뜨거운 피를 보며 고개를 돌릴 생각조차 하지 못했다.

"뒤를 좀 더 신경을 쓰셔야겠습니다."

"네가 감히!"

피하는 기색도 없이 이원이 검을 빼자 사내의 몸이 움찔거렸다.

대역 죄인의 딸이라며 비아냥거려도 얼마 전 용호군에 합류한 이원의 실력은 여인임에도 다섯 손가락 안에 들지 모른다는 소문이 돌고 있었다.

죄인에, 계집인 주제에 황제의 눈에 들어 호위인 용호군에 든 건방진 것.

하지만 조금 전의 속도는 사내의 것과는 비교조차 되지 않았다. 그럼에도 계집에게 물러나다니 자존심이 허락하지 않았다.

"이게 무슨 짓인가!"

이원과 사내의 팽팽한 상태는 뒤늦게 나타난 호위의 외침에 깨졌다. 상황을 정리하듯 이원이 검집에 검을 넣었다.

"황궁에 불손한 움직임이 있다는 보고네. 서둘러 복귀하라고 했으니 어서 움직이세."

"네년, 다음에는 어림도 없을 것이다."

이를 갈며 협박하는 사내를 이원은 무시했다.

다른 용호군과 함께 움직이려던 이원의 눈이 자신이 죽인 사내를 향했다. 사내의 협박에도 흔들리지 않던 눈이 시체를 보자 흔들렸다.

하지만 그마저도 찰나, 다시 표정을 원래대로 되돌린 이원이 다른 용호군과 함께 움직였다.

*
**

문을 지나가자마자 들리는 비명에 복귀하던 이들이 몸이 굳었다. 가장 앞서가던 호위의 시선에 이원이 소리가 들리는 방향으로 몸을 날렸다.

환이 권좌에 오른 지 2년이 되었지만 황궁은 안정적이지 않았다.

많으면 일주일에 한 번씩 자객이 환의 목숨을 노리러 황궁의 담을 넘었다.

"사, 살려 주세요. 제발!"

치맛자락에 넘어진 궁녀가 겁에 질려 뒷걸음질을 쳤다. 궁녀의 앞에 선 흑의가 쥐고 있던 검을 들었다.

흑의의 검이 궁녀를 향해 내려가는 동시에 이원이 발을 박찼다.

제 앞으로 들어오는 검에 궁녀가 비명을 지르며 눈을 질끈 감았다. 그런데 통증 대신 뜨거운 피가 제 몸에 튀자 감았던 눈을 떴다.

"쿨럭!"

"꺄아악!"

흑의가 토해 낸 피가 몸에 떨어지자 놀란 궁녀가 비명을 질렀다. 혼비백산하여 도망가려 했지만, 온몸에 쏟아지는 피에 놀란 나머지 마음처럼 몸이 움직이지 않았다.

제 몸을 꿰뚫은 검을 보던 자객이 궁녀를 놓치지 않겠다는 듯이 한 걸음 더 내디뎠다.

자객의 행동에 섣부른 짓 따위 하지 말라는 것처럼 이원이 자객의 몸에 검을 깊게 박았다.

"어서 가라!"

"아아악!"

숨이 끊어진 자객이 바닥에 쓰러지자 궁녀가 이성을 잃고 소리를 질렀다.

쓰러진 자객의 몸에서 검을 뽑은 이원이 이성을 놓은 궁녀의 멱살을 붙잡고 끌어당겼다.

찰싹!

"정신 차려!"

뺨에서 느껴지는 통증에 정신을 차린 궁녀의 눈에 눈물이 글썽글썽 맺혔다.

굳게 다물었던 입을 열려는 순간 이원이 궁녀를 힘껏 밀며 뒤로 몸을 뺐다. 둘이 앉아 있던 자리에 날카로운 검이 연달아 박혔다.

"쳇. 더럽게 빠르네."

궁녀는 보지도 않은 채 또 다른 흑의가 이원을 향해 달려들었다. 바닥에 떨어뜨린 검을 향해 이원이 몸을 날렸다. 흑의의 검이 이원의 몸을 꿰뚫기 직전, 다시 검을 주운 그녀가 공격을 막았다.

공격할 틈을 보던 이원이 흑의 너머로 돌을 들고 다가오는 궁녀를 보았다. 도와줄 생각이었는지 최대한 발걸음을 죽이며 달려왔지만 그 정도의 기척도 느끼지 못할 이들이 아니었다.

"가까이 오지 마라!"

이원의 고함에 궁녀가 걸음을 멈추었지만 이미 흑의의 방향은 궁녀로 향한 후였다.

"큭!"

궁녀의 몸에 검에 닿기 직전, 둘 사이에 끼어든 이원이 아슬아슬하게 검을 막았다. 하지만 완전히 피하지 못한 이원의 어깨를 흑의의 검이 베었다.

어깨에 배어드는 피를 보던 흑의가 제가 쥔 검에 힘을 주었다. 점점 아래로 짓눌러 내려오는 검을 보던 이원이 방향을 바꾸어 자객의 검신을 따라 움직였다.

"아?"

검의 방향을 바꾼 것만 봤을 뿐이었다. 대응하려 검을 끌어당기려 했지만, 이상하게도 힘이 들어가지 않았다.

검이 바닥에 떨어지고, 뒤늦게 느껴지는 통증에 흑의가 제 목을 쓸었다. 손에 묻어 나오는 피에 의문을 가진 것도 찰나 숨이 끊어진 흑의의 몸이 힘없이 쓰러졌다.

"하아. 하아."

죽은 흑의를 보며 이원이 피곤한 숨을 토해 냈다. 베인 어깨의 상처를 감싼 이원이 겁에 질린 궁녀를 보았다.

다가오지도 못한 채 겁에 질려 떨고 있는 궁녀를 보며 이원이 서쪽으로 눈을 돌렸다.

"저쪽으로 가라."

감사하다는 말조차 하지 못한 채, 엉거주춤 일어난 궁녀가 도망쳤다. 궁녀를 지켜서 다행이었지만 생각보다 어깨의 상처가 깊었다.

"하아."

통증을 억누르며 이원이 기척을 읽었다. 이원이 제거한 흑의를 제외한 이들의 방향은 한곳으로 향해 있었다.

건원궁. 황제의 침소가 있는 곳이었다.

환이 다치면 이원은 물론이고 이호도 죽는다. 진짜 죽을지도 모른다는 공포 속에서 2년을 버텨 내고, 용호군으로 들어간 이유는 하나였다.

살아야 하니까. 어떻게든 살아서 죄를 용서받고 신분을 회복해야 했다.

"후우."

몸의 긴장을 풀듯이 차가운 바람을 길게 들이마셨다. 들이마신 바람 사이로 비릿한 피 내음이 퍼졌다.

예전에는 혈향을 계속 맡고 있으면 속이 뒤집혀서 모두 게워 냈다. 하지만 지금의 이원은 속을 게워 내는 대신 날카로운 눈으로 건원궁 앞에 죽어 있는 내관과 황병의 상처를 보고 있었다.

"누구냐!"

건원궁으로 들어가던 흑의들이 이원을 발견하고는 검을 빼 들었다. 길을 막는 세 명의 흑의를 보며 이원이 검을 다잡았다.

정면에서 오는 검을 받아친 이원이 순식간에 방향을 바꿔 가까이에 온 흑의를 베었다.

이원의 빠른 검에 숨이 끊어진 흑의를 보며 둘이 주춤거리는 사이, 둘 사이에서 좀 더 흐트러져 있는 우측의 흑의를 향해 빠르게 검을 찔렀다.

"컥!"

틈을 파고드는 검을 피하려 움직였지만, 이원의 검이 좀 더 빨랐다. 순식간에 같이 온 일행을 전부 잃은 흑의가 먼저 이원을 향해 움직였다.

검을 회수한 이원이 제 앞까지 온 공격을 물 흐르듯이 막아 냈다. 이원의 검에 밀린 정면의 흑의가 몸을 비틀거리는 사이, 틈을 발견한 이원이 주저 없이 그를 향해 검을 휘둘렀다.

한 치의 오차도 없이 휘둘러진 검이 목을 베려는 순간, 다른 방향에서 날아 든 검이 흑의를 찔렀다.

"컥!"

"괜찮은가? 나도 무흔일세."

가까이 다가온 사내가 이원에게 보이듯 메꽃 자수가 새겨진 소매를 보여 줬다. 용호군이라는 표식을 본 이원이 몸의 긴장을 풀자 사내가 건원궁을 가리켰다.

"어서 들어가세."

"살려 주셔서 감사합니다."

"같은 무흔끼리 그런 인사를 필요 없지. 어서 궁으로 들어가세!"

사내를 따라 이원이 검을 고쳐 잡았다. 궁으로 들어간 이원의 눈이 복도 곳곳에 쓰러져 있는 시신을 향했다.

다른 흑의도, 용호군도 보이지 않는 상황에서 이원이 사내를 향해 검을 찔렀다.

흑의 둘을 단숨에 제압했던 빠른 검은 정확히 사내를 향해 찔렀지만, 앞선 경우와는 달리 허공을 찔렀다. 검을 피해 몸을 돌린 사내가 주저 없이 이원을 향해 검을 휘둘렀다.

챙!

굉음을 내며 부딪친 검에서 불꽃이 튀었다. 검을 받아쳤지만 다른 흑의들과는 완전히 다른 힘에 이원의 몸이 휘청거렸다.

"다른 놈이 황제를 죽일 동안 심심해서 데리고 놀아 보려 했는데 말이야. 그런데 어떻게 안 거지? 분명 무흔이라는 놈을 죽여서 옷을 빼앗은 건데 말이야."

"……."

"아무튼 황제의 종은 사람이 물어보면 한 번에 대답하지 않더라니까. 뭐 괜찮아. 곧 살려 달라면서 다 말할 거니까."

말이 끝나기가 무섭게 사내의 검이 매섭게 이원의 급소를 노렸다.

지금까지 베었던 이들과는 확실히 다른 속도와 힘이었다. 앞선 흑의를 상대했듯이 사내의 검과 부딪친 이원이 검신을 따라 흐르듯이 검을 타고 올라갔다.

이원이 할 수 있는 가장 빠른 검으로 갔지만, 사내의 목에 닿기 전에 검은 멈추었다.

"그럴 줄 알았지."

이원의 공격을 막은 사내가 힘으로 그녀를 몰아붙였다. 사내의 힘이 실린 검을 막는 순간 잠깐이나마 잊고 있던 어깨의 통증이 밀려왔다.

사내의 검을 비껴 내며 이원이 거리를 벌렸지만, 그녀의 생각 따위 전부 알고 있다는 것처럼 사내가 바로 앞까지 거리를 좁혔다.

매섭게 들어오는 공격에 이원의 숨이 흐트러졌다.

"윽!"

"좀 나을 줄 알았는데 다 비슷한 건가?"

당황하는 이원을 조롱하며 사내가 공격을 더 퍼부었다. 힘들어하는 이원의 몸 곳곳에 얇은 검상이 새겨졌다. 하얀 뺨에 길게 흐르는 피를 보던 사내의 눈에 광기가 보였다.

가쁜 숨을 내쉬었지만, 당황하는 대신 다시 자세를 잡는 그녀를 보며 사내가 혀로 입술을 적셨다.

"그렇게 딱딱하게 굴면 사내는 더 미친단 말이지."

말이 끝나기가 무섭게 이원을 향해 몸을 날렸다. 그의 속도에 당황한 이원이 다급히 검을 들어 앞을 막았다.

한숨이 나올 정도로 어색하고 느린 움직임, 조금은 재미있을 줄 알았던 계집조차 별게 아니었다.

'잡았다!'

공격의 범위 안에 들어온 이원을 보며 사내가 즐거움에 입꼬리를 올렸다.

완벽한 공격을 자신한 사내가 이원을 향해 검을 휘두르는 순간, 흐트러졌던 움직임이 빠르게 자리를 잡았다.

완전히 달라진 자세와 호흡에 사내가 짧게 멈춘 순간, 이원의 검이 정확히 사내의 허벅지를 베었다.

"아아악!"

중심을 잃은 사내가 비명을 지르며 비틀거렸다. 그 짧은 순간을 놓치지 않은 이원이 가죽 갑옷 사이의 빈틈을 파고들었다.

검에 찔린 상처에서 터진 피가 갑옷을 붉게 물들이고, 자신만

만했던 표정이 고통으로 일그러졌다.

"이년이!"

"그렇게 대놓고 무흔이라고 말하는 어리석은 인간은 황궁에 없다."

어깨에서 빠진 검이 주저 없이 사내의 손목을 찍었다. 좀 전의 흐트러짐과는 완전히 다른 날카롭고 정확한 검이었다.

"이년이 사람을…… 속여. 망할…… 망하알!"

달려드는 사내에게 이원이 다시 검을 휘둘렀지만, 이번에는 사내가 조금 더 빨랐다. 이원의 검이 몸에 박혀도 상관없다는 듯이 다가든 사내가 이원의 목을 졸랐다.

벗어나려 발버둥을 쳤지만, 도저히 벗어날 수 없었다. 고통스러워하는 이원을 보던 남자가 광기에 눈을 빛내며 움켜잡은 손에 힘을 주었다.

손아귀에 잡힌 목에서 나는 이질적인 소리에 사내의 입꼬리가 불쾌하게 올라갔다.

"죽어! 죽어! 네년만큼은 내가 죽이겠…… 아아악!"

이원을 붙잡고 있던 팔에서 피가 터져 나오자 사내가 자리에 주저앉았다. 힘겹게 사내에게서 벗어난 이원이 가쁜 숨을 내쉬며 비틀거렸지만, 지금은 쓰러져 있을 겨를이 없었다.

일어나려는 사내를 향해 다가간 이원이 소매에 숨겨 놓았던 단검을 꺼내 목을 찔렀다.

몇 번의 발버둥 끝에 사내의 숨이 끊어지자 이원이 가쁜 숨을 내쉬며 몸을 일으켰다. 사내를 죽인 이원이 사내의 팔을 벤 검이 날아온 방향으로 고개를 돌렸다.

"폐, 폐하."

환이 잡고 있는 검에서 피가 툭툭 떨어졌다. 그가 걸음을 옮길 때마다 흑의를 적신 피가 바닥에 톡톡 떨어졌다.

"황제다!"

"황제가 침소에서 나왔다!"

"황제를 죽여야 한다!"

환의 등장에 숨어 있던 흑의가 동시에 나타났다. 환을 향해 공격해 오는 흑의들을 보던 이원이 서둘러 시체에 꽂혀 있는 검을 뽑았다.

막아야 한다!

있는 힘껏 몸을 날리려던 이원이 순간 제 앞으로 불어오는 바람에 걸음을 멈추었다.

밤바람이 짧게 분다고 생각했던 변화는 곧바로 비명과 함께 피바람으로 바뀌었다. 환의 검에 묻어 있던 피가 더욱 진해지고, 환의 주변이 붉게 물들었다.

"컥!"

짧은 비명이 전부였다. 자신이 어떻게 공격당했는지 알지 못하는 눈이 생기 없이 천장을 보고만 있었다. 수많은 검이 환을 공격했지만, 단 하나도 그에게 닿지 않았다.

침의와 검에 흥건하게 묻은 피를 보던 환이 시체에는 눈길조차 주지 않은 채 굳어 있는 이원을 감흥 없이 보았다.

"……폐하."

어깨의 통증보다도 감흥 없이 보는 그의 시선이 더욱 날카롭고 아프게 느껴졌다.

달라진 위치.

제 목숨을 가진 사내를 향해 이원이 할 수 있는 건 그저 몸을 숙이는 것뿐이었다.

검에 묻어 있던 핏방울이 고여 있는 웅덩이에 톡 떨어졌다. 순백색에 금수가 새겨져 있는 침의는 자객들의 피로 붉어져 있었다.

몸을 숙이고 있었지만 환의 시선이 느껴지는 기분에 이원이 더더욱 고개를 숙였다.

"들어오라."

낮지만 강한 말에 이원이 몸을 일으켰다. 길게 베인 어깨 상처에서 느껴지는 통증에 미간이 굳기는 했지만, 애써 참아 내며 그를 따라 침소로 들어갔다.

뒤따라가던 이원이 고개를 살짝 들어 환을 살폈다.

침의가 잘리기는 했지만, 상처가 보이지 않자 이원이 소리 없이 안도의 숨을 내쉬었다.

'흐읍.'

제 앞에 드리워진 참상에 이원이 숨을 삼켰다. 2년 내내 끔찍하다고 할 수 있는 수련을 겪으면서 어지간한 참사에는 눈 하나 깜짝하지 않을 수 있다고 생각했건만 침소의 참상은 그녀의 착각을 철저히 비웃었다.

거의 모든 시체가 자신이 어떻게 공격당했는지도 알 수 없는 표정으로 죽어 있었다.

그나마 환의 공격을 한 번이라도 막은 흔적을 가진 이들은 채두 번을 막지 못하고 심장이 뚫리거나 급소를 베여 죽어 있었다.

모두 한 사람이 만든 흔적. 그게 누구인지는 묻지 않아도 알 수 있었다.

"새 침소를 마련하겠습니다. 폐하."

"치우면 그만이지."

"하오나 시신을 치우더라도 혈향이⋯⋯."

"치워라."

짧은 명령에 내시감이 뒤에 시선을 주었다. 안으로 들어온 내관들이 순식간에 시신을 치우고 피를 닦아 냈다.

짙은 혈향은 사라지지 않았지만, 좀 전의 참상이 언제 그런 일이 있었냐는 듯이 말끔하게 사라졌다.

치워지는 시체를 보며 굳어 있던 이원이 뒤늦게 느껴지는 시선에 고개를 돌렸다.

"다쳤네."

"경솔했습니다."

"경솔한 게 아니라 무모했겠지."

"⋯⋯."

"검 좀 쓸 줄 안다고 스스로가 아닌 것을 지키다가 생긴 상처가 아닌가?"

시간이 흘렀지만 그는 여전히 강했고, 이원만 아는 것까지도 꿰뚫어 보는 눈이 있었다. 그녀도 모르게 고개를 들어 환을 보았다.

'원아.'

예전의 그는 이렇게 쳐다보는 것만으로도 환한 미소를 지으며 이름을 불러 줬었다.

그의 제안으로 겪게 된 2년은 고통이었지만 그럼에도 아직 그녀의 마음에는 이 사내가 남아 있었다.

죄인이자 무흔인 그녀가 이렇게 바라보는 건 불경이었지만, 그럼에도 지금은 환과 둘뿐이었다.

짧은 몇 마디라도 상관없다. 잠깐이나마 그의 목소리를 조금 더 듣고 싶었다.

"폐하. 어찌 그 사실을……."

"난 망가져서 쓸모없어진 검을 가까이 두지 않는다."

"……."

"동생을 지킬 의지가 형편없군. 아직 사용하기에는 어리숙한 검이었던가?"

환의 비아냥거림에 고개를 숙인 이원이 입술을 깨물었다. 잠깐이나마 풀어졌던 마음이 싸늘하게 식었다.

오랜만에 그를 다시 만나게 되었다는 사실에 그녀도 모르게 방심하고 말았다.

"조심하겠습니다. 다시는 다치지 않겠습니……."

"석운."

이원이 답이 끝나기도 전에 그녀의 옆으로 타인의 기척이 느껴졌다. 가까이 온 사내의 기운을 느낀 이원이 긴장에 입을 굳게 다물었다.

표면적으로는 용호군의 수장이었지만 실질적인 지위는 황제의 비밀조직인 무흔의 수장인 적석운이었다.

"폐하."

"얼마나 당한 거지?"

"용호군은 일곱, 그중 무흔 둘이 당했습니다."

"서우환의 용호군은 종이 호랑이니 조만간 명이 웃으며 내 목을 베러 오겠군."

"송구하옵니다."

"피 냄새 없이 건원궁으로 온 것들이 있었다."

차분한 환의 말에 석운은 물론이고 조용히 듣던 이원조차 입술을 깨물었다.

피 냄새 없이 황제의 침소로 곧바로 온 자객이라는 말은 용호군의 내부에 첩자가 있다는 것과 같은 말이었다.

"찾아내겠습니다."

"쓸모를 증명할 기회가 아닌가?"

갑자기 방향을 바꾸어 들어오는 말에 이원이 고개를 들었다. 환의 머리카락에 묻어 있던 피가 한 방울 뚝 떨어졌다.

"의심이 퍼지기 시작하면 시선이 가장 먼저 향할 사람은 너겠지."

이 사람의 말 한마디가 칼이 되어 이원의 마음을 찔렀다.

황궁에 간자가 있다는 소문이 돌기 시작하면 제일 먼저 의심을 받은 사람은 은건명의 딸인 이원이었다.

설령 그녀가 건명과 어떤 선도 없다고 주장해도 사람들은 절대 믿지 않을 것이다.

"폐하의 검으로써 흠집이 없다는 것을 증명하겠습니다."

"그래?"

예전에는 마주 보는 것만으로도 편안했던 미소는 이제 무슨 생각인지 전혀 알 수 없을 의뭉스러운 것으로 변해 있었다.

지금은 환을 보며 과거를 기억할 때가 아니다.

이제 그의 한마디면 이원이 발버둥을 치며 지키려 했던 모든 것을 무너뜨릴 수 있다.

"용호군의 처리는 석운에게 맡기겠다. 이만 나가 봐라."

"네. 폐하."

"은이원은 남아라."

석운과 함께 일어나던 이원이 다시 몸을 숙였다. 잠시 후, 문이 열리고 태의가 안으로 들어왔다.

다친 곳이 없는 줄 알았더니만 그게 또 아니었던 듯싶었다. 태의가 환을 치료할 수 있도록 자리에서 일어난 이원이 한쪽 벽에 섰다.

자신에게로 다가오는 태의를 환이 손으로 막았다.

"짐이 아니라 은 호위다."

"폐하. 소인의 상처는 깊지 않으니 직접……."

"치료해라."

거부할 수 없는 명령에 이원이 입술을 깨물었다. 아무리 그래도 황제의 앞에서 치료받을 수는 없었다. 눈으로 자비를 구했지만, 정작 그녀의 시선을 받아야 할 환은 자리에 몸을 맡긴 채 눈을 감고 있을 뿐이었다.

"호위님. 옷을 벗어 주십시오."

태의의 말에 이원이 겉옷을 벗었다. 옷이 벗겨지면서 상처를 건들자 이원이 옅게 미간을 찌푸렸다.

가슴 가리개를 제외한 옷을 전부 벗자 자객에게 베인 상처가 고스란히 드러났다. 태의가 상처를 치료하자 느껴지는 통증에 이원이 숨을 삼켰다.

"거의 끝나 갑니다. 조금만 더 참아 주십시오."

"괜찮습니다."

이원의 말에 고개를 끄덕인 태의가 상처에 집중했다.

손을 움직이는 소리만 들리는 고요한 방에서 잠깐이나마 환의

175

존재를 잊은 채 상처를 치료했다.

그리고 환이 알 수 없는 눈으로 둘을 지켜보고 있었다.

**

"진짜 그 죄인이 널 지켜 줬어?"

"응! 죽을 뻔했는데 구해 주셨어!"

치료를 하고 건원궁을 나오니 좀 전에 구해 줬던 궁녀와 다른 이들이 모여 대화를 하는 게 멀리서 보였다.

모여 있는 이들끼리 나오는 작은 속삭임이었지만 이원의 귀에는 또렷하게 들렸다.

"은건명의 딸이라고 하던데 그렇게 나쁜 사람은 아니었어."

"믿지 마! 원래 널 죽이려다가 제가 걸릴 거 같으니까 도와준 걸 수도 있어!"

"아니야! 도망가라고 했는걸? 날 구해 주다가 어깨를 다치기까지 했어."

"제 아버지를 팔아서 간신히 살아남은 죄인이잖아. 솔직히 집안이 그렇게 되었으면 같이 죽어야지. 그렇게 살고 싶은가?"

"왜 살고 싶겠어? 아직 폐태자가 잡히지 않았잖아. 상황이 바뀌면 또 황태자비라도 될 줄 아는가 보지."

"주제를 알아야지. 하긴 주제를 알았으면 가문의 원수에게 살려 달라며 머리를 숙였겠어?"

역도인 은건명의 딸. 본래 반역죄로 목이 잘렸어야 했지만 황제에게 목숨을 구걸해서 간신히 살아남은 죄인. 황제의 눈에 들어 용호군에 들어왔지만, 가문을 버리고 가족을 배신한 계집.

2년이 지났어도 은이원은 누구에게도 환영받지 못하고, 모든 이에게 꺼려지는 존재였다.

"그런 사람으로는 안 보였는데⋯⋯."

"얘가 목숨 한번 구해 줬다고 완전히 넘어갔네? 그래서 그 죄인 편을 들겠다는 거야?"

"아, 아니 그게 아니고⋯⋯ 헉!"

부정하던 궁녀가 이원을 발견하고는 숨을 삼켰다. 그녀를 따라 뒤늦게 이원을 발견한 궁녀들이 당황하여 어쩔 줄 모르다가 다급히 자리를 피했다.

새삼스러운 일도 아니었기에 화도 나지 않았다. 사라지는 궁녀들을 보던 이원이 다시 걸음을 옮겼다.

'꼭 나아지겠습니다. 누님.'

잡힌 역도들이 목이 베이거나 귀양을 갈 때 이호는 절에 들어가 치료를 받을 수 있게 되었다.

전부 괜찮아질 것이니 신경 쓰지 말라며 이원은 말을 아꼈지만, 똑똑한 이호는 어렴풋이 상황을 아는 것 같았다.

'꼭 나아져서 누님이 짊어지신 책임을 같이 짊어지겠습니다. 꼭 그리할 것이니 누님도 몸조심하십시오.'

마음을 다잡았다고 생각하면서도 환을 보는 순간 그녀도 모르게 방심하고 말았다.

아끼던 어머니를 건명이 죽인 순간, 그와의 관계는 예전처럼 돌아올 수 없었다. 그 사실을 알면서도 미련은 좀처럼 이원을 놓아주지 않았다.

"아……."

그녀도 모르게 팔에 힘이 들어가자 통증이 한 번에 밀려왔다. 통증이 느껴지는 어깨를 붙잡으며 이원이 입술을 깨물었다.

'네 동생은 나름 열심히 싸우고 있어.'

환이 예전에 해 줬던 말을 떠올리며 이원이 긴 한숨을 내쉬었다.

동생의 안부를 서신으로만 알 수 있을 뿐, 실제로 어떻게 지내는지 전혀 알지 못했다. 이호를 노예가 아니라 환자로서 절에 머물게 해 준 것만으로도 이원은 큰 은혜를 입었다.

'잊힌 연모에 연연할 때가 아니거늘.'

서우환에게는 은이원에 대한 연모가 남아 있지 않았다. 있는 것이라고는 적의뿐, 슬프게도 그 적의가 이해가 되기에 이원은 받아들일 수밖에 없었다.

바라는 것이라고는 저 분노가 조금이나마 풀려서 이호를 다시 만날 수만 있기를. 그러기 위해서라면 이원은 얼마든지 제 몸에 상처를 입히고 피를 묻힐 수 있었다.

다만 아직 제 안에 남아 있는 환을 향한 연모가 오늘만큼은 이원을 너무 힘들게 했다.

*
**

상석의 환을 중심으로 길게 대신들이 늘어섰다. 그리고 그들의 뒤에 검을 허락받은 용호군이 자리를 지키고 있었다.

"폐하. 평민 어린아이에게 교육의 기회를 주는 것은 바람직하옵니다만 굳이 그 범위에 평민 여아까지 두는 것은 옳지 않다고 생각합니다. 나라의 기둥인 남아부터 기회를 준 후에 다시 생각하심이 맞지 않을까 싶습니다."

"소인도 그렇게 생각하옵니다. 대부분의 평민은 자식을 서당에 보내는 대신 생활하는 법을 익히고 돈을 버는 법을 배우게 합니다. 그런 그들에게 나라가 지원을 해 주어 배움의 기회를 주는 것은 마땅히 옳은 일이지만 자칫 하원의 위계질서가 흔들릴 수도 있음입니다."

대신들의 이야기를 듣던 이원의 입가가 보일 듯 말 듯 굳어졌다. 황제가 바뀌고, 새 세상이 열렸어도 오랫동안 굳혀진 악습은 변하지 않았다.

나라에서 돈을 지원해 주는 대신 아이들을 서당에 보내 배울 수 있게 하겠다.

이원이 제 귀를 의심할 정도였으니 다른 이들의 반응이야 일부러 찾아보지 않아도 뻔했다.

환이 그렇게 하겠노라고 선언한 이래 대신들은 하루가 멀다 하고 뜻을 접어 달라는 말을 꺼내고 있었다.

"누구는 권리를 주고 누구는 안 된다고 뺏으면 불만이 생기고 말이 나오는 법이오. 교육의 기회를 주어 많은 인재를 만들자는 의미인데 나라가 나서서 가정의 불화를 만들라는 것인가? 수신제가 치국평천하를 만들어야 하는 짐을 경들은 가정의 분란이나 만드는 그런 놈으로 만들고 싶은 것인가?"

"소인들이 어찌 그런 생각을 하겠습니까? 당치도 않은 말씀입니다. 하지만 나라의 재정도 생각하셔야 할 문제입니다."

"맞사옵니다. 폐하. 우선은 그 범위를 줄여 시행하신 후에 때가 되면 그때 여아에게도 기회를 주는 방향으로 가셔도 늦지 않습니다!"

대신들의 반대에 환의 눈이 가늘어졌다. 황제의 자리에 오른 지도 벌써 2년. 조금은 환이 어떤지도 알 만한 인사들이 아직도 과거에서 벗어나지 못한 채 환의 뜻을 꺾으려는 말을 꺼내고 있었다.

저 정도의 말에 흔들릴 것이었다면 시작도 하지 않았다.

"경들은 태어날 때부터 글을 읽고 쓸 줄 알았는가?"

"무슨 말씀이십니까? 폐하."

"곳간을 채우든, 인재를 만들든 백성을 움직이려면 우선 그들이 나라에서 내린 명령을 알아들어야 가능한 것이 아닌가? 일개 백성까지 명령이 전달될 때까지 드는 시간과 거치는 인력만 줄여도 재정에 더 도움이 될 듯한데 말이지."

"그러니 우선은 남아부터……."

"여인이 홀로 사는 집이나 여인들끼리 모여 사는 곳은 사람을 일부러 보내든지 알아서 알아내라는 건가? 이제는 가정의 불화를 떠나서 사람들 간의 불화까지 만들라는 건가? 짐은 검을 드는 데 주저하지는 않지만 일부러 싸움을 붙여서 즐겨 보는 취미까지는 없단 말이지."

"폐, 폐하! 소인들이 어찌 그런 망극한 생각을 하겠습니까?"

"그렇게 생각한 게 아니면 다행이지만 말이오."

정색하며 말을 던질 때는 언제고 당황하여 숙이는 말에 환이

180

입꼬리를 올렸다.

귀족에 의해 권좌에 오른 황제는 그들에 비해 힘이 약할 수밖에 없다. 심지어 환을 황제의 자리에 올린 귀족들의 힘은 예전의 홍가 못지않았다.

하지만 지금의 환에게서는 귀족의 힘에 억눌린 황제의 모습은 전혀 없었다.

"한심한 작자들."

"네? 폐하. 무슨……."

"음? 짐이 무슨 말을 했다고 그러는가? 경들이 정사에 신경을 쓰느라 많이 피곤한 듯하군."

태연한 환을 보며 대신들이 차마 말은 못 한 채 미간을 굳혔다. 대신들이 당황하든 말든 혼자 태연한 환이 먼저 말을 꺼냈다.

"혹 짐이 경들의 능력을 과하게 보고 무리한 부탁을 하는 것인가?"

"폐하. 무슨 말씀을 하시는 것인지요?"

"고작 성인도 되지 않은 아이들을 나라가 책임져서 가르치겠다는 배려를 경들이 부담스러워할 거라 생각하지 못했단 말이지. 경들은 짐을 황제로 올려 준 이들이 아닌가? 그 능력이라면 하원을 위해 못 할 일이 무엇이 있겠는가?"

미소를 지은 환이 승상인 해준을 향해 미소를 지었다. 그 미소에 담겨 있는 신뢰가 불길하리만큼 정확하게 해준을 향했다.

정 상궁이 그리 죽임을 당해서인지 알 수 없었지만, 환이 여인과 사내를 생각하는 기준은 하원의 근간과는 너무나도 달랐다.

조심스럽게 문제에 접근해도 쉽지 않은 상황에서 환은 그런 것 따위 모른다는 듯이 일을 진행시켰다.

'뒷수습은 내 몫이라는 것이겠지.'

결국 불만에 찬 대신들의 하소연을 들어 줄 사람은 해준이었다.

환의 영악함의 근원은 생각보다도 단순했다.

유일하게 살아남은 황족. 홍 황후가 제 아들을 위해 저지른 일은 환에게 가장 강력한 무기가 되었다.

이 사내 외에 하원의 황제를 대신할 인물이 없었다. 그리고 그 사실을 환은 교묘하게 이용했다.

"폐하의 뜻이 그러하다면 소인들이 따르지 못할 이유는 절대 없사옵니다. 다만 폐하의 뜻을 이루기 위해서는 그 어느 때보다도 단단한 기반이 필요하지 않겠습니까? 소인들은 아직 그 기반이 다져지지 못한 것이 걱정되어 올리는 말씀입니다."

"내 그래서 조금 고민을 해 보았지. 하지만 역시 짐은 어리석어 부족한 점이 많군. 경들이 좀 도와줬으면 하네."

"무슨 말씀이십니까?"

"이번 일만이 아니더라도 해야 할 일이 많지 않은가? 대업을 이루기 위해서는 인재가 필요한 법이고, 경들이 권하는 인재라면 내 편안한 마음으로 발탁할 수 있을 것 같소."

하나를 제안하면서 하나를 내어 준다.

대신들이 추천하는 인사를 발탁하겠다는 그럴듯한 말이었지만, 그 인사가 부정을 저지르는 순간 환은 추천한 대신의 목까지 거둘 황제였다.

무척이나 매력적인 미끼였지만, 환이 하자는 대로 따르자니 배알이 틀어졌다.

상대편에 있던 이에게 시선을 주니 조금 전까지 격렬하게 반대했던 대신이 고개를 끄덕였다.

"폐하. 인재를 등용하여 나라를 부강하게 만드는 것은 옳은 일이옵니다만 하지만 이번 범위에 여아까지 두시는 건 고려하심이 옳을 듯하옵니다. 하원의 법도에 맞지 않사옵니다. 다시 생각하여 주시옵소서."

"지금 서우명의 법도를 서우환의 하원에 끌어들이겠다는 건가?"

"폐, 폐하. 소인은 그런 뜻이 아니옵니다!"

"하늘이 바뀌었다면 나라 또한 바뀌어야 하거늘 왜 짐은 바뀌었는데 그대들은 과거의 법도에 연연하는가!"

환의 입가에 새겨져 있던 미소가 순식간에 싸늘해졌다. 서로 부지런히 시선을 교환하던 대신들이 환의 살기에 숨을 삼켰다.

작금의 황제는 귀족에게 몸을 숙여도 결정적인 순간에는 제 이빨을 거침없이 드러냈다.

황제의 입에서 서우명이 나온 순간부터 대신들의 입은 꿀 먹은 벙어리처럼 굳게 닫혔다.

날카로운 눈으로 그들을 노려보던 환이 언제 그랬느냐는 듯이 입꼬리를 올렸다.

"더 이상의 의견은 없는 것 같으니 다들 동의하는 것으로 알고 있겠다."

약한 것처럼 몸을 숙였다가도 틈을 발견하자마자 단숨에 목을 졸랐다. 도망갈 길을 하나 마련해 놓고는 들어온 상대의 목에 검을 갖다 대고는 원하는 것을 가져왔다.

이원은 생각하지 못한 방법이었다.

'한심한 인간들.'

환이 대놓고 면전에서 한 욕이 떠오른 이원이 자신도 모르게 입술을 깨물었다.

그녀가 한 일도 아니고, 아직 완벽하게 정해진 것도 없었지만 그래도 명과는 다른 길을 걸으려는 환에게 자꾸 시선이 갔다.

여인은 아니라는 이들에게 던진 한마디가 왠지 후련했다.

나오려는 미소를 억누르며 입술을 깨문 이원이 뒤늦게 시선을 느끼고는 고개를 돌렸다. 언제부터 보고 있었는지 웃음을 참고 있는 이원을 그가 쳐다보고 있었다.

'아!'

"오늘은 이만하지."

당황한 이원이 고개를 돌리자마자 환이 권좌에서 일어났다. 자신에게로 향하는 수많은 눈 따위 상관없다는 듯이 그가 대전을 빠져나갔다.

**

황제의 침소에 서 있는 여인에게서 나는 향은 무척이나 강렬했다. 침의로 보일 정도로 얇은 옷은 어두운 밤임에도 불구하고 여인의 살결과 그 태를 고스란히 보였다.

여인의 뒤에 서 있는 내관과 궁녀들이 힘든 숨을 내쉬며 주안상을 들고 왔다.

"폐하께서는 안에 계시는가? 고해 주게."

"폐하. 유빈 마마께서 오셨사옵니다."

환이 권좌에 오르자 그에게 지원을 해 주었던 가문들은 경쟁적으로 제 여식을 환에게 들이밀었다. 그들을 전부 들일 수는 없었기에 추리고 추려 세 가문의 여식이 황후와 후궁의 자리에 올랐다.

표가의 여식이 황후로, 나머지 유가와 정가의 여식이 각각 빈과 귀인에 올랐다.

"들라 하라."

환의 허락이 떨어지자 붉은 연지로 진하게 바른 유빈의 입술이 환한 곡선을 만들었다.

스스로 문을 열어서라도 갈 것처럼 다급하게 가던 걸음이 침소의 앞을 지키고 있던 이원의 앞에 멈추었다.

한껏 치장하여 고운 얼굴에 화사하게 새겨져 있던 매혹적인 미소가 이원을 보는 순간 딱딱하게 굳었다.

"내시감. 어찌하여 이 늦은 시간에 여인이 이곳에 있는가?"

거상으로 막대한 재물을 모은 유대인은 몰락한 귀족의 족보를 사서 신분 상승을 한 후, 시중까지 된 이였다.

표해준의 자금 담당을 하게 되면서 얻은 혜택으로 힘을 키운 그는 궁극적으로 제 딸을 빈의 자리까지 올려놓았다.

평생을 부족함 없이 살았기에 유빈은 고운 얼굴과는 달리 제 마음에 들지 않는 일에는 불같이 화를 내기로 유명했다.

"유빈 마마. 폐하의 용호군으로 있는 이입니다."

"용호군? 폐하의 호위에 여인도 있단 말인가!"

"소인이 용호군에 어떤 이가 있는지 알지 못하오나 폐하께서는 두루 인재를 거두시는 분이 아니시겠습니까?"

안하무인으로 행동하는 유빈이었지만 내시감도 그녀는 함부로 할 수 없는 사람이었다.

하지만 계집이라니. 그것도 용호군이라면 황제를 지척에서 모시는 자리가 아닌가? 하물며 계집은 검과 무복을 입고 있어도 태가 고왔다.

환만 아니었다면 어디의 누구인지 무슨 생각인지 하나도 남김없이 꺼내게 했겠지만, 지금은 환이 우선이었다.

"폐하의 검이라면 검답게 네 주제를 알거라. 어딜 네 주제도 모르고 고개를 들고 있단 말이냐?"

"조심하겠습니다."

"한 번만 더 네가 고개를 들고 있는 모습을 보면 내가 네 목을 베어 버릴 것이다."

대답을 하는 대신 이원이 고개를 숙였다. 무흔으로서 검을 익혔던 2년도 쉽지 않았지만, 황궁에 들어와 있는 지금도 삶은 평온하지 않았다.

환의 여인.

황제의 자리에 오른 이상 어찌 보면 당연한 일이었지만 역시 생각처럼 마음이 정리되지 않았다.

하룻밤의 꿈. 함께한 그 순간이 이원에게는 여전히 생생했지만, 이제는 그저 과거였다.

"내 말이 말 같지 않은 것이냐? 대답하지 않을 것이냐?"

"이런. 들어올 사람이 오지 않아 나와 보니 유빈께서 황실의 기강을 세우고 계셨구려?"

이원의 대답을 재촉하던 유빈의 뒤로 침소의 문이 열리며 환이 나왔다. 풀어 내린 긴 머리카락과 침의가 느슨하게 흐트러져 있었다.

"폐하!"

이원에게 보였던 날카로운 말투는 언제 그랬냐는 듯이 유빈이 환에게 다가왔다. 처음 이곳에 왔을 때보다도 더 환한 미소가 유빈의 입가에 가득 지어졌다.

"늦은 밤이라는 건 알았지만, 사가에서 좋은 술이 들어왔답니다. 향기로운 향을 맡으니 폐하 생각이 나서 간소히 주안상만 차려 인사를 드리러 왔습니다! 혹 잘못한 것입니까?"

가져온 상 가득 차려 있는 산해진미가 절대 간소하지 않았지만, 이 자리의 누구도 그것을 지적할 이는 없었다.

"그럴 리가."

환이 손을 내밀자 기다렸다는 듯이 유빈이 붙잡았다. 둘의 시선에 다른 이들은 물론이고 이원도 보이지 않았다.

유빈의 작은 손을 붙잡고 자신에게로 당기는 환은, 미소 짓는 유빈을 보며 입꼬리를 올리는 그는, 이 모습을 보며 굳어 있는 이원은 보이지도 않는 것처럼 유빈과 함께 침소로 들어갔다.

열려 있던 문이 닫히고, 간드러진 웃음소리가 침소에서 들려왔다.

저 소리를, 저 모습을 얼굴을 들고 보는 것이 무척이나 고통스러웠다. 표정을 드러내지 않은 채, 이원이 바닥으로 고개를 숙였다.

*

"폐하. 어떠십니까?"

"그대가 가져온 것인데 짐이 싫어할 이유가 없지."

환의 팔에 안긴 유빈이 곁눈질로 그를 바라보았다. 처음에는 서자였던 환의 후궁으로 들어간다는 사실에 불만을 느꼈었다.

환은 그런 유빈의 마음을 알고 있다는 것처럼 그녀를 배려해 주었다. 또한 그의 잘생긴 얼굴과 강인하고 단단한 몸에 몸이 당기는 것도 사실이었다.

"한 잔보다도 다음 잔이 더 향이 진하고, 두 번째보다도 세 번째 잔이 더 진한 향이 난다고 하는 술입니다. 입안에 술을 머금고 숨을 깊게 들이마시면 술에 들어가 있는 꽃 향이 몸에 가득 찬다고 하지요."

"그런 꽃이 있었던가?"

"아버지께서 하원을 떠나 타국으로 장사를 다니면서 찾으셨다고 합니다. 술에서 맡아지는 향이 무척이나 좋지 않습니까?"

환의 입가에 맺혀 있는 미소를 보며 유빈이 입꼬리를 올렸다. 타국에서 자라는 꽃은 맞았다. 달콤한 향만큼이나 맛도 달고 깊어서 술에 많이 쓰이는 것도 사실이었다.

그리고 열을 올려 주는 효과도 있어서 미약으로도 쓰기도 했다.

"유빈 덕분에 좋은 술을 마시는군."

"폐하께 올리는 건 천금이라도 아깝지 않습니다. 다음에는 더 좋은 술로 대접하겠습니다."

"유 시중이 하원에 해 주는 일이 얼마나 많은데 또 일을 더하겠는가? 유빈의 마음만 받을 테니 무리하지 마라."

명은 거만하여 상인 출신 집안의 유빈을 무시했지만, 환은 그런 내색조차 없었다. 도리어 나라 간의 중요한 교류가 있을 때마다 환은 시중인 제 아버지에게 조언을 구했다.

최근 환이 시중을 가까이하자 승상과 보이지 않는 대립이 시작되고 있었다.

'황후보다 먼저 용종을 잉태해야 한다.'

환은 황후와 후궁을 존중해 주는 사람이었지만, 그 말인즉 특별히 총애를 주는 존재는 없다는 의미였다.

하물며 황후는 황제에게 그다지 관심이 없었다. 여기서 조금만 유빈이 노력하여 환의 총애를 얻을 수만 있다면 표가를 밀어내고 유가가 권세를 잡는 것도 가능했다.

"폐하. 신첩, 긴히 말씀드릴 것이 있어서 오늘 오게 되었습니다."

"할 말이라…… 내 귀한 빈께서 무슨 말씀을 하시려고 이렇게 긴장을 하시는지?"

환의 긴 손가락이 유빈의 뺨을 짧게 훑었다. 거침없이 다가온 손길에 유빈의 얼굴이 붉게 달아올랐다.

환의 눈에서 느껴지는 열기에 유빈이 가까이 다가왔다.

"폐하께서 대업을 완성할 인재를 이번에 등용하신다고 들었사옵니다. 전국에서 추천받은 인재를 검토하는 기관부터 만든다는 이야기를 들었습니다."

"전국에서 인재들이 몰려올 것인데 하나씩 살피고 등용을 해야겠지."

"폐하께서 만드실 그 기관의 장에 제 오라버니를 넣어 주실 수 있으십니까?"

술잔의 술을 비우던 환의 손이 짧게 멈추었다가 다시 움직였다. 스치듯이 사라진 변화를 보지 못한 유빈이 자신감을 가지고 환에게 제 몸을 밀착했다.

환이 직접 신경을 쓰겠다며 선언한 일이었다. 그런 곳의 우두 머리에 제 오라버니를 앉힐 수만 있다면 유가는 표가와 어깨를 견줄 정도로 단숨에 힘을 키울 수 있다.

"유가의 모든 것이 전부 폐하의 소유입니다. 제가 폐하께 전부 를 맡기는 것처럼 제 오라버니도 충심을 다해 인재를 찾아낼 것 입니다. 신첩을 믿고 맡겨 주시면 안 되겠습니까?"

"전국의 인재를 뽑는 자리에 유 시중의 장남을 앉힌다라……."

술잔을 내려놓은 환이 시선을 주자 유빈이 애원하듯 다가왔다. 마신 술만큼이나 유빈의 몸에서 나는 향 또한 달콤하고 강렬했 다.

유빈을 끌어당기자 기다렸다는 듯이 환의 품에 안겼다. 침의보 다도 더 얇은 옷 위로 유빈의 매끄러운 피부가 고스란히 느껴졌 다.

"폐하."

"너는 짐을 죽이고 싶은 것이냐?"

놀란 유빈이 빠져나가려 했지만, 환이 유빈의 허리와 어깨를 감싸고 놓아주지 않았다.

"폐, 폐하?"

"승상이 노리는 자리를 시중에게 준다면, 승상은 내가 시중에 게 힘을 실어 주리라 생각하여 움직일 것이고, 아직 승상을 대적 할 힘이 없는 시중은 짐의 뜻이라 받아들였을 뿐이라며 방패막이 로 세우겠지. 그렇다고 시중에게 줬던 자리를 빼앗아 승상에게 주면, 다른 가문들은 승상에게만 짐이 힘을 실어 준다며 불만을 가질 것이니 결국에는 그 모든 적의를 짐이 받는 것이 아니냐?"

지금까지 그녀가 알던 환과는 완전히 다른 목소리였다. 죽음의 공포에서 아무것도 할 수 없다는 사실에 유빈의 눈가가 빠르게 젖어 들었다.

그녀가 할 수 있는 것이라고는 환을 보며 아니라며 고개를 젓는 것뿐이었다.

"짐이 역모로 죽어 버리면 시중에게는 또 다른 대안이 있나 보군?"

"아니옵니다. 신첩이 잘못 말한 것입니다. 절대 역심 따위 품지 않았습니다! 어찌 신첩과 가문이 다른 마음을 먹겠습니까?"

자신이 무슨 말을 하는지 알지 못하는 듯 유빈이 거듭 아니라며 고개를 저었다.

서럽게 울음을 터트리는 유빈을 환이 차가워진 눈으로 쳐다보았지만 곧 빙긋 웃으며 눈물을 닦아 주었다.

"폐하. 신첩이 잘못했습니다."

"유빈의 집안이 짐에게 얼마나 충성하는지는 잘 알고 있다. 그리고 그대는 짐의 부인이지 않은가?"

"폐하."

"그대가 짐을 은애하니, 짐도 그대를 아껴야지."

"용서해 주시는 것입니까?"

"용서라고 할 것이 무엇이 있는가? 그대는 짐의 부인이라고 하지 않았는가."

환의 미소를 본 유빈이 안도하며 품을 파고들었다. 자신의 마음은 그게 아니었다며 안겨 오는 유빈의 등을 환의 손이 다독였다.

미소를 지으며 연모를 고백하는 유빈과는 달리 그녀를 달래는 다정한 손길의 환의 얼굴은 감정을 알 수 없었다.

"빈과 있겠다. 주안상을 가지고 나가라."

문이 열리며 들어온 내관이 유빈이 가져온 주안상을 빠르게 치웠다. 유빈을 품에 안은 채, 환이 귓가에 속삭이니 언제 울음을 터트렸느냐는 듯이 작게 웃음을 터트렸다.

"폐하. 그거는요."

무엇을 물어봤는지 알 수 없었지만, 환이 했었던 그대로 그의 귓가에 유빈이 속삭였다. 유빈이 무슨 말을 했는지 알 수 없었지만, 듣고 있던 환이 입꼬리를 올렸다.

"그런가?"

"신첩이 들은 바로는……."

주안상이 나가고 문이 닫히자마자 환과 유빈의 웃음소리가 동시에 섞였다. 바스락거리는 소리가 들리고, 곧이어 유빈이 터트리는 신음이 닫힌 문 밖으로 들렸다.

유빈의 신음이 노골적으로 들리는 방 밖에서 대기하던 어린 궁녀들이 붉어진 얼굴로 고개를 숙였다.

줄지어 서 있는 이들 중 어린 궁녀가 제 옆에 서 있는 궁녀의 옆구리를 콕 찔렀다.

"왜?"

"좀 이상하지 않아?"

"뭐가?"

"항상 유빈 마마의 신음 소리는 들리는데 폐하는 너무 조용하시지 않아? 원래 황은이라는 것이 여인과 사내의 소리가 같이 나야 하는 거잖아."

"아? 그러네? 이상하네."

"내가 이상해서 정 귀인 마마의 궁녀에게도 물어봤는데 똑같다고 하더라고. 폐하의 신음 소리를 들은 궁녀가 한 명도 없었대."

"무슨 말을 하는 것이냐! 그 입 다물지 못하겠느냐!"

내시감의 호통에 속삭거리던 궁녀들이 입을 다물었다. 쾌락에 젖어 신음을 터트리던 유빈의 목소리가 점점 더 커졌지만, 그외의 것이라 여겨지는 어떤 소리도 나지 않았다.

* *
*

건명이 정 상궁을 죽이고, 환을 죽이려 했다.

하지만 죽어 가는 환을 표가의 가주인 해준이 살리고, 힘을 모아 건명과 명을 쫓아내고 권좌의 주인이 되었다.

아직 목숨을 거두지 못한 건명과 명이 기회를 보고 있지만, 그럼에도 불구하고 하원은 철저히 환의 손아귀에 쥐어 있었다.

"하아. 폐하."

귀한 어머니를 죽인 원수의 딸.

평생을 함께하겠다는 약조는 깨졌고, 평생 연모하리라 마음먹었던 사내는 다른 여인을 품고 있었다.

유빈이 터트리는 신음을 들으며 이원이 더욱 자신을 다잡았다.

이곳의 누구도, 심지어 살아 있는지 알 수 없는 은가의 사람들조차 알지 못하는 이원 혼자만의 기억이자 남아 있는 연모였다.

'원아.'

미소를 지으며 다가왔던 환의 목소리와 표정이 이원에게는 아직도 생생한 기억이었다. 어머니가 돌아가신 후, 그녀에게 남아

193

있었던 짧은 봄, 길지 않은 그녀의 인생에서 가장 행복했던 순간이었다.

"하웃! 폐하!"

다시는 연모한다는 말조차 꺼낼 수 없는 사람. 심지어 그는 황후와 후궁까지 받아들여 지아비로서 연모를 주고 있었다.

저 사내와의 관계는 전부 끝났다고.

꿈처럼 바라 왔던 연모는 더는 찌꺼기조차 남아 있지 않는다고.

그러니 자신도 이만 마음을 접어야 한다고.

분명 그렇게 하루에도 몇 번씩 생각하고 결심했다.

"호위님."

"⋯⋯."

"은 호위님!"

낮지만 강하게 부르는 목소리에 이원이 고통스러운 생각에서 벗어났다.

숙였던 고개를 드니 내시감의 얼굴에 남아 있는 흉터가 먼저 보였다.

흉측한 흉터보다도 그가 다가오는 것을 눈치채지 못했다는 사실에 당황한 이원이 표정을 감추듯이 고개를 숙였다.

"죄송합니다. 제가 잠시 다른 생각을⋯⋯."

"안 좋은 생각을 하셨나 봅니다."

"네? 무슨⋯⋯."

이원의 손에 내시감이 하얀 손수건을 올렸다. 손수건에 붉게 물드는 피를 보는 것과 동시에 손바닥이 화끈거렸다.

손톱이 살을 파고들 정도로 주먹을 쥐고 있는지도 알지 못했

194

다. 손바닥에서 느껴지는 통증보다도 내시감에게 제 감정을 들켰다는 사실에 이원의 얼굴이 붉어졌다.

"잠시 바람이라도 쐬고 오시지요."

"아닙니다. 집중하겠습니다."

"곧 다른 호위님이 오실 시간입니다. 다른 호위도 있으니 은 호위님이 한 분 빠진다고 달라질 것은 없습니다. 그리고 소인들이야 이런 일에 익숙하지만 호위님께서는 황궁에 들어오신 지 얼마되지 않으시니 쉽지 않으실 것입니다. 바람을 좀 쐬시다가 숙소로 가시지요."

"저는…… 아닙니다."

괜찮다고 말하고 싶었지만 이미 내시감에게 완전히 제 속을 들켜 버렸다.

이미 이곳에 있는 이들의 시선이 자신에게로 향해 있는 와중에 고집을 잘못 부리면 유빈과 함께 있는 환의 귀에도 들어갈 것이다.

그에게만큼은 이 모습을 보여 주기 싫다. 그와 함께 있는 유빈을 볼 자신도 없었다.

"그럼 먼저 가 보겠습니다."

괜찮다는 듯이 내시감이 인자한 미소를 지었지만 이원은 내시감을 보는 것도 쉽지 않았다.

도망치듯 고개를 숙인 이원이 서둘러 침소 밖으로 나왔다.

"후우."

차가운 바람을 깊게 들이마셔도 마음은 쉽게 진정되지 않았다.

아직도 귓가에 유빈이 터트리는 신음 소리가 사라지지 않았다. 그 소리만 들었을 뿐인데 예전의 기억과 엉키면서 이원을 고통스럽게 했다.

자리에 멈춘 이원이 손바닥을 펼쳐 보았다. 피딱지가 앉은 손바닥은 검을 잡고 무흔이 되면서 거칠어지고 굳은살이 만들어졌다.

철없던 어린 시절에는 가문이 족쇄라고만 생각했었다.

어리석은 생각.

족쇄라고 생각했던 가문의 보호가 사라지는 순간, 그녀를 지켜 주던 모든 것이 사라졌다.

이제는 가문의 뜻에 따르지 않아도 되는 대신 그녀의 행동 하나에 이호의 목숨이 결정되는 살얼음판을 걷게 되었다.

"돌아가야지."

어차피 답은 정해져 있었다.

이미 끝나 버린 연모를 안타까워하며 그리워하기에는 이미 늦어 있었다.

가문을 되살리겠다는 바람도, 예전처럼 돌아가고 싶다는 소원도 없었다.

그저 이호가 건강할 때까지만 버티기를, 그리하여 언젠가는 자유를 찾기를.

지금은 그것만 생각할 때였다.

"음?"

숙소로 돌아가기 위해 몸을 돌렸던 이원이 제 앞에 있는 사내를 보며 숨을 삼켰다.

잘못 봤다고 생각한 이원이 눈을 좁혔지만, 제 앞에 서 있는 사내가 바뀌지는 않았다.

분명 환은 유빈과 함께 있어야 했다. 그녀의 신음 소리를 듣고 도망치듯이 나오지 않았는가?

하지만 제 앞에 있는 이는 환이었다.

"폐하! 어찌…… 아!"

내관들조차 데리고 오지 않은 채 홀로 다가온 환이 이원의 손을 붙잡았다.

환에게 손을 잡힌 이원이 뒤늦게 팔을 빼려 했지만, 그는 꿈쩍도 하지 않았다.

환의 체온에 손이 화끈거린 것도 찰나 그의 손에서 느껴지는 제 거친 손에 이원이 숨을 삼켰다.

"너에게는 아직 남아 있나 보네."

"네? 무슨……."

"연모."

짧게 나오는 말에 애써 가리고 있던 이원의 표정이 무너졌다. 환의 시선이 이원의 손에 남아 있는 손톱자국을 보았다.

예전과는 다르게 거칠 대로 거칠어진 손. 그 손에 새겨져 있는 손톱으로 만든 상처들. 그리고 전과 똑같은 당황할 때 지어 보이는 표정.

분명 이 여인을 향한 감정은 시체 속에서 죽어 갈 때 완전히 접었다.

원수의 딸. 토끼몰이를 하듯이 원수를 끌어낼 미끼. 모든 일이 끝나면 그녀 또한 목숨을 거두어야 할 존재.

환에게 은이원은 정확히 그 정도의 여인이었다.

"폐하께서 보시기에 거슬리는 손입니다. 풀어 주십시오."

바닥에 떨어져 있는 은이원의 핏물을 보는 순간, 창백하여 당장에라도 쓰러질 것 같다는 내시감의 말을 듣는 순간 그도 모르게 이원의 체향을 따라 여기까지 왔다.

쾌락에 지쳐 잠든 유빈은 이미 그의 기억에는 남아 있지도 않았다.

"무슨 말씀이신지는 모르오나 소인이 아직 부족하여 흐트러진 모습을 보였습니다. 그러니 이만……."

가려는 이원을 잡아당겨 품으로 이끌었다. 이원이 발버둥을 치지 못하도록 붙잡은 환이 하나로 묶은 머리채를 붙잡아 뒤로 당겼다. 환의 힘에 밀린 이원의 고개를 드는 순간 더운 숨결이 열린 입술을 파고들었다.

"흐읍."

당황한 이원이 본능적으로 밀어내려 했지만, 해 볼 테면 해 보라는 듯이 이원을 벽으로 밀어붙였다.

차가운 밤바람보다도 더운 숨이 엉키면서 내쉬는 열기가 더 뜨거웠다. 고개를 돌려 피하려 하자 환의 손이 턱을 붙잡고 입을 더 벌리게 했다.

"안 됩니……."

그녀의 말 따위 듣지 않겠다는 것처럼 환이 입술을 밀착했다. 힘들게 참았던 숨을 내쉬자 기다렸다는 듯이 그가 제 것처럼 삼켰다.

혀뿌리가 얼얼하도록 당겨지는 입맞춤에 이원의 눈 끝에 눈물이 맺혔지만, 놓아주는 대신 입안에 더욱 밀착했다.

가는 허리를 감싸던 팔을 떼어 내려는 손목을 움켜잡았다. 손자국이 남도록 힘을 주자 고통스러운 신음이 흘러나왔다.

이원의 숨결을 빼앗고 제 흔적을 거침없이 남기던 환이 입술을 뗐다. 그에게 갇혀 있다시피 한 이원이 눈가에 눈물을 그렁그렁

한 채 가쁜 숨을 토해 내고 있었다.

"이러다가 누가 오면…… 폐하. 제발 놓아주십시오. 놓아주셔야……."

예전에는 이원에게 이렇게 닿는 것만으로도 설레고 두근거렸었다.

하지만 이제는 이렇게 있는 것만으로도 짜증과 분노가 휘몰아쳤다.

거짓으로 가린 가증스러운 얼굴 따위 무너뜨리고 싶었다. 어떻게든 버티려 하는 이원을 무너뜨리고 주저앉히고 싶었다.

"이제 그만……."

이 상황을 다른 이들에게 들켜 봤자 곤란한 일만 있을 것이었다. 더는 안 된다며 이원이 거절했지만, 들리지 않는 것처럼 환이 턱을 붙잡아 억지로 열었다.

마음에 담았던 정인과의 입맞춤이었지만 이건 아니었다. 입안이 화끈거리고 거듭 빨리고 씹힌 입술은 퉁퉁 부었다. 숨결을 나누고 감정을 교류하는 게 아닌, 일방적인 약탈이었다.

환의 힘에 밀린 이원이 벽에서 미끄러지자 굵은 팔이 다시 허리를 감쌌다.

어떻게든 버텨 내고 싶었지만, 환의 힘을 이겨 낼 수 없었다.

"싫어…… 하지……."

입술에서 느껴지는 화끈거리는 통증에 이원이 숨을 삼켰다. 환이 세게 깨물었는지 이원의 입술에 난 상처에서 피맛이 느껴졌다.

통증에 힘없이 흘러나온 신음이 맞닿아 있는 환에게 다시 삼켜졌다. 뻔뻔하게 상처를 내 놓고는 아무것도 모른다는 듯이 이원의 상처를 환이 핥았다.

얼마나 오랜 시간 입을 맞추고 있는지도 알지 못했다. 더는 발버둥 칠 기운조차 남지 않은 이원이 힘없이 늘어지고, 숨을 내쉬지 못할 정도로 한계에 다다른 다음에나 환이 입술을 뗐다.

"네 아비가 날 죽이면서 그랬었다. 제 딸 덕분에 날 손쉽게 잡을 수 있었다고."

"폐하. 그건, 그건 아닙니다! 전 그런 마음을 먹은 적이 절대 없습니다! 전!"

"상관없다. 네 마음 따위 짐이 알아서 무슨 소용일까? 다만…… 재미있기는 하네."

이원의 턱을 붙잡아 환이 자신을 바라보게 했다.

"넌 이리 절박한 눈으로 짐을 보고 있는데…… 짐은 아무것도 느껴지지 않는다. 조금은 감정이 남아 있을 줄 알았는데 말이야."

마치 이원의 마음에 남아 있는 감정을 비웃듯 냉정한 말이 이원의 마음에 긴 상처를 만들어 냈다. 짧게나마 빠르게 뛰던 심장이 그녀도 모르는 사이에 차갑게 가라앉았다.

환이 손을 풀어 주자 힘이 빠진 이원이 그 자리에 주저앉았다.

좀 전까지 했었던 입맞춤은 욕정을 풀기 위한 최소한의 행위도 아니었다.

그저 이원에게 제 주제를 알게 하기 위한 환의 조롱일 뿐이었다.

"오늘 해가 뜨기 전까지 유 시중의 장남을 찾아 그 목을 베어 와라."

"……."

"놈을 죽이지 못한다면 그 자리에서 자결해라."

그녀는 서우환의 정인이 아니라 그의 종이자 검인 무흔이다.

그의 명령대로 하지 않으면 언제든지 버려질 수 있는 소유. 설령 그가 조롱하고 비웃으며 모욕을 줘도 아프다는 말조차 해서는 안 되는 종이었다.

"명을 받들겠습니다."

울음을 터트리는 대신 입술을 굳게 다물고 고개를 숙였다.

입술에 난 상처가 아픈 건지 마음에 생겨 버린 상처가 아픈 건지 알 수 없었다.

용건을 끝낸 환이 침소로 돌아갈 때까지 이원은 고개를 들 생각조차 하지 못했다.

**

유 시중의 아들이 한밤중 길가에서 목숨을 잃었다.

술과 여인을 좋아하는 사내였기에 취객과 시비가 붙어 죽었다고 했지만 한편으로는 승상이 제 권력을 노리던 유가를 괘씸하게 여겨 손을 썼다는 소문이 돌고 있었다.

아들을 잃은 유 시중이 승상에게 고성을 지르며 복수를 다짐했다고 하지만 사실을 제대로 아는 사람은 아무도 없었다.

"호위님. 잠시만 비켜 주세요."

멀지 않은 곳에서 들리는 목소리에 이원이 고개를 돌렸다. 여민관에서 일하는 어린 종이 약초가 담긴 함을 든 채 그녀를 지나쳤다.

유 시중의 장남이 죽은 건 그저 피습으로 끝날 일이었지만, 문제는 그 장남이 가지고 있었던 약이었다.

적화초로 불리는 약초의 꽃은 붉었지만 줄기는 검었기에 강력한 환각 증상을 가진 독초였다. 조금 먹는 것으로 목숨을 잃을 수 있었지만, 백석이라는 가루와 함께 섞어 먹으면 강력한 진통제가 되었다.

다만 백석의 양을 기준보다도 적게 섞어 넣으면 환각의 작용이 무척 강한 미약이 되어 버린다는 것이었다. 그리고 장남이 가지고 있던 약은 분명 적화초로 만든 미약이었다.

"자네 여기 있었군."

그녀보다 먼저 용호군에 들어온 천동윤이 다가오자 이원이 고개를 숙였다.

동윤의 소매 끝에 새겨져 있는 메꽃 자수를 짧게 훑었다. 모두가 비슷해 보여도, 용호군의 메꽃 자수는 위치나 색, 문양이 모두 달랐다.

자수에 따라 무흔인지 구별할 수 있다고 했지만 그걸 확인할 수 있는 사람은 환과 석운뿐이었다.

"여민관을 조사하라고 하지 않았나?"

"부장님께서 많은 인원은 필요 없으니 이곳에 있으라고 하셨습니다."

"고작 다섯밖에 없는 무리가 많은 인원이란 말인가?"

동윤의 비아냥에 이원이 말을 아꼈다. 용호군의 주 임무는 황제의 호위였지만 때로는 오늘처럼 황제의 명을 받아 처리하기도 했었다.

환이 황제에 오르면서 기회는 균등하게 주어졌기에 황궁에도 검을 든 여인들이 하나둘 보이고 있었지만 황제의 최측근 호위라 할 수 있는 용호군에 있는 사람은 이원뿐이었다.

"같이 들어가세."

"괜찮습니다."

"백석의 수량에 변동은 없었네. 같이 보고하러 들어가지."

"……."

"뭐 하는가? 따라오게."

그녀보다도 위의 사람이니 안 된다고 할 수 없었다. 하물며 표가와 막역한 가문의 차남인 동윤에게 뭐라 할 사람은 없었다.

안으로 들어오는 이원을 보며 부장의 표정이 굳어졌지만 동윤을 보고는 그러한 내색을 거두었다.

"백석의 양은 변화가 없었습니다."

"적화초도 변화가 없었다. 도성에서 가장 큰 의원인 여민관이 아니라면 어디서 유통되고 있다는 말인가!"

분노를 토해 내는 부장을 보며 이원이 입을 굳게 다물었다.

유 시중의 장남이 죽으면서 문제가 수면 위로 드러난 것일 뿐, 최근 적화초와 백석으로 만든 미약이 도성에 퍼지면서 크고 작은 문제가 일어나고 있었다.

부장의 말대로 여민관은 도성에서 가장 큰 의원이었고, 미약의 흐름이 이곳에서 시작돼야 하는 것 또한 맞았다. 하지만 흐름만을 따지자면 여민관만 볼 수는 없었다.

"다른 흐름을 보시고자 하신다면 여민관에서 빠져나가는 약초의 흐름도 확인하셔야 할 것 같습니다."

이원의 말이 끝나기가 무섭게 부장의 눈이 사납게 변했다. 이원이 제 아래에 들어올 때부터 불만을 가졌었던 사내였다.

그녀의 현재 상황이 어떤지 알기에 불만을 가질 수는 없었지만, 역시 저런 사나운 눈을 마주하면 그녀도 모르게 움츠러들기는 했다.

하지만 명을 수행하지 못해 환의 눈 밖에 나느니 말을 꺼내는 것이 맞았다.

"도성에서 가장 큰 의원이기에 중소도시의 의원들이 약을 직접 받아 가는 것으로 알고 있습니다. 물론 가지고 있는 약초의 양은 여민관이 압도적으로 많지만 자주 약초를 받아 갔던 의원들도 하나씩 찾아낸다면……."

"황궁으로 돌아가라!"

"네?"

"다른 이들은 다시 흐름을 살펴 여민관에서 나가는 약초를 살펴봐라."

큰마음을 먹고 말을 꺼내자마자 부장은 그녀를 상황에서 배제했다. 믿을 수 없는 상황에 이원이 나서려는 순간, 부장의 미간이 구겨졌다.

"은가의 찌꺼기인 널 믿고 이번 일을 맡길 수 없다. 조사가 끝난 후, 폐하께는 내가 직접 말씀드릴 테니 돌아가라."

"……."

"하고 싶은 말이라도 있는 것이냐? 역적의 계집에게 이런 중요한 일을 맡길 수는 없다."

용호군에서 부장의 명령은 절대적이었다. 그리고 그들과 같이 있는 이들 또한 부장과 다를 바 없는 눈이었다.

"돌아가겠습니다."

저 자리에 이원이 있을 곳은 없었다. 인사의 답을 듣지도 않은 채 이원이 밖으로 나왔다.

가문이 통째로 사라진 지 2년, 건명에게서 연락은 없었다.

목숨을 잃었다는 말이 없었으니 어디엔가 살아 있다는 뜻이겠지만 그럼에도 건명을 찾아야겠다는 생각조차 하지 못했다.

은가의 찌꺼기. 죄인의 딸.

이원이 어떤 공을 세우더라도 이미 씌워진 굴레는 피할 수 없었다.

"어차피 황궁으로 돌아갔는지 가지 않았는지 관심조차 없을 것이니."

무슨 일이 어떻게 일어날지는 아무도 알 수 없었기에, 설령 보고를 못 하게 되더라도 혼자서라도 알아볼 생각이었다.

아직 스스로 부족하다고 생각했지만 용호군이기 전에 무흔이었다. 용호군은 실수를 해도 용서를 받을 수 있지만 무흔은 죽으라는 명령이 떨어지면 그 자리에서 목에 검을 꽂아야 했다.

'죽는 것보다는 명령을 듣지 않는 것이 낫다.'

"괜찮은가?"

결심한 이원의 뒤로 동윤의 목소리가 들려왔다. 몸을 돌리자 미소를 지은 그가 이원의 바로 앞까지 다가왔다.

"이제 돌아가려고 했습니다."

"황궁이야 뭐 자네가 알아서 돌아가겠지. 실은 묻고 싶은 게 있어서 붙잡았네."

"무슨?"

"여민관에서 빠져나가는 약초의 흐름 말이야. 어떻게 보았느냐고 묻고 있는 거네."

동윤이 왜 이런 물음을 하는지 알 수 없었지만 못 할 대답도 아니었다. 잠시 지나가는 의원을 보던 이원이 과거를 떠올리듯 입꼬리를 올렸다.

희미하게 보이는 표정의 변화에 동윤의 눈이 그도 모르게 커졌다.

"몸이 좋지 않았던 동생이 쓰던 약초가 구하기가 힘들었습니다. 대신 여민관에서 빠져나간 약초를 취급하는 곳에서 동생이 쓰는 약초를 구했었습니다. 여민관은 도성에서 가장 큰 의원이지만 그렇기에 나가는 약초 또한 많은 곳이니까요. 물론 적화초와 백석은 나라에서 직접 관리하는 귀한 약초이니 여민관에서 직접 약초를 빼돌리는 건 어렵다고 생각했을 뿐입니다."

"……."

"식견이 좁아 잘못 판단했을 수 있습니다. 너무 신경 쓰지 마십시오."

"난 자네가 제법 마음에 들어."

생각하지 못한 말에 이원의 눈이 커졌지만 동윤은 진심이었다.

최근에 용호군에 들어온 이원은 황궁에 있는 대부분의 적의를 받고 있었다. 상처받은 제 감정을 잘 숨기지도 못하면서도 은이원은 그 적의를 버텨 내고 있었다.

소문으로는 동생의 목숨 때문에 버틴다고 했지만, 솔직히 용호군은 그냥 버티겠다는 의지로 있을 만한 곳이 아니었다.

저리 차분한 모습이어도 저 손으로 거둔 목숨이 얼마나 많을지는 가늠조차 하지 못했다.

"부족한 모습만 보여 드립니다."

"그럴듯한 생각이니 부장도 제 공으로 취하려 욕심을 내는 거겠지. 그런데 주눅 들 거라 생각했는데 생각보다 평온하군. 다른 생각이라도 있는 건가?"

"아닙니다. 돌아가야죠."

"난 아무것도 보지 못했네."

"……."

"아무리 적의를 드러내며 손가락질을 해도 공을 세우면 인정할 수밖에 없을 걸세."

의미심장한 말에 이원이 숨을 삼켰다. 이원을 보며 동윤이 더는 말할 것이 없다는 것처럼 미소를 지은 채 몸을 돌렸다.

환을 제외한 다른 이에게 들어 보는 호의이자 칭찬이었다. 무슨 의미를 담아서 나온 말이 아닐 수 있었지만 그럼에도 묘하게 심장이 떨렸다.

"노력하겠습니다."

"뭐 잘되면 술 한번 사게."

그저 기분 탓일 수도 있었지만 동윤에게서 예전의 환이 느껴졌다. 그녀가 여인이라는 것도 상관없이 환은 있는 그대로의 그녀를 봐 주었다.

오랜만에 느끼는 그 감정이 그녀가 억지로 억누르고 있었던 모든 것을 툭 건드렸다.

"감사합니다."

동윤이 사라진 후, 이원이 마음을 다잡았다. 이원의 눈이 여민관을 부지런히 돌아다니는 이들을 향했다. 여민관의 의원을 심문하는 부장을 보던 이원이 부지런히 뛰어다니는 어린 종을 불렀다.

그녀의 허리에 차고 있는 검을 보며 움츠러든 종을 향해 이원이 안주머니에서 동전 몇 개를 꺼내 내밀었다.

"물어보고 싶은 게 있구나. 아는 게 있다면 답을 해 주겠니?"

겁에 질린 것도 잠시 동전을 본 종이 환한 미소를 지으며 고개를 끄덕였다.

*
**

어두워지자 홍등의 불이 환하게 켜졌다. 정문에서 부지런히 호객하는 이가 손님을 끌어당기고, 반쯤 몸을 들이민 손님을 간드러진 목소리로 다가온 기녀가 하얗고 가는 손가락으로 끌어당겼다.

그리고 사람의 기척이 거의 없는 기루의 후문에서 이원이 나이든 여인과 함께 밖으로 나왔다.

"염치없이 도와 달라고 나타나서 미안하네."

"그저 몇 가지 물음에 답을 한 게 전부인걸요. 아가씨께 도움이 되어서 정말로 다행입니다."

"이제 예전의 나도 아니니 편하게 말하게. 그리고 나도 자네에게 많은 도움을 받지 않았는가?"

"아가씨가 아니었다면 이 기루가 이만큼 크지 못했을 것입니다."

나는 새도 떨어뜨린다는 권력을 은가가 가졌을 때 도움을 주었던 여인이었다.

이호의 병에 도움이 될 만한 약초라면 의원이든 기루든 상관없이 천금을 주고 구했던 시기였다.

종종 기루에서만 이용되는 약은 여민관에서 구한 것과는 다르게 불법적인 것이 많았지만, 대신 이호의 통증을 가라앉히는 데 도움이 되었었다.

"진심으로 아가씨께서 살아 계셔서 다행입니다."

그 시기에 만난 기루의 누주는 동업하던 이에게 사기를 당해 전 재산을 잃고 스스로 목숨을 내려놓으려 했었다.

귀족 여인이 천한 기루의 여인에게 손을 내민다는 것 자체가 손가락질을 받을 일이었지만 감히 은가의 여식인 이원에게 손가락질을 할 정도로 대담한 사람은 없었다.

"자네의 기루가 잘되어서 다행이네."

"이호 도련님은 괜찮아지셨습니까?"

"잘 지내고 있네."

이호의 이야기가 나오자 이원이 잠시 숨을 삼켰지만 곧 아무렇지도 않다는 듯이 누주에게 답했다. 지금 당장 이호를 만날 수 없으니 그저 잘 지내고 있기를 바랄 뿐이었다.

"언제든지 필요하신 일이 있으시면 와 주십시오."

"내가 오지 않는 게 기루에 나을 수 있네. 용호군에 있지만 죄인의 신분이니 다른 사람의 눈에 띄는 건 그다지 좋지 않네."

"홍월루는 어쭙잖은 이들에게는 문을 허락하지 않지만 아가씨는 이곳의 은인이니 언제든지 오셔도 됩니다."

"말만으로도 고맙네. 그리고…… 아까도 말했지만 진통제는 쓰지 말게."

유 시중의 장남이 가지고 있었던 환각제를 찾은 건 기루였다. 최근 단시간 내에 쾌락을 느끼게 해 주는 환이라 손님들 사이에 퍼져 있는 것이라고 했다.

누가 가져오는지 알 수 있었다면 좋으련만, 종종 기루에 와서

싼 가격에 약을 파니 그가 오는 날이면 경쟁적으로 약을 사느라 기루끼리 싸움이 난 적도 있었다고 했다.

"손님들도 자주 찾으셔서 들여놓았던 건데 말입니다. 조심하겠습니다. 불시에 오는 보부상이긴 합니다만 오게 되면 말씀해 주신 곳으로 사람을 보내겠습니다."

"부탁하겠네."

누주가 안으로 사라진 후, 이원이 몸을 돌렸다.

우선은 여기까지가 그녀가 알아볼 수 있는 최선이었다. 더 늦으면 황궁으로 돌아가기 힘들어졌다.

"음?"

황궁으로 돌아가려던 이원이 멀지 않은 곳에 보이는 인영에 눈을 좁혔다.

기분 탓인가? 눈을 좁혔지만 잘못 봤다고 생각한 이는 사라지지 않았다.

"여보게!"

분명 아는 얼굴이었다. 왜 저이가 이원을 보고도 도망가는지 알 수 없었지만, 가문이 그렇게 된 후 처음 보게 된 은가의 사람이었다.

이원이 거듭 불렀지만 들리지 않는 것처럼 몸을 돌린 사내가 바쁘게 걸음을 옮겼다.

"아범 아닌가? 여보게!"

"꺄아악!"

사내의 등을 보며 달려가던 이원이 멀리서 들리는 비명에 걸음을 멈추었다. 그사이 도망치듯 뛰어가던 사내가 완전히 사라졌다.

은가의 사람을 따라가야 할지 비명 소리를 따라가야 할지 고민하던 이원의 귀에 다른 여인의 비명이 다시 들려왔다.

고민은 사라지고, 비명이 나는 방향으로 이원이 다급히 달려갔다.

**

"이분이 누구인 줄 알고 이리 행패를 부리는 것이냐! 썩 비키거라!"

"어떤 분인지 직접 확인하면 되지 않은가? 한번 얼굴이라도 보자니까?"

소리를 따라갈수록 여인의 비명이 점점 커졌다. 소란을 따라 움직인 길에서 보이는 건 검게 칠한 마차와 쓰러진 마부, 마지막으로 마차를 지키려 발버둥을 치는 여인 둘이었다.

술에 취한 무리와 시비가 붙었는지 앞을 막은 여인을 밀어내고 닫힌 문을 열려 했다.

검게 칠한 거 외에는 특별한 것이 없는 마차였지만, 문제는 한쪽 벽에 새겨져 있는 연꽃과 봉황 무늬였다.

'황후.'

왜 이 시간에 황후의 가마가 호위도 없이 이곳에 있는지 알 수 없었지만, 본 이상 외면할 수 없었다. 마차 앞을 막은 여인을 밀어낸 취객이 문을 열려는 순간, 단숨에 거리를 좁힌 이원이 취객의 손을 검집으로 후려쳤다.

"아악!"

"물러나라."

211

"이년이 어디서…… 아악!"

취해서 난동을 부리는 사내를 제압하는 데 검을 뺄 필요는 없었다. 이원의 손이 움직일 때마다 부딪치는 소리와 함께 취객에게서 비명이 터져 나왔다.

이원이 여인이라는 것을 알고 달려들었지만, 그녀의 손에 닿기도 전에 매타작이 이어졌다.

"도, 도망쳐!"

이원에게 닿지도 못한 채 먼지가 일어나도록 두들겨 맞자 하나둘 뒷걸음질을 쳤다. 두고 보자는 말을 하며 사라지는 이들도 있었지만, 이원은 코웃음을 칠 뿐이었다.

그들이 완전히 사라진 후, 몸을 일으키는 마부를 부축한 이원이 마차 앞에 몸을 숙였다.

"소인 용호군입니다. 황궁으로 모시겠습니다."

"황후 마마. 용호군이 맞습니다."

옷소매의 자수를 보이자 마차 앞을 지키던 여인의 안색이 환해졌다.

잠깐의 정적이 흐른 후, 굳게 닫혀 있던 문이 열렸다. 열린 문사이로 보이는 여인의 발을 발견한 이원이 주저 없이 한쪽 무릎을 꿇고 고개를 숙였다.

"용호군이 어찌 이곳에 있는가?"

"소인. 폐하의 명을 수행하고 있었습니다. 다치신 곳은 없으신지요?"

"마차에 있었는데 다칠 일이 무엇이 있는가? 그대 덕분에 큰 봉변은 당하지 않았다. 고맙다."

표 승상의 딸이자 하원의 황후. 그리고 환의 정실부인.

한때는 이원이 꿈꿨던 환의 부인이라는 자리를 인정받은 여인이었다. 그녀의 지위로서는 고개를 들어 얼굴을 볼 수도 없는 위치의 그녀를 향해 이원이 고개를 숙였다.

"김 상궁. 어서 돌아가자."

"예. 마마."

멈췄던 마차가 다시 출발하고, 이원이 마차의 문 옆을 지키며 호위했다. 검을 차고 있는 이원이 함께 걸어가고 있어서 그런 건지 알 수 없었지만, 더는 취객이나 다른 이에게 시비가 붙지 않았다.

곧이어 안이 소란스럽더니만 창문이 열리며 여인이 얼굴을 드러냈다.

이원보다 몇 살 어린 여인은 순백의 눈을 연상시키듯 새하얀 피부에 커다란 눈을 가지고 있었다. 피부와 대조되는 붉은 입술은 같은 여인이 봐도 고왔다.

"황후 마마. 밤바람이 찹니다. 해라도 입으시면 큰일 나옵니다. 어서 문을……."

"폐하의 용호군이 지켜 주는데 무슨 일이 있겠느냐?"

만류하는 상궁을 향해 미간을 찌푸리는 것으로 입을 막은 황후가 이원을 다시 바라보았다.

호기심을 보이는 시선이 조금은 부담스러웠지만 피하는 대신 고개를 살짝 숙였다.

"용호군에 여인이 있는지는 몰랐다. 이름이 무엇인가?"

"은이원이라고 합니다. 황후 마마."

"은이원? 혹 아버지가……."

호기심 어려 있던 시선이 불쾌감으로 바뀌는 건 오랜 시간이 걸리지 않았다.

무흔에 들어가기 전 익혀야 하는 기본 상식에 정치도 있었고, 환이 황제에 오르기 전부터 표가와 은가의 관계는 최악이라는 것도 알게 되었다.

승상을 죽이려 침입했던 수없이 많은 자객을 아버지가 보냈다는 건 이미 알고 있었다.

"죄인 은건명이 소인의 아버지입니다."

대신 말을 끝낸 이원이 정면으로 눈을 옮겼다. 적의와 불편한 눈으로 이원을 보던 황후가 열었던 창을 반쯤 닫았다. 또다시 정적이 일었지만 그다지 불편하거나 신경이 쓰이지는 않았다.

말없이 걷다 보니 희미하게 보이던 황궁이 점점 또렷해졌다. 미처 느끼지 못했던 피로가 그제야 한 번에 몰려왔다.

"차라리 죽지 그랬나?"

"네?"

반쯤 열린 문으로 들리는 싸늘한 말에 이원이 그녀도 모르게 반문했다. 조금 전 창문을 열고 바라보던 것과는 달리 이번에는 시선조차 주지 않았다.

"가문이 멸문되고, 죄인으로 나락까지 떨어졌는데 왜 살아서 그런 고생을 하고 있느냐는 말이다. 저 지옥 같은 감옥에 들어가서 무슨 영화를 누리겠다고 비굴하게 살아남았느냐 말이다."

그저 기분 탓일 수도 있었지만, 이원에게 향하는 비난이 나중에는 스스로에게 하는 것으로 느껴졌다.

'은가가 번성할 때도 황궁만큼은 오고 싶지 않았습니다.'

황태자비로서 영화를 누리는 것을 바라지도 않았고, 하원의 황후가 되어 명의 품에 안기는 일만큼은 꿈조차 꾸고 싶지 않았다.

214

황후에게 무슨 사정이 있는지 알지 못했지만 그녀에게도 나름의 이유가 있을 것이다.

"저 하나가 목숨을 구걸하여 미처 도망가지 못한 은가의 사람들이 살아남았으니 소인은 그것만으로 다행이라고 생각합니다."

"노예로 살아남은 걸 지켰다고 하는 건가?"

"이제부터 공을 세워야지요. 예전처럼은 불가능하지만 공을 세워 조금이라도 나아진다면 더는 바랄 것이 없습니다."

"가문을 벗어날 수 있을 거라 생각하는가? 자네가 아무리 공을 세워도 출신이 은가라는 건 변함없는 사실. 폐하께서는 과거의 은원을 단 하나도 잊으시는 분이 아니지. 자네에게 헛된 희망만 줄 뿐, 원하는 걸 내어 주지 않을 걸세."

"……."

"내가 자네였다면 죽거나 도망갔을 것이네."

한 번도 시선을 주지 않았던 이원이 처음으로 창문 너머의 황후를 쳐다보았다. 무엄하다는 목소리가 들렸지만, 황후의 눈을 피하지 않았다.

황후의 시선에서 예전의 자신이 얼핏 보였지만 그 사실을 입밖으로 꺼내진 않았다.

다른 사람의 사정까지 신경 쓰기에는 이원은 제 한 몸 추스르는 것도 힘들었다.

"소인은 같은 순간이 또다시 오게 된다면 똑같이 할 것입니다. 폐하의 큰 뜻을 소인이 어찌 알겠느냐마는 대업에 약간이나마 도움이 된다면 자비를 내려 주시리라 믿고 있습니다."

환이 만들려는 하원을 볼 때마다 그녀도 모르게 심장이 뛰고 기대가 되었다.

그녀의 도움 따위 무척이나 미비하겠지만 그래도 하원이 바뀌고, 작게나마 인정을 받아 이호를 평민으로만 만들 수 있다면 더는 바라는 것이 없었다.

"소인이 주제넘었습니다. 넓으신 아량으로 용서해 주십시오."

황궁 바로 앞까지 다다르자 이원이 굳게 입을 다물었다. 앞을 보는 이원을 황후가 복잡한 눈으로 쳐다보았다.

말로만 용호군일 뿐 황제의 노예라는 표현이 맞았다. 다른 이들은 공을 세우면 권력을 잡겠지만, 이 여인은 공을 세워도 어떤 것도 얻을 수 없다.

생각할수록 끔찍한 삶이었지만 정작 당사자는 무척이나 평온한 표정이었다.

"마마. 궁에 도착했으니 창을 닫겠습니다."

김 상궁의 말에 그러라는 듯이 황후가 창에서 물러났다.

어차피 멸문한 집안의 여인이 하는 생각 따위 고민할 필요조차 없었다. 제 상황을 견뎌 내는 것만으로도 황후는 충분히 고통스러웠다.

지옥 같은 황궁으로 들어가자 밀려드는 절망을 황후가 속으로 억눌렀다.

*
**

건원궁의 긴 복도를 걷는 황후를 보며 내관과 궁녀가 몸을 숙였다. 얇은 침의 위에 몸을 가리듯 붉은 장옷을 입은 황후가 문 앞에 서자 내시감이 굳게 닫힌 침소 앞에 몸을 숙였다.

"폐하. 황후 마마께서 오셨습니다."

문이 열리고, 침의를 늘어뜨린 채 앉아 있는 환을 향해 황후가 자리에 앉았다. 조용히 눈을 내리까는 황후를 환이 감흥 없이 바라보았다.

"그리 곱게 치장하지 않아도 황후께서는 충분히 고우십니다."

미소조차 없이 꺼내는 말에 황후가 몸을 떨었다. 서우명도 싫었지만, 서우환은 끔찍했다.

처음 이 사내의 부인으로 황후가 되어야 한다는 승상의 명령을 들었을 때 황후는 세상이 무너지는 것 같은 절망을 느꼈다.

환의 태생이 어떠하고, 어떤 삶을 살았는지 승상의 옆에서 똑똑히 보았었다. 하물며 저 근본 없는 사내는 몇 번이고 명에게 노예처럼 비굴하게 굴며 자객으로 살아온 무뢰배였다.

"보는 눈이 많으니 더욱 신경을 써야 하지 않겠습니까? 누가 뭐라 하더라도 전 하원의 황후이니까요."

'설아야.'

귓가에 들리는 다른 사내의 목소리를 황후가 억눌렀다.

표설아. 모두가 황후라며 그녀에게 몸을 숙일 때, 유일하게 이름을 불러 주는 사람이 있었다. 비록 승상의 뜻대로 하원의 황후가 되었지만 단 한 순간도 그 사람을 잊은 적이 없었다.

"밤마실을 나가시는 건 괜찮지만 호위는 붙여서 나가시지요. 황후가 해를 입으면 승상께 제가 어찌 얼굴을 들 수 있겠습니까?"

분명 김 상궁만을 데리고 나간 채, 조용히 다녀온 걸음이었다. 한 달에 두 번. 그 밤마실조차 없었다면 설아는 황후라는 자리를 도저히 버티지 못했을 것이다.

은이원이 이야기했을까? 하지만 곧 황후는 생각을 접었다.

그녀가 아니더라도 하원의 곳곳에 이 사내가 준비시켜 놓은 이들은 무척이나 많았다.

"신첩은 폐하를 연모하지도 않고 신뢰하지도 않습니다. 하지만 폐하와 제가 처음 같이 있었던 그날의 약조는 지켜 주시리라 믿습니다."

잔에 남아 있던 술을 비운 환이 말없이 내려놓았다. 능청스러운 말투와는 달리 설아를 보는 환의 눈은 딱딱했다.

황제와 황후라는 관계로만 묶여 있을 뿐, 유빈에게 보여 주던 미소조차 없었다.

표 승상도 모르는 약조. 둘을 연결해 주는 건 서로밖에 모르는 약조였다.

"짐은 그날의 약조를 잊은 적이 없소. 그렇기에 황후께서는 이 잔의 술을 마시고 짐과 함께 있어야 하지 않겠습니까?"

미리 술이 담겨 있던 잔을 환이 설아에게 내밀었다.

싫어하는 그였지만, 환의 말은 틀리지 않았다. 그녀가 원하는 삶을 위해서는 이 사내와 타협해야 한다.

떨리는 눈으로 술을 보던 설아가 입고 있던 붉은 장옷의 고름을 풀었다. 살결이 그대로 보이는 얇은 침의에 얼굴이 붉어졌지만, 다시 마음을 잡고는 잔의 술을 단숨에 비웠다.

술을 비운 설아가 침상에 눕고, 환이 그녀에게 다가갔다.

곧이어 설아의 붉은 입술에서 더운 숨과 신음이 흘러나왔다.

하지만 이번에도 환에게서는 어떤 소리도 나지 않았다.

설아의 신음이 멈춘 지 얼마 지나지 않아 환이 침소에서 나왔다.

뒤따르려는 내시감을 만류한 환이 홀로 궁을 나와 작은 궁으로 향했다.

궁 사이에서 홀로 있는 운원궁은 환이 혼자 생각해야 하거나 은밀한 이야기를 해야 할 때마다 들어가는 곳이었다.

"폐하."

궁 안으로 들어가자 홀로 앉아 있던 석운이 몸을 숙였다.

환이 인정받지 못한 황자로 태어나 명의 검으로 살 때부터 곁을 지켰었다. 도련님이라 불리며 사람 취급도 못 받던 환에게서 다른 것을 느낀 그는 제일 먼저 머리를 숙이고 충성을 맹세했다.

"조사해 오라고 한 건 어찌 되었지?"

흐트러진 침의에 흐트러진 모습으로 천천히 걸어 들어온 환이 의자에 몸을 기대며 앉았다.

허점이 드러난 모습이었지만 감히 검을 빼서 목숨을 노리겠다는 생각조차 품지 못했다.

명에게 생명을 위협당하기 전에도 강했던 그는 다시 살아온 후부터는 감히 검을 겨누지도 못할 정도의 수준까지 올라섰다.

"황후 마마께서는 그분을 만나고 돌아오는 길에 취객과 시비가 붙었었나 봅니다. 그걸 유 시중의 장남 일을 처리하던 은 호위가 발견하고서는 황궁까지 모셔 왔다고 합니다. 그리고 그분은 도성을 빠져나갔다고 합니다."

환은 황후는 물론이고 후궁들에게까지 균일하다고 할 만큼 똑같은 황은을 내렸다.

변함없는 황은을 내렸고, 똑같이 관심을 두었기에 특별한 분란은 없었지만 석운의 눈에 환의 그러한 황은과 총애는 미묘하게 진실로 보이지 않았다.

"그분은 어떻게 할까요?"

"황후가 알아서 하겠지. 놔두어라."

황후의 부정이 드러날 상황에서조차 환은 타인의 이야기를 듣는 것처럼 차분했다.

당장 황후를 말리든지 아니라면 승상에게 언질을 넣어야 한다는 말을 꺼내려던 석운이 고개를 숙였다.

용호군은 황제의 검이자 방패였지만 거기서 더 깊숙이 들어가면 무흔은 황제의 종이었다. 그저 환의 뜻이 본인의 뜻인 것처럼 행동해야 하는 존재. 석운 또한 그러했다.

"은이원은 쓸 만하던가?"

"아직은 적응하는 중이기에 부족한 점이 많습니다만 검 실력은 무흔에서도 상위권입니다. 아직 결정적인 상황에 결단을 내리지를 못하고, 무흔 내에서도 죄인의 신분인 탓에 겉돌고 있는 것은 문제입니다. 그래도 침착하고 입이 무거우니 좀 더 가르친다면 검으로써 쓰시기는 나쁘지 않을 것 같습니다. 다만."

"다만?"

"소인. 은이원의 그 좋은 실력이 폐하께 위협이 될지도 모른다는 걱정이 듭니다. 아무리 무흔으로 2년을 가르쳤다 한들 그 피는 '은'이 아니겠습니까?"

"은이호가 있다면."

"네?"

"은이원은 다른 마음을 먹지 않을 것이다."

은이원은 제 동생을 살리기 위해 환에게 몸을 숙이고 스스로 제 신분을 포기하기까지 했다.

은이원이 선을 넘는 순간 환은 은이호를 죽일 것이다.

누구보다도 환을 아는 이원이라면 은건명을 택하는 무모한 선택을 하는 대신 그의 곁에서 은이호를 살리고, 그의 신분을 복권시키기 위한 선택을 할 것이었다.

"그럼 은이호에게 무흔을 붙이겠습니다. 혹 폐태자와 은건명이 은이호에게 접근하여 은이원을 포섭하려고 하지 않겠습니까?"

"그럴 리가."

"네?"

"은이호가 귀한 건 은이원뿐이지. 그들에게 은이호는 그저 손이 많이 가는 병자일 뿐이다."

이해할 수 없다는 석운의 반응에 환이 의미심장한 미소를 지었다.

은건명이나 서우명의 머리에 은이호는 전혀 없을 것이었다. 비싼 약초를 들임에도 차도가 없는 사내를 신경을 쓸 겨를은 없었다.

귀한 아들이어도 대업에 도움이 안 된다면 은건명은 신경조차 쓰지 않을 것이다.

그 사실을 이원도 알기에 먼저 머리를 숙여 환에게 이호의 목숨을 구걸한 것이었다.

'살려 놓았으니 더 절박해져야지.'

명은 환이 바꿔 놓는 하원을 보며 초조해질 것이고, 은건명은 나아지지 않는 상황에 불안해질 것이다.

그리고 이원은 지금보다 나은 상황을 위해 노력할 것이니 결국은 모두 환의 손아귀에 들어와서 원하는 대로 움직여 주는 장기말이 되어 줄 것이다.

"그래서 조사해 오라고 한 환각제는 어찌 되었지?"

"지금 보고할 이를 들이겠습니다."

석운이 문을 열고, 이원의 상관인 부장과 동윤이 함께 안으로 들었다. 상기된 얼굴로 환의 앞에 몸을 숙인 이가 마른 입술을 적셨다.

용호군이어도 황제를 독대하는 건 쉽지 않았다. 황궁에서의 용호군의 대우도 좋았지만, 진짜는 무흔이었다.

무흔만 되면 그의 앞길도 창창했다. 용호군으로 공을 세우는 것과 무흔으로 세워서 받는 포상은 완전히 다르다고 했다. 이번 일만 잘 해결되어서 황제의 눈에만 들면 무흔이 되는 것도 꿈은 아닐 것이었다.

"여민관에 지급된 적화초와 백석의 양에는 차이가 없었습니다. 그래서 이번에는 범위를 넓혀 여민관에서 빠져나가는 약초를 조사했습니다. 조사가 쉽지 않았지만 다량의 적화초와 백석이 직물을 염색하는 곳으로 다량 흘러 들어간 것을 확인했습니다."

동윤에게 시선을 주자 그가 환에게 가져온 문서를 내밀었다. 동윤이 가져온 것을 환이 빠르게 훑었다. 긴장된 눈으로 환을 쳐다봤지만 정작 당사자는 차갑다 못해 냉담했다.

"적화초와 백석에 대해 얼마나 알아봤나?"

"네? 적화초는 아주 강한 독초이기에 조금만 먹어도 목숨을 잃는다는 것과 백석은 홀로 썼을 때는 쓸모가 없지만 적화초와 같이 쓰면 그 독을 중화할 수 있습니다. 그런데 이번의 경우에는 백석의 양을 줄여서 환각 작용을……."

"적화초의 독성만 제거한다면 참 고운 붉은색이 나오지. 나라가 어수선하여 잠시 막아 놓았던 금혼령도 최근에 풀렸고 말이지. 그리고 적화초로 염색을 하는 이들은 중독을 막기 위해 백석을 먹는 것으로 알고 있다."

"……."

"적화초로 염색한 비단은 혼례복으로 최고로 여기지. 하물며 민심을 수습하고자 최근 나라에서도 혼례를 하는 이들에게 적화초로 만든 비단을 주고 있었다."

"……저기 그것이……."

"짐이 잘못 알고 있을 수 있겠지. 그럼 직물을 염색하는 곳에서 어떻게 환각제가 만들어지고, 그게 사람들에게 어떻게 퍼지고 있는 건가? 짐이 알기로는 염색할 때 독을 빼는 방법과 약으로써 독을 제거하는 방법이 다르다고 들었다."

차분한 물음이 계속 나올수록 부장의 이마에 땀이 맺혔다. 이정도면 정보는 충분했다. 그의 예상대로라면 황제는 그에게 수고했다며 공을 치하해야 했다. 하지만 이대로라면 치하가 아니라 황제의 분노를 사게 될 것이다.

"시일이 조금 촉박했던지라 며칠의 말미를 더 주시면 어떻게 환각제가 나오는지 알아보겠습니다."

"지금 정확하지 않은 정보와 추측으로 던져 놓고 짐에게 죄 없는 이들을 잡아들이라 간언하는 건가?"

"소, 송구하옵니다! 폐하!"

머리를 숙인 부장을 보던 환의 미간이 구겨졌다. 유 시중의 장남을 제거하면서 나온 환각제는 자칫 유 시중의 장남이 살해당한 일이 크게 부각될 뻔한 상황을 전환시켜 주었다.

유 시중의 장남이 죽은 일보다 적화초와 백석에 더 관심이 몰린 것이다.

다만 문제는 생각한 것보다도 퍼지는 속도가 빠르다는 것이었다.

약이 사람을 어떻게 망가뜨리는지 환은 누구보다도 잘 알고 있었다.

정확한 정보를 알아 와도 모자랄 판에 어림짐작으로 확신에 차 보고를 하다니 용호군의 자리에 있을 자격도 없는 이였다.

노골적으로 불만에 찬 시선을 석운에게 보내니, 지시를 받은 석운이 몸을 숙였다.

"모두 물러가라."

"은 호위가 따로 조사하고 있었습니다. 확실하지 않다며 말을 아꼈지만 무언가를 아는 것 같았습니다."

부장을 따라 들어온 동윤이 이원을 꺼냈다. 그녀의 이름이 나오자 부장의 얼굴은 더욱 창백해지고, 환의 기세는 더욱 날카로워졌다.

"왜 은 호위만 따로 조사를 하고 있었지?"

이번에는 답조차 하지 못한 채 부장이 머리를 숙였다. 그의 얼굴에 맺혀 있던 땀이 바닥에 톡톡 떨어졌지만 이곳에 있는 누구도 그에게 눈길조차 주지 않았다.

생각할수록 우스운 일이었다.

은이원이 거둔 목숨으로 시작된 일이, 또다시 그녀로 이어졌다.

"은이원을 안으로 들여라."

＊＊
＊

영문도 모른 채 이원이 운원궁으로 끌려왔다.

무슨 일인지 알지도 못한 채 들어간 이원이 처음 본 사람은, 얼굴이 새빨개져서 그녀를 노려보는 부장과 그 뒤에서 영문을 알 수 없는 미소를 짓고 있는 동윤이었다.

무슨 일인지 물어보고 싶었지만, 이곳에 무겁게 내려앉은 분위기에 따로 물어볼 엄두조차 나지 않았다.

"은 호위를 제외하고는 모두 나가라."

안으로 들어온 이원이 석운과 환을 발견하고는 몸을 숙였다. 말이 끝나기가 무섭게 석운은 물론이고 주변에서 느껴지던 기운이 완전히 사라졌다.

단둘이 남자 이원이 환의 앞에 몸을 숙였다.

"지지부진한 중간보고는 필요 없어. 결론만 말해."

"문제가 된 환각제는 기루에서 퍼진 것이었습니다. 여민관에서는 뜨내기 용병과 기녀같이 겉으로 드러내기 어려운 이들을 위한 약은 따로 거래했기에 기록이 남지 않았고, 기루에서 사들인 약초는 죄를 저지른 의원이나 의학을 알지만 의원으로 인정받지 못한 이들에게 품삯을 주고 필요한 약으로 만든다고 합니다."

말을 계속해 보라는 듯이 환의 눈이 이원을 향했다. 그의 시선을 받는 것만으로도 피가 말랐지만 지금은 사적인 감정을 꺼낼 때가 아니었다.

"처음에는 나이가 든 기녀들이 손님을 끌어 볼 요량으로 만들던 것이 입소문을 타서 요구하는 이들이 늘자 경쟁적으로 들여놓

225

았다고 합니다. 처음에는 너도 나도 만들었지만 백석의 양을 조절하지 못해 죽는 사람이 생기자 처음 약을 들여놓았던 이에게 주문이 몰렸다고 합니다."

"처음 들인 이는?"

"누구인지 알아보려고 했지만 이름은 물론이고 큰 상처가 있다 하며 얼굴을 전부 가린 터라 자세히 본 사람이 없다고 합니다. 방문하는 것도 불시에 와서 한 번에 약을 풀어놓고 사라졌기에 정확히 아는 사람이 없었습니다. 다만 소인과 조금 아는 기녀가 있어 그이가 오게 되면 연통을 받기로 하였습니다."

보고를 끝낸 이원이 긴장된 숨을 내쉬었다. 연통을 받아도 범인을 잡을 거라는 보장도 없었다.

무엇보다도 그녀가 잡는다 한들 부장이나 다른 이들이 말을 들어 준다는 보장도 없었다.

"이제부터 네가 책임지고 조사해서 보고를 올려."

"네…… 네?"

형식적으로 대답하던 이원이 말의 뜻을 알고는 놀라 고개를 들었다. 무엄한 행동이었지만 정작 눈을 마주친 환은 피식 실소할 뿐이었다.

"이곳에 지금 내 명령을 받들 사람이 또 있던가?"

"그, 그것이 아니오라."

"석운에게 이야기를 해 놓을 테니 필요한 게 있으면 요청하고, 사람을 부려야 한다면 시켜. 대신 원흉은 확실히 정리해라."

가볍게 툭 뱉는 말이었지만 정작 듣고 있는 이원은 심장이 떨려 아무 말도 꺼내지 못했다.

그녀의 의사와는 상관없는 입맞춤을 한 후, 환은 아무것도 느낄 수 없다고 했다. 그때의 절망이 사라지기도 전에 내려진 황명에 유 시중의 장남의 목을 베어 그의 앞에 내밀었다.

무흔이었던 이원을 만난 모든 사람들은 모두 자비를 구하며 살려 달라고 했지만 이원이 살기 위해서는 그들은 모두 죽어야 했다.

수없이 바닥으로 처박히는 절망과 사라지지 않는 혈향 속에서 흔들렸지만, 차마 겉으로 드러낼 수 없었다.

그의 냉정함과 잔인한 명령에 지쳐 가는 와중에 새롭게 준 기회는 이원에게 깊은 파문을 남겼다.

단순히 목숨을 빼앗는 검이 아니라 새롭게 공을 세울 기회.

"소인의 배경을 아시면서도 홀로 처리하라는 명을 내리시는 것입니까?"

"지금 내 앞에 몸을 숙이고 있는 게 은건명인가?"

"……."

"아직도 서우명의 하원이 만든 여인의 틀에 갇혀 있는 건가?"

여인의 틀.

어쩌면 다른 사람이 아니라 자신도 모르게 이원이 만들고 있었을지도 모르는 제약을 환은 단번에 깨부쉈다.

이번 일만 해결하게 된다면, 그렇다면 이원은 공식적으로 공을 인정받을 수도 있다.

서우명의 세상에서는 절대 꿈조차 꿀 수 없었지만, 환의 하원에서는 가능할지도 모른다는 기대가 생겼다.

"최선을 다하겠습니다."

그의 말대로 공을 세운다면 이호를 보는 것도 가능할 것이다. 막연히 마음먹기만 했었던 미래가 가능하다는 확신이 들자 낯선 흥분이 이원을 가득 채웠다.

쉽지는 않겠지만 반드시 해결해야 한다.

"이만 나가 봐라."

진심을 담아 환에게 몸을 숙인 이원이 최대한 조용히 일어났다. 이원은 보이지 않는 것처럼 환이 눈을 감고 자리에 누웠지만 이번만큼은 서운하지도 공허하지도 않았다.

황궁에 온 이래 가장 행복하고 즐거운 마음을 다잡으며 이원이 방 밖으로 나갔다.

✱✱

운원궁 밖에서 이원이 나오려는 웃음을 참으며 입술을 깨물었다.

'여인의 틀에 갇혀 있는 건가?'

이제 그만 그 틀을 벗으라는 것처럼 들렸다. 그런 의미가 아닐 수도 있었지만, 상관없었다.

"잘해야지."

다른 사람들이 이원을 은가의 딸이라며 손가락질할 때 그는 해 보라며 기회를 주었다.

환에게 남아 있는 적의가 마음에 걸리지만, 그래도 그가 준 기회에 꼭 보답하고 싶었다.

그녀가 어떻게 행동하든지 환에게 닿을 수 없겠지만 그럼에도 아직 그녀의 마음에는 그가 남아 있었다.

이번만큼은 진짜 열심히 해서 환의 인정을 받고 싶었다.

"할 수 있어."

"은 호위님. 여기에 계셨습니까?"

내관들과 함께 다가온 내시감이 말을 걸자 서둘러 표정을 관리한 이원이 몸을 숙였다.

권좌의 주인이 바뀌지 않았다면 황태자비에 오르고 황후가 되었을 여인이었다. 하루아침에 가문이 무너지고 기반이 사라지면 대부분의 사람은 버티지 못하고 무너졌었다.

하지만 이 여인은 몸을 숙여 동생을 살려 내고, 적의로 가득 찬 황궁에서 버텨 내고 있었다.

"내시감."

"좋은 일이라도 있으셨나 봅니다. 표정이 한결 좋아 보이십니다."

내시감의 말에 이원의 얼굴에 옅게 홍조가 돌았다. 다급히 감정을 다스리려 했지만, 모처럼 느껴지는 떨림이라 그런지 쉽게 가라앉지 않았다.

억지로 숨기는 대신 이원이 고개를 끄덕이며 미소를 지었다.

"말씀드릴 정도의 큰일은 아닙니다만 소인에게는 좋은 일이었습니다. 운원궁으로 가시는 길이십니까?"

"운원궁에서 침수에 드신다고 하시니 가야지요. 종종 그렇게 웃으시지요. 보기 좋으십니다."

"그게…… 아직 제가 부족한 점이 많습니다. 조심하겠습니다."

당황하며 미소를 거두었지만, 그럼에도 옅게 생긴 홍조가 늦은 밤이어도 보기 좋았다.

이원에 대해 하루가 다르게 좋지 않은 소문과 이야기가 돌았지만 내시감이라는 자리가 소문에 휘둘리면 목숨을 잃을 수 있었다.

자신이 보고 경험한 것만으로 판단했을 때 이원은 살수로서는 판단할 수 없지만 사람 됨됨이는 괜찮은 이였다.

"제가 은 호위님의 시간을 너무 붙잡은 것 같습니다. 이만 들어가십시오."

"밤길이 어두우니 궁 앞까지 모시겠습니다."

"고작 스무 걸음도 안 되는 곳까지 그러실 필요 없습니다. 늙은이는 신경 쓰지 마시고 조심히 들어가십시오."

말을 끝낸 내시감이 미소를 지은 채 몸을 돌렸다. 내관들과 함께 사라지는 그를 보던 이원이 몸을 숙였다. 내시감이 궁 안으로 들어간 후, 홀로 서 있던 이원이 궁 밖으로 빠져나갔다.

감정이 흐트러진 상황에서 내시감에게 신경을 쓰느라 이원은 정작 환이 창문을 열어 놓고 지켜보고 있었다는 사실을 전혀 알아차리지 못했다.

**

서우명의 검으로 지냈을 때만 해도 환은 술을 즐겨 마시지도 않았고, 잘 마시지도 못했다.

언제 위협을 당해서 죽을지 알 수 없는 삶이었기에 환은 술로 인해 정신이 흐트러지는 것을 경계했다.

그랬던 술이 어느 순간부터 아무것도 느껴지지 않았다. 독한 술을 들이켜도 취기가 오르지 않으니 종종 생각을 정리할 때마다 환은 독한 술을 찾았다.

'말씀드릴 정도의 큰일은 아닙니다만 소인에게는 좋은 일이었습니다.'

제 감정을 감추지도 않은 채 짓는 미소가 환의 머리에 그대로 박혔다.

싫다는 이원을 억지로 붙잡고 입맞춤을 해도 감흥조차 없었던 마음에 고작 저따위 미소 하나가 파문을 만들어 냈다.

"제 상황이 독인 줄도 모르고."

그가 하는 생각을 이원이 알아도 저런 반응이 나올까?

'그럴 리가.'

그럼에도 상관없다고 생각했다.

지옥처럼 절망스러운 황궁에 스스로 들어와 독처럼 끔찍한 권좌에 앉았을 때부터 환은 과거의 자신을 완전히 버렸다.

그가 손아귀에 넣은 하원을 감히 누구도 넘보지 못하도록 강하게 만들어야 했다. 절망한 서우명이 그의 하원을 보며 미쳐 가는 모습을 지켜보는 것이 환에게 남은 목적이었다.

'할 수 있어!'

용호군은 물론이고 황궁에서조차 이원은 겉도는 존재였다.

대역죄인인 은건명의 여식이라는 것에서 다른 사람들은 그녀를 꺼렸고, 그런 주제에 가문을 배신하고 환에게 목숨을 구걸했다며 지조가 없다며 손가락질을 했다.

'빌어먹을 미소.'

그가 보는 줄도 모르고 이원이 보여 준 모습은 독한 술로 지워 보려 해도 사라지지 않았다.

황궁으로 돌아온 이후로 이원은 억누르고 있을 뿐, 내내 상처

받았었다.

환이 신경 쓸 가치조차 없는 일이었지만 모르는 척 가진 힘을 조금 휘두르자 이원의 표정은 언제 그랬냐는 듯이 생기가 돌았다.

'그래 봤자 곧 사라지겠지만.'

어차피 황궁에서 검이라는 것들이 견뎌야 할 일이었다. 어차피 누군가는 해야 했고, 이원은 제 동생을 지키기 위해서라도 예전에 환이 명에게 그랬던 것처럼 그의 명령을 절대적으로 따라야 했다.

"흠."

꼬리를 물고 이어지는 생각이 전혀 가치가 없었다.

빈 잔을 내려놓고 침상에 눕자 내시감과 내관이 안으로 들어왔다. 환이 마시던 술상이 치워지고, 어수선했던 주변이 말끔하게 정리되었다.

마지막으로 내관이 초를 끄기 위해 무릎걸음으로 다가갔다.

"그대로 두어라."

움찔거리는 내관을 내시감이 붙잡았다. 고개를 저은 내시감이 문을 쳐다보자 몸을 일으킨 내관들이 밖으로 나갔다.

사치스럽고 최고급의 것만 가지려 했었던 명과는 달리 환은 선제들에 비하면 물질적인 면에서 무척 검소했다. 특별히 가리지도 않았고, 구하기 어려운 것을 찾아오라며 고집을 부리지도 않았다.

하지만 잠이 들 때만큼은 불을 전부 켜 놓고 잠들었다.

황후와 후궁에게 차별 없는 황은을 줬어도 환은 단 한 번도 곁에 다른 이를 두고 잠들지 않았다.

"이만 쉬십시오. 폐하."

왜 그런지는 자신이 생각하고 판단할 것이 아니었다.

그저 자신들은 환의 뜻대로 움직일 뿐이었다. 잠든 환에게 몸을 숙인 내시감이 뒷걸음질로 방을 나갔다.

잠시 후, 밝은 방에서 눈을 감고 있던 환에게서 고른 숨이 흘러나왔다.

五章

　승상인 해준이 들어오자 황후가 머무는 혜완궁에 한차례 소란이 일었다.

　황제를 제외한 사내는 허락을 받고 들어와야 하는 궁임에도 복도를 걸어가는 해준은 거침이 없었다.

　"고하거라."

　김 상궁의 인사를 받지도 않은 채 해준의 날카로운 눈이 굳게 닫힌 문을 향했다.

　서둘러 열지 않으면 해준이 직접 문을 열 기세에 서둘러 김 상궁이 고했다. 마음이 급한 김 상궁과는 달리 황후에게서 어떤 말도 나오지 않았다.

　황후가 허락하지 않으면 문을 열 수는 없다.

　"화, 황후 마마. 승상께서 오셨습니다."

　해준의 눈치를 보며 김 상궁이 다급히 고했지만, 여전히 아무 소리가 없었다.

복도에 서 있는 모두가 해준을 보았지만, 그는 처음부터 미동조차 없었다.

"승상. 황후 마마께서 침수에 드셨사오니 다른 날에 오시는 것이……."

"놈이 도성을 빠져나가 작은 마을의 객주에 머물고 있지요. 마마께서 신을 보지 않으셔도 되지만 신은 이대로 황궁을 나가 그 객주로 갈 것입니다."

"드시라 해라."

말이 끝나기가 무섭게 황후의 목소리가 들렸다. 내관이 열기도 전에 문을 붙잡은 해준이 안으로 들었다.

자리에 앉아 독서를 하던 설아가 들어오는 승상을 향해 턱을 들었다.

자신이 아니었다면 그 자리에 앉지도 못했을 딸이었건만, 아직도 딸은 제 상황을 깨닫지 못하고 멍청한 사내놈에게 눈이 팔려 있었다.

"야심한 밤에 어찌하여 황궁에 발걸음을 하셨습니까? 보는 눈이 많은 황궁이니 조심하셔야지요."

"왜 건원궁이 아니라 이곳에 계십니까? 하루라도 빨리 용종을 품으시라 했던 신의 말을 들은 척도 하지 않으시니 밤을 틈타 신이 오게 된 것이 아닙니까?"

"오늘은 날이 아니었습니다. 오늘이었다면 당연히 건원궁으로 가지 않았겠습니까?"

"황후 마마께서 그 자리에 앉으신 지 2년이 넘었다는 것을 잊지 않으셨으면 합니다. 이야기를 들어 보니 유빈과 정 귀인은 제 날짜가 아니어도 폐하를 뵈러 문턱이 닳도록 건원궁을 들락거린다 합니다. 그 정도까지는 아니더라도 황후로서 노력을 하셔야 하지 않겠습니까?"

노골적인 비아냥에 설아가 치맛자락을 힘껏 붙잡았다. 여기서 해준의 수에 말려들면 안 된다.

저 수에 휘말려 제 속마음을 꺼내면 그녀를 기다리고 있을 정인이 다친다. 그 정인을 살리겠다는 마음으로 황후가 되었다.

그것만으로도 설아가 할 수 있는 전부를 했다.

"승상께서도 아시겠지만 황은은 꾸준히 받고 있습니다."

"그런 의미가 아니라는 것을 마마께서도 아시지 않습니까? 용종을 품으셔야지요."

"아버지!"

"네가 종종 황궁을 나간다는 것을 이 아비가 모를 거라고 생각하는 것이냐!"

낮게 깔리는 말에 설아의 말문이 막혔다. 제 표정을 제대로 숨기지도 못하는 딸을 보며 해준이 쓴물을 삼켰다.

그저 황후의 자리만 앉으면 될 줄 알았던 딸의 멍청함에 한숨이 터져 나왔다. 지금은 유빈과 정 귀인의 가문이 표가에 충성하고 있지만, 권력이라는 건 언제든지 바뀔 수 있었다.

그걸 알기에 서우명의 어머니였던 홍 황후는 철저히 다른 황자를 제거하고 권력을 놓지 않았었다.

"마마께서 생각하시는 것보다도 황제는 영악한 사람입니다. 아직 황제가 아무것도 모르니 되도록이면 용종을 가지세요. 어쨌든 첫아이는 서우환과 비슷한 이목구비를 가져야 한단 말입니다! 아시겠습니까?"

"이번에는 정 귀인의 차례입니다. 폐하께서는 황은의 순서를

237

어기시는 분이 아닙니다."

"그 순서를 황후 마마께서 흔드셔야지요. 항상 잊지 마십시오. 황후 마마의 행동에 따라 목숨 하나가 부귀영화를 누리고 살게 될지 아니면 비명횡사를 하게 될지 정해지는 것입니다."

"……."

"사람 일은 모르는 것입니다. 황후 마마께서 용종만 낳으신다면 그놈이 머무는 곳이 객주가 될지 황궁이 될지 말입니다."

해준의 말에 설아의 눈이 커졌다. 무슨 말이냐는 듯한 시선에 말을 더하는 대신 해준이 몸을 일으켰다.

뒷말을 해 보라는 시선 따위 외면하며 그가 몸을 숙였다.

"그럼 소인 좋은 소식을 기다리겠습니다. 그리고 이건 심신으로 지치신 황후 마마께 작은 위안이 되겠군요."

몸을 숙여 설아에게 다가간 해준이 서신을 내려놓았다. 용건은 끝났다는 것처럼 해준이 밖으로 나갔다.

환의 아이를 낳으면 정인을 황궁으로 불러 주겠다.

해준이 말하는 의미를 깨달은 설아의 손이 파르르 떨렸다. 원하지 않은 입궁, 끔찍한 사내와의 동침. 견디기 힘든 현실이었지만 버티는 이유는 하나뿐이었다.

그녀의 하나뿐인 정인을 지켜야 했다.

「닿을 수 없는 답답함을 풀 길이 없어 대신 님이 계신 방향만을 하염없이 바라봅니다. 더디게 가는 시간이 원망스럽지만 곧 다시 볼 수 있다는 기대감에 또 하루를 버텨 봅니다. 곧 다시 만날 날을 손꼽아 기다리겠습니다.」

이름은 쓰여 있지 않았지만 적혀 있는 말만으로도 충분했다.

정인의 서신을 곱게 접은 설아가 제 품에 꼭 껴안았다.

울컥 치미는 감정에 눈가가 젖어 들었다. 지금이라도 당장 그를 보러 나가고 싶었지만 아직 그녀에게는 지켜야 할 약조가 하나 더 있었다.

'5년? 아니 3년 정도면 되겠군요. 황후로서 자리만 지켜 주시죠. 승상에게서 정인을 지켜 드릴 그림자 가군 정도는 될 것입니다. 짐에게는 아직 승상과 다른 귀족들이 주는 힘이 필요합니다. 그때까지만 황후로서 자리를 지켜 주신다면 원하는 것을 들어 드리겠습니다.'

정인과 함께하는 삶.

이루지 못할 꿈을 서우환은 들어준다고 약조했다. 그를 믿는 건 아니었지만 지금으로서는 설아는 어떻게든 약조를 받으며 기회를 엿봐야 했다.

"김 상궁."

"부르셨습니까?"

밖에 있던 상궁이 안으로 들어오자 설아가 경상에 넣어 놓았던 패물을 꺼냈다. 황궁에서 만든 것이니 값을 매길 수 없을 정도로 귀했지만 지금 설아에게는 넘치는 재물보다도 그녀만을 보고 있는 정인이 훨씬 더 귀했다.

"이걸 그이에게 보내게."

"마, 마마. 이건……."

"나는 또 만들어 올리면 되지 않은가! 당장 보내게!"

허름한 객주에서 있으려면 돈이 필요할 것이다. 마음 같아서는 전답도 내리고 싶고, 부리는 사람도 보내고 싶었지만 지금은 이 정도가 전부였다.

환이 정 귀인을 보러 가는 날, 몰래 나가면 될 것이다. 그때 정인을 볼 수 있다는 기대감에 설아의 표정이 부드러워졌다.

＊＊

차가운 밤바람이 얼굴을 스치고 지나갔다. 이원이 몸을 조금 움직이자 앉아 있던 나뭇가지가 흔들렸다.

"후우."

몸의 긴장을 풀어 버리듯이 이원이 긴 숨을 토해 냈다. 석운에게 허락을 받고 적화초의 흐름을 파악하고, 의심스러운 곳을 며칠 내내 살폈었다.

다행히 그녀에게 기회가 온 것인지 방문하는 곳마다 약간의 흔적이 남아 있었다.

마치 따라오라는 것처럼 남겨져 있는 증좌를 찾아 여기까지 찾아냈다.

"저 안만 들어갈 수 있다면."

하지만 좀처럼 기회가 나지 않았다. 이제 적화초와 백석으로 만든 환각제만 저곳에서 발견한다면 원흉을 찾아낼 수 있었다.

마음 같아서는 몰래 들어가고 싶었지만, 경비가 너무 삼엄했다. 어떻게든 기회를 찾아야 할 터, 기척을 가라앉힌 이원이 나무에 몸을 숨겼다.

"음?"

차가운 밤바람에 손과 발이 마비되는 것을 느낄 즈음, 저택의 앞에 마차가 멈추고 얼굴을 반쯤 가린 남자가 내렸다.

얼마 전에 기루에서 스치듯이 봤었던 사람. 이원의 기억에서라면 저 남자는 은가에서 약초를 관리하던 이였다.

의원은 아니었지만 약초에 대한 지식이 해박하고, 아는 것이 많아서 그가 은가에 방문할 때마다 이원은 그의 곁에서 떨어지지 않고 그가 하는 이야기를 들었었다.

'저이가 왜?'

남자가 마차에서 내린 사이, 마차에 실려 있었던 짐이 하나둘 저택 안으로 들어갔다.

어떤 것인지 자세히 보이지는 않았지만, 분명 다른 한쪽에서 부지런히 나르고 있는 건 백석이었다.

공을 세울 기회.

분명 바라는 장면을 보게 되었지만, 그보다도 불길한 기분이 이원을 집어삼켰다.

"들어가야 해."

도망치라는 마음의 소리를 이원은 외면했다. 다시 오지 않을 기회를 멍청하게 버릴 수 없다.

짐을 옮기면서 흐트러진 틈을 타 이원이 담을 주저 없이 넘어갔다.

**

며칠을 내내 기다려서 잠입한 내부는 그녀가 생각한 이상이었다.

여민관에서 봤었던 것과는 비교조차 안 되는 양의 적화초와 백

241

석이 쌓여 있었다. 그리고 그걸로 만든 미약이 산처럼 쌓여 있었다.

"홍월루에서 아가씨를 뵈었던 날 장군님께 말씀을 드리고 싶은 것을 간신히 억눌렀지요."

굳어 있는 이원의 뒤로 익숙한 목소리가 들렸다. 초조함을 억누른 채 이원이 몸을 돌렸다. 이원과 눈을 마주치자마자 사내가 몸을 깊게 숙였다.

전보다 나이가 들기는 했지만, 분명 그녀가 알던 이였다.

"아범."

"아가씨께 그렇게 불리니 감회가 새롭습니다. 아가씨께서 황궁에 잡혀 계신지 몰랐습니다. 그것도 모르고 소인은 아가씨께서 황궁에서 죽었다고 생각했습니다."

"왜 아범이 여기에 있는가? 최근 이 환각제 때문에 일어나는 일로 황궁이 소란스럽네. 혹 운이 좋지 않게 엮인 거라면 당장⋯⋯."

괜한 일에 아범이 엮이는 건 원하지 않았다. 그녀가 생각한 대로 아범이 모르고 엮인 거라면 차라리 지금 그녀만 알고 있을 때 그를 빼내야 했다.

그가 다른 이의 죄를 뒤집어쓰고 죽임을 당하게 둘 수는 없었다.

"아하하하하. 아가씨께서는 여전하십니다. 그런 상황에서도 제 걱정을 해 주시는 것입니까?"

"아범. 웃을 일이 아니라!"

"서우환의 하원은 거짓된 곳입니다. 그런 곳을 흔드는 데 저 약만 한 것이 또 어디에 있겠습니까?"

"……."

"보잘것없는 실력이 이렇게 참된 곳에 쓰일 줄은 몰랐습니다. 다만 너무 일찍 밝혀져서 아쉬울 뿐이지요."

불안한 기운의 정체를 마주하게 된 이원의 안색이 흐려졌다. 2년 만에 처음 접하게 된 은가는 그녀의 위치와는 정반대에 서 있었다.

"도성에 환각제를 완전히 퍼지게 하고 싶었지만 실패입니다. 그래도 아가씨를 만나게 되어서 다행입니다. 제가 남긴 흔적이라면 아가씨께서 오실 거라고 생각했습니다. 소인이 아는 아가씨는 유수 도련님보다도 영특하셨으니까요."

"그 약을 진통제로 알고 먹은 사람들이 고통받고 있네."

"그리고 그 원망은 서우환에게 하고 있겠죠. 미약인지 모르고 먹은 기녀들에게는 조금 미안하지만 어차피 천한 것들입니다. 귀족들이야 서우환에게 머리를 숙이고 은가를 배신했으니 당연한 결과가 아니겠습니까?"

"……."

"소인과 같이 장군님께 가시지요. 무척 좋아하실 것입니다."

서우환에게 목숨을 구걸하고 살아남게 된다면 이런 순간이 올 거라는 생각은 하고 있었다. 다만 그 순간이 그녀의 예상보다도 빠를 뿐이었다.

그리고 그때마다 이원이 생각했던 물음은 하나였다.

"이호는 어찌 되는 건가?"

"이호 도련님을 모시기에는 장군님과 황태자 전하의 상황이 그다지 좋지 않습니다. 이호 도련님은 해치지 않을 것이니 우선은 아가씨부터 가시지요."

은이호는 은건명과 서우명에게는 아무 가치도 없다. 아니 어쩌면 서우환에게도 병자인 이호는 그저 죽여도 상관없는 병자일 뿐이다.

하지만 이호를 죽이고 이원을 제가 원하는 대로 엉망으로 만들 수 있는 상황에서도 환은 자비를 내려 주었다.

그 사실 하나만으로 이원은 방향을 정했다.

"난 자네에게 직접 검을 겨누고 싶지 않네. 스스로 따라오게."

"……설마 했는데 아니시지요?"

"난 자네를 이번 일의 주동자로 데려가야 하네."

이원의 말에 사내의 눈이 매섭게 변했다. 변함없는 반응에 분노한 사내가 손을 들자 이곳에 온 내내 느껴지던 기척들이 하나둘 모습을 드러냈다.

포위한 이들을 보던 이원이 참담한 마음을 억누르며 검에 손을 가져갔다. 그녀의 행동에 핏발이 선 사내가 고함을 질렀다.

"이렇게 아버지를 버리시는 것입니까! 장군님이 아가씨를 얼마나 아끼셨습니까! 고작 가문의 원수가 휘두르는 검이 무서워서 아버지의 심장에 검을 꽂으시겠다는 것입니…… 컥!"

고함을 지르던 사내의 고함이 멈추었다. 붉게 충혈된 눈으로 이원을 노려보던 사내가 제 어깨를 손가락으로 쓸었다. 어깨에 꽂혀 있는 단검을 뽑는 것과 동시에 피가 뿜어져 나왔다.

"네, 네가!"

핏발 선 눈과 피에 젖은 손가락으로 이원을 가리켰지만 놀란 이원의 말문도 막혀 버렸다.

사내와 병사들의 기척만 느껴지던 공간이 순식간에 다른 이들로 채워졌다. 상황이 달라지자 이원을 향해 검을 겨눴던 이들의 대열이 흔들렸다.

"역도를 모두 처단해라."

석운의 소리가 들리는 것과 동시에 얼굴을 가린 이들이 난입하였다. 채 다섯이 되지 않았지만 이곳을 가득 채우던 이들의 대열을 흔들고 단숨에 목숨을 거두었다.

'무흔.'

서로에 대해 알지 못해도 종종 임무를 같이 수행하다 보면 드물게 겹치는 이들이 있었다. 무흔의 기밀을 위해 되도록 아는 얼굴들과 함께 일했지만 이번에는 처음 보는 얼굴이 하나 더 있었다.

천동윤. 항상 허허실실 웃으며 있었던 그의 검이 매섭게 적을 베었다.

"네년이! 은가를 버리고…… 쿨럭."

어깨에서 흐르는 피를 막은 채 노려보던 사내가 이원을 향해 달려들었다.

이원의 어릴 적을 지켜 줬었던 사람이었다. 모두가 다음 가주가 될 유수를 보고 있을 때, 이원만을 봐 줬던 이였다.

이원의 무릎에 묻어 있던 흙을 털어 주고 이제 깨끗해졌다며 또 일어서면 된다는 것을 알려 줬었다.

그랬던 이가 생의 마지막에 저주에 찬 눈으로 이원을 죽이려 달려들었다. 주마등처럼 스쳐 가는 과거 따위 순식간에 바스러지고 무너져 내렸다.

이 사내를 죽여야 한다면 해야 할 사람은 자신뿐이었다.

무너지는 감정과는 다르게 이원의 검이 주저 없이 검집에서 빠져나와 사내의 심장을 찔렀다.

"컥!"

찌른 검으로 인해 천천히 사라지는 생기를 이원이 최대한 담담히 쳐다보았다. 원망을 가득 보내며 버티던 사내가 풀썩 바닥에 쓰러졌다.

"네, 네가……."

힘겹게 말을 꺼내던 사내의 움직임이 완전히 멈추었다. 아직 소란스러운 밖을 불만스러운 눈으로 보던 석운이 짧게 명령했다.

"밖을 정리한 후, 이곳을 모두 태워라."

석운의 목소리가 허공에 울렸다. 코가 에일 정도로 비릿한 피 냄새가 밀려왔지만 이원의 시선은 제가 죽인 이에게만 향했다.

은가에서 은이원은 아버지를 버린 패륜아.

황궁에서 은이원은 역도인 아버지를 버리고 살아남은 죄인.

그럼 서우환에게 은이원은 무슨 존재였을까?

"수고했다."

앞에서 들리는 목소리에 이원이 고개를 들었다.

공을 세울 기회라고 생각한 건 철저히 그녀만의 착각이었다. 환은 이원을 그저 미끼로 썼을 뿐이었다.

"덕분에 역도들을 말끔하게 정리했다. 잘했다."

"잘한 것입니까?"

"덕분에 피해가 더 커지지도 않았고, 원흉도 잡았으니 잘한 일이지."

"원흉은 이미 알고 계셨던 것이 아닙니까?"

핵심을 찌르는 물음에 석운의 말문이 막혔다. 대답은 듣지 않아도 충분했다.

환은 이미 이번 일이 건명과 명이 저지른 것이라는 걸 알고 있었다. 하지만 흔적을 찾고 싶어도 찾기가 쉽지 않으니 이원을 이용한 것뿐이었다.

이원이 나선다면 둘 중 하나는 움직일 테니까.

"폐하의 검으로 살고 있다면 검의 역할에 충실해라."

검은 감정을 드러내서도 안 되고, 주인이 하라는 대로 움직여야 한다.

2년 내내 이원이 수없이 들었던 말이고, 지겹도록 지켜 오려 노력한 말이었다.

"검으로 충실한 것이 이용당해도 된다는 말씀입니까?"

"그래서 이번 일로 폐하께 화라도 내겠다는 건가?"

"화를 내면 어찌 되는 것입니까?"

담담히 되묻는 말에 느껴지는 노기가 거슬렸다. 은이원은 존재 자체가 환에게 위협이 될 이였다. 지금은 환에게 몸을 숙여도 언제든지 그를 배신하고 은가와 명의 검이 될 가능성을 지닌 여인이었다.

어쩌면 은이호 때문에 몸을 숙이고 있는 게 아니라 환을 죽이기 위한 기회를 엿보는 것일지도 모른다.

차라리 지금 죽여 버린다면.

하지만 짧게 스쳐 간 생각을 석운은 억눌렀다. 잘못된 생각은 제 명을 단축할 뿐이다.

"네 주제를 알아라."

석운의 말이 이원의 분노를 찔렀다.

화낼 자격도 없는 죄인. 그저 하라는 대로 따라야 하는 검.

잠깐이나마 꿈꿔 왔던 기대가 무참히 짓밟혔다. 문제는 인정해야 한다는 것을 알면서도 가라앉지 않는 마음의 파문이었다.

"제가 주제넘었습니다. 정신을 차리겠습니다."

"밖을 정리하고 황궁으로 돌아가라. 보고는 내가 할 것이다."

환에게 이번 일은 그저 조용하고 정리될 일 중 하나일 뿐이다.

하지만 이용당한 이원은?

서우환에게 자신의 용도가 무엇인지 깨달은 자신은 그에게 화를 낼 수는 없어도 확인은 해야 했다.

"죽어라!"

아직 정리가 안 끝난 이들이 이원을 보자마자 달려들었다. 제 앞까지 온 창을 보던 이원이 차분히 움직였다. 이원의 검이 움직이고, 그녀에게 달려들었던 이들이 한 치의 오차도 없이 검에 베이고 찔리며 숨이 끊어졌다.

그녀에게 달려드는 이들 중에는 은가에서 스치듯이 봤었던 사람도 있었지만 더는 흔들리지 않았다.

"사, 살려…… 컥!"

간신히 검을 피한 어린 병사가 이원을 향해 손을 비비며 자비를 구했다.

누가 누구에게 자비를 내릴 수 있단 말인가. 그녀도 결국 서우환의 손아귀에서 발버둥 치는 존재일 뿐이었다.

"장군께서 이 모습을 보시면…… 피눈물을…….''

말을 제대로 끝내지 못한 병사가 이원을 노려보며 숨을 거두었다.

참아야 한다. 언제나 그렇듯 스스로를 다잡고 아무렇지도 않은 것처럼 지나가야 했다.

'그러기 싫다.'

제 주제가 어떤지 깨달았지만 그렇기에 환에게 들어야 했다.

가능할지 모르지만 지금으로서는 그녀가 할 수 있는 최선이었다.

**

'폐하께 보고를 할 사람은 군장님이 아니라 저입니다. 제가 하겠습니다.'

이원의 말에 석운의 얼굴이 굳어졌지만, 그러라며 허락해 주었다. 검에 묻은 피를 닦고, 옷을 갈아입고 환을 찾아가는 이원의 얼굴에는 미동조차 없었다.

하지만 그건 이원의 생각일 뿐, 평소에는 그녀에게 손가락질을 하던 사람들조차 오늘만큼은 그녀의 기색에 질려 피하기만 했다.

'폐하께서는 오늘 정 귀인의 침소에 가시는 날이십니다.'

은이원의 감정 따위 서우환에게는 아무것도 아니라는 건 알고 있다. 그리고 본래대로라면 건원궁에서 환이 돌아올 때까지 기다리는 것이 맞았다.

환에게 속아 생긴 마음의 상처와 분노가 각인처럼 남아 버렸어도 이원은 어떻게든 속으로 참아 냈어야 했다.

'일부러 그런 것이다.'

차라리 사실대로 말하고 따르라고 했다면 이원은 고민했을지언정 황명대로 움직였을 것이다.

이원이 그랬을 거라는 것을 알면서도 환은 일부러 그녀를 속이

249

고 농락했다.

절망이 밑바닥 끝까지 내려앉았다. 무흔으로 배운 대로라면 제 마음의 상처를 홀로 참아야 한다는 것을 알았지만, 지금은 치미는 분노와 상처로 아무것도 보이지 않았다.

지금은 환을 만나야 했다. 이후의 어떤 처벌을 받게 되더라도 환이 왜 그녀에게 이런 더러운 수까지 써 가며 농락했는지 들어야 했다.

"하아. 폐하!"

내관과 궁녀의 놀란 눈을 뒤로하고 처소에 들어온 이원이 처음 들은 건 열락에 거친 신음을 터트리는 정 귀인의 목소리였다.

허덕거리는 신음 사이로 속삭이는 고백에 이원의 걸음이 멈추었다.

"신첩에게는…… 폐하뿐입니다."

정 귀인의 속삭임에 익숙한 웃음소리가 섞여 들어갔다. 곧이어 웃음소리와 함께 정 귀인에게서 다시 헐떡거리는 소리가 엉켜들었다.

너무나도 행복해하는 둘과는 달리 자리를 지키던 이원은 그 자리에서 딱딱하게 굳어 있었다.

'연모해. 원아.'

'너에게는 남아 있나 보네. 연모.'

'네 주제를 알아라.'

제어가 안 되던 분노의 정체를 깨달은 순간, 휘몰아치던 분노가 차갑게 진정되었다.

자신이 환을 변함없이 연모하는 것처럼 아직 환에게는 그녀를 향한 연모가 조금이라도 남아 있을지도 모른다는 기대를 품고 있었다.

'환에게 난 아무것도 아니다.'

몇 번이고 환에게 직접 들었으면서도 그녀도 모르게 스스로 부정하고 있었다.

멍청하고 어리석은 은이원.

동생을 지켜야 한다며 강한 척만 해 대고 있었구나.

용호군이나 무흔은 결국 감투일 뿐, 자신은 그 어느 편에도 기댈 수 없는 존재였다. 그 중간을 잃고 어리석게 행동했으니 결국 서우환에게 속아 농락당할 뿐이었다.

'그런 주제에 왜 그리했느냐고 따질 생각이었다니.'

자조적인 미소를 지으며 이원이 숨을 삼켰다. 눈가에 그렁그렁하게 맺혀 있는 눈물을 이원이 손으로 닦아 냈다.

"소인이 잘못 왔습니다."

환에게 보고를 하기 전에 제 감정과 생각을 추슬러야 했다. 보고는 그 이후에 해도 늦지 않았다.

당황하는 이들에게 고개를 숙인 이원이 처소 밖으로 몸을 돌렸다.

완전히 문을 나가기 직전, 귀인의 처소에서 한차례 소란이 일었다.

소란을 따라 고개를 돌린 이원의 눈이 커졌다.

"폐, 폐하?"

조금 전까지 귀인과 있었던 환이 왜 제 앞에 서 있는지 알 수 없었다. 분명 흐트러지는 숨소리를 들었건만, 정작 마주하고 있는 그에게서는 약간의 흐트러짐도 없었다.

"은 호위와 독대하겠다. 아무도 따르지 마라."

이원의 답은 중요하지 않았다.

앞서갈 테니 따르라는 것처럼 환이 이원을 스쳐 지나갔다.

*
**

예전에 명과 이야기를 하고 있으면 벽을 보는 기분이었다.

앞서가는 환을 보면서 이원은 그 벽을 느꼈다. 절대 닿을 수도 없고, 가까이 다가갈 수도 없는 벽. 그걸 이제야 깨달았을 뿐이었다.

누구의 기척도 느껴지지 않은 다음에나 환이 이원의 바로 앞에 섰다.

"보고해."

"이번 일의 원흉은 은건명의 심복이었습니다. 의원이 될 만한 의학 지식이 있었지만, 집안 사정으로 의원이 되지 못한 대신 은가에서 약초나 필요한 약을 만들어 주던 이였습니다. 처음에는 도성의 서쪽 끝에서 사는 천민들에게 약을 시험 삼아 써 본 것 같습니다."

천민 몇 명이 약으로 죽는다 한들 관심을 가질 사람은 없었을 것이다. 그렇게 적화초에 들어가는 백석의 양을 조절하여 환각 효과가 있는 약을 만들었을 것이다.

"천민들의 마을인 낙촌에서 남긴 흔적을 찾고 기루를 뒤졌습니다. 낙촌에서 기루로 조사의 방향을 바꾸고, 몇몇 기루에 남은 흔적을 따라 그곳까지 가게 되었습니다."

"따라가지 그랬나?"

"네?"

"놈이 은건명에게 가자고 했을 터, 그걸 따라갔으면 지금보다는 삶이 평안했을지도 모르지."

도발하듯이 꺼내는 말에 이원이 말없이 환을 보았다.

내관에게 둘러싸여 있을 때와 단둘이 있을 때의 환의 말투는 미묘하게 달랐다. 그 작은 차이에 잠깐이나마 방심하고 마음을 연 대가는 오늘 쓰도록 느꼈다.

"소인이 따라가지 않은 이유를 폐하께서도 아시지 않습니까?"

"글쎄."

알고 있으면서도 직접 말하지 않는다.

마치 제 주제를 스스로 인정하라는 것처럼 던지는 대답에 이원이 조용히 제 감정을 갈무리했다. 오늘은 그의 수작질에 한 번 시달린 것만으로도 충분했다.

"저는 이번 일의 주동자를 잡을 생각만 하고 있었을 뿐, 죽일 생각은 전혀 없었습니다. 제 손에 묻은 수많은 피는 생각하지도 못한 채, 그저 그를 잡아 공을 세우면 저에게 기회가 올 거라는 착각만 하고 있었습니다."

굳게 다문 입과 날카로운 시선이 이원을 매섭게 찔렀다. 마주하는 것만으로도 숨이 막히는 압박감이었지만 이번만큼은 그녀에게 어떤 영향도 주지 못했다.

온몸을 짓누르는 환의 압박보다도 깨닫게 된 현실이 더 무섭고 무거웠다.

"제가 아무리 어설프게 공을 올려도, 아버지께서 새롭게 죄를 지으시면 그 책임은 소인과 소인의 동생이 짊어져야 한다는 사실을 멍청하게도 잊고 있었습니다. 그 사실을 오늘 폐하께서 일깨워 주셨습니다."

"비아냥인가?"

"아닙니다. 그저 이제 소인이 어찌 행동해야 하는지 깨달았다는 말씀을 드리려는 것뿐입니다. 폐하의 가르침에 감사드립니다."

차분한 대답이 오히려 환의 신경을 건드렸다. 그가 아는 이원이라면 왜 자신을 이용했느냐며 격하게 화를 냈어야 했다.

생각하지 못한 반응에 도리어 심사가 뒤틀리는 건 환이었다.

"그럴 때는 감사한다는 말이 아니라 화를 내야 하는 거다."

"……"

"정 귀인의 처소까지 온 것도 화를 내러 온 것이 아닌가?"

말을 꺼내지 않아도 예전이나 지금이나 환은 이원의 심중을 바로 알아차렸다. 그걸 이원도 알기에 숨기려는 시도조차 하지 않았다.

자신도 환의 생각이나 의도를 알아차렸다면 이토록 힘들지 않으련만, 그녀는 더는 환의 생각도, 무슨 의도인지도 알 수 없었다.

"처음에는 화가 난 게 사실이었지만, 제 주제로 감히 폐하께 그러겠습니까? 다만 소인이 폐하께 하나를 여쭌다면 그 답은 해 주실 수 있으십니까?"

"무엇을 묻겠다는 거지?"

"폐하께서는 소인이 소인의 아버지를 죽이기를 바라십니까?"

환에게서 답은 나오지 않았지만 표정만으로도 답은 충분했다.

이 사내는 이원이 직접 아버지를 죽이는 것으로 제 어머니의 죽음에 대한 대가를 받고자 했다.

네 주제를 알아라.

이제야 그 뜻이 무엇인지 알 수 있었다.

"돌아가라."

온몸의 힘이 빠졌지만 이원은 이를 악물었다. 어느 때보다도 흠 없는 태도로 환에게 인사를 마친 이원이 주저 없이 밖으로 걸음을 옮겼다.

하지만 변화 없는 행동과는 달리 마음속은 날카로운 검으로 수없이 베이고 짓이겨졌다.

'예전이나 지금이나 멍청하구나. 이원아.'

환을 향한 감정을 표현하지는 못해도, 그의 나라에 도움이 되고자 했던 짧은 바람도 결국 이원만의 오만이었다.

연모했던 정인은 어머니의 원수로서 이원을 볼 뿐이었다. 그가 어머니를 잃었던 것처럼, 이원이 건명을 죽이고 부서지는 것을 원할 뿐이었다.

'바보같이.'

환이 가진 적의를 알고 있으면서도 외면한 건 이원이었다. 환에게 욕심내지 않는다면서도 다른 여인을 안고 있는 그를 보며 심란한 마음을 품었던 것도 이원이었다.

그렇기에 조금이나마 연모의 감정을 품고 환의 곁을 지키고 싶었던 것도 진심이었다.

'멍청한 생각.'

자신의 안일한 생각이 자신과 이호를 죽일 뻔했다. 돌아올 수 없는 선을 넘어 망가질 대로 망가지게 만들 뻔했다.

애초부터 환이 생각했던 미래와 이원이 품었던 바람은 완전히 달랐다.

이호의 자유와 그녀가 살아남기 위해서는 환의 뜻에 따르는 것이 아니라 스스로 기회를 만들어야 했다.

환에게서 벗어날 기회.

그가 이원과 이호를 망가뜨리기 전에 최대한 그에게서 벗어나야 했다.

투둑.

거침없이 황궁을 걸어가던 이원의 발이 멈추었다. 차가운 감촉에 볼을 손가락으로 쓸자 밤바람에 차가워진 눈물이 묻어 나왔다.

"이룰 수 없는 꿈을 꾸고 있었네."

그리고 그 같잖은 꿈에서 깨어날 시간이었다.

*
**

그날로부터 일주일이 지났다. 도성을 소란스럽게 했었던 것과는 달리 수습은 너무나도 조용히 끝나 있었다.

"오늘은 좀 표정이 괜찮군."

동윤의 목소리가 들리자 이원이 고개를 돌렸다. 그녀에게 거슬리지 않는 정도의 거리에 선 동윤이 빙긋 미소를 지었다.

항상 웃고 있는 미소가 또렷한 이목구비만큼이나 잘 어울리는 사내였다. 적의로 가득 찬 황궁에서 그녀에게 기회를 주는 유일한 사내. 가문의 힘도 만만치 않다고 들었지만 본인의 실력도 상당한 이였다.

"오셨습니까?"

"이런. 대답도 안 해 주고 말을 돌리는 건가?"

"네?"

"표정이 좀 나아졌다고 했네."

현실을 알고 마음을 다잡아도 그걸 받아들이기란 쉽지 않았다.

그녀의 표정 따위 다들 관심조차 없었으니 굳이 숨기고 다니지 않았지만 동윤은 보고 있었던 것 같았다.

"몸이 좋지 않아서 굳어 있었나 봅니다. 좀 나아졌습니다."

"내가 무흔이라서 놀란 건 아니고 말인가?"

"아! 그건 말입니다."

"난 좀 놀라긴 했네. 같이 움직이는 이들이 자네를 보고도 그다지 반응이 없더군."

장난이 가득 담긴 말에 이원이 옅게 미소를 지었다.

어차피 모두에게 숨길 건 아니었다. 하물며 동윤도 무흔이고, 그날 석운과의 대화에서 전부를 들킨 후였다.

"제가 무흔인 것이 불쾌하지 않으십니까?"

"지금 나보고 반역을 저지르라는 건가?"

화사한 미소와는 달리 동윤의 대화는 어디로 튈지 알 수 없었다. 정색하며 꺼내는 물음에 이원이 난감한 듯 미간을 좁혔다. 그녀가 무흔인 것과 동윤이 반역자가 되는 것이 무슨 관련이 있다는 것인가?

"자네를 무흔에 세운 사람이 폐하이신데 지금 그 결정에 나보고 감히 불만을 느끼라는 것이 아닌가?"

생각하지 못한 대답에 이원의 눈이 커진 것도 잠시 고개를 숙이며 입술을 깨물었다. 그것만으로는 쉽지 않은지 이원이 낮게 웃음을 터트렸다.

절대자인 황제를 이렇게까지 말할 사람은 동윤밖에 없을 것이다. 물론 단둘이 있기에 저렇게 말하는 것이지만 생각하지 못한 대답에 웃음이 가라앉지 않았다.

"그런 표정을 지을 줄도 알았군."

"네?"

"그나저나 도대체 언제 사 줄 건가? 그게 궁금해서 와 봤네."

무슨 말을 하는 것일까? 영문을 알 수 없는 이원이 고개를 갸웃하자 동윤이 짧게 혀를 찼다. 동윤이 거침없이 한 걸음 더 다가오자 당황한 이원이 몸을 뒤로 뺐다.

"무, 무엇을 말씀하시는 것입니까?"

"답을 찾으면 술 한번 사라고 하지 않았는가?"

동윤의 말에 그제야 무엇인지 깨달은 이원이 소리 없이 숨을 삼켰다.

백석와 적화초의 흐름을 찾던 중, 임무에서 배제되었던 이원을 위해 배려를 해 주면서 좋게 끝나면 술을 사라고 했었다.

이원의 개인적인 면을 제외하면 어찌 되었든 문제는 해결이 되었으니 결과가 좋게 끝난 것은 맞다고 볼 수 있었다.

"제가 잊고 있었습니다. 말씀하시면 자리를 마련하겠습니다."

"난 귀하게 자라서 싼 건 마시지 않는다네. 단단히 준비해야 할 걸세."

황궁에 온 이래 그녀의 가문을 전혀 신경 쓰지 않은 채 대화를 먼저 꺼내는 건 동윤이 처음이었다.

동윤이 말을 꺼내는 대로 대화를 이어 나가니 생각보다도 편안하게 대화가 이어졌다.

"그럼 기대하겠네."

말을 끝낸 동윤이 가 보겠다며 몸을 돌린 후, 홀로 남은 이원이 숨을 길게 내쉬었다.

황궁에서 들어와서 처음으로 편안하게 나눈 대화였다. 모두가 적의를 가지고 이원을 대할 때 동윤은 그녀를 있는 그대로 대해 주었다.

잠깐이나마 기분 전환으로는 나쁘지 않았다.

마음을 다잡은 이원이 고개를 들어 하늘을 보았다. 동윤이 올 때만 해도 노을이 지고 있던 하늘이 어느새 검게 물들어 있었다.

반시진 후면 오늘의 일과도 끝이었다. 아직 가지 못한 구역으로 가려던 이원의 걸음이 멈추었다.

"폐하."

언제부터 보고 있었는지 알지 못했다. 하지만 환이 봐도 상관은 없었다.

매서운 눈으로 바라보는 그를 향해 이원이 몸을 숙였다.

*
**

그날 이후로 이원은 제법 자신을 잘 추슬렀다.

어차피 검에게 감정은 중요하지 않았다. 아니 도리어 은이원이 환에게 도망쳐서 은건명을 찾으러 가도 상관없었다.

그럼 그 기회를 붙잡아 은가를 완전히 멸문시키면 그만이었으니까.

'폐하께서는 소인이 소인의 아버지를 죽이기를 바라십니까?'

죄인의 딸이 죄인을 죽인다.

그것도 나쁘지 않았다. 도리어 은건명과 서우명이 어떤 표정을 지을지 기대되기까지 했다.

하지만.

그 순간 이원은 어떤 표정을 지을까?

그 생각이 뇌리를 스치는 순간 어떤 대답도 나오지 않았다. 그대로 이원을 곁에 두었다가는 환의 전부가 전부 드러날 것 같은 위기감에 다급히 그녀를 돌려보냈다.

"폐하."

이원을 보낸 후, 환은 머릿속을 비우듯 그녀의 존재를 잊었다.

연모는 사라졌고, 남은 것이라고는 원수의 딸이라는 적의뿐이었다.

제 손아귀에 있는 목숨이었지만 아직은 이용가치가 있는 존재, 환에게 은이원은 딱 그 정도였을 뿐이었다.

"상처는 나아졌나?"

비단옷 대신 투박한 무복을 입고, 상처 하나 없이 고왔던 손가락에 굳은살이 박이고, 분내가 나던 몸에는 혈향이 깊게 배어 있었지만 이원은 변함없는 눈으로 환을 지켜보았었다.

자신에게는 사라졌지만, 이원에게는 남아 있던 연모의 감정.

평소에는 대수롭지 않게 넘겼을 그 연모의 감정을 지금은 건드려 보고 싶었다.

"심하지 않은 상처였기에 거의 나았습니다. 다른 용호군에게 누가 되지 않도록 노력하겠습니다."

어차피 대화를 나누며 짓는 의미 없는 미소일 뿐이다. 그걸 알면서도 동윤에게 보여 준 미소와 비슷한 거라도 보고 싶다는 충동이 일었다.

"태의에게 이야기해 놓을 테니 제대로 치료받아. 검상은 방심하면 심해질 수 있어."

예전을 떠올리는 듯한 물음을 던지면 자신도 모르게 이원은 예전의 모습을 보여 줬었다.

그걸 기대하고 물음을 던졌지만, 표정 없이 환을 바라보기만 할 뿐, 이원은 흔들리지 않았다.

"소인. 폐하께 한 말씀 올려도 되겠습니까?"

"마음대로."

"소인의 말을 믿지 않으신다는 건 알고 있습니다. 그럼에도 직접 말씀드려야 한다고 생각했습니다. 폐하께서 만드시려는 그 나라에 필요한 일이라면 소인은 피하지 않을 것입니다."

처음이자 마지막으로 이원은 환에게 진심을 전하고 싶었다.

그가 만들려는 나라를 보고 싶었다. 그가 걸으려는 길을 끝까지 갈 수는 없어도 적어도 그녀에게 여력이 되는 한 그의 곁에서 힘이 되고 싶었다.

그가 만들려는 나라를 상상해 보면서 느꼈던 흥분이 아직도 이원의 마음속에 깊게 자리 잡고 있었다.

"그래서?"

진심을 담아 말해도 환이 흔들릴 리가 없다.

그리고 결국 은이원이 품은 연모도 정확히 여기까지였다. 서우환의 세상에 은이원은 없어져야 할 존재였다.

환을 향해 이원이 무릎을 꿇고 몸을 숙였다.

"다만 소인에게 너그러운 자비를 내릴 만큼의 공을 세우게 된다면 그때는 동생을 만날 수 있게 허락해 주십시오."

이호는 건강해질 것이다.

그러니 이원 또한 환에게서 기회를 잡아야 했다. 이호를 내보낼 기회. 제 동생만큼은 서우환이 꿈꾸는 파멸에서 내보낼 것이다.

"그래. 약조하지."

답을 듣는 순간 이원은 제 마음의 혼돈을 접었다.

무척이나 편안한 얼굴로 환에게 몸을 숙인 이원이 자리에서 물러났다.

이원이 사라진 후, 그녀가 있던 빈자리를 환은 오랫동안 쳐다보았다.

차가운 밤바람이 불어도 환이 미동조차 없자 몇 걸음 뒤에 떨어져 있던 내시감이 가까이 다가왔다.

"폐하. 밤이 깊었으니."

"빌어먹을."

환의 욕지거리에 내시감의 걸음이 멈추었지만 지금은 그걸 신경 쓸 겨를조차 없었다.

이원의 평온함이 낯설지 않았다. 아니 도리어 어디서 본 것인지 알았기에 불쾌감은 물밀듯이 환을 집어삼켰다.

조금 전 그의 앞을 지키던 이원은 몇 년 전 명의 앞에 억지로 서 있었던 그때의 모습과 똑같았다.

**

궁문이 닫히기 전 황궁으로 들어온 이원이 피곤한 숨을 내쉬었다.

충분히 서우명과 은건명의 목숨을 거둘 수 있음에도 환은 그들을 도망치게 놔두었다.

그 때문인지 환의 배려 아닌 배려에 반란군은 수장인 둘을 따라 몸을 숨기고는 천천히 기회를 엿보았다.

"후우."

밤바람이 입김과 만나 하얀 연기를 뿜어냈다. 환이 조사를 해 오라며 명령을 내린 곳에는 여지없이 반란군이 몸을 숨기고 있었다.

황제의 검으로 온 이원을 보며 그들은 여지없이 건명과 명을 이야기했지만, 그들의 말에 답하는 대신 이원은 검을 휘둘렀다.

"다시 묶어야겠네."

손목에 풀어진 붕대에서 나오는 피를 보며 이원이 미간을 좁혔다. 공격해 오는 검을 피하느라 다쳤다가 아물었던 상처가 오늘 전투로 다시 벌어졌다.

터진 상처에서 느껴지는 통증을 억눌렀다. 황궁에 들어오기 전 반란군을 죽이면서 묻었던 피를 닦아 냈지만 그 혈향은 좀처럼 사라지지 않았다.

검을 잡은 이후로 기억조차 나지 않을 만큼 많은 살인을 저질렀지만, 그때마다 느끼는 끔찍한 기분은 혈향만큼이나 사라지지 않았다.

'가문을 배신한 네년도 고통스럽게 죽을 것이다.'

숨을 거두며 터트리는 저주의 말에 이원은 어떤 반문도 하지 않았다.

건명은 완고했지만 이원에게는 최고의 아버지였다. 하지만 그 아버지가 만들어 놓은 업이 날카로운 조각이 되어 이원의 삶을 베어 냈다.

"보고만 하고 어서 쉬자."

적화초와 백석의 일이 끝난 후, 이원의 상사였던 사내는 무능하다는 이유로 부장 자리에서 끌려 내려왔다. 다시 새로운 조가 만들어지기 전까지는 석운에게 직접 보고하라는 지시였다.

차갑게 부는 밤바람에 몸을 맡기며 석운에게 가던 걸음이 그녀의 반대편에서 오는 여인의 무리에 멈추었다.

유빈보다도 훨씬 어려 보이는 여인이 이원을 보며 미간을 찌푸리자 이원이 서둘러 그녀의 앞에 몸을 숙였다.

환의 후궁 중 가장 낮은 서열의 정 귀인이 이원의 앞에 걸음을 멈추었다.

"쯧쯧. 귀한 황궁에서 피 냄새를 묻히고 다니다니, 이래서 검을 쓰는 것들이 무식하다고 하는 거야."

이원의 상처 따위 보이지 않는다는 듯이 정 귀인이 그녀를 보며 혀를 찼다.

외관과는 달리 정 귀인은 셋 중에 나이가 가장 많았다. 깨끗한 것을 광적으로 좋아했기에 정 귀인은 조금이라도 더럽고 험한 것을 보게 되면 불같이 화를 내는 것으로 유명했다.

"잘못했습니다. 귀인 마마."

"조심성이라고는 전혀 없는 하찮은 출신이겠지. 폐하께서는 왜 이런 천한 것에게 기회를 주시는 것인지. 내 오늘은 자비를 내려 넘기겠지만 이 길에서 다시 만나면 내 너를 크게 매질할 것이다."

"조심하겠습니다."

극진한 자세로 이원이 몸을 숙이자 코를 막은 정 귀인이 거칠게 옷자락을 휘날리며 사라졌다. 정 귀인의 기척이 사라질 때까지 그대로 있던 이원이 몸을 일으켰다.

이 정도 일은 아무것도 아니었지만, 피를 보며 싸운 후에 시달리니 피로가 한 번에 몰려왔다.

다시 숨을 길게 내쉬는 것으로 피로를 밀어낸 이원이 석운에게 가는 걸음을 재촉했다.

**

석운에게 보고만 하면 끝날 줄 알았던 기대와는 달리 이원이 앉아 있는 곳은 환의 침소였다.

직접 보고를 듣겠다는 황명에 피곤하다는 말도 못 하고 기다리고 있었다.

"폐하께서 오셨습니다."

나지막한 내관의 말에 앉아 있던 이원이 일어났다. 곧바로 문이 열리고 검은 침의를 입은 환이 이원은 보지도 않은 채 앉았다.

오늘은 혜완궁에서 황후와 함께 있는 날이었다. 좀 전까지 여인과 함께 있었던 사내라고는 생각되지 않을 정도로 그는 차분하고 냉정한 모습이었다.

"듣겠다."

열기라고는 전혀 묻어 나오지 않는 서늘한 말에 이원이 숨을 골랐다.

정체를 알 수 없는 환의 이질감을 이원이 느껴 봤자 달라지는 건 없었다.

265

"역도들이 인국에서 구하려고 한 것은 철과 화약이었습니다. 화약은 다른 곳으로 빠지기 전에 전부 회수하였고, 도망치려던 역도는 모두 처리했습니다. 다만 조사하는 과정에서 미심쩍은 흔적이 발견되어 그것을 조사하고자 철의 일부를 빠져나가게 두었습니다."

"미심쩍은 부분?"

"역도의 본거지는 상단이 아님에도 불구하고 하루가 멀다 하고 물건이 드나들었습니다. 어떤 물건인지 정확히 파악하지는 못했지만, 개중에는 황궁으로만 들어가야 할 쇠심줄까지도 있었습니다. 하여 귀족 중에 내통한 자가 있을 거라 생각하여 흐름을 살폈습니다."

"누구던가?"

"유 시중이었습니다. 그리고 잠시 후, 유가에서 나온 철의 일부는 승상에게로 들어갔습니다."

"유 시중은 돈이 되는 일이면 가리는 이가 아니니 가능성이 있지만 고작 돈 얼마에 목숨을 내놓는 배포가 큰 자는 아니지. 그럼 누가 유 시중에게 위험하지만 돈을 벌 그 길을 알려 줬을까?"

"유 시중이 얼마 전 차남의 교육을 위해 들인 학자가 있었습니다. 그자의 학식에 감탄한 유 시중이 저택에 방을 내주어 가까이 두었다고 합니다. 그리고 역도를 소탕하는 날 자취를 감추었습니다."

"흔적이 없는 건가?"

여전히 환을 대하는 건 쉽지 않았지만, 공적인 보고를 하는 자리에서의 그는 사적인 감정을 철저히 배제하고는 객관적으로 판단했다.

그의 배려 아닌 배려 덕분에 이원은 찾아온 정보를 전부 환에게 보고할 수 있었다.

"자취를 감춘 학자는 찾지 못했지만, 유가에서 내자처럼 곁에 둔 여인의 뒤를 밟았습니다. 유가에서 빠져나온 여인이 향한 곳은 구민원이었습니다. 그곳에서 여인을 잡으려 했지만, 꼬리를 밟힌 것을 알아차린 여인이 스스로 독을 먹고 목숨을 내려놓았습니다."

"꼬리가 잘렸군."

간단한 결론에 이원이 입술을 질끈 깨물었다.

구민원은 내관과 궁녀가 될 어린아이를 뽑아 가르치는 곳이었다.

집이 가난하여 자식을 부양하지 못하는 이들이 구민원에 자식을 보냈고, 나라에서는 그들을 거두어 백성을 구제하는 것과 동시에 황궁에서 부릴 인력을 만들었다.

언제부터 황궁에 손을 썼는지 알 수 없지만 정확한 건 황궁 안에 역도의 세력이 있다는 것이었다.

"고생했다."

예전이었다면 제 표정을 전혀 숨기지 못했을 이원이 지금만큼은 고개를 살짝 숙이는 것으로 환의 치하를 받았다.

제 감정을 감추기 위한 행동인지, 이제야 제 주제를 제대로 알게 된 건지.

"물러나라."

환의 명령에 자리에서 일어난 이원이 침소 밖으로 나갔다.

황제의 검이라면 저렇게 해야 한다. 이제라도 이원이 상황을 깨닫고 제대로 행동하고 있으니 문제 될 건 없었다.

이원이 있던 자리를 보던 환의 눈이 날카로워졌다.

분명 원하는 대로 되었지만, 그가 바라는 대로 진행되고 있음에도.

그 원하는 변화에서 느껴지는 불쾌한 기분이 환을 집어삼켰다.

*
**

그날 이후로 얼마간은 큰일이 없었지만, 이원의 손에서 피가 마를 날은 없었다.

손에 남은 피가 완전히 닦였지만, 이원은 다시 대야에 차가운 물을 받아다가 손을 담갔다.

몸도 깨끗이 닦았고, 옷도 갈아입었다. 차가운 물이 미지근해질 때까지 담그고 있던 손을 이원이 꺼냈다.

분명 나지 않아야 할 피 냄새가 사라지지 않았다.

"후우."

제가 선택한 삶이었다. 이제 와서 후회한다며 포기할 수도 없었다.

손의 물기를 닦아 낸 이원이 몸을 돌리면서 보이는 광경에 숨을 삼켰다.

적화초 때 죽였던 사내가 있었고, 얼마 전 역도라며 목숨을 거둔 이도 있었다. 그리고 그녀의 발 가장 가까운 곳에 오늘 죽였던 자객이 눈이 붉어진 채 쓰러져 있었다.

모두가 그녀가 죽인 이들이었다.

'어찌 네 아버지를 버리고 너 혼자 살기를 바라는 것이냐!'

268

'한 번만 살려 주십시오!'

'네 마지막도 비참할 것이다. 꼭 그렇게 될 것이다.'

그들이 토해 내는 저주가 귓가에 맴돌자 이원이 격하게 고개를 저었다. 죽은 자들이 그녀에게 영향을 끼칠 수는 없었다.

그저 제 마음에 남아 있는 고약한 잔재일 뿐이다. 그러니 휘둘리지 않을 것이다.

아직도 코에 맴도는 혈향을 없앨 겸 이원이 닫았던 창문을 열었다.

"울지 마. 이러다가 마마님에게 걸리면 또 혼난단 말이야."

달래는 듯한 어린 여자아이의 목소리가 들리자마자 또래의 다른 여자아이의 울음소리가 같이 들렸다.

그저 무시하면 좋으련만, 한번 귓가에 꽂힌 울음소리는 어째 점점 더 서러워졌다.

결국 이원이 소리가 들리는 곳으로 찾아갔다.

"울지 마."

그녀의 숙소에서 얼마 떨어지지 않은 곳에 어린 여자아이 둘이 몸을 웅크리고 있었다.

"무슨 일이냐?"

이원의 목소리에 놀란 아이들이 겁에 질린 눈으로 그녀를 쳐다보았다.

둘의 시선에 가까이 다가가던 이원이 걸음을 멈추었다. 아이들 앞에 밟히고 현이 풀린 악기가 굴러다니고 있었다.

두 줄의 붉은 현을 퉁겨서 연주를 하는 적금이라는 것이었다. 대부분의 악기는 비싸서 평민들이나 하급 귀족들이 애용하는 싸구려 악기였다. 이런 것이 황궁에 있을 리가 없었다.

"몰래 가져온 것이냐?"

겁을 먹었는지 이원의 물음에도 아이들은 몸을 떨기만 할 뿐, 답을 하지 않았다. 아이들을 보던 이원이 다가가는 대신 적금을 주워 들었다.

아이의 시선에도 상관없이 적금을 이리저리 살핀 이원이 먼지를 닦아 내고, 현을 살폈다. 비파를 연주하는 것을 좋아하다 보니 조금이나마 악기를 만지고 다룰 수 있었다.

"궁에 들어가서 힘들 때마다 켜 보라며 오라버니께서 주셨습니다."

울고 있던 아이를 달래던 다른 아이가 조심스럽게 말을 꺼냈다. 풀린 현을 다시 잡고 살짝 퉁기자 비교적 안정적인 음이 들렸다. 이대로 다시 돌려줘도 괜찮지만, 왠지 울고 있는 아이가 자꾸 마음에 걸렸다.

많이 잡아 봤자 이제 열 살이 조금 넘었을 여자아이들. 그 아이에게서 이호가 보였다.

"적금이 네 것이라면 네 동무는 왜 울고 있는 것이냐?"

"네?"

"혼내려는 것이 아니라 그저 궁금해서 그렇단다. 너희들을 혼낼 생각이었다면 이걸 고치지도 않았겠지."

아이들에게 긴장을 풀라는 것처럼 이원이 미소를 지었다. 이원의 반응에 아이들의 얼굴에 남아 있던 긴장이 사라졌다.

"적금을 침방 궁녀님께 걸렸는데 궁에서 쫓겨나고 싶지 않으면 연주를 해 보라 하셨습니다. 적금은 제 것인데 연주는 송화에게 하라고 하셨습니다. 송화는 연주를 하지 못하거든요."

"소리가 끔찍하다며 적금을 밟으시고 뺨을 때리셨습니다. 분명 전 적금을 다루지 못한다고 말씀드렸단 말입니다."

서러움이 복받친 듯 송화라는 아이의 눈에서 굵은 눈물이 그렁 그렁 맺혔다.

황궁에 있으니 별의별 사람들이 있었고, 소위 인성이 좋지 않은 이들에게 어린 궁녀는 화풀이 대상이었다.

"최선을 다한 이에게 예의가 아니었구나."

낮고 차분한 이원의 목소리에 송화의 눈물이 멈추었다. 송화에게 괜찮다는 듯이 미소를 지은 이원이 적금의 주인이라는 아이를 쳐다보았다.

"저는 영화라고 합니다. 송화와 친자매는 아니지만 나이와 이름의 끝 자가 같아서 가장 친한 동무로 지내고 있습니다."

깨끗해진 적금을 건네자 가까이 다가온 아이가 제 이름을 밝혔다. 이원에게서 받은 적금을 보던 영화가 그녀에게 다시 내밀었다.

"네 것이라고 하지 않았느냐? 그런데 왜 나에게 다시 주는 것이냐?"

"연주해 주십시오."

"뭐?"

"연주를 듣고 싶습니다."

전혀 예상하지 못한 부탁에 난감해하던 이원이 고개를 저으려 했다. 예전이라면 몰라도 이제는 전처럼 악기를 잡고 연주할 자신이 없었다.

'음?'

거절하려는 순간 멀지 않은 곳에서 느껴지는 시선에 이원이 고개를 들었다.

언제부터 있었는지 동윤이 담에 앉은 채 이원과 어린 궁녀를 보고 있었다. 당황하는 이원을 향해 동윤이 술잔을 집는 듯한 자세를 취했다.

그날 이후 내리 바빴던 터라 술자리를 마련할 시간조차 없었다. 술값 대신 연주를 하라는 것일까? 이원이 난감한 듯 내미는 적금을 보았다.

'뭐 어떻게든 되겠지.'

적금을 다시 받아 든 이원이 자세를 잡았다. 손가락에 닿는 현의 낯선 감각에 잠깐 멈추었지만 곧 예전의 기억을 되살려 천천히 현을 퉁겼다. 낮게 시작되는 음악에 모두가 귀를 기울였다.

분명 예전과는 많은 것이 달랐지만 이러고 있으니 잠깐이나마 전의 기억이 떠올랐다. 중간에 현에 닿은 손가락이 살짝 미끄러지긴 했지만 어찌 마무리가 되었다.

"후우."

짝짝짝.

길지 않은 연주가 끝나자 영화는 물론이고 송화까지도 언제 울었느냐는 듯이 박수를 쳤다. 비파는 아니었지만, 연주 자체를 오랜마에 해 보는 터라 심장이 떨렸다.

"그리 노력해 주지 않아도 된다."

"노력이 아니라 진짜 잘하십니다! 저는 이런 음은 들어 본 적이 없습니다."

"호위님! 또 들으러 와도 되는 것입니까?"

또 연주를 해 달라는 요청에 이원이 잠시 고민했지만 이윽고 허락하듯이 고개를 끄덕였다. 이원의 허락에 아이들이 환호성을 내며 좋아하자 조용히 해야 한다는 듯이 이원이 검지로 입을 막았다.

"이곳에는 나 말고도 많은 사람이 지나다니는 곳이란다. 대신 이곳에 올 때는 내가 불렀다고…… 아니다. 용호군이 불러서 가봐야 한다며 허락을 받고 오거라. 약속해 주겠느냐?"

"그러겠습니다!"

"밤이 늦었단다. 이만 가 보거라."

밝게 대답한 아이들이 환하게 웃으며 사라졌다.

아이들이 완전히 사라진 후, 담에서 연주를 듣고 있던 동윤이 가까이 다가왔다. 미소를 지으며 다가오는 그를 보며 이원이 고개를 숙였다.

"은가의 장녀가 타는 비파는 최고라는 소문이 거짓은 아니었군."

"과거의 일이고, 과장된 소문입니다. 부족한 실력을 보였습니다."

"부족한 실력치고는 곱던데."

"네?"

"연주하는 음도 고왔지만, 연주하던 여인도 고왔거든."

동윤의 말에 이원의 말문이 막혀 버렸다. 사내에게 곱다는 말을 오랜만에 들어서도 아니었고, 스스럼없이 제 속을 말하는 그의 고백에 당황한 것도 아니었다.

미소를 지으며 말하는 그에게서 과거의 환이 보였다.

한순간도 잊지 않고 그리워했던 모습이 동윤에게서 보이자 이원은 어떤 말도 꺼낼 수 없었다.

"종종 오겠네. 술 대신 연주로 그 값을 받도록 하지."

제 용건이 끝난 동윤이 사라지고, 이원만이 자리에 남았다. 이제 방으로 돌아가야 했지만 붙잡혀 버린 것처럼 그 자리에서 한 걸음도 뗄 수 없었다.

*
**

"은 호위는 보고한 대로 처리했습니다. 은 호위가 처리한 부분에서는 손댈 것이 없었기에 대신 그녀에게 접근하려는 불손한 이들만 처리했습니다."

정 귀인의 처소로 가면서 환이 보고를 듣고 있었다.

"황궁에 역도가 키운 아이들이 들어왔다라."

"최선을 다해 역도들을 찾아내겠습니다."

어떻게든 황궁으로 돌아오기 위해 발버둥을 치는 명을 떠올린 환의 입꼬리가 보일 듯 말 듯 하게 올라갔다.

명이 황궁에 손을 쓸 거라는 것을 알면서도 그대로 두었다. 대신 그가 남긴 흔적을 이원이 따라가게 만들었다.

'피가 마르겠지.'

현재 황궁에서 이원이 처한 상황을 명과 건명이 모를 거라 생각하지 않았다. 그걸 알기에 환의 눈을 피해 어떻게든 이원과 접촉하려고 했다.

이미 수없이 많은 역도의 목을 이원이 거두었다는 것을 알면서도, 심지어 그녀에게 접근하는 이들을 환이 제거했다는 것을 알면서도 그들은 이원을 만나려는 것을 포기하지 않았다.

만약 이원이 명을 만나게 된다면, 그녀는 명에게 무슨 말을 꺼낼까?

"그런 일이 있을 리가 없지."

"폐, 폐하?"

이원을 마주할 때마다 환을 쳐다보는 그 커다란 눈을 검으로 파 버리고 싶다가도, 다른 곳을 보는 이원의 턱을 붙잡고 다른 곳 따위 절대 보지 말라며 윽박지르고 싶은 것을 억누르기를 반복했었다.

자신도 답을 알 수 없는 감정.

우습게도 모든 것이 정해져 있는 상황에서 유일하게 은이원만이 정해진 것이 하나도 없었다.

"호위님! 한 번만 더 연주해 주십시오!"

"밤이 늦었다. 이만 돌아가야지."

"딱 한 곡만 더 듣고 가겠습니다! 제발요!"

어린 여자아이들 웃음소리 사이에서 들리는 건 분명 이원이었다. 경직되어 있던 이원의 얼굴에 예전의 미소가 지어져 있었다.

"폐……."

"아무도 따라오지 마라. 따라오는 자 목을 베겠다."

싸늘한 황명에 따라오던 이들의 걸음이 굳은 사이, 환이 제가 본 것을 향해 성큼성큼 걸음을 옮겼다.

제 눈이 커진 것도, 가까워질수록 심장이 요동치듯 뛰는 것도 알아차리지 못했다.

조금만 더 가까이. 조금만 더 명확하게 저 모습을 보고 싶었다.

환의 기척을 이원이 알아차릴 거리까지 다가간 순간, 이원의 손이 적금의 현에 닿았다.

"아……."

과거의 비파가 내는 소리에 비하면 형편없는 음이었고, 예전에 봤었던 곱고 아름다운 모습 대신 거친 무복에 지친 모습이었다.

그런데 왜 저 모습에서 과거의 이원이, 환의 마음속 깊이 억눌러 왔었던 이원이 보이는 것일까?

처음 만났던 날, 환을 사로잡았었던 그때의 소리가, 그 모습이 그대로 보였다.

어린 궁녀들과 눈을 마주친 이원이 눈웃음을 지었다.

"왜 하필……."

제 안을 헤집는 모습에 환의 눈이 파르르 떨리는 순간, 어린 궁녀에게서 조금 떨어진 담에 앉아 있는 동윤이 보였다.

환을 보지 못한 동윤이 연주하는 이원을 쳐다보고 있었다.

마치 예전의 환처럼 동윤이 이원을 보고 있었다.

"자. 이제 끝났다. 이만 돌아가자."

"조금만 더 있고 싶은데……."

"송화야. 호위님이 안 된다고 하잖아. 이만 가자."

어린 궁녀 중 한쪽이 시무룩해 있자 다른 궁녀가 그녀를 말렸다.

이원을 보던 아이가 시무룩해져 있던 표정을 풀고는 손에 쥐고 있던 것을 이원에게 내밀었다.

"음?"

"아까 호위님 드리려고 몰래 가져온 거예요! 꼭 혼자 드세요! 영화야 가자!"

송화라는 궁녀가 새빨개진 얼굴로 영화를 끌어당겼다.

잠시 후 이원이 구겨진 종이를 펼쳐 보았다. 안에는 색색의 당과가 곱게 담겨 있었다.

그사이, 동윤이 이원에게 다가왔다.

귀를 기울였지만 어린 궁녀들과는 달리 동윤의 목소리는 잘 들리지 않았다.

다만 동윤의 말이 이원을 건드렸는지 조금은 붉어진 얼굴로 이원이 고개를 저었다.

무척 짧았지만, 환에게는 너무나도 긴 정적이었다. 잠시 후 동윤의 손이 천천히 이원의 뺨으로 다가갔다.

요동치던 심장이 빠르게 가라앉는다. 동윤을 노려보는 환의 눈에 깃든 감정은 순수한 적의였다.

"아!"

동윤의 손에 닿기 직전 이원이 한 걸음 뒤로 물러났다. 이원의 거부에 얼굴이 굳어진 것도 잠시 동윤이 호탕하게 웃음을 터트렸다.

당황한 이원이 몸을 숙이자 동윤이 곧이어 다른 방향으로 사라졌다.

홀로 남은 이원이 길게 내쉬는 숨이 밤바람을 만나 하얀 김을 만들었다.

"폐하. 밤이 늦었습니다. 이만 정 귀인의 처소로……."

"가지 않겠다. 그리고 은 호위를 데려와라."

"네?"

"그리고……."

환의 명령을 들은 내시감의 눈이 커졌지만 이윽고 그렇게 하겠다는 대답과 함께 뒷걸음질로 사라졌다.

언젠가는 건명이든 명이든 이원과 마주하게 될 것이다.

하지만 지금은 아니다. 지금 이원의 저런 모습을 봐야 할 사람은 같잖은 호위도 아니고, 철없는 어린 궁녀도 아닌, 자신이었다.

갑작스러운 부름에 환의 침소로 들어간 이원이 처음 마주한 것은 비파였다. 제 앞에 놓인 비파 앞에서 이원의 말문이 막혔다.

"비파를 켜라."

안주조차 들이지 않은 채 술만 마시던 환이 이원은 보지도 않은 채 명령했다.

환의 명령에 난감하던 이원이 번뜩 스치는 생각에 손으로 입을 막았다.

혹 궁녀들과 동윤의 일을 환이 보았던 것일까? 하지만 전혀 기척을 알아차리지 못했다.

오랜만에 보는 비파였지만, 흥분되기보다는 당황스러웠다.

왜 갑자기 이 사내는 과거의 자신을 끌어오려는 것인가?

"소인, 폐하께 비파를 들려 드리기에는 실력이 많이 부족합니다. 송구하오나 황명을 거두어 주십……."

"그때의 서우환이 아니라서 그런 건가?"

훅 들어오는 말에는 이제 나름 면역이 되어 있다고 생각했다. 하지만 예전의 눈으로 제 감정을 고스란히 드러내는 환은 또 처음이었다.

분명 비파를 연주해도 전 같은 관계로는 돌아갈 수 없다.

비파를 연주하게 되면 또다시 상처를 입을 것이다.

"연주해."

그걸 알면서도 거절할 수 없었다.

익숙하면서도 낯선 감촉에 잠깐 멈췄던 손이 천천히 움직였다.

적금과는 비교도 할 수 없는 고운 음이 비파에서 났지만 입이 마르고 긴장에 손가락이 떨렸다.

예전의 그에게 들려줬었을 음악을 연주하며 이원이 환을 보았다. 예전의 환은 눈이라도 마주치면 사람을 홀리게 하는 눈웃음으로 이원을 흔들었다.

'그럴 리가.'

환의 날카로운 눈이 이원의 마음에 깊게 상처를 냈지만, 무너지는 대신 이를 악물고 연주를 계속했다.

왜 갑자기 비파를 연주하라고 했는지 알 수 없었지만 그녀의 비파가 도움이 된다면, 잠깐이나마 모든 감정을 전부 잊어버리고 전처럼 환만을 위해 연주하고 싶었다.

"후우."

연주가 끝난 후, 이원이 숨을 길게 내쉬었다. 심장이 미친 듯이 뛰는 게 이제야 느껴졌다.

"형편없네."

언제나 감정을 숨기려 얼굴을 내렸지만 그마저도 할 생각조차 하지 못했다. 커졌던 눈이 원래대로 돌아오고, 짧게 멈췄던 숨이 힘겹게 밖으로 흘러나왔다.

잠깐이나마 다짐 밖으로 흘러나왔던 연모가 환의 단절에 부서졌다.

"소인의 실력이 부족하여 폐하의 귀를 어지럽혔습니다."

이원의 대답에 답을 하는 대신 환이 술잔을 내려놓고 침상에 누웠다. 동시에 닫힌 문이 열리며 들어온 내관이 빈 술병과 술잔을 치워서 나갔다.

단둘이 남은 방에서 이원이 난감한 듯 그대로 잠든 환을 쳐다보았다. 나가라는 명을 받지 못했기에 밖으로 나갈 수도 없었다.

'형편없네.'

몇 년을 연주하지 않았으니 실력이 형편없다는 건 맞았다. 하지만 환의 형편없다는 뜻이 비파 실력만은 아니라는 것을 알고 있다.

자신의 무엇이 이 사내를 거스르게 했을까?

'내가 알 수 있을 리가 없지.'

이 사내가 점점 더 버겁다.

외면하고 싶어도 그럴 수 없었고, 그렇다고 노력하는 만큼 다르게 받아들여지지도 않았다.

차라리 보지 않았으면 좋으련만, 무흔으로 있는 한 이 사람과의 관계에서 이원은 약자였다.

'이만 나가자.'

제 상처를 갉아먹는 생각을 억누르며 이원이 아직 켜져 있는 등으로 가까이 다가갔다.

환하게 켜 놓은 촛불을 짧게 불자 밝았던 방이 어두워졌다. 잠시 잠든 환을 보던 이원이 기척을 죽이고는 밖으로 나가려 했다.

"그대로 있어."

밖으로 나가려는 이원을 환이 붙잡았다. 어두운 방에서 또다시 짧게 시선이 부딪쳤다.

잠시 후, 제자리로 돌아온 이원이 허리를 세우고 자리에 앉았다. 경호하는 자세로 앉아 있는 이원을 보던 환이 눈을 감았다.

어둠은 질색이었다.

그의 삶이 무너졌던 그날, 눈조차 감지 못한 정 상궁의 시체와 함께 있었던 고통스러운 기억이 환을 괴롭혔다.

피눈물로 붉게 물들었던 정 상궁의 얼굴이, 자신을 혼자 두지 말라며 손을 뻗었지만 소름 끼치도록 차가웠던 감촉만이 기억에 생생하게 남아 있었다.

'제기랄.'

왜 불을 끄게 놔두었는지 자신도 알지 못했다. 다시 불을 켜라고 하면 얼마든지 그렇게 하겠지만, 그러고 싶지 않았다.

어두운 밤도, 누군가가 제 곁을 지키는 것도 끔찍했지만 오늘은 괜찮을지도 모른다는 근거 없는 믿음이 들었다.

자리를 지키는 이원을 보던 환이 다시 눈을 감았다.

환의 숨이 평온하게 가라앉자 정면을 보던 이원의 눈이 그를 향했다.

사정이 있어서 오지 못하는 것이다. 그 생각으로 명의 곁에서 버텨 냈었던 2년이었다. 그때는 기다리는 것만이 최선이라고 생각했었지만 지금 와서 생각해 보면 후회가 되었다.

오지 않는 그를 기다리는 게 아니라 찾았어야 했다.

'후회해 봤자 부질없다는 것을 알면서도 왜 이러는 것이냐.'

이성처럼 마음도 깔끔하게 정리가 되기를 바랐지만, 제 안에 남아 있는 희미한 감정은 그녀도 모르게 흘러나와 잠든 환에게서 눈을 뗄 수 없었다.

'분명 아직도 당신을 연모하는데……'

하지만 멀어진 거리만큼이나 가까워질 수 없는 사내였다.

당장 내일이라도 환의 마음이 바뀌면 이원의 목숨은 없다.

"흐음."

조용했던 방에 환의 희미한 신음이 흘러나왔다. 깊게 잠들었던 환의 얼굴에 땀이 송골송골 맺히고, 하얀 피부에 옅게 남아 있는 핏기가 사라지자 이원의 주저는 멈추었다.

"폐하?"

환의 몸을 붙잡았던 이원이 소스라치게 놀라며 손을 뗐다. 손에 닿았던 부분이 온통 땀이었다.

"폐하! 일어나셔야 합니다!"

고통스러운 신음이 다시 흘러나오자 이원이 주저 없이 그의 몸을 붙잡고 흔들었다.

비명조차 내지 못한 채 고통스러워하던 환을 보자 이원의 입술이 바짝 말랐다.

무슨 꿈을 꾸는 것이기에 이리 깨지도 못하고 고통스러운 신음만 삼킨단 말인가!

"악몽입니다! 일어나셔야 합니다."

"……저리 가."

"폐하!"

이원의 날카로운 외침에 무겁게 내려앉아 있던 눈꺼풀이 위로 올라갔다. 흐릿한 눈동자가 주변을 훑고는 마지막에는 이원에게서 멈추었다.

진정되지 않은 숨을 거칠게 내쉬었다가 들이마시기를 반복했다.

"괜찮으십니…… 컥!"

희미했던 초점이 돌아오는 것과 동시에 환의 손이 이원의 목을 붙잡아 침상으로 내리꽂았다.

등에서 느껴지는 충격에 눈앞이 새하얘졌지만 그보다도 목에서 느껴지는 압박에 이원이 발버둥을 쳤다.

"폐, 폐하……."

"네가…… 네가 내 어머니를……."

이원에게 보이는 건 건명인지 목을 조르는 환의 손에 힘이 더 들어갔다. 벗어나려 손을 붙잡고 억지로 비틀어 보았지만, 꿈쩍도 하지 않았다.

"죽어!"

눈앞이 흐려지고 몸에서 힘이 빠져나갔다. 빠져나가려 발버둥을 쳤지만 환의 힘을 이길 수 없었다. 언제든지 개죽음을 당할 자신이라 해도 이렇게 죽고 싶지는 않았다.

남아 있는 힘을 끌어모은 이원이 환의 눈을 향해 손을 뻗었다. 이원의 공격에 환이 몸을 뒤로 뺀 사이 일어난 이원이 있는 힘껏 환에게 주먹을 날렸다.

환의 얼굴이 완전히 돌아간 다음에나 목을 쥐고 있던 손에 힘이 풀렸다.

"큭!"

"콜록콜록."

환이 비틀거리는 사이, 침상에서 내려온 이원이 자리를 빠져나왔다. 기침을 토해 내며 이원이 연신 가쁜 숨을 몰아쉬었다.

죽을 뻔했다. 아니 조금만 늦었다면 죽었다.

"나가라!"

숨을 간신히 몰아쉬고 일어나는 것과 동시에 차가운 목소리가 방에 울렸다. 비틀거리며 일어나니 침상에 앉은 환이 거친 숨을 내쉬고 있었다.

"당장 내 눈앞에서 꺼져."

예전의 정인.

연모는 남아 있지만 제 아버지가 저지른 짓으로 다시는 마음에 담을 수 없는 사내.

이미 그의 곁에는 부인이라 불리는 여인이 셋이나 있었다.

검을 잡고 휘두르게 되었어도, 제 손에 수많은 피를 묻히며 살게 되었어도 이원은 여전히 마음이 여렸다.

"악몽을 꾸셨습니다."

"나가라 하였다!"

"그럴 때 혼자 계시면 그 악몽에 집어삼켜집니다."

"……."

"자리만 지키겠습니다."

종종 황제의 침소 주변을 호위할 때마다 불이 환하게 켜져 있는 것을 봤었다. 환히 불을 켜 놓은 채 시침에 든다는 이야기를 들었었지만, 그저 대수롭지 않게 넘겼었다.

이제는 왜 그가 불을 켜 놓고 자는지 조금은 알 것 같았다.

"불을 다시 켜겠습니다."

꺼 놓았던 불을 다시 켜기 위해 등으로 다가가는 순간, 커다란 손이 이원의 팔을 붙잡아 끌었다.

조금 전 간신히 벗어났던 침상에 다시 눕혀지자마자 환이 그녀를 안았다.

온몸에 밀려드는 그의 더운 체온과 무게에 숨이 막힌 이원이 놀라 벗어나려 하자 환이 안은 팔에 힘을 주었다.

"폐, 폐하! 이건……."

"원아."

"……."

"원아……."

아직 꿈에서 완전히 벗어나지 못한 것인지 이원을 안고 있는 환에게서 옅은 떨림이 느껴졌다.

그 순간 이원은 제 머릿속을 채운 수많은 생각을 버렸다.

"괜찮습니다. 환."

"……."

"그저 좋지 않은 꿈을 꾸셨을 뿐입니다."

떨고 있는 환의 머리카락을, 등을 이원이 어루만져 주었다. 환이 겪은 건 그저 악몽이라는 것처럼, 이제 괜찮다며 수없이 어루만지고 다독여 주었다.

한참 유지되던 정적은 환의 긴 숨과 함께 깨졌다. 떨림은 완전히 사라졌지만, 이원을 안고 있는 팔에는 여전히 힘이 들어가 있었다.

"나가지 마."

"나가라는 명령을 내리시면 그때 나가겠습니다."

차분한 대답이었지만 환의 불안을 가라앉히는 데는 충분했다. 힘이 빠진 환이 이원의 품에 얼굴을 묻었다.

잠시 후, 평온한 숨을 내쉬며 환은 그대로 이원의 품에서 잠들었다.

그저 하룻밤일 뿐이다.

잠든 환을 천천히 어루만지며 이원이 오랫동안 그를 바라보았다.

*
**

'그날 일은 머리에서 지우고 입을 닫아라.'

누구에게도 말할 수 없는 하루가 지난 후, 잠깐이나마 설레었던 감정은 환의 명령으로 현실로 되돌아왔다.

각오했던 일이었기에 상처가 되지는 않았지만 왠지 모르게 마음이 허해지는 건 어쩔 수 없었다.

"오늘도 폐하께 가시는 것입니까?"

"나는 용호군이니 폐하의 침소를 지키는 것은 당연한 일이 아니더냐. 그리고 오늘은 따로 부름이 없었으니 갈 일이 없단다."

이원의 손에 들려 있는 빗이 움직일 때마다 엉망이었던 송화의 머리카락이 단정하고 차분해졌다.

쉽지 않은 황궁에서의 생활이었지만 이삼일에 한 번씩 몰래몰래 방문하는 송화와 영화는 그녀에게도 소소한 즐거움이 되었다.

항상 같이 왔던 두 사람인데 오늘은 송화가 먼저 와 이원의 말동무를 해 주고 있었다.

"호위님이 매일 가지 않으셔도 황궁에는 폐하를 지키시는 분들이 무척이나 많지 않습니까? 왜 호위님만 매일 밤까지 침소를 지키시는지 모르겠습니다. 다른 호위분들은 낮에 일하시면 밤에는 좀 쉬시지 않습니까?"

"그런 말은 함부로 하는 게 아니다. 그리고 나는 황궁에서 녹을 받는 신하이니 때로는 힘들더라도 해야 하는 일이 있는 것이란다."

"그래도 호위님 안색이 그다지 좋지 않습니다. 잠은 제대로 주무시는 것입니까?"

송화의 물음에 이원이 미소를 지으며 대답을 피했다.

이원에게는 머리에서 지우고 입을 다물라 했지만 그날 이후로 늦은 밤마다 환은 이원을 호위의 명목으로 침소로 불렀다.

그날처럼 절대 다가오지 않았지만 대신 침소에 호위로 세워 밤을 지새우게 했다.

밤마다 불침번을 서는 일은 너무도 힘든 일이었지만, 항상 불을 켜 놓고 잠들던 환이 이원이 호위로 오게 된 후부터는 불을 끄고 잠들게 되었다.

'입이 무거운 내관들만 침소 밖에 둘 것이니 걱정하지 마십시오.'

환의 변화에 가장 안도한 사람은 내시감이었다. 방에서 어떤 일도 일어나지 않는다는 것을 알았지만, 혹 여인인 이원에게 피해가 갈지도 모른다며 걱정한 그는 그날 이후로 입이 무거운 내관들로만 침소를 지키게 했다.

"그렇게 내 안색이 안 좋아 보이는 것이냐?"

"그건 아니지만…… 전 호위님께서 다치지 않으시고 아프지 않으셨으면 좋겠습니다."

허공에 떠 있는 다리를 움직이며 송화가 재잘재잘 말을 이었다.

적금을 가지고 있었던 영화가 좀 더 어른스러웠다면 송화는 조금은 덤벙거려도 애교가 많고 제 주변의 사람들에게 많은 관심을 가졌다.

"네가 걱정하지 않게 조심해야겠구나."

"호위님께서는 착하고 좋은 분이시니 곧 다른 분들도 호위님을 다르게 보실 겁니다."

송화의 말에 이원이 씁쓸한 미소를 지었다.

그런 날이 올 거라는 믿음은 사라진 지 오래였다. 다만 그렇게 마음을 먹었다면 욕심도 버려야 맞았건만 그것만큼은 제 마음대로 되지 않았다.

의도적인 건지 알 수 없었지만, 환을 마주할수록 그가 숨기고 있는 상처가 자꾸 드러났다.

"그나저나 오늘 영화는 보이지 않는구나."

"그게 황궁의 어르신께 중요한 심부름을 받았다고 했습니다. 덕분에 요즘 영화가 처음 보는 물건이나 음식을 가져와서 먹기도 합니다."

"그래?"

"아가씨! 송화야!"

치맛자락을 붙잡은 영화가 환한 미소를 지으며 달려왔다. 무슨 일이라도 있는지 영화의 얼굴에 환한 미소가 가득했다. 둘의 앞에 선 영화가 이원을 보며 다시 활짝 미소를 지었다.

영화의 이마에 맺혀 있는 땀방울을 본 이원이 손수건을 꺼내 닦아 주었다.

"무슨 좋은 일이라도 있는 것이냐?"

"오랫동안 노력했던 일의 결실을 맺었습니다! 다른 사람보다도 아가씨에게 보여 드리고 싶었어요."

"무슨 말이냐?"

이원의 물음에 영화가 알 수 없는 미소를 지었다. 답을 해 주지는 않고 저러고 있으니 답답했지만 기다렸다.

"언제나 아가씨에게 선물을 드리고 싶었어요."

"뭐?"

자신에게 오라는 것처럼 영화가 손을 내밀자 이원이 몸을 숙였다. 가까이 다가온 이원의 목에 영화가 팔을 감았다.

"이제 진짜 얼마 안 남았어요."

"무슨 말인 것이……."

안주머니를 파고드는 서신의 감촉에 이원의 말문이 막혔다.

이게 무엇이냐는 시선에 영화의 입가에 의뭉스러운 미소가 생겼다.

저 미소가 불안하게 느껴지는 건 그저 기분 탓일 것이다.

"이게 무엇이……."

"자객이다!"

날카로운 비명에 물음은 멈추었다. 기척을 느낀 이원이 검집에서 검을 빼는 것과 동시에 거리를 좁힌 자객의 검이 그녀에게 향했다.

챙!

아슬아슬한 차이로 자객의 검을 막은 이원이 겁에 질린 두 아이를 향해 소리를 질렀다.

"방으로 들어가서 나오지 마라!"

이원의 말에 송화와 영화가 둘 다 방으로 달려 들어갔다. 두 아이가 사라질 때까지 자객의 검을 견녀 내던 이원이 먼저 움직였다.

"하얏!"

짧은 기합과 함께 팽팽하게 맞닿아 있던 검이 빠르게 움직였다. 자객의 검신을 타고 올라간 검이 방심한 자객의 목을 노렸다.

단숨에 목까지 올라간 검이 주저 없이 방향을 바꾸는 순간, 자객이 제 앞으로 검을 당겼다. 날카로운 소리와 함께 검이 다시 막혔다.

'음?'

평소에 상대하던 자객과는 분명 달랐다. 하물며 분명 어디선가 봤었던 것 같은 흐름이었다.

이원이 잠시 멈칫한 사이 자객의 검이 그녀의 복부를 노리며 찔러 들어왔다. 한 치의 오차도 없이 밀려드는 공격에 이원이 방어를 하는 대신 공격해 오는 검으로 파고들었다.

검으로 방어를 할 줄 알았던 이원이 검을 마주 보며 거리를 좁히자 자객이 뒤늦게 검을 당겼다.

"큭!"

몸을 비틀어 이원의 검을 피하려 했지만, 그녀의 공격이 조금 더 빨랐다. 검에 베인 팔에서 피가 터져 나오자 이원을 상대하던 자객이 몸을 돌렸다.

"절대 방 밖으로 나와서는 안 된다!"

둘이 들어가 있는 방에 소리친 이원이 도망치는 자객을 따라 전력으로 달려갔다.

완전히 따라잡을 수도 없었지만, 그렇다고 따돌려진 것도 아니었다.

일정 거리를 두고 도망치는 자객을 보며 이원이 입을 굳게 다물었다. 무슨 수작인지 알 수 없었지만, 자객은 마치 이원을 끌어들이려는 것처럼 건원궁으로 향했다.

건원궁에 다다르자 곳곳에서 비명이 들려오고 병장기가 부딪치는 소리가 울렸다.

자객이 건원궁 안으로 들어가자 상황을 지켜보던 이원이 안으로 들어갔다.

"흐으윽."

건원궁을 들어가자마자 들리는 건 다치고 죽은 내관들 사이로 들리는 신음이었다. 오늘은 유빈의 순서인 듯 연이어 들리는 소리는 분명 그녀였다.

목에 맺혀 있는 땀이 척추를 타고 흘러내렸다. 무슨 수를 써서라도 자객이 침소로 들어가게 해서는 안 되었다.

"큭!"

단숨에 거리를 좁힌 이원이 검을 휘두르자 아슬아슬하게 피한 자객이 검을 쳐 냈다. 자객에게 힘으로 밀린 이원이 몇 걸음 뒤로 물러났다. 비틀거리는 이원을 보던 자객이 그녀를 공격했다.

단순하면서도 날카롭고 피하기 어려운 공격이었다. 자객의 공격을 정면으로 막는 대신 공격해 오는 검신을 타고 이원의 검이 올라탔다.

챙!

이원의 검이 자객의 목을 베려는 순간, 검의 방향이 완전히 바뀌었다.

연거푸 공격을 막는 자객의 행동에 이원이 미간을 좁혔다.

분명 그녀가 아는 검이었다. 문제는 아무리 생각해도 명확히 떠오르는 사람이 없다는 것이었다.

"아차!"

자객을 보며 잠시 고민하는 사이, 그녀의 틈을 발견한 자객이 매섭게 검을 찔렀다. 이슬아슬하게 공격은 피했지만 목을 붙잡혔다.

목을 움켜잡은 손에 힘이 들어가자 이원이 빠져나오기 위해 발버둥을 쳤다. 고통스러워하는 이원의 반응을 즐기듯 자객의 손에 힘이 들어갔다.

"아아악!"

눈앞이 흐릿해지는 상태에서도 자객을 놓치지 않던 이원의 손이 움직이고, 그와 동시에 이원을 움켜잡고 있던 팔에 단검이 깊게 박혔다.

자객의 발버둥에 바닥에 주저앉았던 이원이 힘겹게 몸을 일으켰다. 시야가 완전히 돌아오지 못했지만 상관없이 이원이 떨어진 검부터 주웠다.

"하앗!"

상처를 붙잡은 자객을 향해 이원이 검을 휘둘렀다. 기회는 한 번, 이 기회를 놓치면 죽는 건 이원이었다.

"어딜 감히!"

"컥!"

목을 베기 직전, 다른 방향에서 난입한 자객이 이원을 힘껏 밀어냈다. 무게를 실어 밀어낸 힘에 이원이 바닥을 굴렀다. 이원을 밀어낸 자객이 어깨를 다친 이에게 소리쳤다.

"어서 피하십시오!"

자객의 외침에 팔을 붙잡은 자객이 뒤로 도망쳤다. 어깨를 다친 이가 사라진 후, 그 앞을 막은 자객이 불쾌한 듯 입꼬리를 올렸다.

이 계집 목숨 하나 거두는 건 어려운 일이 아니었지만 이대로 보내기에는 이년이 저지른 일은 용서할 수 없었다.

"네년이 감히 도련님을."

가쁜 숨을 내쉬는 이원의 뒤로 유빈의 신음이 들려왔다. 닫힌 문 너머로 들리는 신음 소리와 이원을 번갈아 보던 자객의 눈이 빛났다.

"두 년을 데리고 놀다가 죽은 난잡한 황제로 남는 것도 볼만하겠군."

붙잡힌 이원이 반격하려는 순간 자객의 주먹이 뺨을 후려쳤다. 자객의 주먹을 정통으로 맞은 이원이 환과 유빈이 있는 침소 앞에서 쓰러졌다.

쓰러진 이원의 머리카락을 움켜잡은 채, 자객이 닫힌 문을 열었다. 반쯤 열린 문으로 집어 던지자 바닥에 쿵 소리를 내며 이원이 쓰러졌다.

"어디 있느냐? 황제."

신음 소리를 따라 고개를 숙였던 자객의 움직임이 멈추었다. 자객의 목에서 피가 뚝뚝 떨어졌다. 멈춘 자객의 귓가로 환의 목소리가 들려왔다.

"짐을 찾을 때는 언제고 왜 말도 못 하는 건가?"

"쿨럭."

"아? 이거 때문에 못 하는 건가?"

무심한 표정의 환이 자객의 목에 꽂았던 검을 뽑자 피가 분수처럼 뿜어져 나왔다. 언제 공격당한지도 알지 못한 자객의 몸이 바닥에 쓰러졌다.

열린 문으로 다른 자객이 들어오려는 순간 환을 스쳐 지나간 이원이 움직였다. 자객이 떨어뜨린 검을 붙잡은 이원이 단숨에 틈을 파고들어 심장을 찔렀다.

"콜록콜록."

연달아 차이고 맞은 주먹에 머리가 얼얼했지만, 아프다며 신음을 토해 낼 때가 아니었다.

"하웃. 폐하."

유빈의 신음이 들리자 이원의 입이 말랐다. 환과 유빈이 정사를 벌이는 침소에 들어와 버렸다. 이것만으로도 환에게 목이 베일 수 있었다.

지금 그녀가 할 수 있는 최선은 하나뿐이었다.

"송구하옵니다. 폐하. 밖으로 나가 문을 지키겠습니……."

이원이 나가려는 순간, 익숙한 체향이 등으로 다가왔다. 체향의 주인을 깨달은 이원이 몸을 돌리려 했지만, 그보다도 먼저 다가온 환이 이원에게 몸을 기댔다.

환의 체향이, 그보다도 더 뜨거운 체온에 몸이 굳어 버렸다.

"폐하!"

당황한 이원이 굳어 버린 사이, 그녀의 검을 빼앗은 환이 무심하게 휘둘렀다. 문으로 달려오던 자객들의 몸에서 피가 뿜어져 나왔다. 바로 앞에 서 있던 자객의 피가 이원에게 묻기 전, 열렸던 침소의 문이 닫혔다.

"눈 떠."

환의 힘에 밀려 문에 몸을 기댄 순간부터 이원은 눈을 감고 있었다. 부어오른 뺨에 묻어 있는 피를 환의 손가락이 가볍게 닦아 냈다.

"아무것도 보지 못했습니다. 그러니 보내 주신다면."

"그럴 리가."

"……."

"너 봤잖아."

"……."

"눈 뜨고 제대로 봐."

정사를 끝낸 사람이라고 하기에는 미묘하게 단정했던 모습. 굳게 닫힌 침소에서 들렸던 건 언제나 여인의 신음 소리뿐이었다.

"하아. 폐하."

침소에 내동댕이쳐지기 전 이원이 본 것은 눈이 풀린 채 온몸을 더듬으며 신음을 토해 내는 유빈과 차가운 눈으로 이원과 자객을 보는 환이었다.

정상적으로 보이지 않는 유빈과 소름이 끼치도록 이성적인 환을 마주하는 순간 이원은 이질적인 황은의 정체를 깨달았다.

거짓 황은.

환의 이름을 부르려 했었는지, 아니면 비명을 지르려 했었는지 이원 자신도 알지 못했다. 다만 이질감을 느끼기만 할 뿐, 알 수 없었던 실체를 마주한 순간 억눌러 왔던 소리가 쥐어짜듯이 터져 나왔다.

비명이 나오려는 순간, 환의 손이 이원을 막았다.

六章

방에 가득 차 있는 향을 조금 맡는 순간 이원이 숨을 참았다. 의심스러운 상황은 향의 정체를 깨닫는 순간 확신이 되었다.

아주 소량을 먹거나 향으로 만들어 태우면 환각이 보이고 음욕을 느껴 이성을 놓게 된다는 효과를 가진 약초가 있다고 했었다.

"왜 이러셨습니까?"

"글쎄."

"이건 혼인한 여인에게 할 짓이 아닙니다! 이건!"

"내심 바라던 일이 아닌가?"

"폐하!"

"나와 함께 있었던 그날 밤에 했었던 일 따위 전부 거짓말이었던가?"

환의 행동에 화를 내려던 이원이 숨을 삼켰다.

서우명과의 혼인이 결정되었어도 환을 놓을 수 없었다. 명에 대한 배신이라는 것을 알면서도 환의 품에 안겼다. 황태자비가

297

되어도 환만을 생각하겠다며 그에게 연모를 속삭였었다.

그때와 지금은 상황이 달랐지만, 둘 다 혼인한 상대를 위한 배려는 절대 아니었다.

"하는 짓이 제 아버지와 별 차이가 없군. 그리고……."

"……."

"지금 누가 누구를 걱정하는 건지 모르겠군."

"……무슨 말씀을?"

"지금 누구도 모르는 짐의 비밀을 알게 되지 않았는가?"

화사한 미소로 꺼내는 말 한마디가 섬뜩했다. 환이 저지른 거짓 황은에 들었던 분노가 사라진 자리에 남은 건 환에게 갇혀 있다시피 안겨 있는 자신의 상황과 입을 덮고 있는 그의 손에서 느껴지는 열기였다.

"널 어찌해야 할까?"

"폐, 폐하. 소인은……."

이 상황에서 벗어나야 한다.

뒤늦게 자각한 그의 체온에 이원이 벗어나려는 순간, 환의 손이 주먹을 맞아 붉게 부어오른 뺨을 감쌌다.

상처에서 느껴지는 화끈거림보다 뺨을 감싼 환의 손이 더 뜨겁게 느껴졌다.

"소인은 아무것도 말하지 않을 것입니다. 절대 그러지 않을 것입니……."

다급하게 나오던 해명은 터진 입술을 감싸며 다가온 입맞춤에 멈추었다.

이러면 안 된다며 환의 어깨를 붙잡고 밀어냈지만, 그는 밀리는 대신 이원의 허리를 휘감아 저에게 밀착했다. 얇은 침의로 느껴지는 그의 체온에 델 것 같았다.

신음을 터트리는 유빈도, 그 옆에서 죽은 자객도 보이지 않는지 도망가려는 이원의 머리카락을 붙잡아 당겨 입을 더 열게 했다.

터진 입술에서 나온 피조차도 제 것처럼 삼킨 환이 이원의 몸에 힘이 빠져 비틀거릴 때까지 입을 맞추었다.

그의 품에서 빠져나가려 발버둥을 쳤지만 해 볼 테면 해 보라는 것처럼 이원의 몸을 찍어 누르듯이 누른 환이 혀를 휘감고 엉키는 타액을 삼켰다. 입안에 남아 있는 타액을 전부 삼켜도 자극에 또 입안이 젖어드니 입을 맞추면 맞출수록 당과를 빨고 있는 것처럼 달았다.

"하아. 하아."

환의 품에서 지친 이원이 힘없이 늘어진 다음에나 이어지던 입맞춤은 멈추었다.

환이 저에게 갇혀 있는 이원의 얼굴에 자잘하게 입술을 맞추었다.

"유빈처럼 될지."

"죽어라!"

침소의 창으로 들어온 자객이 공격하려는 순간 환이 들고 있던 검을 대수롭지 않게 휘둘렀다. 자객의 검이 환에게 닿기도 전에 어깨서부터 복부로 피가 터져 나왔다.

순식간에 숨이 끊어진 자객은 보지도 않은 채 검을 바닥에 떨어뜨린 환이 이원의 목을 붙잡았다.

"저기 자객처럼 될지는 네가 선택하면 되겠지."

이원의 목을 감싼 손에 힘이 들어갔다. 숨을 내쉬기에 무리는 없었지만, 목을 붙잡힌 것만으로도 이원은 숨이 막혔다.

그녀의 반응을 지켜보듯이 환이 움켜잡았던 손에서 힘을 빼고는 목을 애무하듯 어루만졌다.

마치 제 손아귀에 잡힌 먹이를 먹어 버릴지, 부숴 버릴지 고민하는 포식자의 눈이었다.

모든 것을 가진 서우환의 앞에서 은이원은 그저 처분을 기다리는 먹이일 뿐이었다.

"놓, 놓아주십시오. 폐하."

병장기가 부딪치는 소리가 멈추고 건원궁으로 내관들의 발걸음 소리가 들려오고 있었다.

이제는 벗어나야 한다.

그리하겠노라며 답을 하려 했지만, 그보다도 먼저 이원의 목으로 환이 고개를 숙였다.

"흐윽."

젖은 입술이 긴장한 목에 닿는 것과 동시에 말캉한 혀의 감촉이 느껴졌다. 입 밖으로 나오려는 신음을 간신히 참았지만, 이를 세워 깨물자 억눌렀던 숨이 짧게 흘러나왔다.

목을 희롱하던 입술이 점점 아래로 내려와 호위복을 밀어내고 드러난 쇄골에 닿았다.

"폐……."

"폐하! 괜찮으십니까?"

밖에서 들리는 목소리에 이원이 숨을 삼켰다. 몸에 힘이 들어가자 쇄골을 빨아들이던 환이 입술을 뗐다. 흔들리면서도 무너지지 않으려 버티는 이원을 보며 환이 차갑게 내뱉었다.

"살고 싶으면 지금처럼 입 닥치고 있어."

환이 손을 풀어 주자 그제야 이원이 비틀거리며 **빠져나왔다**. 그녀에게 더는 관심이 없다는 것처럼 몸을 돌린 환이 신음을 멈추고 정신을 놓은 유빈의 몸에 이불을 감싸 안아 들었다.

"폐하!"

"은 호위 덕분에 살 수 있었다."

뻔뻔한 표정으로 거짓을 말했다. 환의 말 한마디에 모두의 시선이 이원에게 향했지만 자신은 환을 지키지 못했다는 사실을 말할 수 없었다.

살기 위해서는 입을 닥쳐야 했으니까.

"빈을 모셔야 하니 새 침소를 준비해라."

좀 전의 일은 기억에도 없는 것처럼 환이 내관들 사이를 **빠져**나갔다.

제 목과 쇄골에 남은 흔적을 옷으로 감추며 이원이 몰아치는 감정을 억눌렀다.

'내심 바라던 일이 아닌가?'

약간의 연모라도 보여 주며 던지는 물음이었다면 이렇게까지 절망스럽지 않았을 것이다.

환의 거침없는 입맞춤에도, 열기가 담긴 손길을 받았음에도 결국 이 상황에서 남아 버린 감정은 바닥끝까지 그녀를 짓누르게 하는 굴욕뿐이었다.

하지만 모든 끔찍한 감정을 느끼면서도 어떻게든 살아야 하는 이원은 누구에게도 내색할 수 없었다.

*
* *

며칠이 지나고 황궁의 담을 무거운 걸음으로 걸어가던 이원이 자리에 멈추었다.

자신은 마음을 다스리는 데 너무 약했다. 환의 행동에 어떤 의미도 없다는 것을 알면서도 쉬다 보면 그녀도 모르게 그날 일이 자꾸 떠올랐다.

가짜 황은.

황후와 두 명의 후궁을 두고 있음에도 환은 관계하지 않았다. 그가 여인과 함께했을 때마다 힘들어했으면서도 막상 그게 거짓이라는 것을 깨달으니 안도보다도 심란하고 복잡한 기분이 그녀를 흔들었다.

예전의 환이라면 절대 사람에게 그러지 않았을 것이다.

"서신도 잊어버렸어."

그날, 영화에게 받았던 서신을 확인하기도 전에 잃어버렸다. 의심이 가는 곳은 전부 찾아봤지만, 서신의 흔적조차 찾을 수 없었다. 환이 가져갔을지도 모른다는 생각을 했지만 곧바로 이원은 고개를 저었다.

그는 이원의 사소한 것에 관심을 가질 이가 아니었다.

'괜찮아요. 호위님.'

잃어버렸다는 말에도 영화는 미소를 지었다. 고작 열 살짜리 아이의 미소가 이상할 것이 있겠느냐마는 영화를 보다 보면 그녀가 알지 못하는 무언가를 보는 기분이었다.

'호위님께 드린 서신은 그냥 장난이었어요. 아무것도 안 적혀 있

302

는걸요.'

'내가 모르는 걸 아는 거니?'

'무엇을 말씀하시는 거예요?'

천진난만한 영화를 보며 이원이 제 생각을 접었다. 그저 연이어 일어난 일에 예민해진 것뿐이다.

"후우."

타인에게 제 감정을 숨겨야 할 때는 고개를 숙였지만 혼자 있을 때는 길게 숨을 내쉬는 것으로 이원은 제 감정을 다스렸다.

이제 서쪽의 정자만 돌고 나면 오늘 그녀가 할 일은 전부 끝이었다. 서둘러 주변을 살핀 후, 쉬고 싶은 기분밖에 들지 않았다.

"아……."

그녀의 소소한 바람은 정자에서 술잔을 기울이는 환을 보자마자 산산조각이 났다.

솔직히 지금은 환을 마주하고 싶지 않았다. 기척을 죽이고 정자에서 벗어나려는 순간 다른 방향을 보며 술잔을 기울이던 환과 정확히 눈이 마주쳤다.

'가까이 와.'

입모양을 본 이원이 나오려는 한숨을 삼키며 환의 앞까지 걸어갔다. 눈을 내리까는 것으로 이원이 시선을 피하자 환의 눈이 날카로워졌다.

"은 호위를 제외하고 모두 물러나라."

환의 주변을 지키던 모든 이들이 명령 하나에 자리를 비웠다.

단둘이 남자 환이 제 앞에 있던 잔을 이원에게 내밀었다. 환의 의미를 깨달은 이원이 몸을 숙였다.

"송구하오나 소인 술을 잘 마시지 못합니다."

"명령이다."

망할 황명.

결국 환의 반대편에 무릎을 꿇고 앉은 이원이 제 앞에 놓인 술을 한 번에 비웠다. 단숨에 비우기는 했지만 마신 술에 목이 타들어 가는 것 같았다.

잔을 내려놓자 환이 다시 술을 채웠다. 환을 바라보자 그의 눈이 잔을 가리켰다.

며칠 내내 쌓여 있던 피로가 취기와 만나니 머리가 어지럽고 몸이 천근만근이었다.

"이제 말하기도 쉽겠지."

"소인이 무슨 말씀을…… 드리겠습니까?"

"그런 눈으로 보면서 말인가?"

"……."

"이곳에는 아무도 없어."

뻔히 술기운에 제 속을 드러내게 하려는 수작일 뿐이다. 저 수에 말려들면 안 된다는 생각이 들면서도 한편으로는 말한다고 달라질 게 있겠느냐는 반항적인 심리가 같이 들었다.

어차피 환이 죽으라면 죽어야 할 목숨, 속마음을 꺼내지 않으려면 죽일 수 있으니 이래저래 입을 여는 것이 맞았다.

"말하라 하니 말씀드리겠습니다. 폐하께서 왜 그렇게까지 주변 사람들을 속이시는지 이해할 수 없습니다. 제가 아는 예전의 폐하는 그러지 않으셨습니다."

"그럼 원하지 않는 관계라도 하라는 건가?"

"방에서 느껴졌던 향은 부작용은 없어도 향을 맡거나 먹은 사람의 이성을 잃게 하고 음욕을 들게 하여 환각을 보게 하는 약초로 추정되었습니다. 소인이 드릴 말씀은 절대 아니지만 이건 황후 마마나 다른 후궁 마마의 신뢰를 짓밟는 일입니다. 차라리 원하지 않으시다면 하지 않겠다 물리십시오."

"은건명은 서우명이 마음에 들어서 제 딸과 혼인시키려 했을까?"

대수롭지 않게 나오는 물음에 이원의 말문이 막혔다. 이원의 앞에 내려놓았던 잔을 가져온 환이 술을 채워 입에 머금었다.

좀 전까지 아무 맛도 나지 않던 술에서 약하게나마 맛이 느껴졌다.

"내가 쓰던 그것보다 더 독하고 끔찍한 것을 서우명이 나에게 억지로 먹였다면 그 은건명은 모르고 있었을까? 그 효과가 좋은 것을 서우명은 나에게만 썼을까?"

"폐하."

"그 모든 것을 알면서도 은건명은 왜 널 서우명에게 보내려 했을까?"

원하지 않는 관계여도 정치적으로는 필요하니 결국 이렇게 해야 한다는 의미였다.

바보가 아닌 이상 이원도 알고 있다. 하지만 아는 것과 받아들이는 건 분명 다른 문제였다.

"이후에 밝혀진다면 더 큰 파장이 있을 수 있습니다. 그게 아니더라도…… 폐하께는 수단일지도 모르는 여인이, 그 여인에게는 연모일 수 있습니다. 차라리 사실대로 말씀하시고……."

"그래서 그 여인들이 수긍하며 물러날까? 아니면 다른 생각을 품게 될까?"

"네?"

"짐이 은이원을 부르고 사람을 물렸다. 그런 후에 갑자기 마음을 바꾸어 실은 황은이 거짓이었다는 선언을 하게 된다면 그들은 수긍을 할까? 아니면 은이원에게 적의를 품을까?"

"……."

"저들에게는 거짓된 황은보다 널 더 위험하게 여기겠지. 넌 진짜 황은을 입었을지도 모른다는 의심을 하겠지. 그렇다면 저들이 생각할 방법은 하나뿐이야. 원인을 제거하고 진짜 황은을 입으면 되는 거지."

반박할 말을 부지런히 찾는 이원을 보며 환이 입꼬리를 올렸다.

그저 지루한 술자리에 변화를 주고 싶었을 뿐이다. 그리고 그런 용도로 이원은 나쁘지 않았다.

네가 전부 옳다. 네가 가려는 길이 맞다며 몸을 숙이고 자비를 구하는 이들과는 달리 가진 것도 없는 주제에 이원은 아닌 건 아니라 말하는 이였으니까.

그래서 더더욱 저 침착함을 무너뜨리고 싶었다.

"만약 짐이 너에게는 진짜 황은을 내린다고 한다면?"

조금만 고개를 돌리면 환의 입술에 얼굴이 닿을 것 같았다.

환이 내쉬는 숨이 이원의 뺨을 간질였다. 그와 함께 환의 손이 호위복의 옷깃을 파고들었다. 제가 만든 흔적을 환의 손이 어루만졌다.

거침없이 다가오는 손길에도 감정은 느껴지지 않았다.

그저 이 사내는 이원에게 남아 있는 약간의 연모를 알고 파문을 만드는 것뿐이었다.

"만약 폐하께서 황은을 내려 주신다면 전 거부할 수 없겠지요. 그 이후에 외면하시며 평생을 황궁에 있게 되어도 괜찮습니다. 대신 한 가지 약조만 들어주십시오."

"무슨 약조?"

"그저 평민의 신분이라도 좋으니 동생만큼은 건강하게 제 삶을 살 수 있게 도와주시겠다는 약조를 해 주십시오."

이원의 쇄골에 남아 있던 흔적을 만지던 손이 떨어졌다. 차가운 눈이 이원을 노려보았지만 정작 말을 꺼낸 이원은 차분했다.

그저 저렇게 던지면 이원이 어떻게 무너질지 보고 싶었을 뿐이었다.

"네 인생은?"

"폐하께서 전에 저에게 해 주셨던 말이 있습니다. 동생은 나아지기 위해 최선을 다해 싸우고 있다고 말이지요. 저도 싸우고 있는 것입니다."

이원에게 남기고 싶었던 파문이 새겨진 건 도리어 환이었다.

차라리 거짓말로 저러는 것이라며 비웃었겠지만 이원은 진심이었다. 환이 황제가 되고, 황궁에 들어선 순간 버렸던 희망을 이원은 억지로 황궁에 끌려온 지금도 가지고 있었다.

멍청한 여인. 설마 예전으로 돌아갈 수 있다는 바람이라도 품고 있는 건가?

"그 헛된 희망이 널 부술 거다."

예전으로 돌아가지 못한다는 건 알고 있다.

예전처럼 되기에는 하늘이 바뀌었고, 밟고 있는 땅의 주인이 바뀌었다. 그저 그녀가 할 수 있는 것이라고는 지금보다 더 나은 길로 갈 수 있게 노력할 뿐이었다.

"언제나 옳았다고는 할 수 없겠지만, 최고의 결과를 찾지는 못해도, 최선은 다했습니다. 그 결과가 좋지 않게 되더라도 제 선택입니다."

"물러나라."

더 이상의 대화는 무의미했다. 환의 명에 이원이 몸을 숙인 후 일어났다.

그녀가 사라진 빈자리를 보던 환이 품에 넣어 놓았던 것을 꺼냈다.

그날 흐트러진 이원의 안주머니에서 가져온 서신.

구겨지고 피에 묻은 서신을 펼쳤지만 아무것도 쓰여 있지 않았다. 감정 없이 서신을 보던 환이 등불에 가져갔다.

화르륵. 불이 붙은 서신이 단숨에 재로 사라졌다.

"최선이라…… 그래서 지금 그 꼴이지 않은가?"

제 상처를 제대로 감추지도 못하면서 이원은 자신을 지키려고 발버둥을 쳤다.

그런 그녀의 절박한 노력이 환의 내면을 끊임없이 헤집어 놓았다.

**

인사를 하고 나오자 취기가 한 번에 밀려왔다. 침착하게 환의 물음에 대답을 한 것이 그나마 다행이라면 다행이었다.

"독대를 하신다기에 오래 걸릴 줄 알았는데 벌써 나왔는가?"

"교대이십니까?"

"오늘은 새벽 근무라서 말이지."

가까이 다가오는 동윤을 보며 이원이 몸을 숙여 인사했다. 가까이에 온 동윤에게서 피 냄새가 나자 이원이 안색을 굳혔다.

"다치셨습니까?"

"아? 옷에 가려져 안 들킬 줄 알았는데 자네는 다르군. 방심을 하다 자객에게 검을 맞았네. 심하지는 않아."

동윤의 미소에도 이원의 굳은 안색은 풀리지 않았다. 황궁에서 그녀에게 호의를 보이는 몇 안 되는 사람이 다쳤다고 하니 신경이 쓰였다.

"그나저나 내가 알기로 자네는 술을 잘 마시지는 못하는데 폐하께서 꽤 많이 주셨나 보군."

"어쩌다 보니 제 주량보다 조금 더 마신 것 같습니다."

"술이라도 같이 마신 김에 한자리 좀 달라고 하지 그랬나?"

"네?"

무슨 소리냐며 눈을 껌벅인 것도 잠시 동윤의 농담에 이원이 소리 내어 웃음을 터트렸다.

이원의 웃음에 동윤의 눈이 커졌다가 부드럽게 휘었다. 이원은 잘 웃지는 않았지만 소리 내어 웃으면 무척이나 듣기 좋은 소리가 났다.

"제 주제는 알고 있으니까요."

무모한 일에 욕심을 내지 않는다. 그저 이곳에서의 마지막이 저와 동생의 파멸만은 아니기를 바랄 뿐이었다.

방향을 바꿀 겸 이원이 동윤의 상처가 있을 어깨를 물끄러미 바라보았다.

"상처에 차가운 바람은 좋지 않습니다. 오늘은 제가 있을 테니 돌아가셔서 쉬시는 게 좋겠습니다."

미소를 짓고 있던 동윤의 눈이 커졌지만 곧 이원을 보며 어느 때보다도 환한 미소를 지었다.

분명 다른 미소였지만 동윤의 미소를 볼 때마다 예전의 환이 떠올랐다. 예전의 환도 이원의 사소한 말에도 귀를 기울여 주고 반응을 해 주었다.

"술을 마시고는 새벽 근무까지 서겠다는 건가? 그리고 자네도 환자야."

"전 베인 게 아니라 맞은 거라서 곧 가라앉을 것입니다. 돌아가 시지요."

조금은 여인임을 내세워도 되었건만, 일에 한해서 이원은 힘들 어하거나 피하려는 내색조차 하지 않았다.

하지만 종종 예상하지 못한 표정으로 배려를 해 주며 관심을 가져 주니 이럴 때마다 여인이라는 점이 훅 그를 흔들었다.

"배려는 괜찮지만 진짜 괜찮아서 말이야. 솔직히 자네야말로 가서 누워야 할 상황이네. 얼굴이 새빨개졌거든."

"아!"

그제야 이원이 제 뺨에 손을 가져갔다. 빈말은 아닌 듯 손바닥에 닿는 열기가 뜨거웠다.

당황하여 쳐다보니 동윤이 진짜 괜찮다는 것처럼 손을 저었다. 거듭 괜찮다고 하니 고집을 부릴 수는 없었다.

"그럼 이만 가 보겠습니다."

"자네 혹시 폐하의 침소에서는······."

"네?"

"아니네. 가 보게."

동윤에게 인사한 이원이 그를 지나쳐 갔다. 이원이 사라지자 동윤의 입가에 새겨져 있던 미소가 사라졌다.

"이건 좀 곤란한데."

황제의 검인 무흔이어도 완전히 정치적인 상황에서 벗어날 수는 없었다. 환의 명령을 들어야겠지만 사람은 개인적인 힘 하나 정도는 만들어 놓아야 했다.

"어떻게 보고를 해야 하나?"

황궁에 쏠리는 관심과는 다르게 이원의 가치는 그다지 없었다. 어차피 이원을 살려 놓은 건 환의 변덕일 뿐, 정치적인 필요성은 전혀 없는 존재나 다름이 없었다.

하지만 환이 이원에게 관심을 가지기 시작한 시점부터 묘한 흐름이 돌고 있었다.

그 흐름 때문인지 그에게 명령을 내리는 이들이 하루가 멀다 하고 그를 재촉했다.

"꽤 관심이 가는 여인인데 말이지."

무인으로서의 관심은 없었지만, 여인 이원은 조금은 다른 감정이었다.

분을 바르거나, 화려하게 꾸미지는 않았지만 종종 보여 주는 표정이 사내를 툭 건드는 것이 있었다.

본인은 자각하지 못했지만 제 감정을 전부 드러내며 미소를 지을 때는 자신도 모르게 혼이 빠져 보고만 있었었다.

반듯하고 조용한 이원이 흐트러져 있을 때는 어떤 모습일까? 사내의 품에서 어떤 표정으로 무슨 소리를 낼지 생각하는 것만으로도 그도 모르게 입꼬리가 올라갔다.

"우선은 얌전히 있어야지."

아직 어느 쪽에도 꼬리가 잡히면 곤란한 상황이었다.

지금은 몸을 숙이며 적당히 기회를 봐야 했다. 원초적인 호기심만 가지고 끝내기에는 그는 욕심이 많았고 원하는 것을 가져야 했다.

제 호기심을 전부 채운 후에 그녀를 원하는 다른 이들에게 던져 버리면 그만, 언제나 그렇듯 모든 것이 정리되고 나면 그의 흔적은 남지 않을 것이다.

그날이 멀지 않았다는 사실에 즐거워하며 동윤이 흥겨운 걸음을 옮겼다.

**
*

찰싹!

황궁에서 수많은 일을 겪어 보기는 했지만 다짜고짜 붙잡혀서 뺨을 맞을 거라고는 생각하지 못했다.

당황한 이원이 제 뺨을 때린 여인을 노려보자 팔을 붙잡고 있던 상궁이 잡은 손에 힘을 주었다.

"어딜 감히 눈을 치켜뜨고 정 귀인 마마를 보는 것이냐!"

짝!

말이 끝나기가 무섭게 정 귀인의 손이 이원의 다른 쪽 뺨을 때렸다. 사내의 주먹에 비하면 아프다고 할 수도 없었지만 그럼에도 불구하고 무척이나 불쾌한 구타였다.

"어찌하여 이러시는 것입니까?"

"네 죄를 아직도 모르는 것이냐! 네년이 감히 폐하께 더러운 몸을 굴려 황은을 입고 있지 않으냐!"

예상한 답이 나오자 이원의 눈이 가늘어졌다. 충분히 오해를

312

받을 상황이라는 건 알았지만, 자신은 억울했다.

상궁들에게 붙잡힌 팔 따위 얼마든지 풀어 낼 수 있었지만, 그리하는 대신 이원이 정 귀인의 눈을 마주 보았다.

"소인은 폐하께 황은을 입지 않았습니다."

"네가 요즘 폐하의 침소에 매번 불려 가는 것을 내 모를 줄 아느냐?!"

"소인 폐하의 호위인 용호군입니다. 폐하의 부름이 있으시면 마땅히 자리를 지켜야 하는 것이 소인의 의무입니다. 마마께서 소인에게 이렇게 말씀하시는 것은 따로 증좌나 증인이 있으셔서 이러시는 것입니까?"

말문이 막힌 정 귀인을 보며 이원이 속에서 밀려오는 쓴물을 삼켰다.

다른 사람들은 어떤지 알 수 없었지만, 근 한 달 내내 환의 명령으로 침소를 지켰다. 그렇다고 정 귀인이 우려할 만한 일이 있었던 것은 절대 아니었다.

불 꺼진 침소를 지키더라도 환은 눈길 한 번 주지 않았다. 그저 불 꺼진 방에서 환은 잠들고, 이원은 열 걸음이 떨어진 곳에서 자리를 지킬 뿐이었다.

"내게도 보이는 눈이 있고 들리는 귀가 있다. 네년이 변명한다고 내 모르는 것이 아니다!"

이원은 꺼릴 것이 없었지만, 황궁에는 은밀하게 소문이 돌고 있었다. 그 소문이 무엇인지 그녀도 알고 있었지만, 대응할 가치도 없었고 말한다 한들 달라지지 않는다는 것도 알고 있었기에 모르는 척하고 있었을 뿐이었다.

"만약 소인이 이곳에서 옷을 벗어 어느 흔적도 없으면 귀인 마마께서는 어찌하시겠습니까?"

"무엄한! 황궁의 길 가운데에서 무슨 흉측한 말을 꺼내는 것이냐?"

"소인. 마마께서도 아시다시피 역도인 아버지를 둔 죄인이지만 동시에 폐하께서 거두신 용호군이기도 합니다. 이곳이 황궁의 길 가운데라는 것과 소인이 여인이라는 것은 폐하께 드리워진 오해와 모욕을 밝히는 것보다 중요한 것은 없습니다."

"뭐?"

"만약 소인이 옷을 벗어 진실을 밝힌다면 증좌도 없는 추측으로 폐하께 모욕을 드린 마마께서는 어떤 책임을 지시겠습니까?"

고작 죄인인 계집이었다. 내세울 것도 하나 없는 계집이 무척이나 당돌하게 네가 틀렸으면 어찌할 거냐는 반문을 던졌다.

황은을 입고 있다는 소문에 발끈하여 움직였건만, 이 계집이 말하는 대로 사실이 아닐지도 모른다. 그렇다면 자칫 정 귀인만 투기를 부리는 후궁이라는 낙인이 찍힐 수도 있었다.

하지만 이대로 물러나기에는 그녀의 자존심이 용납할 수 없었다. 뒤에 서 있는 상궁에게 시선을 주자 단검을 꺼낸 상궁이 정 귀인의 앞에 섰다.

"그렇게 떳떳하다면 얼굴에 흉터 하나 정도 생겨도 크게 신경쓰지 않겠구나. 네 얼굴에 흉터가 생기면 폐하의 곁에 있어도 마음이 놓일 것이고, 뜬금없는 소문조차 돌지 않을 것이다."

"억지이십니다. 소인은 마마께 그런 해코지를 당할 이유가 없습니다."

"그래서 이 자리에서 네가 귀인인 날 욕보일 것이냐?"

정 귀인이 시선을 주자 단검을 든 상궁이 가까이 다가왔다. 여기서 자칫 이들을 제압하면 자칫 황궁의 후궁을 욕보이는 것이 되었고, 이대로 감당하기에는 잘못도 없이 얼굴에 흉터가 생길 것이었다.

"네가 떳떳하다면 얌전히 있어라. 폐하의 검이니 얼굴에 흉터 하나 만들어진다 한들 이상할 것도 없지 않겠느냐?"

상궁의 손이 위로 올라갔다. 당장에라도 제 얼굴을 그으려 내려오려는 단검을 보며 이원이 미간을 좁혔다. 정 귀인의 입꼬리가 올라가는 것과 동시에 이원의 손이 움직이려 했다.

"정 귀인 마마. 그 정도로 하심이 맞지 않을까 싶습니다."

행동으로 움직이기 직전 동윤의 목소리에 이원은 물론이고 상궁의 손조차 멈추었다. 여유롭게 상황을 보던 정 귀인이 동윤을 발견하고는 그 자리에서 굳어졌다.

동윤의 가문은 크다고는 할 수 없었지만 표가의 신뢰를 한 몸에 받는 곳이었다.

"그, 그대가 어찌……."

"폐하께서 멀지 않은 곳에 계십니다. 이 소란에 오시면 정 귀인 마마께서 곤란하실 듯하여 찾아왔습니다."

"이 호위가 나에게 무례를 저질렀네. 내 이 모욕을 받고 그냥 지나갈 수 없네!"

"폐하의 가장 큰 총애와 신뢰를 받고 계시는 귀인 마마께서 무엇을 그렇게 걱정하십니까? 그리고 은 호위가 문제가 있었다면, 정 귀인 마마께서 움직이지 않으셨어도 다른 곳에서 이미 움직였겠지요. 가만히 계실 리가 없지 않겠습니까?"

누구인지 말하지 않았지만 동윤이 말하는 곳이 표가라는 건 누구라도 알 수 있는 말이었다. 동윤의 속삭임에 정 귀인의 기세가 조금은 사그라들었다.

적당히 상황을 만들어 주었지만 체면에 가지 못하는 정 귀인을 보며 동윤이 귓가에 낮게 속삭였다.

"관심 끌 가치조차 없는 호위에게 의미 없는 시간을 보내시는 것보다는 폐하의 앞에 한 번 더 모습을 보이시는 것이 더 낫지 않겠습니까? 제가 조금은 도와 드릴 수 있을 것 같습니다만."

"정말인가? 그렇게 해 주겠는가?"

"정해진 일정을 조금 알려 드리는 건 문제가 아니지요. 대신……."

"저 계집이 폐하와 아무런 연관이 없으면 상관없네. 그럼 내 가 보겠네. 꼭 좀 부탁하겠네."

이원은 보지도 않은 채 정 귀인이 몸을 돌려 서둘러 사라졌다. 쓰나미처럼 몰려들었다가 사라진 일에 피곤한 숨을 내쉰 이원이 동윤을 향해 몸을 숙였다.

"도와주셔서 감사합니다."

"자네를 도와줬기보다는 시끄러운 일을 미리 막았을 뿐이네. 유빈이나 정 귀인은 성격이 비슷하거든."

좀 전의 정중함은 온데간데없이 사라진 동윤의 냉정한 평가에 이원이 소리 없이 입꼬리를 올렸다.

정 귀인의 패악에 흔들려도 이상하지 않을 상황에서 빠르게 침착함을 되찾았다.

동윤이 봤었던 이들은 저런 상황에서 실망하고 주저앉았지만 이원은 제법 굳건히 잘 버텨 냈다.

지켜볼수록 묘하고 재미있는 여인, 오랜만에 찾은 즐거움에 평소라면 하지 않았을 충동이 일었다.

"그럼 전 이만 가 보겠습니······."

"차라리 적당히 손을 잡는 게 어떠한가?"

"네?"

"은가는 가치가 없지만 용호군이라는 자네의 가치는 제법 있지. 배경까지는 아니더라도 약간의 보호라도 받을 수 있다면."

말을 멈춘 동윤이 이원에게 다가왔다. 당황한 이원을 달래듯이 보기 좋은 미소를 지은 동윤이 붉게 부어오른 뺨을 감쌌다.

손바닥에서 느껴지는 옅은 떨림과 촉감이 생각한 것보다도 보드라웠다. 손가락으로 뺨을 쓸어내리자 이원의 얼굴이 붉어졌다.

"지금보다는 길이 보일 걸세. 그럼 바라는 일도 쉽게 이룰 수 있지 않겠는가?"

"······."

"예를 들면 동생을 만나는 일 같은 걸 말하는 걸세."

이 사내는 주변의 분위기에는 상관없이 제가 생각하고 있는 것을 거침없이 말했다.

그 모습에서 여인의 틀에 갇혀 있지 말라고 했었던 환이 겹쳐 보였다.

동윤을 사내로 보는 건 절대 아니었지만, 이 사람이 대수롭지 않게 꺼내는 말은 종종 이원을 흔들 때가 있었다.

"폐하께서는 자네를 지켜 주지 못하네. 도리어 요즘 보이는 관심은 자네에게 독이지 않은가?"

"······."

"원한다면 내가 도와주겠네."

동윤이 알려 주지 않아도 이원 또한 알고 있었다.

환의 관심은 황궁에서 이원을 철저히 고립시키고 있었다. 그래야 황궁 곳곳에 숨어 있는 은가의 간자들이 건명에게 이원의 고난을 보고할 테니까.

그리하여 숨어 있는 건명을 밖으로 끌어낼 계획일 것이다.

"무슨 말씀을 하시는지는 알고 있습니다. 하지만."

제 뺨을 감싸고 있는 동윤의 손을 떼 낸 이원이 몇 걸음 뒤로 물러났다. 단호한 거절에 동윤의 눈이 옅게 떨렸지만 이원은 침착했다.

동윤의 호의로 답답한 황궁에서 잠깐이나마 숨통이 트였었다. 하지만 이곳에 머물면서 이원도 배운 것이 있었다.

이유 없는 호의는 독이다.

"그럴 일은 없겠지만 제가 황은을 입게 된다면 분명 표가나 다른 가문에는 눈엣가시 같은 존재가 될 것입니다. 설령 황은을 입지 않아도 폐하의 곁에 여인이 머무는 것은 곤란하니 그 또한 거슬릴 테고 말이죠."

이원에게는 지금도 벅찬 상황이었다. 환의 관심으로 인해 모두의 적의를 받고 고립되어 있지만 그렇다고 그 관심을 즐길 정도로 그릇이 크지 않았다.

그저 할 수 있는 것이라고는 그녀를 감시하려는 목적으로 호의를 보이는 사내에게 진심을 말하는 것뿐이었다.

"무슨 말을 하는 건지 모르겠군."

"소인이 부족하여 섣부른 판단을 한 것이라면 사과드리겠습니다. 다만 전 폐하의 후궁이 될 일도, 황은을 받을 일도 전혀 없습니다. 그러니 영향력에 두고 감시하지 않으셔도 된다고 말씀 올려 주십시오."

"……"

318

"이만 가 보겠습니다."

이원이 완전히 사라진 후, 가만히 서 있던 동윤이 손가락으로 뺨을 긁었다.

"한 방 먹었네."

동윤이 다가올 때마다 긴장하던 표정이 풀렸기에 넘어갔다고 생각했었다. 종종 농으로 던지는 말에 틈을 보이니 좀 더 대담하게 다가간 것도 있었다.

그렇게 자신에게 넘어온다면 그 나름의 재미도 있었을 테니까.

그런데 완전히 넘어왔다고 생각한 순간, 이원은 동윤의 정체를 먼저 말하고 선을 그었다.

"이렇게 행동하니까 진짜 가지고 싶어지는데."

"도련님."

이원이 있던 자리를 보며 입꼬리를 올리는 동윤의 뒤로 용호군이 다가왔다. 잠시 주변을 보던 그가 살짝 고개를 숙였다.

"전 부장이었던 자가 도련님을 뵙고 싶다는 전언을……."

"백석 때 일 처리를 그따위로 해서 좌천된 놈이 뭐가 그렇게 급하다고 재촉하는 건지. 쯧쯧."

좋았던 기분이 단숨에 사라진 동윤이 불쾌해하자 보고를 하던 용호군이 고개를 숙였다.

제 무능이 드러난 부장을 환은 그대로 두지 않았다. 부장 자리는 물론이고 용호군에서 쫓겨난 그는 가문의 힘으로 간신히 황병으로 붙어 있었다.

은이원 때문에 자신이 이렇게 되었다며 분노하는 부장을 세 치 혀로 흔들어 놓았더니만 목줄 없이 날뛰는 사냥개처럼 틈틈이 기회를 보고 있었다.

"아직 써먹지는 못하니까 살살 달래만 놔. 대신 그놈이 내 앞에 오면 네놈들이 죽는다."

이 정도로 물러나기에는 지금까지 들인 공이 아까웠다. 상황은 들켰지만, 그렇기에 기회는 얼마든지 다시 잡을 수 있었다.

명령을 끝낸 동윤이 이원이 사라졌던 그 방향으로 가벼운 걸음을 옮겼다.

*
**

황궁에서의 고립은 새삼스럽지 않았기에 버틸 만했다.

일을 제외하고는 그녀에게 따로 말을 걸어 줄 사람은 거의 없었기에 이원은 홀로 서책을 보거나 검을 익히며 시간을 보냈었다.

"호위님. 이걸 제가 가져도 되는 것입니까?"

"임무를 끝내고 오는 길에 사 온 것이다. 마음에 들지 않느냐?"

"아니요! 너무 마음에 듭니다!"

동물 가죽으로 만든 목도리를 두른 송화가 영화를 보며 활짝 미소를 지었다. 송화와 색깔만 다를 뿐, 같은 모양의 목도리를 두른 영화도 얼굴에 미소가 가득했다.

적당히 가늠만 하고 사 온 것이지만 생각보다도 두 아이에게 어울렸다.

황궁에서 그녀가 마음을 열고 대하는 유일한 아이들이었다.

밤에 짧게 한 시진 정도였지만 그래도 영화와 송화와 함께하는 날은 그녀에게도 잠깐이나마 긴장을 내려놓을 수 있는 시간이었다.

"그런데 이런 귀한 것을 호위님께 받아도 되는지 모르겠습니다."

"날이 추워지니 따뜻하게 하고 다녀야지. 감모에 걸리지 않도록 조심해야 한다."

무흔으로 제법 많은 녹을 받고 있었지만, 특별히 쓸 곳은 없었다. 무흔이라는 그럴듯한 직위만 있을 뿐, 결국 살생을 저지르고 버는 돈이었다. 그런 돈을 이렇게라도 쓸 수 있다는 건 작은 위안이었다.

"대신 다른 이가 그것을 빼앗으려 한다면 안 된다며 무모하게 나서지 말고 그냥 나에게 말하거라. 너희가 말하는 것보다는 내가 나서는 것이 더 나을 거란다."

"호위님이 이리도 좋은 분이시라는 걸 다른 분들도 아시면 좋을 텐데 말입니다."

송화의 말에 이원이 말없이 미소를 지었다. 그러던 그녀의 눈에 영화의 헝클어진 머리카락이 보였다. 송화의 매무새를 잡아준 이원이 영화를 향해 손짓했다.

"가까이 오거라."

수줍어하면서도 가까이 다가온 영화를 앞에 세운 이원이 가져온 빗으로 헝클어진 머리를 천천히 빗었다. 이원의 손이 움직일 때마다 영화의 머리카락이 단정해졌다.

제 감정을 가감 없이 드러내는 송화와는 달리 영화는 항상 한 걸음 뒤에서 이원의 관심을 기다렸다.

이상하게도 한 걸음 뒤에서 기다리는 영화가 송화만큼이나 자꾸 눈에 밟혔다.

"아가씨를 보면 제 언니가 떠오릅니다. 언니의 적금은 아가씨께서 연주해 주실 때 가장 소리가 곱습니다."

"그래?"

"저도 아가씨처럼 연주를 잘했으면 좋겠습니다."

영화의 머리를 다듬고 있던 이원의 손이 멈추었다. 이원의 손이 멈추자 머리를 맡기고 있던 영화가 왜 그러냐는 듯이 고개를 갸웃했다.

조금 전까지 느꼈던 편안한 감정은 어디에도 없었다.

"전에 적금은 오라버니가 주었다고 하지 않았느냐?"

"아? 맞아! 영화야. 적금은 오라버니가 준 거라며!"

"아! 잘못 말했나 봅니다. 언니의 것입니다."

영화는 가볍게 말했지만 이원의 굳은 얼굴은 풀리지 않았다. 그러고 보면 처음 만났던 그날부터 영화는 이원에게 연주를 해 달라고 했었다.

그녀가 이런 현악기를 연주할 줄 안다는 것을 이미 알고 있었던 것처럼.

하물며 지금까지도 호위님이라고 부르는 송화와는 달리 영화는 처음부터 그녀를 아가씨라고 불렀다.

마치 예전의 은가의 사람들이 그녀를 그렇게 불렀던 것처럼.

"영화야."

"아가씨!"

가까이 다가온 영화가 이원의 손에 작은 쪽지를 쥐여 주었다. 굳어 있는 이원을 보며 영화가 그녀에게만 들릴 만한 작은 목소리로 속삭였다.

"드디어 찾았어요! 꼭 보실 수 있을 거예요."

"……."

"이번에는 절대 잊어버리시면 안 돼요."

환한 미소를 지은 영화가 송화에게 다가갔다. 무슨 말을 한 것인지 영화의 말을 들은 송화가 이만 가 보겠다며 이원에게 손을 흔들었다.

둘이 사라진 후, 이원이 손에 접혀 있는 작은 서신을 보았다. 안에 무슨 내용이 적혀 있을지 확인해야 했지만 펼쳐 볼 엄두가 나지 않았다.

'찾았다'는 말과 '보실 수 있을 거'라는 말이 머릿속을 채웠다. 조심스러운 손이 영화가 주고 간 쪽지를 펼치려 할 때였다.

"호위님."

내관의 목소리에 이원이 안주머니에 쪽지를 넣었다. 애써 당황한 표정을 감추며 내관을 쳐다보았다.

"폐하께서 찾으십니다."

"알았다."

안주머니에 넣은 쪽지를 이원이 더 깊숙이 넣었다. 잠시 주변을 둘러본 이원이 내관을 따라 같이 걸어갔다.

*
**

"집에 돌아가야 할 사람을 짐이 붙잡고 있었군."

"폐하와 이리 술잔을 기울일 날이 얼마나 있겠습니까? 다행히 퇴궁을 늦게 하여 이런 귀한 자리에 앉게 되었으니 홍복이옵니다."

환의 말에 술잔을 받은 사내가 몸을 돌려 잔을 비웠다.

문관의 옷을 입고 있기는 했지만 사내는 무관 못지않은 단단한 체격을 가지고 있었다. 나이는 환보다 조금 더 있는데, 다른 관리들보다는 젊은 편이었다.

중서령 여주원.

원래 무관이었던 그는 명에 의해 발탁이 되었지만 흐름이 환에게 흘러가자 가장 먼저 그에게 몸을 숙인 이였다.

"쓸데없이 과한 말이군."

"소인에게 문관의 길을 보여 주신 분이 폐하가 아니십니까? 덕분에 새로운 길에서 재미나게 일을 하고 있으니 감사의 인사를 드려야지요."

"일이 많아져서 힘들다는 투정을 그럴듯하게 돌려 말하는군."

부정하지 않겠다는 것처럼 주원이 입꼬리를 올렸다. 무릎을 꿇고 다가온 주원이 환의 술잔에 술을 채웠다. 주원이 채운 잔을 환이 들었다.

"그래도 이번에 만든 감시하는 기관을 폐하의 사람들로 채운 것은 참으로 다행입니다. 덕분에 폐하께서 그리신 그림대로 일을 진행할 수 있게 되었습니다."

"아직 갈 길이 멀기는 하지."

명은 자신과 반대되는 의견을 꺼내기만 해도 노골적으로 불만 어린 감정을 드러냈지만, 작금의 황제는 달랐다.

제 패를 보여 주는 듯하면서도 단 하나도 보여 주지 않는 황제.

이번에 인재를 감사하고 추천하는 기관에 들어온 이들도 겉으로 보기에는 승상의 인사들이었지만 실질적으로 그들에게 영향을 끼치는 사람은 황제인 환이었다.

표가와 밀접한 관계로 보이면서도 환은 교묘하게 자신만의 세력을 만들어 가고 있었다.

"짐이 알아보라 한 것은 어찌 되었지?"

"타국의 철도 알아보았지만 역시 인국의 철이 가장 으뜸이었습니다. 그렇기에 역도는 물론이고 승상께서도 따로 구하시려 물밑 작업을 하지만 인국의 철은 황제가 타국으로 빠져나가는 것을 철저히 관리하는지라……."

"구하기 쉽지 않겠지. 하물며 철을 노리고 하원에서 끊임없이 전쟁을 벌였으니 인국에서 우리에게 철을 내어 줄 리가 없고 말이지."

군사를 일으켜 황제가 된 환은 누구보다도 병력의 중요성을 잘 알고 있었다. 독자적인 황권을 만들기 위해서는 인국의 철이 꼭 필요했다.

"인국의 황제와는 한번 자리를 해야겠군."

"하지만 인국은 철을 제외하면 내세울 것이 없는 약소국입니다. 폐하께서 먼저 인국의 왕에게 자리를 청했다고 한다면 분명 말이 나올 것입니다."

"뭐 언제는 말이 나오지 않았던가?"

"폐하."

"인국의 왕이 사냥을 좋아한다지?"

인국의 왕과 교류하여 철을 얻어 낼 수 있다면 표가의 병력에 많이 따라갈 수는 있지만 위험했다. 하지만 주원의 우려하는 말조차 들리지 않는지 환은 더 이상의 말은 하지 않았다.

"인국의 왕과의 자리를 만들어 보겠습니다."

"선물은 하원의 약재가 좋겠군."

하원의 약재는 대륙에서도 알아주는 최상품이었다. 척박한 땅의 인국에서 나는 약초는 약으로 쓸 수 없는 것이었기에 인국은 언제나 거금을 주고 하원에서 약재를 사 왔었다.

그저 친선의 선물일 수 있겠지만, 한편으로는 하원의 약재와 거래를 하자는 의미이기도 했다.

"준비하겠습니다."

술이 오고 가는 자리였지만 대화는 무거운 주제로만 이어졌다.

밤늦도록 이어지던 술자리가 정리되고, 주원이 뒷걸음질로 방 밖으로 나왔다. 나오자마자 눈이 마주친 이원이 그를 향해 고개를 숙였다.

'은건명의 딸.'

환에게 목숨을 구제받아 용호군이 되었다는 건 이미 알고 있었다. 그리고 최근 환의 명령으로 매일 밤 침소를 지키느라 황궁은 물론이고 다른 이들의 시선을 받는 있는 여인이라는 것도 알고 있었다.

"무슨 일이 있으십니까?"

주원이 가만히 지켜보자 이원이 알 수 없다는 듯이 고개를 갸웃했다. 어찌하여 환이 죄인의 딸인 이원을 가까이해서 황궁 내 이목을 끄는지 이해할 수 없었다.

환의 기이한 행동에 주원은 물론이고 표가까지도 이원을 주시하고 있었다.

"아니다. 들어가거라."

주원이 자리를 비켜 주자 몸을 숙인 이원이 침소 안으로 들어갔다. 안으로 들어가는 이원을 보는 순간 환의 의도가 주원의 뇌리를 스쳤다.

'은이원에게 시선이 가는 틈을 이용해 인국과의 자리를 만들려는 것인가?'

그렇게 진행한다면 승상이 알아차리기 전에 일을 도모할 수 있었다.

제 감정대로 움직였던 명과는 달리 환은 원하는 게 있다면 다른 사람은 물론이고 자신까지도 이용하는 이였다.

'인국과의 자리를 어서 마련해야겠군.'

제대로 된 성과를 내지 않으면 주원의 자리도 위태로워질 것이다. 대신 제대로 성과를 낸다면 환은 그에게 더 많은 기회를 내릴 것이다.

서우명의 버림받은 검이었던 그는 누구보다도 현재의 하원에 어울리는 황제였다.

*
**

어두운 밤이 너무나도 더디게 흘러갔다.

밤이 깊었지만 지방에서 올라온 장계를 볼 뿐, 환은 잠들지 않았다. 스무 걸음 떨어진 곳에 서 있는 이원이 마른침을 삼켰다.

'꼭 보실 수 있을 거예요.'

누구를 말하는 것일까? 아버지인 건명일까? 아니면 이호일까? 이도 저도 아니면 명일지도 모른다.

하지만 이 상황에서는 셋 다 만나는 게 좋은 상황은 아닐 수 있었다.

"······나?"

"······."

"무슨 생각을 그렇게 하는 것인가?"

뒤늦게 들리는 소리에 이원이 상념에서 벗어났다. 언제부터 보고 있었던 것인지, 환과 눈을 마주친 이원이 당황하여 고개를 숙였다.

"아닙니다."

"그런 것치고는 너무 못 듣던데."

"쓸데없는 생각이었습니다. 송구하오나 어떤 하문을 내리셨는지……."

"별일은 없나?"

환의 물음 하나하나가 이원의 방심을 찔렀다. 하지만 여기서 그에게 전부를 들켜서는 안 되었다.

누구의 수작인지 알지 못했지만, 아직 영화가 준 서신이 무엇인지 확인조차 하지 못했다.

"없습니다."

제발 이렇게 넘어가 주길 간절히 바라며, 이원이 환의 눈을 보고 침착하게 거짓을 말했다.

"그런가?"

다행히 환은 이원을 추궁하는 대신 다시 장계로 눈을 돌렸다.

긴 시간이 흐른 후, 집무실에서 나온 이원이 피곤한 숨을 몰아쉬었다. 다른 이들에게 적당히 인사를 한 이원이 인기척이 느껴지지 않는 곳으로 자리를 옮겼다.

「잠깐이나마 눈을 피해 나올 수 있을 것 같습니다. 뵙고 싶습니다.」

장소와 시간이 짧게 적인 쪽지의 필체는 이호였다.

그녀가 황궁에서 머무는 사이 또 상황이 바뀌어 버린 것일까? 그게 아니라면 그녀가 모르는 또 무언가가 있는 것인가?

적힌 날짜대로라면 일주일 후, 늦은 저녁이었다.

그저 이원을 끌어내기 위한 함정일 수도 있었지만, 그게 아니라면.

진짜 동생에게 무슨 일이 생긴 것이라면, 이호가 도움을 요청할 사람은 이원뿐이었다.

"후우."

손에 들고 있던 쪽지를 이원이 불에 집어넣었다. 완전히 타 버린 종이가 재가 되어 사라질 때까지 지켜보던 이원이 주변을 살피며 사라졌다.

*
**

영화가 밤하늘에 뜬 달을 보며 입꼬리를 올렸다. 영화의 미소를 보던 송화가 이해할 수 없다는 듯이 고개를 갸웃했다.

"무슨 좋은 일이라도 있어?"

"응? 비밀."

"에이. 그게 뭐야?"

송화가 투정을 부리자 영화가 그러지 말라는 것처럼 눈을 내렸다. 하지만 곧 다른 방향을 보던 영화가 고개를 끄덕이고는 송화를 붙잡았다.

"난 상궁 마마의 심부름이 남았거든. 먼저 가서 자."

"요즘 마마께서 심부름을 많이 시키는 것 같아. 도와줄까?"

"아니야. 금방 하면 돼. 먼저 가."

영화의 재촉에 송화가 알았다는 듯이 고개를 끄덕이고는 사라졌다. 송화의 모습이 완전히 사라지자 영화가 조금 전 그녀가 찾았던 구석으로 서둘러 걸어갔다.

"나리!"

주변을 빠르게 둘러본 영화가 한 걸음 더 그림자 속의 인영을 향해 걸어갔다. 가까이 다가온 영화의 머리카락을 사내의 손이 어루만졌다.

"아가씨께서는 오늘 나리께서 적어 주신 곳으로 가셨을 것입니다. 내색하지 않으셨지만 가족을 많이 그리워하셨거든요. 그러니……."

말이 채 끝나기도 전에 누군가의 손이 영화를 붙잡고 뒤로 끌었다.

영화가 뒤로 밀린 사이, 이원이 어둠 속에 숨어 있는 사내를 향해 검을 휘둘렀다. 검에 아슬아슬하게 피한 사내가 뒤로 몸을 빼자 이원이 검을 고쳐 잡고 다시 거리를 좁혔다.

"큭!"

"네놈이구나."

검을 피한 사내가 어깨를 붙잡자 이원이 검을 회수했다. 교묘히 궁궐의 담벼락이 만든 그늘에 얼굴을 가린 사내를 그녀가 노려보았다. 지난번에 어깨를 베었던 자객이었다.

자객이 아니라 황궁에 머무는 자였던가? 그렇다면 더더욱 잡아야 했다.

"네놈은 누구인 것이냐?"

"안 돼요! 아가씨!"

사내를 다시 공격하려는 순간 뒤로 온 영화가 이원을 힘껏 붙잡았다. 그사이 비틀거리던 사내가 몸을 일으켜 반대편으로 사라졌다.

"이거 놓아라!"

"나리에게 그러시면 안 됩니다! 아가씨를 위해서 많은 도움을 주신 분이란 말입니다!"

사내가 완전히 사라진 후에도 절대 안 된다는 것처럼 영화는 울면서 이원의 다리를 붙잡고 놓지 않았다. 다급한 눈으로 사내를 보던 이원이 저를 붙잡고 있는 영화를 떼어냈다.

눈물범벅인 얼굴로 영화가 이원을 원망스럽게 쳐다보았다.

"어찌하여 가지 않으셨습니까? 가셨다면 도련님을 보셨을 것입니다!"

"너야말로 왜 이런 위험한 일을 저질렀느냐? 누가…… 아니다! 네가 지키려는 나리라는 사내도, 네가 아는 누구도 더는 만나지 마라. 이런 일은 너뿐만이 아니라 송화도 위험해지는 것이다!"

"송화는 순진한 아이죠. 이곳에서 노력하면 집안 형편이 더 나아질 거라는 작은 바람을 가지고 있을 뿐입니다. 그렇기에 절 숨기기에 적당한 아이였죠."

영화의 입에서 나오는 경악할 말에 이원이 숨을 삼켰다. 눈가에 가득 맺혀 있던 눈물을 닦아 낸 영화가 이원을 꼭 붙잡았다.

이제 겨우 열 살밖에 안 된 아이였지만, 이원을 보는 눈에는 종종 선을 넘은 자들이 보여 주던 광기가 비쳤다.

"무슨 말인지 모르겠지만 이제는 그러면 안 된다. 송화가 순진한 게 아니라 네 나이에는 그리해야 하는 것이다!"

"그럼 제가 궁에 온 의미가 없는걸요."

"……영화야?"

"폐하께서 그러셨습니다. 황궁에 있는 자는 거짓이고, 아가씨께서는 이곳에서 고통받으실 필요가 전혀 없으시다고 말입니다."

"……폐하?"

"폐하의 말씀이 맞으세요. 아가씨는 좋은 분이십니다. 그러니 여기 계시지 말고 제가 드린 쪽지에 적혀 있는 곳으로 가세요! 도련님이 기다리십니다."

황궁에 없는 폐하. 그게 서우명이라는 것은 알 수 있다.

그렇다면 장소에 나와 있는 도련님은 누구인가? 지금까지 이호라고 생각했지만 유수일지도 모른다는 추측이 들었다.

그럼 아까 그 나리는 누구란 말인가!

물음이 산더미였지만 지금은 영화가 우선이었다. 이 척박한 황궁에서 유일하게 마음을 열고 대한 아이들을 죽게 할 수는 없었다.

"약조하거라! 다시는 저들과 접촉하지 않는다고……."

"꺄아악!"

말이 끝나기도 전에 송화의 비명이 들렸다. 송화의 비명에 딱딱하게 굳은 사이 이원과 영화의 주변을 용호군이 둘러쌌다.

곧이어 묶인 송화가 끌려오고, 그 뒤로 냉정한 눈의 환이 이원의 앞에 섰다.

"살려 주세요. 호위님."

겁에 질린 송화가 이원을 보며 울음을 삼키는 순간, 새하얗던 이원의 머리는 바쁘게 돌아갔다. 환의 앞에 무릎을 꿇은 이원이 바닥에 닿도록 머리를 숙였다.

"폐하. 무엇을 들으셨는지 모르지만 아무 일도 없었습니다!"

"네가 지키려던 저 아이가 고아인 건 아는가?"

"네? 아, 아닙니다. 분명 오라버니가, 아니 언니가 있다 했습니다. 그 언니가 적금을 주었다고……."

"가족과 떨어져 있는 어린 여자아이. 하물며 가족에게서 받은 악기도 들여와 스스럼없이 다가갔으니 경계가 없었겠지."

"……."

"딱 서우명이 할 만한 짓 아닌가?"

약간의 거짓이라도 있기를 바랐지만, 정작 말을 꺼낸 환이나 둘러싼 이들은 차분하다 못해 가라앉아 있었다.

어서 부정을 하라는 듯이 이원이 영화를 보았지만, 정작 모든 이의 시선을 받는 영화는 환을 노려볼 뿐이었다.

"폐하께서 널 보면 전해 드리라는 이야기가 있었다!"

황제인 환의 앞에서 다른 황제를 말했다. 이원을 지나친 영화가 환에게 가까이 가려 하자 용호군이 앞을 막았지만, 곧이어 환이 모두 밀어냈다.

환의 앞에 선 영화가 턱을 꼿꼿이 세웠다.

"네놈의 도둑질은 내가 반드시 대가를 치르게 할 것이다. 네놈이 빼앗은 전부를 하나씩 되찾고, 반드시 네 목숨을 거둘 것이다. 그때까지 겁에 떨며 내 처벌을 기다려라."

환을 보던 말이 끝나자마자 영화가 안주머니에서 무언가를 꺼내 입에 넣었다.

곧이어 영화의 입에서 검붉은 피가 흘러내렸다. 손쓸 틈도 없이 이미 숨이 끊어진 영화의 얼굴이 검게 변했다.

"아……."

어떻게든 막고 싶었던 결과가 눈앞에 드리워지자 이원이 자리에 주저앉았다.

이제 겨우 열 살이 조금 넘은 어린아이였다.

도대체 서우명은 이 아이에게 무슨 짓을 저지른 것인가!

"폐하. 의심되는 어린 궁녀와 내관을 모두 정리했습니다. 남은 건 저 어린 궁녀뿐입니다."

"소녀는 몰랐습니다! 아무것도 알지 못했습니다. 그저 영화가 상궁 마마의 심부름이 있다 하였을 뿐입니다!"

"베어라."

송화의 앞에 검이 드리워지자 이원이 무릎걸음으로 환에게 기어갔다. 영화의 피가 옷에 묻었지만 지금은 그걸 신경 쓸 겨를조차 없었다.

그간의 상황을 보더라도 송화는 아니었다. 하물며 영화가 제 입으로 송화는 이용 가치가 있었다고 말하지 않았는가?

"죽은 죄인에게서 쪽지를 받은 것은 사실이나 가지 않았습니다. 잘못이 있다면 정확하지 않은 정보로 치부하고 숨겼던 소인에게 있습니다. 이제 겨우 열 살이 조금 넘은 어린아이입니다. 자비를, 한 번만 자비를 내려 주십시오. 폐하."

"어리다고 자비를 내리면, 날 지키다가 죽은 다른 이들은 어리지 않기에 살 가치가 없다는 건가?"

"그런 의미로 드린 말씀이 아닙니다! 모든 것은 전부 소인이 제대로 행동하지 않아서 일어난 일입니다. 모든 원흉은 제가 찾겠습니다! 저 아이도 이번 일과는 무관하다는 것을 증명해 보이겠습니다!"

자신이 어리석었다.

그저 모두에게서 거리를 두었어야 했다. 괜히 찰나의 관심과 약한 마음에 아이들에게 곁을 내준 것이 이런 결과를 낳았다.

겁에 질려 울음을 터트리는 송화만큼은 어떻게든 살려야 했다.

"잘못했습니다. 폐하. 제 주제를 잊었습니다. 소인이 모든 벌을 받을 테니 한 번만 저 아이를 살려 주십시오!"

"그럴 필요 없다."

"……."

"어설픈 여지를 남기느니 전부 도려내는 것이 확실할 터, 베어라!"

검이 위로 올라가자 송화가 비명을 질렀다. 날카로운 검이 송화의 작은 목을 베기 직전 그 사이를 파고든 검이 힘껏 위로 쳐냈다. 위로 쳐 낸 검이 바닥에 떨어지기도 전에 방향을 바꾼 검이 송화의 몸을 묶은 밧줄을 풀어 냈다.

"이게 무슨 짓이냐?"

석운의 호통이 들려왔지만, 이원은 다리가 풀린 송화를 제 품으로 끌어당겼다. 석운의 시선을 받은 호위 몇이 이원에게 달려들었다.

"절대 떨어지면 안 된다."

"은 호위를 막아라!"

송화를 죽일 수는 없다. 이원의 기색을 보며 달려드는 용호군의 검을 밀어낸 이원이 그의 복부를 발로 찼다.

연이어 들어오는 검조차 이원과 송화에게 닿기도 전에 바닥에 떨어졌다. 평소의 이원이 보여 주던 움직임과는 확실히 다른 움직임이었다.

가장 가까이에 다가갔던 호위의 손목에서 피가 터져 나오고, 순식간에 검의 방향을 바꿔 반대편으로 오는 병사의 검을 올려 쳤다.

"계집아이부터 잡아!"

"꺄악. 호위님!"

이원의 뒤로 다가간 호위가 송화를 붙잡자 가지 않겠다는 듯이 비명을 질렀다. 비명이 끝나기도 전에 이원의 검이 송화를 붙잡은 호위에게 향했다.

이원의 검에 호위가 뒤로 물러나려 했지만 그 순간 이원이 검이 단숨에 거리를 좁혔다.

"큭!"

완전히 피하지 못한 검이 호위의 어깨를 베었다. 그사이 송화를 품에 안은 이원이 최대한 호위들과의 거리를 벌렸다.

"다가오지 마라."

"뭐 하는 것이냐! 고작 한 명을 막지 못해서 이러는 것이냐!"

석운의 채근에 이원이 검을 고쳐 쥐었다.

이 자리만 벗어난다면 황궁 밖으로 송화는 빼돌릴 수 있었다. 송화만 내보내면 이후의 처벌은 달게 받을 것이었다.

집중하여 검을 받아 내니 포위하는 이들에게서 조금씩 벗어날 수 있었다.

조금만 더, 저들에게서 조금만 더 떨어진다면 송화를 안고 뛸 수 있다.

"네가 감히!"

지금까지 느꼈던 것과는 완전히 다른 기세에 이원이 제 뒤의 송화를 밀어내고 검을 막았다.

"큭!"

석운의 검을 막은 이원이 그녀도 모르게 입술을 깨물었다. 그녀가 지금까지 상대했었던 검과는 완전히 달랐다.

힘으로 이원이 휘청거리자 석운의 검이 방향을 바꾸어 그녀의 어깨를 노렸다.

"어딜!"

이원이 석운의 검을 막으려는 순간 어깨를 노리던 검의 방향이 다시 바뀌었다. 하지만 방향을 바꾼 건 석운만이 아니었다. 석운의 검을 비끼듯 닿은 이원이 검신을 타고 거리를 좁혔다.

"허튼 수를!"

적의 검신을 타고 올라가 공격하는 건 이원이 가장 잘 쓰는 공격 방법이었다.

속도와 변칙적인 움직임에 적은 당했지만, 자신은 아니었다. 다가오는 검을 위로 쳐 내며 방향을 틀어 낸 석운이 거리를 좁히는 이원의 어깨를 들이박았다.

무게를 실어 이원을 박으려는 순간 바로 전까지 있던 이원이 사라졌다. 맞닿아 있던 검의 감촉이 사라진 것과 동시에 다른 방향에서 석운의 바로 앞까지 다가온 이원이 주저 없이 검을 찔렀다.

'아차!'

바로 앞까지 온 검을 피하려 했지만, 그보다도 이원이 몇 걸음 더 빨랐다.

이원의 검에 속수무책으로 어깨를 내주기 직전, 날카로운 소리가 울리고 이원의 몸이 붕 떴다. 이원은 물론이고 석운조차 전혀 기를 읽지 못했다.

"컥!"

이원이 바닥을 구르자 상황을 지켜보던 이들이 이원을 붙잡고 검을 뺏었다. 그사이 검을 회수한 석운이 상황에 끼어든 이를 향해 몸을 숙였다.

"폐하."

차가운 눈이 거친 기침을 토해 내며 병사들에게 붙잡힌 이원과 울음을 터트리는 송화, 그리고 독을 먹고 죽은 영화를 향했다.

이원을 고립시키다 보면 분명 명이 움직일 것이다.

구민원에 명이 손을 뻗칠 때부터 예상했던 일이었다. 다만 그 예상이 생각보다 빨리 현실이 됐을 뿐이고, 덕분에 완전히 뿌리를 뽑지는 못했어도 황궁 내 숨겨진 흐름을 찾을 수 있었다.

"정리해라."

환의 명령에 석운의 눈이 송화를 붙잡고 있는 호위에게 향했다.

이 자리에서 또 그랬다가는 좀 전의 일이 되풀이될 수 있었다. 자리를 피해 정리하라는 시선에 고개를 끄덕인 호위들이 송화를 끌었다.

"살려 주세요! 폐하! 제발 살려 주세요! 호위님! 살려 주세요!"

들고 있던 검을 내시감에게 준 환이 몸을 돌렸다. 송화의 울부짖음 따위 누구에게도 들리지 않았다.

뒤늦게 정신을 차린 이원이 환에게 자비를 내려 달라며 소리쳤지만 무시했다.

자리에서 끌려가던 어린 궁녀의 비명이 멈추고 다급히 자비를 구하던 이원의 목소리조차 멈추었다.

"오늘 안에 정리를 끝내 보고해라."

"그러하겠습⋯⋯."

"막아라!"

석운의 말이 끝나기도 전에 파란이 일었다. 뒤에서 일어난 소음에 환이 고개를 돌리기도 전에 목에 서늘한 감촉이 닿았다.

"폐하!"

분명 이원은 끌려간 궁녀의 빈자리를 혼이 빠진 눈으로 보고 있었다. 그랬던 이원은 어느새 붙잡고 있는 용호군에게서 빠져나와 환을 향해 검을 겨누고 있었다.

**

살려 달라며 외치던 송화의 목소리가 멈추었다.

송화에게 향했던 눈이 죽은 영화에게 향했다. 자신의 멍청한 행동으로 아직 어린 티도 벗지 못한 두 아이가 죽었다.

인정하고 싶지 않았지만 인정해야 했다.

죽은 영화와 송화나 자신은 전혀 다르지 않다. 처음부터 그녀에게 자비를 내리기 위해 살린 것이 아니었다.

그녀를 미끼로 모두를 죽이기 위함이었다.

"발버둥을 쳐도 살 수 없다면."

"무슨 말을 지껄이는 것이냐! 닥치고 네 처소로…… 컥!"

제 몸이 언제 중심을 잃고 쓰러졌는지도 알지 못했다. 오른팔을 붙잡고 있던 용호군을 쓰러뜨린 이원이 검을 빼 반대편의 용호군의 손목을 베었다.

"막아!"

제 앞을 막는 용호군 따위 베어 버리면 그만이었다. 그들이 이원을 죽이려 한다면 그보다도 조금 더 빨리 검을 휘두르면 될 뿐이었다.

더는 이호도, 누구도 생각하지 않았다.

석운조차 밀어낸 검이 환의 목에 닿았다.

"폐하!"

다른 이들이 내지르는 비명 따위 들리지 않았다. 모두의 소란에도 환의 눈은 이원만을 향했다.

지금은 그것이면 충분했다.

"서우환의 하원은 다를 거라고 생각했다."

"무엄한!"

나서려는 석운을 환이 시선으로 막았다. 당장에라도 이원의 검이 제 목을 베어 버릴 것처럼 닿아 있었지만, 상관없었다.

이원의 눈이 환에게만 향해 있었다. 분노와 증오로 엉망인 된 시선임에도 눈을 뗄 수 없었다.

"죄를 밝힌 후에 처벌을 내렸어도 되었다. 저 아이에게는 제 억울함을 밝힐 힘조차 없었지만, 넌 아니지 않은가?"

"그걸 가릴 시간에 그냥 없애 버리는 것이 더 효율적이지."

황제와 신하 간의 대화라고 보기에는 위화감이 있었지만 다른 사람은 물론이고 환과 이원조차 신경 쓰지 않았다.

이원은 진심으로 화가 났지만, 환은 이원이 어떤 대답을 할지 생각하는 것만으로도 기대가 되었다.

지금만큼은 이호를 위해 자신을 억누른 이원도, 환이 만든 상황에 갇혀 있는 그녀도 없었다.

"자식에게 돌아올 기회조차 주지 않은 채 죽이는 부모를 어느 자식이 공경하고 따르겠는가?"

환의 마음속 깊숙이 숨겨져 있던 감정에 파문이 일었다. 편하게 내쉬던 숨조차 멈췄지만, 정작 이원은 환의 변화를 알지 못했다.

권좌에 앉은 후, 환은 절대자였다. 그의 뜻이 하늘이었고, 그의 말은 힘이었다.

환이 그렇게 하자고 할 때, 모두가 그게 정답이라며 몸을 숙였었다.

자식은 백성이고, 부모는 환이다. 오늘 환이 한 결정은 그 선을 넘었다는 이원의 비난이었다.

"내 동생도 내가 이런 곳에서 다른 사람의 생명을 갉아먹으며 억지로 버티는 일 따위 바라지 않을 테니."

설령 이호가 구제를 받아 평민이 되더라도 결국은 죄인의 가문이라는 굴레에서 벗어나지 못하고 죽게 될 것이다.

자비를 얻어 목숨을 구제받았다고 생각했지만 실은 그저 환의 유희를 위해 얼마간의 목숨을 저당 잡힌 것뿐이었다.

"이곳에서 품었던 바람 따위 내가 거절한다."

환의 목에 닿았던 검의 방향이 미세하게 틀어졌다. 지금의 검으로는 환의 목을 벨 수 없다.

하지만 다른 사람의 눈에 이원은 환의 목을 베려는 것처럼 보였다. 이원의 움직임을 읽은 석운이 움직이고, 무흔이 검을 들었다.

다른 이의 공격을 유도하는 행동에 환이 먼저 움직였다.

"컥!"

검이 움직이려는 것과 동시에 환의 주먹이 이원의 배를 가격했다. 쓰러지는 그녀를 석운이 끌어냈다.

"죽이지 마라."

"폐하! 하지만!"

"북쪽의 옥에 가두어라. 잘못했다는 말을 하기 전까지는 죽지 않을 만큼의 물 외에는 아무것도 주지 마라."

마음을 먹었던 이원이 보여 줬던 마지막 눈이 머리에서 사라지지 않았다.

동생과 함께 싸운다고 말했었던 그대로라면 이원은 여기서 내려놓는 것이 아니라 버렸어야 했다.

자신이 이원을 이렇게까지 몰아붙였다는 것을 알면서도 왜 그녀가 이런 선택을 하려 했는지 이해할 수 없었다.

이 상황에서 이원이 해야 할 선택은 반항이 아니라 몸을 숙이는 것이었다.

용호군에게 끌려가는 이원에게는 시선조차 주지 않은 채, 환이 침소로 걸음을 옮겼다.

불쾌하다 못해 화가 치미는 밤이었다.

**

고신을 받는 죄인의 비명이 옥을 가득 채웠다.

비명에 귀를 기울이고 싶지 않았지만 빛조차 없는 옥인지라 밖에서 들리는 소리는 듣고 싶지 않아도 또렷하게 들렸다.

전혀 보이지 않으니 시간조차 어떻게 흘러가는지 알 수 없었다. 그저 어느 정도 시간이 지나고, 간수들이 들어와 억지로 입에 물을 붓고는 나가는 것이 전부였다.

그 물마저도 구정물에 악취가 나는 터라 마시자마자 그대로 토해 냈다.

"아아악!"

고신이 다시 시작되자 또다시 비명이 울렸다. 듣지 않으려 눈을 감고 벽에 몸을 기대니 이번에는 시체 썩는 냄새가 속을 뒤집었다.

얼마 버티지 못하고 이원이 입으로 손을 가져갔지만, 거슬리는 소리와 함께 그녀의 손목에 묶여 있는 쇠사슬이 팽팽해졌다.

자진하는 것을 막기 위한 사슬은 약간의 움직임은 가능했지만, 절대 몸에 손을 댈 수 없었다.

그저 눈을 감고 악취를 견디며 버티고 있으니 멀리서 익숙한 걸음 소리가 들렸다.

"괜찮은가?"

발걸음이 멈추고 굳게 닫혀 있던 문이 열렸다. 열린 문으로 빛이 들어왔지만, 어둠에 익숙해진 눈이 빛을 외면하며 고개를 돌렸다. 조금 나아진 후, 고개를 돌리려 했지만 쉽지 않았다.

"빛을 보지 않는 게 좋겠네."

"어찌 이런 곳에 계십니까? 자칫 천 호위님도 피해를 입으실 수 있습니다."

이원의 말에 동윤이 굳게 입을 다물었다. 분명 잘못했다고 말을 하면 용서해 준다는 말을 들었다고 했건만, 이원은 버티고 있었다.

황궁을 소란스럽게 뒤집었던 일은 빠르게 마무리되어 사람들의 관심에서도 점점 멀어지고 있었다.

이원을 가둔 환조차 기억에서 사라진 것처럼 전혀 관심을 두지 않았다.

"잘못했다고 빌게."

"……."

"잘못했다며 몸을 숙이면 폐하께서는 너그러이 넘어가 주실 걸세."

여전히 눈을 뜨는 게 쉽지 않았지만, 이원은 고개를 들어 그를 쳐다보았다. 시야가 희미해서 그런지 동윤이 어떤 표정을 짓고 있는지 제대로 보이지 않았다.

그를 보는 대신 이원이 눈을 감고 숨을 골랐다.

"소인은 폐하께 불의를 저지르지도 않았고, 불충을 마음먹지도 않았으니 몸을 숙일 수 없습니다."

"자네!"

"여기서 제가 숙이면 폐하께서 하신 일들이 전부 옳은 것이 됩니다. 그날 소인도 잘못이 있었지만, 폐하의 방식도 옳았다고는 할 수 없습니다."

"때로는 고집을 꺾어야 삶이 편해진다네."

동윤의 말을 듣던 이원이 힘없이 미소를 지었다. 어둠 속에서 느끼지 못했던 피로가 빛을 보고 동윤과 대화를 하면서 한 번에 훅 밀려왔다.

딱딱한 옥에서 밀려드는 한기에 발이 마비되고 족쇄에 묶인 손이 무거웠다.

"예전에 아버지께서도 제 고집을 걱정하셨었죠. 명 전하……아니 서우명은 제 고집에 질린다고 한 적도 있었습니다. 여인이…… 고집이 심하면 주변에 폐를 끼치고 손가락질을 받는다고 한 소리를 하셨었지요."

"그건…….."

"한번 옳지 않은 길로 들어서면 원래의 길로…… 돌아오기 힘들어집니다. 그리고 군주가 잘못된 길로 가려 한다면 신하 된 도리로 진언을 드려야 하지 않겠습니까?"

분명 환에게 항명하여 잡혔던 그날, 가까이에 있었던 동윤은 똑똑히 보았었다.

그때의 이원은 죽으려는 사람처럼 보이지 않았다. 분명 황제에게 꺼내는 말은 목숨을 내려놓는 사람처럼 들렸지만, 황제를 보는 눈은 삶을 포기하는 사람이 아니라 그의 잘못을 비난하는 것으로 보였다.

그걸 보았으면서도 물어볼 수밖에 없었다.

"죽을 생각으로 그런 것이 아니었나?"

"……송화가 그리되었을 때는…… 그런 생각도 없었던 것도 아닙니다. 하지만 억울해서요."

"뭐?"

"그대로 죽어 버리면…… 저는 잘못한 것이 없는 폐하께 항명하다가 죽은 죄인이…… 될 뿐이지 않습니까? 이런다고…… 현실이 바뀌는 건 아니지만…… 모르겠습니다. 그저 잘못을 보고도 숙이고 싶지 않습니다."

이대로라면 죽을 수 있는 상황이었지만, 이 여인은 겁에 질려 있기보다는 도리어 이상할 정도로 평온했다.

검을 잡고 용호군에 들어갔어도 결국은 여인일 뿐이었다. 그저 다른 이들과는 조금 다르기에 그저 여인으로서 재미있다고 생각했을 뿐이었다.

이번만큼은 착각이었다. 이 여인은 어쭙잖은 사내들보다도 더 많은 것을 보았다.

'황제도 그걸 알았으니 목숨을 거두는 대신 가두었겠지.'

자신이 본 것을 그 영악한 황제가 보지 못했을 리가 없었다. 황제도 은이원의 진가를 알고 있다는 사실에 왠지 모르게 짜증과 초조가 한 번에 밀려들었다.

"진짜 탐이 나네."

"……무슨 말씀을……."

"별건 아니네. 다만 내가 받은 명령과 자네가 생각한 길이 다르

345

군.”

몸이 좋지 않아서 그런 것인지 그의 말이 머릿속에 바로 들어오지 않았다. 이상하게도 동윤이 꺼낸 말의 의미가 무엇인지 물어보고 싶지 않았다.

그사이 가까이에 다가온 동윤이 이원의 입에 주머니를 가져갔다. 지금까지 억지로 삼키고 뱉었던 더러운 물과는 달리 입안으로 들어오는 시원하고 깨끗한 물에 그녀도 모르고 입을 대고 물을 마셨다.

“감사합니다.”

“그거 아는가?”

이원에게 물음을 던져 놓고는 답을 듣는 대신 동윤이 먼저 다가갔다. 이원의 입술에 남은 물기를 동윤의 손가락이 닦아 냈다.

갑작스러운 그의 손길에 당황한 이원이 몸을 뒤로 빼려는 순간 멱살을 붙잡은 그가 가까이 다가왔다.

“사내라는 것들은 여인이 꺾이지 않으면 강제로라도 꺾으려 하네. 그게 꼭 폐하만일 거라고 생각하지 말게. 사내들은 똑같거든.”

멱살을 놓아준 동윤이 몸을 일으켰다. 물을 마셔서 조금은 나아졌지만, 동윤이 남긴 말을 생각하기에 이미 체력은 바닥이었다. 동윤이 나가고, 다시 옥은 어둠에 휩싸였다.

또다시 기약을 알 수 없는 상황이 계속되었다.

기다리다 보면 들어오던 구정물조차 어느 순간 멈춰 있었다. 벽에 몸을 기댄 채, 이원이 버텨 내려 했지만 한계는 그녀가 생각한 것보다도 빠르게 다가오고 있었다.

손발의 감각이 느껴지지 않았다. 숨을 내쉬며 벽에 몸을 기댔지만 전혀 나아지지 않았다.

귀를 혼란스럽게 하던 죄수들의 비명 소리나 시체 썩는 냄새는 더는 들리지도, 맡아지지도 않았다.

잘못했다.

그 한 마디만 하면 나갈 수 있었지만 이원은 입을 열지 않았다.

고작 잘못했다는 말이 듣고 싶어서 환이 이런 명령을 내린 것은 아닐 것이다.

'다 무슨 상관인가.'

동생을 생각하여 몸을 숙이고 용서를 구해도 달라진 것은 없다. 이대로라면 이호가 평민으로 돌아올 가능성도, 제가 꿈꾼 삶을 산다는 보장도 없다.

'힘들어.'

발버둥을 쳐 봤자 그녀가 바꿀 수 있는 건 하나도 없었다. 이제는 무언가를 생각하며 행동하기에 이원은 너무 지쳐 있었다.

차라리 하늘이 바뀌는 그날 살려 달라고 빌 게 아니라 다른 사람들처럼 죽었어야 했다. 그랬다면 이렇게까지 힘들지 않았을 것이다.

"아…….."

힘든 숨을 내쉬던 이원이 흐릿하게 보이는 인영에 눈을 떴다.

동윤이 또 온 것일까? 뒤늦게 제 앞에 서 있는 인영을 발견했지만 역시나 앞이 제대로 보이지 않았다.

"……해."

사내의 목소리로 추정되었지만 제대로 들리지 않았다. 고개를 들어 쳐다보려고 했지만 머리에 힘이 들어가지 않았다.

"네가 저지른 무모하고 멍청한 짓에 대해 잘못했다고 말해."

스치듯이 들린 목소리가 환처럼 들렸지만, 그럴 리가 없었다. 그녀에게 적의를 가진 환이 이런 곳까지 일부러 올 리가 없었다.

이원을 설득하려 동윤이 왔을 것이다.

"언제나…… 최선이라 생각한 일을…… 선택했습니다. 제 몸의 편안을…… 생각했다면…… 그날 동생을 두고…… 도망갔겠지요. 지금도…… 똑같습니다. 지금 잘못을…… 고하면 목숨은 구하겠지만…… 달라지는 건…… 없습니다. 잠깐의 평안을 위해…… 아닌 것이 맞다며…… 살 수는 없습니다."

"정치를 하다 보면 어쩔 수 없는 것도 있는 거다."

"그렇기에…… 아니라는 말을 드려야지요. 소인은…… 폐하의 신하가…… 아닙니까?"

"……."

"물론 전 결국…… 죄인이지만요."

제 앞에 사람이 있는지도 이제는 알 수 없었다. 옥에 혼자 갇혀 있으면서 멋대로 지껄이는 것일지도 모른다.

어차피 환이 들을 거라고 생각하지 않는다. 그저 이대로 죽을 때는 죽어도 제 마음속에 말은 마음껏 꺼내고 싶었다.

"폐하는 믿기…… 어려운 분이시지만, 그럼에도…… 폐하께서 만드실 하원은 달라질…… 것입니다. 물론 그 나라에…… 저는…… 없겠지만요."

가문과 여인의 굴레에 잡혀 있던 이원을 그냥 지나칠 수 있으면서도 환은 먼저 다가왔다. 본인이 위험해질 거라는 걸 알면서도 이원에게 새로운 세상을 보여 줬던 그였다.

함께 갔으면 했지만, 이미 어긋난 길이었다.

"억울하다는 이에게는 약간의 자비를…… 내려 주시길. 그들에게 악의가…… 없다면 폐하의 자비에…… 감사하며 몸을 숙일 테니……."

"……."

"은가가 폐하께 지은 죄는…… 제가 전부 가져갈 테니…… 대신 폐하께서 가지신 원한은…… 소인에게 푸시고…… 대신 어쩔 수 없이 연루된 이들이 억울하다며 꺼내는 말을 외면하지…… 말아 주십시오."

신하로서 하고 싶은 말은 전부 꺼냈다. 무거운 머리를 들어 올리니 제 앞에 환이 서 있었다.

이곳에 있을 리가 없는 환이 자꾸 보였다.

지금이 진짜 마지막이라면 환에게 꼭 하고 싶은 말이 있었다.

"그날 당신을 혼자 보내면 안 되는 거였는데……."

말이 멈추고, 이원의 몸이 앞으로 쓰러졌다. 바닥에 부딪힐 것 같았던 작은 머리가 몸을 숙인 환의 어깨에 닿았다.

떨림이 남은 손이 이원의 머리를 붙잡고 제 품으로 끌어당겼다. 희미하게 내뱉는 숨이 환에게 닿았다.

"네 아비가 나에게 자객을 보냈었다. 전부 잡아 죽이려 보니 하나가 겨우 열 살이 조금 넘은 사내아이였다. 아직 세상 물정 모르는 어린아이라며 살렸더니, 그 아이에게 죽은 병사의 어미가 나에게 물었다. 내 아들의 목숨은 저 어린아이와 무엇이 다르냐고 말이지."

"……."

"그 물음에 대한 답을 하기도 전에 서우명과 은건명은 내 약점이라도 발견한 것처럼 어린 사내로만 자객을 보냈다. 그때 깨달았다. 물음의 답을 찾을 시간에 그냥 죽여 버리는 것이 상황을 정리하기 더 빠르다는 것을 말이다."

권좌에 앉은 이래 단 한 번도 밖으로 나오지 않았던 본심이었다. 비록 그의 생각을 들어야 할 이원은 정신을 놓고 있었지만, 상관없었다.

"목숨을 선택해야 한다면 내 사람의 목숨을 선택하는 것이 당연했다. 서우명의 사람이 죽든지 말든지 무슨 상관인가? 의심스러우면 전부 그들의 사람이라고 생각했다. 어차피 내가 죽는 게 아니었으니까. 그런데 넌 그러면 안 된다고 날 말리고 있네."

"······."

"생각하면 할수록 권좌는 쓸데없이 피곤하고 짜증나는 자리가 아닌가? 빌어먹을 곳 같으니."

누가 앉으라며 떠넘겨도 싫다며 도망갈 자리가 권좌였다.

하지만 결국은 이 자리에 앉아 하원을 움켜잡을 수밖에 없었다.

"어쩌겠어? 그 찢어 죽여도 시원찮을 원수 놈들이 가장 탐내는 자리가 권좌니까. 내가 황제로 있어야 그것들이 더 미쳐서 날뛸 테니까."

가장 원하면서도 가지지 못하는 고통은 결국 둘의 판단을 흐리게 할 것이고, 조심해야 하는 선을 넘어 제 것을 하나씩 망가뜨릴 것이다.

쉽게 죽이지 않을 것이다. 가진 것을 전부 놓치고 미쳐 가는 모습을 지켜본 후에 그 더러운 생을 거둘 것이었다.

"네가 무슨 말을 하든지 별 상관 없다고 생각했다. 어차피 널 이용해서 그들을 잡을 생각이었으니까."

제 동생을 위해서라도 이원은 꺾일 것이었다. 그걸 알았기에 가둬 놓으면서도 환은 아무렇지도 않았다.

환이 바뀌고, 하원이 바뀌었으며 하늘이 바뀌었다. 은가가 무너지고, 제 상황이 바뀌었다. 그럼에도 변화가 없는 이원에게 현실을 보여 준 것뿐이었다.

"네가 나처럼 무너지고 비틀리기를 바랐다."

그래서 이원에게 남는 것이라고는 독기와 증오만이길 바랐다.

몸이 고통스럽고, 정신이 압박받으면 사람은 변한다. 그게 이원만 예외일 리가 없었다.

"달라진 널 서우명에게 직접 보여 주면 재미있을 것 같았다. 일부러 널 절벽으로 밀었건만……."

절벽에 매달린 건 은이원이 아니라 서우환이었다.

이원이 버텨 내는 하루하루가 환에게는 혼란의 시기였다. 제 목숨을 걸어 가면서도 흔들리지 않는 고집에 결국 절벽에서 떨어진 사람은 환이었다.

처음 만났던 그날부터, 제 검으로 황궁에 다시 돌아온 순간에도, 그리고 죽음 앞에서도 이원은 그대로였다.

"원아."

닿을 수 없는 외침이 짧게 나왔다가 허공에 사라졌다.

七章

큰길에서 조금 벗어난 객주를 들어간 설아가 얼굴을 가리고 있던 긴 너울을 내렸다.

설아의 얼굴을 보지도 못한 채 몸을 숙이고 있던 객주 주인이 앞서 걷자 그 뒤를 따랐다.

주인이 열어 주는 문으로 들어간 설아가 익숙한 사내의 뒷모습을 보며 환한 미소를 지었다.

"권운!"

밖을 보던 사내가 창문을 닫으며 몸을 돌렸다. 고운 외모에 하얀 피부가 여인보다도 더 눈에 띄는 사내가 눈꼬리를 휘며 입술을 올렸다.

"황후 마마."

"매번 한 소리를 하게 만드는군요. 이름으로 부르라고 했잖아요!"

몸을 숙이는 권운의 품에 설아가 파고들었다. 다른 이에게 보

353

여 주던 딱딱하고 차가운 표정은 어디에도 없었다. 홀리듯이 권운을 보며 설아가 먼저 그의 뺨에 입술을 맞추었다.

"마마."

"설아."

"······설아."

권운의 대답에 설아의 눈이 부드럽게 휘었다. 힘주어 그를 안으니 권운이 이마에 내려앉은 설아의 머리카락을 쓸어 주었다.

"보름 만에 나오셨습니다."

"권운이 보고 싶어 참을 수가 없었어요."

"그래도 다른 이의 눈에 띄기라도 한다면."

"괜찮아요. 모두의 시선이 황제가 칩거하는 별궁에 향해 있으니까요."

과한 국정으로 몸이 상한 황제가 별궁으로 행궁을 떠났다. 잠시 홀로 시간을 보내고 싶다며 최소한의 인원만 데리고 별궁으로 옮겨 간 환은 나오지 않고 있었다.

한 달을 별궁에서 나오지 않자 걱정된 대신들이 직접 찾아갔지만, 환은 괜찮으니 돌아가 있으라는 황명으로 모두 돌려보냈다.

"폐하께서는 괜찮으십니까? 자리를 지키시지 않으셔도······."

"황제가 몇 달 자리를 비운다고 흔들릴 황궁이 아니에요. 하물며 아버지가 있으니 괜찮아요. 그리고 폐하가 없는 덕분에 황은도······."

"네?"

"아니에요. 나 오늘 힘들게 왔는데 그런 재미없는 이야기만 할 건가요?"

권운의 품에 얼굴을 묻은 설아가 숨을 깊게 들이마셨다. 환이 아픈지 관심도 없었고, 내심 별궁에 더 머물렀으면 하는 바람까지 있었다.

환과 황은을 빌미로 함께 있지 않는 것만으로도 설아는 행복했다. 정인을 지키고 싶으면 사람의 눈을 피해야 한다는 선언에 어쩔 수 없이 그가 건네는 것을 먹었다.

다행히 모두의 눈을 속일 수 있게 되었지만 나신으로 신음을 터트리는 것을 환이 지켜보고 있다는 건 끔찍했다.

"마마. 아니 설아. 그래도 조심하셔야 합니다. 소인이야 잃을 것이 없지만 설아는 아닙니다. 너무 자주 보는 건 아닌 것 같습니다."

"권운은 날 보는 게 싫은 건가요?"

설아의 큰 눈에 눈물이 방울방울 맺혔다. 당장에라도 울음을 터트릴 것 같은 그녀를 보며 권운이 눈가의 눈물을 닦아 주었다. 권운의 손을 붙잡은 설아가 자신의 뺨을 감쌌다.

설아가 본 사내 중 가장 고운 사내였다. 이 사내의 연모를 가지기 위해 설아는 제가 가진 것을 전부 걸었었다.

"그럴 리가 있겠습니까? 저에게는 설아뿐입니다."

극진하게 말하면서도 권운이 제 품의 설아를 떼어 냈다. 권운의 거부에 설아의 얼굴이 사색이 되었다. 먼저 다가온 설아가 권운의 팔을 붙잡았다.

어두워진 표정으로 한숨을 내쉬던 권운이 작은 손을 감쌌다.

"설아의 진심을 모르는 건 절대 아닙니다. 도리어 소인에게는 설아의 연모가 가장 소중합니다. 그렇기에 항상 좋은 모습만 보이고 싶습니다만 몸을 숙이고 사람들과의 관계가 없다 보니 날이 갈수록 허름한 모습만 보입니다."

"그럴 리가요! 저에게는 권운이 전부입니다."

주저하는 권운을 향해 설아가 먼저 다가갔다. 설아를 보며 미소를 지은 것도 잠시 다른 방향을 보며 눈을 내리깔았다.

그 모습조차 한숨이 나올 정도로 고운 사내였다.

"이런 허름한 곳에서 다른 사람의 눈을 피해 날 기다려 주는 것만으로도 권운은 받을 자격이 있어요."

"설아."

"궁으로 돌아가는 즉시 사람을 보내겠어요. 이런 객주가 아니라 이제 당신도 편한 저택에서 누릴 자격이 있어요."

"……."

"나한테 전부 맡겨요. 나 믿죠?"

어두워진 표정이었던 권운의 얼굴에 그제야 미소가 생겼다.

환한 미소로 팔을 펼치자 설아가 담뿍 품에 안겼다. 좀 전의 어두운 기색이라고는 온데간데없이 사라진 권운이 설아의 작은 어깨에 얼굴을 묻었다.

"설아가 아니었으면 전 있을 가치도 없었을 겁니다. 제가 감히 드릴 말씀이 아니라는 건 알지만 연모합니다."

"권운!"

"진심으로 연모합니다. 설아."

고운 외모에 어울리는 맑은 목소리에 설아의 눈에 왈칵 눈물이 흘렀다.

설아의 눈물 위에 권운의 입술이 닿고 설아의 비단옷 고름이 그의 손에 풀렸다.

천천히 시작되던 유희는 어느새 격정적으로 바뀌고, 권운의 품에 안겨 있던 설아가 약이 아닌 쾌락에 젖은 신음을 터트리며 몸을 맡겼다.

　새벽 해가 뜨면 도둑처럼 나왔었던 다른 날과는 달리 설아가 객주를 나간 건, 들어간 지 이틀이 지난 후였다.

*
**

　속이 울렁거리고 식은땀이 났다. 이가 떨릴 정도로 추웠지만 아무리 몸부림을 쳐도 통증이 가라앉지 않았다.

　통증에서 벗어나 보려 발버둥을 쳤지만 그때마다 단단한 힘이 억눌렀다.

　"……참지 말고 소리 내."

　종종 누군가의 목소리가 들려왔지만 고통에 소리를 지르는 대신 입술을 더욱 깨물었다. 머릿속이 뒤죽박죽이었고, 온몸이 불덩이였지만 그럴수록 비명을 입안으로 삼켰다.

　소리는 억누를 수 있었지만 눈가에 맺힌 눈물까지는 어려웠다. 그때마다 익숙한 손길이 눈물을 닦고, 더운 몸에 시원한 수건이 닿았다.

　며칠을 앓았는지 알 수 없었다. 몸을 일으키고 싶어도 무거운 추라도 매단 것처럼 일어날 수 없었다.

　"후우."

　잠에서 깬 이원이 천천히 자리에서 일어났다. 어디인지 보고 싶었지만 눈이 검은 천으로 가려져 있어 볼 수가 없었다.

　어두운 곳에서 오래 있었기에 눈이 망가지지 않게 당분간은 하고 있어야 한다고 했었다.

　"깨어나셨어요?"

침상에서 몸을 일으켰을 뿐이었건만 어떻게 알았는지 문이 열리며 어린 여인의 기척이 느껴졌다. 하지만 곧이어 또 다른 기척이 느껴졌다. 침상에서 이원이 내려오려 하자 여인이 가까이 다가왔다.

"혼자 내려오시면 안 돼요."

"가리개를 벗으면 안 될까요? 조금씩이라도 움직일 수 있을 것 같아서요."

"좀 더 하고 있으시는 게 좋을 것 같아요. 씻겨 드릴 테니 눈 감고 계세요."

혼자 씻을 수 있다는 말이 목 끝까지 나왔지만 이원은 하라는 대로 눈을 감았다. 황궁의 궁녀들만큼이나 그녀의 시중을 드는 여인들도 이원의 말에 절대 넘어가지 않았다.

이원이 눈을 감은 것을 확인한 여인이 눈가리개를 벗기고 얼굴을 씻겼다. 충분히 혼자 할 수 있는 일이었지만, 전혀 통하지 않았다.

"곧 조반을 들일 테니 기다려 주세요."

여인이 나가는 것과 동시에 또 다른 이들이 음식을 가져왔다. 식사를 내려놓은 이들이 밖으로 나가고, 이원이 손에 쥔 수저를 잡은 여인이 하나씩 음식을 올렸다. 여인이 주는 대로 밥을 먹던 이원이 정면을 물끄러미 바라보았다.

"왜 그러십니까?"

"방에 다른 이가 있습니까?"

"……무슨 말씀입니까? 호위님과 소인만 같이 있지요. 어서 드시지요."

그저 기분 탓일지도 알 수 없었지만 앞에서 들려야 할 목소리가 조금 떨어져 있는 것 같았다. 하물며 여인이 앉아 있을 것으로 추정되는 자리에서는 다른 기척이 느껴졌다.

"호위님?"

"아닙니다."

여인이 이끄는 대로 머물고 나면 어느새 하루가 지나 있었다. 이제는 괜찮은 것 같아 다시 움직이려 했지만, 아직은 아닌지 탕약을 먹자마자 내내 잠들었다.

종종 잠결에 익숙한 손이 이원의 손을 붙잡았다. 몸이 너무나도 아팠을 때 그녀를 간병해 주던 손길이었다.

낯설면서도 왠지 모르게 익숙했다. 누구인지 보고 싶었지만, 그때마다 눈을 가리고 있는 검은 천 위를 따뜻한 손이 감쌌다.

감옥에서 홀로 있으면서 생겼던 불안은 밤을 지켜 주는 손에 천천히 진정되었다.

**

항상 들여오는 세 번의 식사와 탕약, 그리고 잠드는 날을 계산하니 나흘이 지나 있었다.

"사, 산책이요? 눈도 안 보이시잖아요."

"이곳이 황궁은 아니라고 하셨죠? 그렇다면 천천히 걸어도 문제는 되지 않을 것 같은데요."

이원의 고집에 여인이 난감한 듯 입술을 깨물었다. 몸이 완전히 나아질 때까지 절대 밖으로 내보내서는 안 된다는 명을 받았다.

어떻게든 붙잡으려는 순간, 침상에서 일어난 이원이 문으로 걸어갔다.

"호위님. 눈은 한번 나빠지면 다시 돌아오기 어렵다고 합니다. 차라리 며칠 더 쉬시는 것이……."

"일을 하겠다는 것도 아니고 잠시 둘러보겠다는 것입니다. 눈을 가리고 있어도 조심히 걸으면 됩니다."

여인의 숨이 흐트러졌지만 이번에는 이원도 물러나지 않았다. 그녀가 생각한 것을 파악하기 위해서는 확인해야 했다.

"다녀오겠습니다!"

"자, 잠시만요. 호위님. 사람을 하나 붙이겠습니다. 호위님께서 홀로 나가셨다가 다치시면 제가 크게 혼이 납니다. 기다리십시오."

말이 끝나기가 무섭게 주변이 부산해졌다. 얇은 소복만 입고 있던 이원의 옷이 두꺼운 장옷으로 갈아입혀졌다.

잠시 후, 문이 열리며 낯설지만 익숙한 기척이 안으로 들어왔다.

며칠 동안 이원을 고민하게 했었던 그 기척이다.

"여기 내관님의 손을 붙잡고 걸으시면 됩니다."

여인의 안내를 따라 붙잡은 내관의 팔은 단단했다. 당황스러운 듯 내관의 팔에서 손을 뗐던 이원이 다시 붙잡았다.

밖에서 느껴지는 차가운 바람이 조금은 낯설었지만 나쁘지 않았다. 앞이 보이지 않는 것이 답답했지만 천천히 발을 옮겼다.

"아얏!"

이원의 발이 문턱에 걸리면서 몸이 휘청거리자 부축하던 내관이 허리를 붙잡았다. 가까이서 느꼈던 기척이 바로 앞에서 느껴지자 이원이 제 짐작을 확신으로 굳혔다.

예상은 했지만 막상 이렇게 마주하니 어떻게 말을 꺼내야 할지 암담해졌다. 하물며 이 사내와의 마지막 기억은 그다지 좋지 않았다.

작정하고 눈가리개에 손을 가져가는 순간 내관이라는 자의 손이 그녀를 붙잡았다.

"벗지 마."

"……폐하."

"그대로 있어."

당황한 이원이 손을 떼려 하자 환이 다시 붙잡아 제 팔에 올려놓았다. 도대체 여기는 어디라는 것일까? 하지만 물어보기도 전에 멈췄던 걸음이 다시 움직였다.

눈이 가려져 있어 환을 보지 못한다는 사실에는 조금 안도가 되었지만, 대신 손에서 느껴지는 그의 체온과 촉감은 더 민감하게 느껴졌다.

더는 뛸 심장 따위 없을 줄 알았건만, 환을 자각한 심장은 조금 전보다도 빠르게 뛰었다. 그때의 은이원은 설레었다면, 지금은 불안과 초조로 떨렸다.

"그렇게 곁에 계시지 않아도 다른 마음은 먹지 않습니다."

"……."

"조용히 회복하고 황궁으로 돌아가겠습니다. 남은 벌도 다시 받겠습니다."

큰마음을 먹고 말을 꺼냈지만 환은 답하지 않았다.

그를 마주하면 하고 싶은 말이 많았지만 막상 마주하니 자꾸 말문이 막혔다. 하지만 한 번은 꺼냈어야 할 말을 힘겹게 꺼냈다.

"저에게 제 아버지는 좋은 분이셨습니다. 하지만 다른 분들에게는 그렇지 않은 분이셨죠. 그걸 은가가 무너진 다음에나 알았습니다."

이원이 붙잡고 있던 환의 팔이 옅게 떨렸다. 환의 표정이 어떤지 알 수 없으니 꺼낸 말이지만 막상 저지르고 나니 차라리 그가 어떤 표정인지 보면서 말하는 게 나았을지도 모른다는 생각이 들었다.

"폐하께서 걷고 계시는 그 길은 아버지와는 분명 다를 것입니다. 다만 그 길에 걸림돌이 나타났을 때의 정리하는 방법은 그다지 차이가 있을 것 같지는 않습니다. 잘못했다, 잘했다를 말씀드리는 것이 아닙니다. 그저 죄인의 염치없는 부탁이지만 한 번만 들어주셨으면 합니다."

환이 대답하지 않으니 이원이 무척이나 말이 많은 것 같았다. 지금의 말로 환의 분노를 다시 받겠지만 이번만큼은 어느 때보다도 간절했다.

한때는 마음만 먹으면 그래도 원하는 짓을 할 수 있을 거라 믿었던 시기가 있었다. 하지만 현실은 이원의 착각을 빠르게 부숴 놓았다.

그녀의 노력에도 나아지지 않는 상황이라면, 차라리 시작부터 하지 않는 것이 맞았다.

"죄인인 저는 황궁에서 꺼려지는 대상이 되어도 당연하다고 생각합니다. 제가 마땅히 받아야 할 처벌이라면 피하지도 않겠습니다. 다만……."

"……."

"폐하께서도 다른 이들처럼 소인을 멀리해 주셨으면 합니다. 폐하께서 내려 주신 자비로 목숨을 건지고 건강도 나아졌지만 정확히 거기까지만 소인을 배려해 주십시오. 소인은 폐하의 길도, 아버지의 길로도 가지 않을 것입니다."

길지 않은 시간 이원의 머리에 남은 것은 영화의 시체와 송화의 살려 달라는 외침이었다.

그날 답답하다며 문을 여는 것이 아니었다. 우는 소리가 났어도 나가지 않았어야 했다. 연주해 달라고 했어도 모른다고 외면했어야 했다.

황궁에서 홀로 버티는 게 힘들더라도 마음을 열고 받아들이면 안 되는 것이었다.

이미 모든 일이 일어난 후지만, 후회는 몇 번이고 그녀를 바닥으로 내리꽂았다.

"이만 돌아가겠습니다."

말없이 서 있는 환의 손을 떼어 낸 이원이 몸을 돌렸다.

여전히 앞이 보이지 않았지만, 왔던 길을 다시 가는 건 어렵지 않았다. 조심스럽게 한 걸음씩 발을 떼는 순간 환이 이원의 손을 잡아당겼다.

"아얏!"

얼굴에서 느껴지는 환의 체온에 이원이 놀라 뒤로 빼려는 순간 차가운 바람이 둘 사이를 훑고 지나갔다.

뼈를 에는 바람이었지만 환의 품에 갇혀 있다시피 한 이원은 바람의 영향을 거의 받지 않았다.

말을 끝내자마자 이런 상황이라니, 얼굴이 화끈거렸다.

"이만……."

힘겹게 밀어내려던 손이 다시 잡히고, 이원을 붙잡은 환이 제품으로 깊게 끌어당겼다. 안 된다는 말조차 듣지 않을 것처럼 힘

363

주어 안은 손에 꼼짝없이 갇혀 버렸다.

큰마음을 먹고 부탁드린 바람조차 환은 전혀 듣지 않았다. 그의 일방적인 행동에 이원이 할 수 있는 반항이라고는 그저 제자리에 서 있는 것뿐이었다.

환이 하지 않으면 이원이 하면 될 뿐이다. 환의 품은 뜨거웠지만, 이원은 차갑게 제 안의 감정을 가라앉혔다.

**

"많이 기다렸습니까? 황궁을 빠져나오느라 조금 늦었습니다."

동윤의 인사에도 해준의 굳은 얼굴은 풀리지 않았다. 해준과는 달리 미소를 지은 동윤이 말없이 서 있었다.

홍가와 대립할 때만 해도 해준은 거침없고 깨어 있는 이였다. 그때만 해도 이 사내가 권력을 잡으면 하원도 조금은 달라질지도 모른다는 기대가 있었다.

하지만 권력은 여지없이 사람을 타락시켰다. 홍가의 행동을 표가가 그대로 따라 하기까지 시간은 오래 걸리지 않았다.

"앉게."

허락하기 전에 자리에 앉으면 해준은 불쾌감을 숨기지 않았다. 하원의 최고 권력을 가진 후, 해준은 제 손에 쥔 권력을 황제보다 더 유용하게 써 댔다.

오만과 야욕만 가득 찬 부패한 이였지만, 눈 밖에 나면 곤란해지는 건 자신이었다.

"별궁에는 아직도 손을 못 쓴 건가?"

"황궁에서는 운원궁, 밖에서는 별궁인 선유궁. 두 곳은 적석운이 제 사람들로 완벽하게 장악한 곳입니다. 그리고 적석운이 폐하만의 개라는 건 모두가 아는 사실이죠. 아무리 제가 무흔이어도 그 틈을 뚫는다는 건 불가능에 가깝습니다."

"흐음. 그 은가의 계집이 선유궁에 있다는 건 확인했는가?"

"그 또한 알아낼 수 없었습니다. 공식적으로 은이원은 적석운이 명을 내려 황궁 밖으로 나갔다고 되어 있습니다. 물론 비슷한 시기에 폐하께서 여인을 안고 선유궁으로 들어가셨다는 보고가 있기는 했습니다."

"망할 놈. 제 놈을 누가 구해 줘서 그 자리에 앉혀 놨는데."

죽어 가는 환을 살려 황제에 올리고, 제 귀한 딸을 내주었다. 하루가 다르게 이를 드러내는 놈이 거슬리기는 했지만, 이 일을 걸고넘어지기에는 설아의 치부가 문제였다. 그 영악한 놈이 설아의 정부를 모를 리가 없다.

환이 여인을 수없이 품에 안아도 상관은 없다. 아니 도리어 여인의 치마폭에 싸여 이성을 놓으면 그건 그거대로 해준에게는 이득이었다.

하지만 은가의 계집은 곤란했다.

"그것이 황은을 받아서 후궁이 되면 곤란하지."

아직 은건명과 서우명이 두 눈을 치켜뜨고 기회를 노리고 있었다. 하물며 제 딸이 용종을 가지지 못한 상황에서 은가의 계집이 먼저 용종을 품으면, 그런 끔찍한 상황만큼은 막아야 했다.

가문이 무너지고 나라가 바뀌는 건 큰 계기가 있어서 일어나는 것이 아니었다.

'나는 홍가와는 다르다.'

자신의 하원이었다. 애초에 문제의 씨가 될 존재는 도려내는 것이 맞았다.

"선유궁으로 들어갈 방법을 찾아보겠습니다."

"무흔으로 있으니 어디서 숨이 끊어져도 이상하지는 않겠지."

"……없애란 말씀이십니까?"

"어차피 황제의 자비로 살아남았을 뿐, 본디 역도로 죽어야 할 계집이었다. 도리어 너무 오래 살려 놓았지."

"……"

"왜 못 하겠나? 보아하니 그 계집에게 관심이 있다는 소문이 있던데?"

"조금 관심이 있는 것도 사실입니다만 계집과 대의는 다른 문제죠. 다만 준비 시간이 조금 걸릴 것 같습니다."

"날 너무 오래 기다리게 하지 말게."

해준이 자리에서 일어나자 동윤이 몸을 숙였다. 흠잡을 데 없이 말끔한 인사였지만, 해준은 보지도 않았다.

홀로 남은 방에서 몸을 일으킨 동윤이 해준의 뒤에 길게 늘어서 있던 병풍을 향해 걸어갔다. 미소를 지은 그 상태로 동윤이 병풍을 거둬 냈다.

"좁은 곳에서 힘드셨겠습니다."

눈에서 보이는 광기에 동윤이 보일 듯 말 듯 하게 미간을 좁혔다.

핏발이 선 눈과 움쭉 파인 얼굴, 예전에 보여 줬던 당당한 얼굴에는 어느새 패배감과 열등감에 얼룩진 모습이 더 강하게 남아 있었다.

권좌의 주인이 바뀌지 않았다면 황제가 되었을 사내. 이 사내가 그 자리에 그대로 있었다면 은이원은 무흔이 아니라 황후가 되었을 것이었다.

"명 전하…… 아니 폐하."

황제가 되지 못했지만, 황제의 야욕을 버리지 못한 자.

버려도 그만인 사내였지만, 아직 이 사내가 제 가문에 주는 이득을 무시할 수가 없었다. 그리고 하늘은 언제든지 바뀔 수 있는 법. 길은 여러 곳에 만들어야 했다.

"그 가짜 놈을 세우고는 제 놈이 황제 짓을 하고 있군."

으득. 피가 나오도록 입술을 깨문 명이 분노를 곱씹었다. 당장에라도 황궁으로 들어가 환의 목을 베어 버리고 싶은 욕구를 명이 억눌렀다.

충분히 제 목을 벨 수 있는 상황에서도 환은 마치 자비를 내리는 것처럼 명이 빠져나갈 길을 일부러 만들었다.

마치 황제가 된 자신을 보라는 것처럼, 환은 끊임없이 명을 도발하고 제 덫으로 끌어들이기 위해 흔들었다.

환의 조잡한 수작에 걸리면 안 된다는 건 알았지만 하루에도 몇 번씩 시궁창 같은 이 생활과 무력하게 제 것을 빼앗기는 끔찍한 현실이 명의 인내를 갉아먹었다.

"네 공은 절대 잊지 않겠다. 하지만."

"……."

"은이원에 가졌던 관심은 접어라."

"그저 승상의 눈속임을 위한 것일 뿐입니다. 그리고 은이원의 상황을 보고하라고 명하신 분은 폐하셨습니다."

"관심이 아니었다?"

"은이원은 서우환의 계략으로 황궁에 고립되어 있었습니다. 그런 이의 동태를 살피기 위해서는 어설프게 감시를 하는 것보다 거리를 좁히는 게 더 효율적이지 않겠습니까?"

부정할 수 없는 답이었지만 역시 마음에 들지 않았다.

은가에서 어떻게든 이원을 데려올 거라고 생각했다. 그렇기에 환에게 이원이 붙잡혔을 때는 그녀를 그에게 빼앗겼다는 패배감이 명을 짓눌렀다.

건명에게 어머니를 잃은 환이 이원을 죽일 거라고 생각했다. 하지만 그녀의 목숨을 거두지 않는 대신 이원에게 제 검으로 살게 하며 능욕을 주고 있었다.

"차라리 환에게 죽었다면 이렇게 고통스럽지 않았을 것을."

"어찌 처리할까요?"

"이원이를 데려와라. 단."

고심하던 명이 힘껏 주먹을 쥐었다. 아직 명의 마음에는 그녀가 남아 있었다. 그리고 이원이 있어야 건명을 완벽하게 붙잡을 수 있었다.

"네가 봤을 때 이원이 그 가짜의 품에 안겼다면, 그게 아니더라도 그 가짜에게 흔들렸다면…… 그래서 다시 돌아올 수 없을 것 같다면 정리해라."

다시 황궁으로 돌아가 서우환을 죽이고, 본래부터 제 것이었던 권좌에 오를 것이다.

하나뿐인 바람을 이루기 위해서라면 아무리 이원이 제 마음에 남아 있어도 결단을 내릴 것이다.

여인은 얼마든지 다른 사람으로 대신할 수 있지만 권좌는 아니었다.

"그러겠습니다."

말을 끝낸 명이 자리에서 일어났다. 해준이 사라졌던 그 길로 명이 사라진 후, 혼자 남은 동윤이 손가락으로 턱을 긁었다.

입꼬리는 미소를 짓고 있었지만, 허공을 향한 눈에는 살기가 가득했다.

"모처럼 재미난 걸 발견했는데 날파리가 많네."

아직 준비가 덜 되었건만, 지켜보고만 있는 이들이 이래라저래라 말이 많았다.

같잖게 짖는 말 따위 무시하고 싶었지만 계집을 한번 품겠다고 가진 기반을 전부 날려 버릴 수는 없었다.

"우선은 먼저 가진 사람이 임자니까."

어차피 적당히 잘 해결하면 그의 일은 언제나처럼 끝날 것이다.

제 나름의 정답을 찾은 동윤이 그제야 살기를 지우고 만족스러운 미소를 지었다.

**

이제 눈은 괜찮다고 했지만, 가리개는 벗지 못했다.

침상에서 몸을 일으킨 이원이 천천히 바닥으로 내려왔다.

하원에서는 잠들기 전 심신의 안정을 위해 향을 켰었다.

그녀가 눕기 전 여인이 켜 놓아 방을 채웠던 향내가 거의 사라져 있었다.

아직 미약하게 남아 있는 향을 따라 이원이 천천히 다가갔다. 손의 감각을 이용하여 여인이 내려놓은 향을 붙잡고, 하나 남아 있는 등불을 따라 손을 뻗었다.

369

열기를 따라 불안하게 움직이던 손 위로 그 순간 다른 손이 겹쳐 왔다.

"아!"

손등에서 느껴지는 열기에 몸을 뒤로 빼려는 순간, 손에서 느껴졌던 체온이 등 뒤에서도 느껴졌다. 이원의 손을 붙잡은 그대로 환이 향을 들고 등잔으로 가져갔다.

불이 붙는 매캐한 향이 나는 것도 잠시 이원에게서 향을 받아 든 환이 향꽂이에 꽂아 놓았다.

방을 다시 채우는 향을 맡으며 이원이 몸을 돌리려는 순간 환의 손이 이원의 허리와 손을 붙잡았다.

"풀어 주십시오. 폐하."

들리지 않는 건지 듣고 싶지 않은 건지 몸을 밀착한 환이 이원의 어깨에 얼굴을 묻었다. 양손을 붙잡힌 터라 꼼짝달싹도 할 수 없게 된 이원이 밀어내는 대신 가만히 있었다.

"이제 눈은 괜찮다고 했습니다."

"……."

"가리개는 벗어도 되겠습니까?"

"아니."

눈가리개를 벗은 후, 이원이 자신을 어떻게 볼지 떠올리는 것만으로도, 불안은 환을 흔들었다. 자신도 알 수 없는 복잡한 감정이었다.

허리를 감쌌던 손이 이원의 목을 붙잡았다. 약간의 힘만 주면 부러질 것처럼 가는 목이었다.

이원을 죽여 제 어머니의 복수를 하고 싶다가도, 이대로 침상에 눕혀 이원을 수없이 가지고 싶어 하는 극한의 혼돈이 수없이 환을 삼키고 흔들었다.

"폐하께서는······."

"환."

"······."

"환이라 불러 봐."

당장에라도 넘어가야 할 것처럼 다정한 목소리였다.

그가 이렇게 다가올 때마다 이원은 예전의 기억으로 고통스러웠다. 이제는 저 목소리에 진심이 없다는 것 정도는 알았다.

"여기는 황궁이 아니니까 편하게 불러도 돼."

흔드는 말에도 이원은 미동조차 없었다.

밖에서 잠깐 나누었던 대화가 시작이었다. 전이었다면 모르는 척 그가 하라는 대로 했을 이원이 지금은 제자리에 서 있는 채로 버티고 있었다.

안고 있던 팔을 푼 환이 이원을 침상에 앉혔다. 손가락을 짧게 퉁기자 문이 열리며 여인이 들어왔다.

"잠이 오게 하는 탕약입니다."

잠이 오지 않아 뒤척일 때부터 준비되었던 건지 손에 닿는 탕약 그릇이 따뜻했다. 이제 눈을 가린 상태로 탕약을 마시는 건 익숙해졌다.

약을 비우자마자 여인이 빈 그릇을 받아 간 후, 밖으로 나갔다. 둘만이 남자 환이 몸을 일으켰다.

짧은 숨소리와 동시에 켜 있던 등이 꺼졌다. 옅게나마 불이 있던 방 안에 깊은 어둠이 내려앉았다.

거의 보이지 않았지만 그래도 등잔의 불이 꺼졌는지 켜져 있는지 정도는 희미하게 보였다.

"불을 끄지 않으셔도 됩니다."

"무슨 소리지?"

"폐하께서는 어두운 것을 그다지 좋아하지는 않으시지 않습니까? 불은 켜 놓으시지요."

이원의 말에 놀란 환이 입을 손으로 막았다.

어두운 곳을 끔찍하게 싫어하는 것조차 생각하지 못했다. 그러고 보니 이원이 잠드는 동안은 빛이 거의 들어오지 않는 방 안에서 며칠을 보냈었지만, 짧은 잠에서도 악몽조차 꾸지 않았었다.

"소인은 혼자 있어도 됩니다. 차라리 편안하게 쉬시는 것이……."

가까이에서 느껴지는 환의 기척에 이원의 말문이 막혔다. 그의 체온이 느껴질 정도로 가까워진 거리에 이원이 몸을 뒤로 뺐지만, 그보다도 먼저 다가온 환이 작은 뺨을 감쌌다.

점점 눈꺼풀이 무거워졌지만 약 기운에 몸을 맡기기에는 바로 앞에 있는 환이 더 강하게 느껴졌다.

"폐……."

앞을 가리고 있던 가리개가 그 순간 완전히 풀어졌다. 아직 완전히 돌아오지 않은 시력인데도 환만은 무척이나 또렷하게 보였다.

처음 보는 것도 아니었지만 이 사내를 어떻게 대해야 할지 암담했다.

"여기는 황궁이 아니라 호위가 없어."

"무슨……."

"내가 살려면 날 지켜 줄 사람 옆에 있어야겠지."

미간을 찌푸리는 이원을 보며 환이 입꼬리를 올렸다.

은이원은 자신만을 위한 도구였다. 그녀가 가진 이용 가치가 떨어지면 의미조차 없는 여인이었다.

그리고 그 이용 가치를 판단하고 결정 내릴 사람은 환뿐이었다. 자신이 이원을 내려놓을 마음을 먹을 때까지 은이원은 도망갈 수도, 죽을 수도 없다.

"폐하. 전……."

"네가 날 지켜."

이원의 옆에 누운 환이 피곤한 숨을 내쉬며 눈을 감았다. 눈을 감은 환에게서 고른 숨이 나오자 이원이 난감한 듯 미간을 좁혔다.

더는 환의 의도를 찾고 싶지 않았다. 그저 이 밤이 빨리 지나가기를. 그래서 다시 돌아가는 것만을 바랐다.

"쉬십시…… 아앗!"

약에 어지럽기는 했지만 버티지 못할 정도는 아니었다.

환의 명을 따르려 이원이 침상에서 내려가려는 순간, 잠든 줄 알았던 환이 이원을 붙잡았다. 힘겹게 일어나려던 이원이 환의 힘에 의해 다시 당겨져 침상에 끌려갔다.

발버둥을 치기도 전에 환의 팔이 이원의 허리를 감싼 후 잡아당겼다. 환의 품에 완전히 갇히듯이 이원을 끌어당긴 그가 다시 나른한 숨을 토해 냈다.

"이러면 제가 지켜 드릴 수 없습니다."

이원의 항변에도 환은 미동조차 없었다. 복잡한 눈으로 환을 보던 이원이 얼마 후 약의 기운을 이기지 못하고 잠들었다.

이원이 완전히 잠든 다음에나 환이 감았던 눈을 떴다.

얼마 전의 이원은 환이 조금만 예전의 모습을 보여 주면, 옅은 미소를 짓거나 제 감정을 은연중에 드러냈었다.

제 선언을 지키려는 것처럼 이원은 환의 유혹에도 자신을 조용히 갈무리했다.

'내가 그렇게 만들었지.'

그 결과물이 지금이었지만 마음에 들지 않았다.

"마음에 들지 않다면."

잠든 이원의 머리카락을 환의 긴 손가락이 감겼다. 예전의 이원은 자는 중간에도 종종 미소를 지으며 잠들었지만 이제는 그마저도 남아 있지 않았다.

머리카락을 감은 손가락이 굳어 있는 미간을 펴 주었다. 잠깐이나마 표정이 편해졌지만 얼마 가지 않아 이원의 표정이 다시 굳어졌다.

"다시 변화를 만들면 될 뿐."

환의 손가락에 감겨 있던 머리카락이 스르륵 침상에 떨어졌다. 옆으로 반쯤 누운 환이 해가 떠오르도록 잠든 이원을 오랫동안 내려다보았다.

*
**

호위로 돌아갈 생각과는 달리 다음 날 침소로 들어온 여인들이 이원에게 입힌 건 은가가 몰락하기 전까지 입었었던 고급 비단옷이었다.

하나로 묶었던 머리카락을 다듬어 깔끔하게 올린 후, 귀한 장신구로 치장했다.

면경으로 보이는 모습에 당황한 것도 찰나 준비되어 있는 마차에 환과 함께 올랐다.

"아……."

마차에서 내린 이원이 여민관을 보고는 걸음을 멈추었다. 예전에는 수없이 왔었던 곳이지만 이호와 헤어진 이후로는 적화초에 대해 알아볼 때를 제외하곤 발걸음을 거의 하지 않았었다.

심지어 마차가 멈춘 곳은 귀족들도 들어가기 어렵다고 하는 여민관 별채였다.

"오셨습니까? 폐하."

"데리고 왔는가?"

"네. 명하신 대로 은이호의 건강 상태를 살폈습니다. 지난번에 보셨던 것보다 상태가 많이 좋아졌습니다."

이호라는 이름을 들었을 때부터 이원은 그 자리에 굳은 듯이 서 있었다.

꿈에서라도 보고 싶었던 동생이었다. 비록 지금은 힘들지만 조금 상황이 나아진다면, 그리하여 오롯이 그녀의 노력으로 이호와 만나는 것을 허락받을 수 있다면 더는 바라는 것이 없었다.

"황궁을 나온 김에 보고 가는 것이 어떤가?"

왜 지금인가?

웃으며 죽어 간 영화의 시체가 다시 머리를 채웠다. 살려 달라는 외침을 끝으로 시신조차 보지 못했던 송화의 목소리가 귓가를 맴돌았다.

분명 선을 그으며 조용히 호위로 있을 것이니 환조차도 다가오지 말아 달라는 부탁을 했었다. 그녀의 부탁이 무엇을 의미하는지 환이 모를 리가 없었다.

"동생 보고 싶어 했잖아."

아플 때 환이 곁을 지켜 줬었다는 것을 알게 되면서, 힘들어할 때마다 다가오는 그에게 내색할 수는 없었지만 잠깐이나마 편안함을 느꼈었다.

그 순간 환이 진심이었다면 그는 절대 이원에게 이래서는 안 되었다.

"폐하께서는 참 잔인한 분이십니다."

이원이 살기 위해 만든 선이 이 사내에게는 그저 귀찮은 것이었다.

그러니 이원이 가진 가장 큰 약점을 흔들어 이 사내는 그녀가 힘겹게 만든 선조차 뭉개 버렸다.

"제가……."

"의관님?"

뒤에서 들리는 미성의 목소리에 이원의 말문이 막혔다. 환을 노려보던 표정이 순식간에 무너졌다.

"누님!"

"아……."

품에 안기는 동생은 전보다는 키가 커졌지만, 또래에 비해 여전히 작고 약했다. 차이라면 예전에는 부축 없이 걷지 못했던 동생이 이제는 스스로 두 발로 걸어 이원에게 다가왔다는 것뿐이었다.

다른 이들에게는 사소한 차이였지만, 이원에게는 하늘이 바뀐 것만큼이나 큰 변화였다.

"많이 좋아졌구나."

"오래는 못 걷지만 조금씩은 걸을 수 있습니다! 누님은 괜찮으

376

십니까? 안색이 좋지 않으십니다.”

“진짜…… 많이 좋아졌어.”

떨리는 손이 이호의 손을 감싸고 얼굴을 조심스럽게 어루만졌다. 놀란 눈으로 어루만지기만 하는 이원의 손을 붙잡은 이호가 활짝 미소를 지었다.

서우환의 잔인한 수작질일 뿐이다.

그걸 알면서도 결국 그의 수작질에 넘어가고 말았다.

**

굳어 있던 이원의 표정은 의관과 함께 환이 나간 후, 이호와 단둘이 된 후에나 풀어졌다. 기척이 완전히 사라지고 나서야 이원이 이호에게 다가갔다.

이원을 보던 이호가 방긋 미소를 지었다. 앉아 있는 이호의 손을 이원이 붙잡았다.

“눕지 않아도 괜찮은 것이냐?”

“저야 괜찮습니다. 누님이야말로 괜찮으십니까?”

“내가 힘든 일이 무엇이 있겠느냐?”

환의 수작질은 여전히 탐탁지 않았지만, 그에 의해 치장을 하고 비단옷을 입은 건 다행이었다. 호위복을 입은 채 이호를 봤다면, 이제야 좀 나아진 동생에게 걱정을 끼칠 뻔했다.

“의관님께서 종종 누님의 소식을 알려 주셨습니다. 황궁에서 폐하의 일을 도와주시느라 많이 힘드시다고 하셨습니다.”

“의관님?”

“같이 마차에서 내리신 의관님 말입니다.”

마차에서 같이 내린 사람이라고는 환뿐이었다. 그리고 보니 모두가 환에게 폐하라고 부르는 동안 이호만큼은 그에게 의관님이라 불렀었다.

건강이 좋지 않은 만큼 낯을 가리는 이호가 환에게만큼은 편안한 미소로 먼저 다가가기까지 했으니 분명 이원이 모르는 무언가가 있었다.

"그 의관님이 자주 오셨었니?"

"제가 머무는 곳에 오셨습니다. 제가 치료를 받고 힘들어할 때마다 많은 이야기를 해 주셨습니다. 제가 잘 모르는 이야기를 재미있게 해 주기도 하셨고, 종종 누님의 안부도 전해 주셨습니다. 의관님에게 누님께 안부 인사를 드리고 싶다고 했지만, 자신에게 그것까지는 어렵다고 하셔서 아쉽기는 했었습니다."

전혀 알지 못하는 내용에 이원이 굳게 입을 다물었다.

이호에게 환이 다니고 있었다고는 전혀 생각하지 못했었다.

왜 환이 이호에게 관심을 가진 것일까? 혹 적의를 드러낸 것은 아닐까 싶어 이호를 봤지만, 동생에게서는 그러한 기색이 전혀 없었다.

"누님을 뵙게 되니 정말로 좋습니다."

"나도 그렇단다."

좋아하는 이호를 보며 이원은 제 복잡한 생각을 억눌렀다. 언제 다시 보게 될지 알 수 없는 동생이었다. 지금은 동생에게 최선을 다하고 싶었다.

"그런데 누님. 제 기분 탓일지도 몰라 말을 하지 못했는데 말입니다. 의관님은 보면 볼수록 명 전하와 비슷하게 생기지 않으셨습니까?"

"……."

"하지만 의관님은 명 전하와는 많이 다르시기는 합니다. 제가 착각한 것 같습니다."

몸이 좋지 않은 이호가 이원에게 걸림돌이라 생각한 명은 겉으로는 이호를 걱정하는 척했지만, 내심 그를 보며 불편한 시선을 거두지 않았다.

"후우."

"이제는 좀 눕는 것이 좋겠구나."

이호가 힘든 숨을 쉬자 이원이 가까이 다가왔다. 이원의 부축을 받으며 눕던 이호가 한곳으로 눈을 옮기자 이원의 눈 또한 같이 움직였다.

한쪽 벽면에 세워져 있는 비파를 보던 이원이 숨을 삼켰다.

이곳에 저걸 세워 놓으라 지시할 사람은 하나뿐이다.

그러나 아직 영화와 송화의 죽음에서 이원은 한 걸음도 나아가지 못했다.

모든 일이 환의 뜻대로 되는 것이 마음에 들지 않으면서도 이원에게 피할 방법 따위 하나도 없었다.

그리고 비파를 연주하고 싶지 않은 지금도, 이원에게는 선택이 없었다.

"오랜만에 연주하는 터라 형편없을 것이다."

"누님의 비파는 언제나 듣기 좋았습니다. 하지만 억지로 연주해 주지 않으셔도 됩니다. 누님만 곁에 있어도 좋은걸요."

"눈을 감고 있거라."

자리에서 일어난 이원이 비파를 향해 걸어갔다. 열린 창문으로 고개를 돌리자 담에 앉아 있는 환이 보였다.

고개를 돌리는 것으로 환을 외면한 이원이 이호의 옆에 자리를 잡았다.

잠시 후, 비파의 현이 퉁겨지며 맑은 음이 방에 천천히 울려 퍼졌다.

**
*

이원의 화는 어느 정도 각오하고 저지른 일이었다.

그런데도 그럴 만한 가치가 있었다. 이호를 보는 이원의 입가에는 예전보다는 희미했지만 분명 미소가 지어져 있었다.

조심스럽게 켜는 비파조차도 예전에 들었었던 그대로였다.

낯설게 느껴질 만큼 오랜만에 보는 이원을 홀린 듯이 쳐다보았다.

은이호가 잠든 후에야 연주하던 이원의 손이 멈추었다. 조심스러운 손이 이호의 흐트러진 머리카락을 쓸어내리고 얼굴을 어루만졌다.

이호가 잠든 침소의 문이 닫히고, 얼마 후 이원이 환이 앉아 있는 담 앞에 섰다.

"잠시 말씀드릴 것이 있습니다. 다만 동생의 앞에서 드릴 말씀은 아니니 자리를 옮겨 주실 수 있겠습니까?"

이호에게 보여 주었던 미소는 온데간데없이 사라져 있었다. 딱딱하게 굳은 이원을 보며 환이 아래서부터 밀려오는 쓴물을 삼켰다.

은이호에게 보여 줬었던 미소가 자신을 향할 거라고는 생각하지 않았다.

"옮기지."

다만 좀 더 명확히 보이는 그녀의 선이 눈에 거슬렸다. 하지만 이원에게 선택권이 없듯이 환에게도 피할 길은 전혀 없었다.

*

거슬림. 불쾌감. 그리고 혼란.

서우환이 이원의 감정과 생각을 가장 잘 아는 것처럼 한때는 이원도 그렇다고 생각했었다.

하지만 이제는 제가 찾은 감정에 확신이 들지 않는다. 지금 그녀가 보고 있는 저 감정도 어쩌면 환이 만들어 낸 감정일지도 모른다.

그렇기에 이원이 해야 할 행동은 이것뿐이었다.

"일어나."

낮게 으르렁대는 말에도 무릎을 꿇고 머리를 숙인 이원은 미동조차 없었다.

망할 고집.

차라리 불같이 화를 냈다면 똑같이 화를 내면서 주도권을 잡으면 될 뿐이었다. 하지만 처음 이곳에 왔을 때처럼 화를 내는 대신 이원은 자신을 먼저 낮췄다.

"저와 제 동생이 용서받을 수 없는 죄인이라는 건 알고 있습니다. 폐하의 명 하나에 생사가 달려 있다는 것도 알고 있습니다. 소인이 이런 말을 해 봤자 의미 없다는 것 또한 알고 있지만 폐하께 간절히 청합니다."

"……."

"은가의 죄는 제 평생을 바쳐서라도 짊어지겠습니다. 하지만 제 동생과 제가 의미도 없이 유희거리로 농락당해야 한다면 차라리 지금 죽으라는 명령을 내려 주십시오. 동생과 함께 죽겠습니다."

말이 끝나기가 무섭게 환에게 붙잡힌 이원이 그의 앞까지 끌려왔다. 환의 서슬 퍼런 눈이 무섭게 노려보았지만, 정작 이원은 차분했다.

"동생을 보고 싶어 하지 않았나?"

"보고 싶어 했습니다. 동생의 건강에 신경 써 주시고, 한결 나아지게 해 주신 건 진심으로 감사드리고 있습니다. 그래서 겁이 납니다."

"짐이 네 앞에서 네 동생이라도 죽일 거라는 건가? 그런 일은 일어나지 않는다."

"폐하께서 제 동생에게 보여 주시는 호의의 바탕이 실은 적이라는 것을 깨닫게 된다면 제 동생은 버티지 못합니다. 폐하께서 그러시지 않으셔도 설령 지난번과 같은 상황이 온다면…… 그 순간 소인이 실수라도 하게 된다면 제 동생은 지난번 그 아이들처럼 죽게 될 것입니다."

이원의 멱살을 붙잡고 있던 손이 풀린 줄도 모르고 있었다. 굳은 환을 향해 이원이 힘없이 눈을 내렸다. 이호를 만나기 전 몰아쳤던 분노는 가라앉아 있었다.

분노라는 건 바꿀 힘이 있는 자들이 품는 것이다. 그녀에게는 이 상황을 바꿀 힘도, 모든 것을 희생할 용기도 없었다.

"폐하께 은가가 지은 큰 죄는 소인이 전부 감당하겠습니다. 그 죄의 대가가 아버지…… 죄인 은건명의 목숨을 거두는 것이라면,

그리하여 모든 일이 끝난 후 소인이 목숨을 내놓아야 한다면 마땅히 그리하겠습니다."

단호하면서도 편안해 보이는 이원과는 달리 환은 제 혼란스러운 감정을 전혀 숨기지 못했다.

저 표정조차 더는 믿을 수 없다.

예전의 서우환은 사람의 감정을 무기로 흔들어 대지 않았지만, 하원의 황제인 서우환은 원하는 것을 얻기 위해서라면 얼마든지 그녀의 마음속에 남아 있는 연모를 흔들 인사였다.

도망갈 수도, 피할 수도 없다면 그녀가 할 수 있는 최선은 그저 마주하는 것뿐이었다.

"그렇게 제 평생을 바쳐 대가를 치를 것이니 제 동생만은 폐하의 영향력에서 벗어날 수 있게 도와주십시오."

그저 제 옆에 이원이 있으면서도 엇갈리는 기분이 불쾌했을 뿐이었다.

은이원에게 가장 약점이자 가장 바라는 일을 들어주면 그녀가 만든 단단한 선을 끊어 낼 거라 생각했다.

"네 동생에게 의관으로 다가간 것도, 오늘 너에게 그 사실을 알려 준 것도 큰 의미는 없었다. 그저 너에게 동생을 보여 주면 조금은 나아질 것 같아서 데려왔을 뿐이다."

"……."

"너와 네 동생을 농락할 생각은 없었어."

"그 말을 소인이 믿을 거라고 생각하십니까?"

여전히 이원은 그대로였지만 단 한 가지, 환을 대하는 그녀의 행동은 바뀌었다. 단순히 이원이 선을 긋는다고만 생각했었다.

그녀를 이렇게 만든 사람이 자신이라는 것을 알면서도, 전부를 내려놓겠다는 이원을 마주하는 순간 감옥에서 숨이 끊어질 것처럼 위태로웠던 그녀와 겹쳐 보였다.

이 상황에서 어설픈 거짓은 상황을 더 악화시킬 뿐이었다.

"은이호에게 의관으로 다가간 건 내 영향력 안에 두는 게 안전하다고 생각했을 뿐이다. 네 말대로 다른 영향력이 은이호를 휘두르게 둘 수 없었으니까. 그리고 좀 전에도 말했지만 오늘은 그저 은이호를 보여 주고 싶었을 뿐이다."

"그저 단순한 호의였단 말입니까?"

"때로는 채찍만으로 사람을 부릴 수는 없으니까."

이호가 이원을 붙잡을 족쇄라는 것을 알려 주기 위해 보여 준 거라 생각했다. 이원의 가장 큰 약점은 이호였으니까. 이원에게 제 주제를 알라는 뜻으로 이호를 보여 주었다고 생각했다.

이원의 혼란을 이용하기 위해서가 아니라는 건가?

그게 아니라면. 만약 그의 말대로 진짜 이원에게 이호를 보여 주기 위함이라면 왜 그런 번거로운 일을 그가 한단 말인가?

짧은 순간 이어진 생각의 끝에 다다른 결론에 이원이 의심을 담아 물었다.

"폐하께서는 무엇이 혼란스러우십니까?"

언제부터였는지 알 수 없었다. 감옥에서 그녀가 힘겹게 말을 꺼냈었던 그때였을 수도 있고, 무흔으로 처음 환의 앞에 머리를 숙였을 때였을지도 모른다.

은이원에게 품었던 적의의 틈으로 스며든 감정이 환을 혼란스럽게 했다.

"소인입니까?"

우스운 일이었다. 권좌에 앉은 이래로 누구에게도 보여 주지 않았던 본심을 이원에게 들켰지만 화가 나기보다는 정체를 알 수 없는 환희를 느꼈다.

하지만 환과는 달리 물음을 던질수록 이원의 얼굴은 단단하게 굳었다. 자신의 물음이 사실이라는 것을 확인한 이원의 얼굴에 분노가 생겨났다.

"폐하의 혼란에 저와 제 동생을 이용하지 마십시오! 폐하께서 무슨 답을 찾고자 이러시는지 모르지만 저는 답을 드릴 수 없습니다."

"……."

"차라리 원하는 것을 말씀해 주시면……."

"내 안에 은이원에 대한 연모는 끝났다고 생각했어. 널 도구로 쓰는데도 어떤 감정이 들지 않았던 것도 사실이고."

얼마 전까지는 대수롭지 않았던 이원의 미소가 더는 그냥 넘겨지지 않았다. 이원이 화를 낼 거라는 걸 알면서도 이호를 보여 준 건 그렇게라도 붙잡고 싶다는 충동이었다.

"네 존재가 날 혼란스럽게 해."

"이미 지난 일입니다. 그리고 폐하께서 잠시 다른 생각이 드셨던 것뿐입니다. 이제 더는……."

어설픈 여지에 휘둘리는 건 이제 질색이었다. 자리를 피하려 몸을 일으키자마자 다가온 환이 이원의 손목을 붙잡았다.

"놓아주십시오."

"난 내 안에 정확하지 않은 물음이 남아 있는 건 질색이야. 그러니 찾아봐야지. 내가 지금 느끼는 네가 정확하게 원수의 딸 은이원인지, 아니면 과거에 함께했던 원이인지."

아니면 둘 다인지.

하지만 마지막 말은 일부러 하지 않았다. 정확한 답을 내릴 사람은 환이지 이원이 아니다.

정체를 알지 못했던 혼란을 깨닫고 이원의 앞에서 말하자 머리가 명쾌해졌다. 양극단에 강하게 부딪히는 감정 사이에서 시간을 버리는 건 자신답지 않았다.

"폐하. 소인이 원하는 것은 그저 저의 가문이 지은 죄의 대가를 치르는 것입니다. 그저 폐하께서 약간의 자비를 내려 주시어 동생만 건강하게 자유를 찾는다면 소인은 더는 바라는 것이 없습니다. 그 이상의 바람은 소인에게 없습니다."

"은이호가 자유를 얻어도 은이원은 내 곁에 있어야 해."

"폐하. 전……."

"은건명을 죽인 후에도 은이원은 내 곁에 있어야 해."

환을 보는 이원의 눈에 복잡한 감정이 생겨났지만, 그는 어느 때보다도 진심이었다.

서우환이 놓아주지 않는 한 이원은 절대 벗어날 수 없다.

이원의 손목을 붙잡은 채로 환이 작은 뺨을 다른 손으로 감쌌다. 환의 손길에 당황하여 피하려 하자 뺨에서 떨어진 손이 이원의 목을 붙잡았다.

도망가지 못한 채 붙잡힌 이원을 환이 마주했다.

"내가 길을 잘못 걸어간 건지, 그게 아니라면 길을 바꿔야 하는 건지 알아볼 생각이야."

만약 여인으로서 은이원이 탐나는 것이라면 가지면 될 뿐이었다.

다른 사람에게 보여 주는 이원의 미소는 더는 보고 싶지 않았다. 예전에 이원이 환에게 보여 줬던 미소가 보고 싶었다.

"저는 이제 제 주제를 넘는 짓은 하지 않습니다."

이원의 거부 따위 의미 없었다. 제 혼란의 답을 찾기 위해서라면 그는 얼마든지 제 주변도, 심지어 혼란의 주체인 이원까지도 이용할 수 있었다.

"예전에도 그렇지만 난 제법 답을 잘 찾아. 그러니까 넌 그대로 있어."

"……."

"원아."

어쩔 줄 모르는 이원의 입술을 환의 손가락이 짧게 쓸었다. 좀더 가까이 다가가고 싶었지만, 환이 제 욕구를 억눌렀다.

섣부른 연모로 모든 것을 잃었던 것은 어릴 적으로 충분했다.

그림을 그리듯 환의 손가락이 오랫동안 이원의 얼굴을 어루만졌다. 창백해질 대로 창백해진 이원이 참다못해 입을 열려는 순간 환이 붙잡고 있던 손을 전부 놓았다.

"이제 황궁으로 돌아가자."

모든 상황을 환은 원점으로 되돌려 놓았다.

**

무슨 명령을 내렸는지 알지 못했지만 이원이 저지른 소란은 어느 순간 깔끔하게 사라져 있었다.

"그 비단은 연회상으로 가야 한다. 조심히 옮기거라."

부지런히 비단이 든 상자를 옮기는 내관을 물끄러미 바라보았다.

얼마 후가 환의 탄신일이었다. 당사자인 환은 관심조차 없어

보였지만, 황궁의 이들과 하다못해 후궁들까지도 탄신일 준비로 부산했다.

'원아.'

떠오르는 생각에 이원이 고개를 저었다. 벌써 한 달이 지났지만 그날의 기억은 종종 이원의 발을 붙잡았다.

그날 이후로 아무것도 기억하지 못하는 것처럼 환은 평소와 똑같이 행동했다. 약조된 날짜에 황후와 후궁에게 거짓 황은을 내리기도 했고, 종종 이원을 불러 방을 지키게 했다.

차라리 그때의 일을 다시 꺼냈으면 다시 거절했겠지만 정작 환은 어떤 말도 하지 않았다.

"은 호위님."

멈춰 있는 이원에게 궁녀가 종종걸음으로 다가왔다.

"폐하의 탄신일에 입을 의복은 숙소에 내려놓았습니다. 입어 보시고 불편하시면 말씀해 주세요."

하원의 굳건함을 보이기 위한 탄신일 연회이니 어느 때보다도 화려하고 웅장할 거라는 이야기가 있었다. 연회장에 들어갈 호위들은 새로 의복이 나올 거라고 하더니만 벌써 나온 듯싶었다.

"고맙다."

이원의 인사에 잠시 놀란 듯한 눈이 그녀를 살폈다. 들리는 이야기로 은가의 계집은 무척이나 오만하고 건방지다고 들었건만 직접 마주하니 그러한 기색은 전혀 없었다.

"이, 이만 가 보겠습니다."

잠시 후, 당황한 궁녀가 인사를 한 후 바쁘게 걸음을 옮겼다.

여전히 그녀를 불편해하는 사람이 더 많은 황궁이었지만, 이제는 그마저도 적응이 되었는지 감흥조차 없었다.

더는 영화나 송화 같은 아이가 나오게 해서는 안 되었다.

제 신념대로 적당히 선을 긋고, 제 안에 누구도 들이지 않을 것이다.

"은 호위님. 유빈 마마께서 찾으십니다."

궁녀가 사라지자마자 나타난 상궁이 이원의 앞을 막았다.

좋지 않은 기분이 들었지만, 내색 없이 상궁을 따라 이원이 걸음을 옮겼다.

*
**

유빈의 처소에 들어오자마자 밀려드는 달금한 향에 이원이 숨을 삼켰다.

달금한 향을 싫어하는 건 아니었지만 처소에 가득 차 있는 향은 달다 못해 쓰게 느껴질 정도로 강렬했다.

문이 열리고 붉은 휘장 너머에 있는 유빈을 향해 이원이 몸을 숙였다.

"유빈 마마를 뵈옵니…… 윽!"

몸을 숙이는 이원을 양쪽에서 상궁이 붙잡았다. 상궁을 밀어내려 했던 이원이 유빈을 보고는 얌전히 무릎을 꿇었다.

"처음 볼 때부터 네가 마음에 들지 않았단다."

"송구하옵니다. 유빈 마마. 좀 더 조심하겠습니다."

"그 마음에도 없는 말로 모면하려는 것도 마음에 들지 않고 말이지."

389

유빈이 자리에서 일어나자 앞을 가리고 있던 휘장을 궁녀들이 걷어 냈다.

무릎을 꿇은 이원의 앞까지 다가온 유빈이 고개를 숙인 이원의 턱을 붙잡아 힘껏 들어 올려 자신을 보게 했다.

유빈이 손에 힘을 주자 손톱이 파고든 이원의 뺨에서 실처럼 가느다랗게 피가 흘러내렸다.

"유빈 마마. 소인이 무슨 잘못이라도 저지른 것입니까? 혹 소인의 무지한 행동이 마마께 누가 되었다면 소인이 어리석은 탓입니다. 그러니 너그러운 자비로……."

"난 그 한 치 앞도 못 보고 행동하는 정 귀인과는 다르단다."

"무엇을 말씀하시는 겁니까?"

"폐하."

"……."

"난 지금도 충분히 인내를 가지고 폐하를 나누고 있단다. 그런데 너같이 천한 죄인에게까지 폐하를 나눌 생각은 전혀 없단다."

창백해지는 이원의 얼굴을 하나도 놓치지 않겠다는 것처럼 노려보았다.

역시 처음 보는 그날부터 마음에 들지 않는 계집이었다. 자신은 그저 호위일 뿐이라며 자르더니만 이제 보니 저 천한 얼굴로 황제를 유혹하고 있었다.

이원의 뺨에 난 상처를 보던 유빈이 손에 힘을 주자 상처가 좀 더 벌어졌다.

"마마께서 잘못 아시는 것입니다. 소인이 어찌 폐하께 그러겠습니까?"

"아무 일도 없다?"

"아무 일도 없습니다."

그리고 앞으로도 어떤 일도 없어야 했다. 아무것도 모를 시기에 서로만 봤었던 기억은 그저 과거일 뿐이었다.

용호군이자 무흔으로 자리를 지키는 것. 이원이 할 수 있는 최선의 처신이었다.

"그럼 저 옷은 필요가 없겠구나."

유빈의 말이 끝나는 것과 동시에 궁녀들이 짙은 청백의 무복을 펼쳐 보였다. 처음 보는 무복이었지만, 소매에 새겨져 있는 메꽃 자수가 눈에 들어왔다.

이번 탄신일 연회에 입을 용호군 무복. 크기를 봤을 때 이원의 것이었다.

유빈이 시선을 주자 옷을 든 궁녀 옆에 서 있던 내관이 이원의 무복을 갈기갈기 찢었다. 깔끔한 새 옷이 단숨에 다시 쓸 수도 없게 조각조각으로 나뉘었다.

"탄신일 연회에 황궁 외곽을 호위하거라. 네 말이 맞다는 것을 증명하려면 연회장 주변은 얼씬도 해서는 안 된다."

환에게 특별한 마음을 품지 않는다. 그럴 여유도 없었고, 이제는 그러고 싶지도 않았다.

하지만 갈기갈기 찢긴 무복을 보는 건 생각한 것보다 힘들었다. 어떻게든 중심을 지키며 버텨도, 이 사람들에게 이원은 그저 저 무복만도 못한 존재였다.

환이 일방적으로 해 버린 선언도, 유빈의 명령도, 황궁의 상황에도 이원의 의지나 선택은 전혀 없었다.

"유빈 마마의 명을 받들겠습니다."

"더는 그 면상을 보고 싶지 않으니 썩 물러나라."

절망감은 이원을 바닥 끝까지 내리꽂았지만 우습게도 예전보다는 제 감정을 조금이나마 추스를 수 있게 되었다.

유빈에게 몸을 숙인 이원이 뒷걸음질로 침소를 나갔다. 이원이 나간 후, 넝마가 된 호위복을 유빈이 불쾌한 듯 바라보았다.

그녀의 시선만으로도 기분을 파악한 궁녀들이 서둘러 널브러진 천을 주웠다. 그들에게 관심이 사라진 유빈이 몸을 돌렸다.

"이만 나오거라."

유빈의 말이 끝나기가 무섭게 커다란 병풍 뒤에서 동윤이 나왔다. 유빈의 차가운 눈길에도 그의 입가에는 연신 미소가 지어 있었다.

"저것이 폐하께 수작을 부리고 있다는 네놈의 말. 그 말에 반드시 책임을 져야 할 것이다."

"여부가 있겠습니까? 유빈 마마. 반드시 증좌를 직접 마마께 보여 드리겠습니다."

무릎을 꿇고 몸을 숙이는 동윤을 보던 유빈이 다시 불쾌한 듯 이원이 있었던 자리를 노려보았다.

전부를 내어 줄 것처럼 받아 줘도, 환은 단 하나도 양보하지 않았다. 그저 책임져야 할 여인으로만 상대할 뿐, 환이 진심으로 그녀를 아껴 준다는 생각은 들지 않았다.

그런 상황에서 마음을 주는 정인이 나타나게 된다면, 하물며 그게 저 건방진 계집이라면.

"그건 곤란하지."

무척이나 단호하게 부정을 하니 지금은 지켜볼 것이다. 하지만 천동윤이 말한 대로 환이 이원에게 흔들리는 것이라면 절대 그냥 지켜보고 있지만은 않을 것이다.

환의 탄신을 축하하는 연회는 무척이나 웅장하게 진행되었다.

황궁에서는 치열한 권력 싸움이 오고 가도 공식적인 자리에서는 그러한 기색이 전혀 없었다.

서우환이 황제로 있는 하원은 지금도 그렇고 앞으로도 풍족하고 더 번성할 나라라는 것을 보여 줘야 했다.

'이렇게 보일 필요까지 없지만.'

황궁에서 호화롭게 여는 연회 따위 백성들에게 어떤 도움도 되지 않는다. 이건 그저 가진 자들이 제 것을 과시하고 새로운 권력의 끈을 잇기 위한 자리일 뿐이었다.

서우환의 하원이었지만, 온전히 그의 것은 아니었다. 명이 가장 귀하게 여기는 것을 빼앗은 대신 황제가 가져야 할 것들을 귀족들에게 내주었다.

조만간 전부 찾아와야 할 것이었지만 다만 지금은 적당한 미소 속에 불쾌한 기분을 감추는 것이 우선이었다.

'흐음.'

그래도 역시 이런 자리에서 시간을 보내는 건 쓸데없이 아까웠다. 잔에 남은 술을 마시던 환의 눈이 빠르게 연회장의 호위를 살폈다.

"그 호위를 찾으시는 겁니까?"

설아의 목소리에 환의 눈이 옆으로 향했다. 그 어느 때보다도 화려하게 치장한 설아가 그를 보지도 않은 채 물음을 던졌다.

표가의 위상을 보여 주듯 설아가 입은 예복과 치장은 고급스럽다 못해 화려했다.

앳되면서도 고운 외모에 화려한 치장이 연회장에서 가장 돋보였지만 환은 물론이고 설아 본인도 서로에게 시선 한번 주지 않았다.

황후를 보던 눈을 슬쩍 흘리니 유빈은 물론이고 정 귀인까지도 환의 대답을 기다리며 귀를 기울이고 있었다.

"황후께서도 그런 물음을 던지실 줄은 몰랐습니다."

"폐하께서 은가의 여식을 곁에 두시니 귀를 기울이지 않아도 들리는 것이 있더군요. 그리고 보니 오늘 그 호위는 보이지 않는군요."

"황후의 말씀을 들어 보고 연회장을 보니 확실히 그 호위가 없군요. 듣자 하니 황후께서 곤혹스러울 때 그 호위가 조금 도움이 되었다지요? 혹 그 호위를 곁에 두고 싶으셔서 말씀을 꺼내신 것입니까?"

아무렇지도 않은 표정으로 구렁이처럼 빠져나가려 했다. 다정하고 희생적인 권운과는 완전히 다른 사내.

말조차 섞고 싶지 않았지만 승상이 말을 꺼내기 전에 문제가 될 상황은 미리 막아야 했다.

"폐하께서 가까이 두시는 호위를 제가 욕심낼 이유는 없지요. 다만 그 호위와 관련하여 들리는 폐하와의 소문은 그냥 듣고 있기 거북하더군요."

"황후 마마. 폐하께 그런 말씀은……."

정 귀인이 설아를 말렸지만, 누가 봐도 그러는 척만 할 뿐이었다. 황후의 곁으로 다가오며 말렸지만, 누구보다도 둘의 대화에 귀를 기울이고 있었다.

연회장의 분위기는 한창 무르익고 있었지만, 정작 오늘 연회의 주인공인 환이 앉아 있는 자리는 숨을 쉬는 것조차 힘들 정도로 긴장감이 팽팽했다.

"거북한 소문이라…… 기적을 잘 숨기고 입이 무거워서 지척에서 호위를 시켰을 뿐입니다. 용호군은 짐의 방패이자 검인 자들입니다. 고작 여인이라는 이유로 황은이라도 내릴 거라고 걱정하셨습니까? 짐에게는 귀한 황후와 고운 후궁이 둘이나 있는데 무엇이 아쉬워서 여인을 취하겠습니까?"

"소문은 소문일 뿐인데 황후 마마께서 너무 과하게 받아들이신 것 같습니다. 너무 노여워 마시옵소서. 폐하."

"노여울 것이 무엇이 있겠느냐? 황후께서 짐을 걱정하시는 말인 것을."

황후 너머의 정 귀인을 보며 미소를 짓자 눈을 마주친 그녀가 얼굴을 붉혔다. 하지만 그렇게 반응하는 건 정 귀인뿐, 유빈이나 설아는 미소조차 짓고 있지 않았다.

어차피 이들의 감정에는 관심도 없다. 환이 위험해지면, 그를 걱정하기보다는 이후의 상황에 더 관심을 가질 이들이었다.

"소문이 커진다면 아버지께서 나서실 것입니다. 그전에 폐하께서도 행동을 신중히 하셨으면 합니다."

설아가 귓가에 낮게 속삭이는 말에 환의 입꼬리가 비틀려 올라갔다. 더는 연회조차 눈에 들어오지 않았다.

"저도 모르는 연모를 황후께서는 느끼셨나 봅니다."

"폐하의 행동이 평소와 다르니 아랫것들이 그런 소문을 내는 것이 아닙니까? 소문이 커진다면 제 선에서 처리할 수밖에 없습니다."

단정하고 차분하며 자비로운 황후라 칭송받는 설아였지만 저 여인의 본모습을 아는 환은 실소만 날 뿐이었다.

노골적으로 제 감정을 드러내는 유빈이나 정 귀인과 결이 다를 뿐, 설아는 겉으로 드러내지 않을 뿐 제 욕심을 숨기지 않았다.

"황후의 연모는 지켜져야 할 것이고, 짐의 연모는 처리해야 할 일인가 봅니다?"

"이 자리에서 그게 무슨!"

"최근 황궁에 들어온 내관 중에 꽤 곱상한 이가 있다는 소문이 있더군요. 궁금하여 짐이 그 내관을 직접 보았습니다."

"……."

"승상은 아직 모르시나 봅니다."

분명 은밀하게 진행했던 일이었다. 해준도 알지 못하는 것을 환이 어찌 알고 있는 것인가?

침착하려 했지만 얼굴에 핏기가 빠지고, 옷소매에 가려진 손이 파르르 떨렸다.

설아의 반응을 하나도 빠지지 않고 보던 환이 그녀의 잔에 술을 채웠다.

"그 내관이 황궁 밖으로 안전하게 나갈 때까지."

"……."

"황후께서는 짐의 감정에 어떤 판단도 하지 마시고 가만히 계시길. 그 내관을 짐이 건든다고 승상께서 나설 것 같지는 않으니 말입니다."

말을 끝낸 환이 미소를 지으며 술잔을 들었다. 환의 신호에 대신들이 잔에 술을 따라 똑같이 들어 올렸다. 미소를 지으며 잔을 들어 올렸던 것과는 달리 비우기 위해 고개를 숙인 환의 얼굴은 차가웠다.

　황궁에서 제법 먼 거리까지 나왔지만 연회장에서 울리는 소리는 희미하게 들려왔다.

　오늘은 밤새도록 연회가 열릴 예정이었다. 지시를 받은 용호군은 모두 황궁 주변에 있었지만 이원이 있는 곳은 황궁의 가장 외곽인 북서쪽의 궁이었다.

　"이쪽으로 가면 있다고 들었는데."

　황궁에 온 지 몇 달이나 되었지만 아직 제대로 보지 못했다. 오늘 그녀를 부를 사람은 없으니 임무를 핑계로 둘러볼 생각이었다.

　운이 좋게도 오는 길에 일을 좀 도와준 내관이 북서쪽의 궁을 권해 주었다. 알려 준 길로 걸어가던 이원이 멀지 않은 곳에서 느껴지는 기척에 검에 손을 가져갔다.

　집중하지 않으면 거의 느껴지지 않는 기척, 내관과 궁녀가 저럴 리가 없었다.

　'한 명.'

　최대한 기척을 죽이고 단숨에 거리를 좁힌 이원이 물 흐르듯이 검을 빼 들었다.

　단숨에 거리를 좁힌 이원이 멀리 보이는 인영을 향해 검을 찔렀다. 흠잡을 데 없이 완벽한 공격이었지만, 인영을 찌르기 직전 빛이 번쩍이며 이원의 검이 막혔다.

　공격이 막히자 이원의 검이 방향을 바꾸어 다시 인영을 노렸다.

"더 공격하면 황제를 시해하러 온 자객이 될걸."

"폐, 폐하?"

환의 목소리가 들리자 이원이 찌르던 검을 빠르게 회수했다. 동시에 방향이 바뀐 달빛에 환의 옆모습이 보이자 이원이 서둘러 몸을 숙였다.

한창 연회장에 있어야 할 환이 왜 이곳에 있는 것일까? 검을 추스르고 다가가니 한쪽에 검을 세워 놓은 환이, 비어 있는 잔에 술을 채우고 있었다.

"연회장에 계시는 줄 알았습니다."

"귀찮아."

아. 네, 귀찮으셨습니까? 라는 물음은 도저히 나오지 않았다.

하필 왜 또 이곳으로 환이 온 것인지, 자신은 또 왜 이곳을 구경해 보겠다고 온 것인지 한숨도 나오지 않았다. 하물며 이곳에서는 무흔의 기척은 물론이고 석운조차 없었다.

그날 이후로 환과 이렇게 단둘이 있는 것도 처음이었다. 불편하다 못해 난감한 분위기에서 결국 이원이 먼저 환에게 몸을 숙였다.

"폐하께서 계신지 몰랐습니다. 이만 가 보겠습니……."

"앉아."

"황궁을 호위 중이었습니다. 아직 확인하지 못한 곳이 있으니 그곳부터……."

"황명이야. 앉아."

목 끝까지 싫다는 말이 나오려 했지만, 안타깝게도 이 상황에서 그녀에게는 거부권이 없었다.

환의 반대편에 앉자마자 마치 기다리고 있었다는 것처럼 비어 있는 술잔이 놓였다.

왠지 이원을 기다리고 있었던 것처럼 보였지만, 그렇다고 물어볼 수도 없었다. 하물며 술이라니, 이건 진심으로 해서는 안 되는 짓이었다.

"연회장에서 많은 이들이 폐하를 기다리실 것입니다. 그러니 그곳에 가셔야……."

"너도 여기에 있으면 안 되지 않나?"

"……."

"보아하니 입으라고 내린 호위복도 아니네."

"……."

"더 묻지 않을 테니 잔 받아. 황명이야."

저놈의 황명.

이러다가 다른 사람의 눈에 띄면 곤란해지는 건 이원이었지만 저 태연한 서우환은 잔을 채울 뿐이었다.

하물며 술을 물처럼 마셔도 아무렇지도 않은 환과는 달리 이원은 조금만 마셔도 취기가 올랐다. 혹 황명을 가장하여 그녀에게 벌을 내리려는 것일까?

"네가 취할 정도로 독한 술 아니야."

속지 않으려 마음을 먹어도 종종 예전에 이원을 대하듯이 나오는 말투에 심장을 툭 건들 때가 있었다. 예전의 그 관계는 끝났다며 수없이 선언해도 환은 듣지 않는 것처럼 제멋대로 행동했다.

어차피 달라진 것은 없다. 서우환은 길이 어떤지 본다고 했지만, 이원이 선택한 길은 틀리지 않았다.

"그럼 받겠습니다."

가득 담겨 있던 술을 이원이 단숨에 비웠다. 환의 기준에서는 약할지 몰라도 이원에게는 제법 독했다.

빈 잔을 내려놓은 이원을 물끄러미 보던 환이 다른 방향으로 고개를 돌렸다.

환을 따라 눈이 움직이던 이원의 눈이 커졌다.

"아!"

환이 앉아 있는 정자는 좁았지만, 그 앞에 펼쳐져 있는 호수는 시선을 뗄 수 없을 정도로 장관이었다. 호수의 주변에 빼곡하게 심겨 있는 나무는 마치 담처럼 정자 주변을 둘러싸고 있었다.

맑은 호수에 비치는 나무도 그림이었지만, 특히 위에 떠 있는 달이 호수에 비치면서 도는 빛은 유난히도 은은했다.

"연회장보다는 이곳이 낫지."

"……곱습니다."

환의 시선에도 상관없이 이원이 앞의 전경을 쳐다보고 있었다.

이원을 보며 환이 남아 있는 술을 비웠다. 시끄러운 연회도, 화려한 여인들도 눈에 들어오지 않았지만, 인적이 없는 정자에서 호수를 보는 이원은 자꾸 눈에 들어왔다.

조금만 웃으면 좋으련만, 전경에 눈을 빼앗겨서 보면서도 이원은 미소조차 짓지 않았다.

"음?"

전경을 보던 이원이 뒤늦게 시선을 느끼고는 고개를 돌렸다. 환의 눈을 마주치자마자 이원이 눈을 피하며 고개를 숙였다.

"넌 감정을 숨기고 싶을 때마다 고개를 숙여."

환의 눈을 외면하던 이원이 그의 말에 놀라 고개를 들었다. 당황하는 표정을 전혀 감추지 못하는 이원을 보는 환이 진심으로 즐겁다는 듯이 미소를 지었다.

"연회장에서……."

"음?"

"폐하를 찾으실 것입니다. 소인이 가서 말씀드리고 오겠습니다."

"이제 황제 따위 눈에 보이지 않을 시간이야. 언제부터 내 생일을 그렇게 축하해 줬다고 말이지. 그냥 있어."

쓰게 답한 환이 비어 버린 잔에 술을 따랐다. 환이 전혀 듣지 않자 말리는 대신 이원이 술을 받았다.

한동안 말없이 잔에 술이 채워지고 비워지기를 반복했다. 긴장을 풀 수는 없지만 말없이 술을 나눠 마시니 그럭저럭 자리를 지킬 만했다.

환과 단둘이 있는 건 불편했지만, 정자 앞으로 보이는 정경은 몇 번이고 봐도 질리지 않았다.

다만 이 상황에서 이원을 제일 거슬리게 하는 건 하나였다.

"소인의 얼굴에 무엇이 묻었습니까?"

"아니."

"소인이 무슨 잘못을 했습니까?"

"아니."

"그런데 어찌 소인의 얼굴을 그렇게 보십니까?"

"답을 찾는 중이거든."

다른 사람들 앞에서의 환은 무관심하다 못해 냉소적이었지만 단둘이 있을 때 환은 마치 예전의 그 같았다.

툭 내뱉는 말이 예전처럼 이원의 허점을 날카롭게 파고들었지만, 잔을 들고 몸을 돌리는 것으로 피했다.

401

"고개를 숙이는 대신 돌리는 건가?"

"이미 정해진 답이 있는데 억지로 다른 답을 찾으시는 것이 아닌가 싶습니다. 소인의 아버지가…… 태후 마마께 저지른 죄만으로도…… 이미 답은 정해져 있습니다."

정 상궁의 이야기에 환의 분위기가 무거워지자 이원이 고개를 숙였다. 당장에라도 이원의 목을 벨 것처럼 서늘했던 분위기에 숨이 막혔지만, 이원은 적의를 받아 냈다.

한참의 정적이 머문 후, 환이 다시 잔을 들었다.

"나에게 할 말 없나?"

"네?"

"그러고 보니 들어야 할 말을 못 들었네."

좀 전까지 싸늘했던 시선은 언제 그랬냐는 듯이 달라졌다. 이원이 눈을 좁혔다.

이곳에 오게 된 계기까지는 묻지 않는다고 했었다. 그렇다면 할 이야기도 없는데 무슨 말을 안 했다는 것인가?

"오늘 나 태어난 날이야."

"경하드립니다. 폐하."

"틀렸어. 다시 말해."

탄신일을 경하드린다는 말이 왜 틀렸다고 하는지 이해할 수 없었다. 미간을 좁혀 환을 노려봤지만, 당사자는 다시 이원에게 말해 보라며 채근이었다.

곰곰이 생각하며 고민하던 이원이 환이 원하는 답을 찾아내고는 숨을 삼켰다. 자신이 잘못 생각한 것이라 판단한 이원이 고개를 저었다.

"폐하. 소인이 잘못 생각하는 것이라 판단하옵니다만……."

"잘못 생각한 거 아니야."

"폐하."

"오늘은 내가 듣고 싶은 말 한마디 정도는 해 줄 수 있잖아?"

이 자리에서 도망가고 싶다.

돌이킬 수 없는 사이라고 말해 놓고는 왜 이러는지 진심으로 알 수 없었다. 이미 너무 멀리 돌아왔고, 많은 것이 바뀌어 버렸다.

그저 환은 충동적으로 듣고 싶은 것뿐이다.

"연회장에서 폐하를 찾을 것입니다."

"그랬으면 벌써 왔겠지. 왔어도 이곳에 들어오기도 전에 잡혔겠지만."

"……."

"이곳이 좋다며 권해 준 내관은 해코지하지 마. 그 아이도 황명을 받았을 뿐이니까."

"……."

"억지로 밀고 들어오면 자객에게 공격당하는 날 네가 지켜 줬다고 하자."

결론은 환이 미리 준비한 자리에 이원이 알아서 멍청하게 여기까지 들어온 것이고, 결국은 환이 나가라는 허락이 떨어질 때까지 이원은 이곳에서 한 걸음도 뗄 수 없다는 선언이었다.

"황명이야. 듣고 싶어."

제멋대로에 짜증 나는 인사 같으니.

기대하는 눈과 기대하듯 올린 입꼬리가, 하다 하다 가벼운 말투로 핵심을 파고드는 날카로운 화법까지도 예전의 그였다.

환의 수작질에 짜증이 났지만 제일 화가 나는 건 저 모습을 보며 예전의 환을 떠올리는 자신이었다.

어차피 말일 뿐이다. 그렇게 듣고 싶다면 해 주면 될 뿐이다.

"생일 축하합니다. 환."

"……."

"생일 축하해."

힘들어하는 이원에게는 조금은 미안했지만, 산더미처럼 받은 금은보화와 귀에서 피가 나도록 들은 경하드린다는 말보다도 더 마음에 들었다.

잔을 내려놓은 환이 이원의 옆으로 다가왔다. 경직된 이원을 보던 환이 작은 어깨에 머리를 기댔다.

"폐……."

안 된다며 거부하려던 이원이 어깨에 머리를 기댄 채 쉬고 있는 환을 보며 말을 삼켰다.

예전과는 달리 황제가 되어 수많은 사람에게 존중을 받으며 살게 되었어도 환이 편하게 느끼는 곳은 저 화려한 연회장이 아니라 사람이라고는 전혀 없는 호수 앞 정자였다.

아니라며 밀어내는 대신 그가 잘 기대도록 이원이 몸을 세웠다. 편해진 자세에 환이 입꼬리를 올렸다.

"그렇게까지 안 해 줘도 돼."

대답을 하는 대신 앞의 정경에 시선을 고정했다.

전혀 의미 없었지만 이 정도면 꽤 마음에 드는 생일이었다.

*
**

'천 호위님께서 소인에게 해 주신 호의와 자비는 진심으로 감사드

404

립니다. 다만 소인이 착각하는 것일지도 모릅니다만 더 이상의 호의는 거둬 주십시오.'

"이건 좀 내 예상과는 진짜 다른데 말입니다."

동윤이 아는 여인은 그의 호의를 불편해하다가도 곧 마음을 열고 제 것을 전부 내주는 이들뿐이었다.

그가 주는 호의가 내키지 않는다며 거절하는 계집은 은이원이 처음이었다.

조금은 특이하면서도 재미있는 계집.

하지만 저 계집의 눈이 황제에게 가 있을 거라고는 믿지 않았었다.

'저런 얼굴을 가지고 있을 줄은 몰랐는데 말이지.'

황제가 은이원을 대하는 방식은 연모와는 거리가 멀었다. 무엇보다도 은이원 또한 황제와 그다지 차이가 없었다.

'짜증이 나려는데.'

분명 동윤과 다른 사내를 상대할 때와 환을 상대할 때의 이원의 눈은 완전히 달랐다.

잠든 환에게 먼저 다가가지는 않았지만 잠든 그를 보는 눈은 무척이나 낯설었다.

호의를 보여 준 자신이 아니라 쓰고 버릴 물건처럼 대하는 서우환에게 저런 눈이라니, 조금은 다르다고 생각했건만 저 계집도 똑같다는 건가?

불쾌한 나머지 욕을 내뱉을 뻔했지만, 대신 동윤이 미소를 지으며 제 옆의 여인에게 몸을 숙였다.

"이만 돌아가셔야 하지 않겠습니까? 다른 이들이 찾을 것이니다.”

“…….”

“유빈 마마.”

분노로 온몸을 떨면서도 유빈은 정자에서 눈을 거두지 않았다.

처음 봤을 때부터 불쾌하고 더러운 계집이었다. 절대 아니라며 뻔뻔하게 거짓을 말하더니만 결국 사실이었다.

그랬던 환이 먼저 이원의 어깨에 머리를 기댔다. 몇 년을 함께 했지만 단 한 번도 환은 그녀에게 저러지 않았다.

“내 자네의 충정은 잊지 않겠네.”

“송구하오나 마마. 저 둘은 그대로 둘 수는 없지 않겠습니까?”

동윤의 말은 제대로 듣지도 않던 유빈이 그 한마디에 고개를 돌렸다. 유빈의 눈에 깃든 탐욕을 본 동윤이 나오려는 비웃음을 삼켰다.

결국 사람은 제 욕심을 숨길 수 없다. 그리고 유빈의 욕심은 동윤에게 은이원을 건네주고 가장 튼튼한 방패가 되어 줄 것이다.

“소인을 조금 도와주십시오.”

“무엇이 필요한가?”

주저할 시간조차 없었다. 환의 감정이 더 깊어지기 전에 문제가 될 싹은 도려내야 했다.

“대신 나도 조건이 있네.”

“말씀하십시오.”

“여인으로는 절대 보이지 않도록 망가트리고 죽이게. 죽어서라도 보고 싶지 않게 손을 쓰게.”

욕심이 많은 만큼 유빈은 성정이 잔인했다. 제 것을 건드렸으니 여인으로도 망가트리라는 명령을 아무렇지도 않게 던졌다.

어차피 제가 가질 여인, 유빈이 알아서 원하는 답을 줬으니 이제 그녀와의 대화는 필요 없었다.

"그리하겠습니다. 마마."

유빈이 나간 후, 동윤이 다시 황제와 이원을 쳐다보았다.

은이원은 그렇다 쳐도 황제의 저런 표정은 낯설었다. 연모와 증오는 종이 한 장 차이라고 했던가?

황제의 심중이 움직이는 건 이쪽도 사양할 일이었다.

"그렇게 중얼거리면 숨어 있어도 드러나는 법입니다."

동윤의 말이 끝나기가 무섭게 뒤에서 느껴지던 기척이 가까워지며 중년 사내가 걸어 나왔다. 백석과 적화초의 일로 좌천된 부장, 이제는 부장이 아니라 수많은 황병 중 하나인 사내가 이원을 보며 이를 갈고 있었다.

"내가 저것을 죽이게 해 주게."

"잊지 마십시오. 은이원을 죽이는 건 내가 저것을 가진 후입니다. 그 뒤에는 알아서 하시길."

부장의 답을 듣지도 않은 채 동윤이 주변을 둘러보았다. 조용한 것을 좋아하는 황제가 신경 써서 만든 곳이었기에 황궁에서 꽤 떨어져 있기도 했고, 인적도 거의 없었다.

누군가를 망가트리고 죽이기에는 이만한 곳도 없었다.

"나쁘지 않은 곳이네."

어차피 한번 가지면 관심조차 사라질 계집, 그래도 그 순간이 조만간 올 거라는 기대감에 참을 수 없는 미소가 생겼다.

*
**

자객이 황궁에 드는 건 새삼스러운 일은 아니었지만, 이번만큼은 평소와는 조금 달랐다.

언제나 자객들이 향한 곳은 환이 머무는 궁이었다. 하지만 오늘 같은 경우는 돌발적으로 나타나 눈에 띄는 대로 살육을 저질렀다.

"사, 살려 주세…… 꺄아악!"

뒷걸음질 치는 궁녀가 제 앞으로 향하는 검을 보며 눈을 질끈 감았다. 당장에라도 제 몸을 찌를 검이 오지 않자 궁녀가 실눈을 떴다.

검을 떨어뜨린 자객이 피를 토해 내자 겁에 질린 궁녀가 몸을 뒤로 뺐다. 이원이 자객의 등에 꽂았던 검을 빠르게 뽑았다.

"도망쳐라."

"서두르게! 이쪽이네!"

동윤의 채근에 이원이 검에 묻은 피를 닦지도 못한 채 그를 따랐다. 그가 향하는 곳이 얼마 전 갔었던 북서쪽의 호수라는 사실이 묘하게 마음에 걸렸다.

"폐하께서는 유빈 마마와 처소에 계시는 것이 아니었습니까?"

"자객이 들기 직전에 옮기셨네. 서두르게."

열려 있는 궁으로 동윤이 먼저 들어가고, 이원이 그 뒤를 따랐다. 그의 말이 틀리지 않았는지 황궁에서 느껴지던 자객보다도 안에서 느껴지는 수가 더 많았다.

아무리 환이 고수여도 여러 방향에서 한 번에 밀려드는 자객을 전부 막을 수 없었다.

"거의 다 왔네."

동윤을 따라 속도를 올리면서 이원이 검에 힘을 주었다. 환과 같이 있었던 정자가 보이고, 주변을 포위한 자객이 느껴졌다.

가장 가까운 곳의 자객을 향해 검을 휘두르려는 순간 자객이 진형을 바꾸어 이원과 동윤을 포위했다.

"앗!"

이상함을 느낀 이원이 몸을 뒤로 빼려는 순간 따끔한 느낌이 목에서 느껴졌다. 놀라 목을 만지니 얇고 날카로운 바늘 끝에 피가 묻어 나왔다.

놀란 눈으로 고개를 돌리자 바늘을 들고 있던 동윤이 빙긋 미소 지었다.

"그러게. 선을 좀 지키지 그랬나?"

"무, 무슨……?"

말이 끝나기가 무섭게 들고 있던 검을 바닥에 떨어뜨렸다. 몸에 힘이 빠졌지만, 어떻게든 버티려 입술을 깨물었다. 하지만 곧 비틀거리며 이원이 자리에 주저앉았다.

이원이 버티는 모습을 보던 동윤이 주변을 둘러싼 이들을 감흥 없이 보았다.

"몸 돌려."

마치 이곳의 황제가 된 것처럼 동윤의 한마디에 자객이 몸을 돌렸다.

무릎을 꿇었어도 어떻게든 몸을 가누려 하는 이원을 향해 동윤이 몸을 숙였다. 열기에 붉어진 뺨을 만지고 턱을 붙잡자 이원이 몸을 틀었다.

"그래 봤자 못 도망친다는 것을 알잖아?"

"어…… 어째서…….."

"난 계집으로 자네를 안고 싶고, 높으신 분들은 자네를 죽이고 싶어 하니 서로가 원하는 것이 맞아떨어졌다고 해야겠지."

"하아."

"두 시진 안에 사내에게 안기지 않으면 독으로 변한다네. 독에 죽고 싶지 않으면 어찌해야 할지 자네가 더 잘 알지 않나?"

가까이 다가온 동윤이 이원의 뺨에 입술을 갖다 댔다. 거부하듯 발버둥 쳤지만 부질없는 발악이었다.

적당한 열기로 따뜻해진 뺨에서 느껴지는 감촉에 모든 신경이 곤두섰다.

뒷걸음질을 치는 이원을 힘으로 바닥에 누른 동윤이 턱을 억지로 붙잡고 벌려 입을 맞추었다.

"……싫어!"

굳게 다문 입술을 깨물자 달큰한 향과 혈향이 그의 욕정을 곤두서게 했다.

싫다며 반항하는 이원을 억누른 동윤의 눈에서 정욕이 생겼다. 호위복을 붙잡고 힘으로 잡아당기자 호위복이 풀리면서 하얀 어깨가 고스란히 드러났다.

호위복에 감춰져 있어서 그럴 뿐, 한때는 하원을 지배했던 가문의 계집답게 관리가 잘 되어 있었다.

"내가 끝나면 너희들에게 기회를 주마."

"이거 놔!"

"제 것이 더럽혀져 죽을 테니…… 서우명도 아쉽겠군. 그 자식은 아무것도 모르겠지만."

서우명이라는 소리에 이원이 발버둥을 멈추었다. 다시 묻지 않았지만 그가 누구의 사람인지 명확했다.

크게 뜬 눈으로 쳐다보는 이원을 붙잡은 그대로 동윤이 얼굴을 내렸다. 귓가에 코를 박고 숨을 들이마시자 달금한 체향이 훅 밀려왔다.

"네가 얌전히 있으면 곧 황제도 같이 보내 주지."

동윤의 입술이 어깨에 닿았지만 이제는 빠져나갈 힘조차 남아 있지 않았다.

몸을 돌리고 있던 사내들이 흘낏 눈을 돌려 쓰러진 이원을 보며 입꼬리를 올리고 있었다. 다급한 손이 호위복을 마저 풀어내며 보이는 쇄골에 입술을 묻었다.

점점 정신도 흐릿해지고, 숨도 가빠졌다. 독약으로 변한다는 최음제 때문인지 몸을 더듬는 동윤의 손에 열기가 차올랐다.

허겁지겁 목에 입술을 묻고 가슴을 주무르던 동윤이 이원을 붙잡았던 손에 힘을 뺐다.

기회는 한 번.

"아아악!"

이원에게 어깨를 다치고 도망갔었던 자객. 영화를 움직였던 나리.

정확한 증좌는 아니었지만 분명 자객의 검술을 보면서 떠올린 사람은 동윤이었다. 자신의 짐작이 맞다면 저 사내의 약점은 아직 낫지 않은 어깨였다.

옷소매에 숨겨 놓은 단검으로 어깨의 상처를 찍고 비틀었다.

"망할!"

지금은 그를 볼 정신도 없었다. 자리에서 일어나 떨어뜨린 검을 붙잡은 이원이 포위하고 있던 호위를 향해 휘둘렀다.

오차도 없이 찌른 검이 자객의 목에 꿰뚫리고 그녀가 도망갈 빈틈을 만들어 냈다.

"저년 잡아!"

이들의 목표는 환이 아니라 자신이다.

황제도 곧 따라가게 해 주겠다는 동윤의 목소리가 머리에 울렸다. 약의 효과로 인해 머리가 어지러웠지만 지금은 생각할 겨를이 없었다.

"비켜!"

"막아!"

입술을 깨무는 것으로 혼미해진 정신을 추스른 이원이 앞을 막는 자객을 향해 다시 검을 휘둘렀다.

**

검은 침의를 입은 환이 잔을 들자 유빈이 술을 채웠다. 환의 눈이 향하자 유빈이 살짝 붉어진 얼굴로 고개를 살짝 돌렸다.

그 모습이 무척이나 요염하고 유혹적이었지만 환의 눈은 처음과 별반 다르지 않았다.

그 망할 것은 어떻게 했기에 환이 그런 눈으로 쳐다본 것일까?

울컥 화가 치밀었지만 대신 눈웃음을 지으며 환에게 유빈이 가까이 다가갔다.

"어떠세요? 폐하."

"이곳이 이렇게 보일 수도 있었군."

유빈이 환을 데리고 간 곳은 북서쪽 궁에서 가장 멀리 떨어져 있는 별궁이었다.

은이원을 제거하는 동안 환을 붙잡아 두려면 이곳만 한 곳이 없었기에 아랫것들을 닦달해서 새로 단장을 시켰더니만 제법 환과 함께 있기 그럴듯했다.

"유빈이 무리했겠군. 다음에는 이러지 않아도 된다."

"아니옵니다. 폐하께는 신첩 좋은 모습만 보여 드리고 싶은걸요."

아낌없는 황은을 받는다고 했지만, 이상하게도 단 한 순간도 기억에 남지 않았었다. 이상하다고 생각하면서도 넘겼었지만, 오늘은 그냥 넘기지 않을 것이다.

"폐하. 신첩의 진심을 아시지요?"

"유빈이 짐을 아껴 주는 건 알고 있지."

유빈의 진심을 알아주는 속삭임에 고운 눈썹이 부드럽게 휘었다.

환에게 다가간 유빈이 환의 입술에 입맞춤을 하였다. 유빈이 좀 더 가까이 다가오자 환의 팔이 그녀의 허리를 감싸 자리에 눕혔다.

"폐하."

"음?"

유빈의 손이 환의 뺨을 감쌌다. 유빈의 손을 감싼 환이 보드라운 손바닥에 입술을 맞추었다.

"폐하. 저도 북서쪽의 호수에 데려가 주세요."

풀어져 있던 환의 눈이 순간 싸늘하게 굳었다. 환의 반응에 왜 그러냐는 듯이 유빈의 눈이 커졌다.

"저도?"

"자객이다!"

밖에서 들리는 고함에 유빈이 붙잡은 그대로 환이 고개를 돌렸다. 검과 검이 부딪치는 소리와 궁녀와 내관이 지르는 비명이 사납게 엉켰다.

침소 밖으로 나오니 누군가가 환을 가리키며 소리쳤다.

"황제다! 황제가 밖으로 나왔다!"

유빈을 떼어 낸 환이 밖으로 나오자 마구잡이로 궁녀와 내관을 공격하던 자객이 그를 향해 달려들었다. 호기롭게 달려든 공격은 환을 포위한 용호군에게 막혔다.

"폐하를 지켜라!"

항상 그를 공격하던 자객들과는 움직임이 달랐다. 용호군의 실력은 뛰어났지만, 자객들은 그 우위의 실력이었다.

그들의 공격을 피해 환에게까지 거리를 좁힌 자객이 검을 휘둘렀지만, 환에 닿기도 전에 무흔의 검에 목숨을 잃었다.

바로 앞에 쓰러진 자객을 보던 환이 얼굴을 가리고 있던 복면을 벗겨 냈다. 유빈의 가문에서 들였던 용호군의 얼굴이 드러나자 뒤따라 온 유빈의 얼굴이 창백해졌다.

"왜? 왜 네가 여기에! 여기가 아니다! 폐하의 목숨을 노리는 것이 아니란 말이다!"

"……."

"너희가 노려야 하는 사람은 폐하가 아니다! 여기가 아니란 말이…… 꺄악!"

유빈의 비명 따위 무시한 채, 환의 눈이 자객을 바쁘게 훑었다. 움직임을 가리려 했지만, 환의 목숨을 노리는 사람의 삼분지 일은 용호군이었다.

그들의 움직임을 하나씩 살피던 환이 바닥에 떨어져 있는 자객의 검을 주웠다. 흑의 침의가 펄럭이는가 싶더니 환의 모습이 사라졌다.

"황제가!"

힘겹게 외치던 목소리는 목을 꿰뚫는 검에 삼켜졌다. 자객들 사이에서 모습을 드러낸 환의 침의가 짧게 펄럭거리고, 주변을 에워싸던 자객의 목에서 피가 터져 나왔다.

제 죽음을 자각하기도 전에 숨이 끊어진 자객들 너머로 익숙한 인영이 환과 눈을 마주쳤다.

목표를 발견한 환이 다시 움직이고, 눈이 마주쳐 도망가려던 인영의 복부에서 피가 터져 나왔다.

"쿨럭."

피를 토해 내며 도망가려는 인영의 어깨를 환이 발로 짓밟았다. 정리되지 않은 상황에 짜증이 난 환이 주변을 노려보았다.

"언제까지 기다려야 하는 것이냐?"

"모두 정리해라!"

석운의 고함과 동시에 용호군과 무흔이 빠르게 움직였다. 곳곳에 그들이 흘린 피가 바닥을 흥건하게 적셨지만 그들의 죽음은 환의 관심을 전혀 끌지 못했다.

환의 차가운 눈이 밟고 있는 사내를 향했다.

"짐은 사람을 제법 잘 기억하지."

"폐, 폐하…… 아아악."

환의 검이 팔을 베었다. 고통스러운 비명을 지르는 인영의 얼굴을 석운이 발로 밟았다.

울먹이는 인영의 복면을 벗겨 내자 적화초로 좌천된 부장이 겁에 질린 눈으로 울음을 터트렸다.

"소인은 그저 폐하의 발을 붙잡아 두라는 지시를 받았을 뿐입니다! 폐하를 시해하려는 이들인지 몰랐습니다! 그저…… 그저 은이원을 죽이고 싶으면 시키는 대로 하라 하여 그대로 했을 뿐입니…… 아악!"

이원의 이름이 나왔을 때부터 환의 얼굴이 희미하게 흐트러졌다. 환의 변화를 알지 못하는 부장이 공포에 몸을 떨며 유빈을 가리켰다.

"용호군의 천동윤과 유빈 마마께서…… 은이원을 계집 노릇조차 못하게 망가트리고 죽이라며…… 시키는 대로만 따르면 그 계집을 죽일 수 있게 해 주시겠다면서……."

"무슨 소리를 하는 거야! 네놈이 지금 누구에게 그딴 누명을 씌우려는 거야!"

아니라며 고함을 질렀지만, 유빈의 표정만으로도 상황은 전부 파악했다.

오늘의 목표는 자신이 아니다.

"폐하. 살려 주십시오…… 소인이 잘못…… 아아악!"

"어디냐?"

공포에 몸을 떨면서도 은이원에 대한 적의가 남아서인지 부장은 말하지 않았다. 그런 부장을 보던 환이 주저 없이 검을 휘둘렀다.

부장의 몸에서 뿜어져 나온 피가 환의 옷과 얼굴이 튀었다.

어디인지 듣지 못했지만 짐작 가는 장소는 하나뿐이었다. 얼굴에 피를 닦지도 않은 채 환이 주저앉아 있는 유빈을 노려보았다.

"폐, 폐하. 신첩은…… 신첩은……."

또독.

비가 한 방울씩 떨어졌다.

환의 분위기는 가라앉아 있었지만, 평온하다는 말은 죽어도 할 수 없었다.

가까이 다가가는 것만으로 목이 베일 것 같은 섬뜩함. 홍 황후와 명의 검으로 살았을 때에 품었던 살기보다도 더 날카로운 기운이 환을 휘감았다.

"석운. 유빈을 처소에 가둔 후에 따르라."

"폐하!"

그의 대답을 듣지도 않은 채, 환이 담을 넘었다.

무흔은 물론이고 석운조차 따라가지 못할 속도로 빠르게 환이 움직인 곳은 북서쪽의 호수였다.

**
**

한 방울씩 떨어지던 빗줄기가 점점 더 거세졌다. 나무에 몸을 숨긴 이원이 풀어진 호위복을 단단히 여미었다.

"찾아!"

"망할 년이 넷이나 죽였어!"

밤에 내리는 비가 차가웠지만 제대로 느껴지지 않았다. 하물며 온몸의 열기 때문인지 점점 시야가 흐릿해졌다. 독이 퍼지지 않도록 혈을 막았지만, 점점 풀리고 있었다.

"하아."

"눈이 흐릿해질 거고, 곧 귀도 잘 들리지 않을 거다. 그러다가 독으로 변하면 중독되어 죽을 터, 그 전에 편하게 죽는 게 어떠한가?"

동윤의 비웃음에 이원이 다시 검을 붙잡았다. 아직 귀가 들리는 것을 보면 독으로 바뀌지는 않았다. 이곳에서 빠져나가려 했지만, 이원의 생각을 이미 알고 있다는 것처럼 동윤이 궁문과 담에 자객을 배치했다.

도망갈 수 없다면 할 수 있는 최선은 하나였다.

"여기 있다! 여기에…… 컥!"

지금은 한 번에 목숨을 끊어야 했다. 온몸에 들끓는 열기를 억누르며 이원이 자객의 목을 베었다. 자객의 몸에서 피가 튀었지만 곧이어 쏟아지는 비에 흔적도 없이 사라졌다.

"여기다!"

"비켜!"

바로 앞까지 오는 검을 막은 이원이 피가 배어 나오도록 입술을 깨물었다. 시력이 흐릿해지면서 반응이 느려지자 이원의 변화를 알아차린 자객의 검이 단숨에 방향을 바꾸어 공격했다.

뒤늦게 기척을 느끼고는 피했지만 이원의 팔이 베였다.

"윽!"

"계집의 눈이 안 보인다! 어서 잡……."

흐릿해진 눈으로 거리를 잡는 건 어려웠지만, 자객의 목숨을 거두는 건 힘들지 않았다. 발버둥 치는 자객의 팔을 벤 검이 방향을 바꾸고 심장을 찔렀다.

"그년을 내 앞에 끌고 와! 내가 죽일 거다!"

동윤의 고함을 듣는 순간 이원은 제 생각을 바꾸었다. 자객의 말대로 눈이 거의 보이지 않았고, 이대로 황궁을 나가는 건 무리였다.

"저기 있다!"

"저년이 방향을 바꾸었어!"

이곳에서 그녀 외의 다른 인간은 모두 적이었다. 검에 닿는 이들은 주저 없이 휘둘렀다.

검이 좋아 배웠었지만 이렇게 되고 싶은 건 아니었다. 침착하려 했지만, 차오르는 열기만큼이나 심장이 터질 듯이 뛰었다.

"아앗!"

다리에서 느껴지는 통증에 도망가던 이원이 바닥을 굴렀다. 베인 다리에서 흐르는 피 냄새와 통증에 숨이 막혔지만 주저앉는 대신 검을 붙잡고 다시 달렸다.

목표로 했던 호수에 도착하고 차가운 물이 무릎까지 올라오자 이원이 몸을 돌렸다.

"하아. 하아."

가쁜 숨이 목 끝까지 치달았지만, 검을 다잡고 자세를 잡았다. 이원의 행동에 주변을 포위한 자객들이 비웃음을 터트렸다.

"저년 보게. 우리를 전부 죽이고라도 가겠다는 건가?"

"호수에 있으면 우리를 잡을 수 있다는 건가?"

"어설픈 발악이지. 곧 귀도 안 들릴 텐데."

포위한 자객 사이에서 동윤이 피에 흠뻑 젖은 채 나타났다. 아슬아슬하게 피한 터라 치명상은 피했지만 계집인 이원에게 이렇게 베였다는 사실이 동윤을 참을 수 없게 만들었다.

계집으로 안으려는 생각조차 들지 않았다.

"죽여 버려."

그의 명령이 떨어지자마자 자객이 한꺼번에 달려들었다.

죽어야 한다면 하나라도 더 죽여 버릴 것이다. 저에게 달려드는 소리를 귀를 기울이며 이원이 검을 휘둘렀다.

419

챙!

검을 밀어낸 이원이 다른 방향에서 들리는 목소리와 기척을 따라 몸을 움직였다. 점점 정신이 혼미해지고, 숨을 쉬는 것조차 고통스러웠지만 그럴수록 차분히 대응했다.

"컥!"

"저 미친년이!"

검에 베인 자객이 휘청거리는 순간 이원의 검이 주저 없이 앞의 자객을 찔렀다. 자객의 비명을 들으며 몸을 뺐지만 뒤에서 느껴지는 기척에 있는 몸을 틀었다. 아슬아슬하게 목을 비껴가는 검을 피하는 순간, 세상이 멈춘 것처럼 어떤 소리도 들리지 않았다.

달라진 변화에 이원이 그 자리에 굳은 듯이 멈추었다.

"이년 귀가 안 들려!"

"잡아!"

뒤통수에서 통증이 밀려오고, 이원이 제자리에 주저앉았다. 호수의 물에 반쯤 몸이 가라앉았지만, 그마저도 온몸에서 느껴지는 통증에 비명조차 나오지 않았다.

비틀거리며 물에 빠지려는 이원의 머리카락을 붙잡은 이들이 그녀를 밖으로 끌어냈다.

"어서 죽여!"

"쉽게 죽이지 마! 저것도 대가를 치러야지!"

화를 참지 못하는 사내가 발로 차자 이원이 힘없이 바닥을 굴렀다. 사내들의 발길질에 거듭 차이는 이원이 하얀 김을 토해 냈다.

더는 발버둥을 칠 여력조차 없다.

생의 마지막에서 떠오르는 사람은 부모님도, 이호도 아닌 환이었다.

그날 환을 보내면 안 되는 것이었다. 아니다. 차라리 환과 만나면 안 되는 것이었다.

"콜록콜록."

동윤이 손을 들자 거듭 이어지던 폭력이 멈추었다. 힘겹게 이원이 몸을 일으키려는 순간, 빛이 번뜩이며 그녀의 팔에 다시 상처가 생겼다. 주저앉은 이원을 보던 동윤이 그녀의 머리에 발을 올렸다.

머리를 누른 발에 힘을 주자 이원이 고통스러운 신음을 토해 냈다.

"그냥 하라는 대로 나한테 안겼으면 극락 속에 죽었겠지."

동윤의 말도 제대로 들리지 않는지 이원이 고통스러운 신음을 토해 냈다. 힘들어하는 이원을 즐기듯이 쳐다보던 동윤이 검을 다시 쥐었다.

동윤의 검이 이원의 목을 옅게 베자 상처에서 피가 흘러나왔다. 중독과 부상에 고통스러워하는 이원을 보던 동윤이 검을 들어 올렸다.

"난 자비로우니 이제 그만 그 쓸모없는 목숨을 거둬 주겠네."

"콜록콜록."

"컥!"

"적이다!"

이원의 목으로 검이 떨어지기 직전, 둘러싸고 있던 자객 중 하나가 피를 뿜으며 쓰러졌다.

숨이 끊어진 자객이 제자리에 쓰러지면서 대형이 흐트러지자

421

파란이 일었다.

죽은 자객의 뒤로 보이는 인영을 보며 동윤이 숨을 삼켰다.

"폐, 폐하."

폭우 속에서도 비에 젖은 흑색 침의와 얼굴에 남아 있는 피는 그대로였다. 차가운 환의 눈이 자객들과 동윤을, 마지막에는 쓰러져 있는 이원을 향했다.

'멍청한 놈들.'

황제를 죽일 수 없다면, 이쪽의 일이 해결될 때까지 시간을 잡아 놓으라고 했었다. 아무튼 믿을 만한 놈들이라고는 전혀 없었다.

다행히 이곳에 온 사람은 서우환 하나뿐이었다. 적석운도 없는 지금이라면 가능성이 있었다.

"당장 죽여!"

"그, 그래도!"

"황제는 혼자다! 저놈만 죽으면 황제가 바뀌고 공신이 될 수 있다! 어서 죽여!"

어떻게든 죽을 상황이라면 차라리 환을 죽이고 하늘을 새로 열겠다.

환이 나타난 상황에서 흐트러졌었던 이들이 동윤의 명령에 한순간에 환에게 달려들었다. 수많은 검이 자신을 향하는 상황에서도 환의 눈은 이원에게 고정되어 있었다.

"죽어!"

환에게 가장 가깝게 검을 찌르던 자객의 눈에 광기가 스며들었다.

당장에라도 제가 찌른 검이 환의 목을 찌를 수 있다는 확신이 생긴 순간 자객의 몸에서 피가 터져 나왔다. 언제 검을 휘둘렀는지조차 보이지 않았다.

쓰러진 자객의 몸을 밟고 다른 자객이 환에게 달려들었다.

*
**

몸이 무겁고 머리가 어지러웠다.

그녀를 지독하게 괴롭히던 열기는 날카로운 칼이 되어 피부를 뚫고 나올 것 같았다.

"하아."

여전히 앞은 흐릿했고, 귀는 멍했다. 땅의 울림이 느껴지지 않았다면, 조금 전까지 전혀 보이지 않던 눈에 흐릿한 인영이 보이지 않았다면 무슨 일이 일어났는지 깨닫지 못했을 것이다.

"누가······."

무슨 일이 일어났는지 상황을 파악해야 했지만 지금은 몸을 움직이는 것도 고통스러웠다.

그녀에게 향하던 검이 다른 방향으로 향한 것 같았지만, 그게 누구인지 알 수 없었다. 억지로 몸을 일으킨 이원이 땅울림이 느껴지는 곳으로 몸을 돌렸다.

"죽······."

"······아악!"

그녀를 지독하게 괴롭히던 열기가 가라앉으며 처음 느껴 보는 고통이 이원을 괴롭혔다.

몸을 가누는 것만으로도 비명이 터져 나왔지만, 이상하게도 흐릿했던 시야가 조금은 맑아지며 끊기듯이 목소리가 들렸다.

"왜⋯⋯?"

누가 누구인지 알 수 없는 난전 속에서도 환은 또렷하게 보였다. 어째서 그의 주변에 아무도 없는 것일까? 왜 저리 무모하게 혼자 싸우고 있는 것일까?

"컥."

어지러운 머릿속에 수많은 의문이 들었지만 곧이어 밀려드는 통증에 이원이 숨을 삼켰다.

동윤이 그녀에게 무슨 독을 썼는지는 알 수 없었지만, 통증이 심해질수록 사라졌던 감각이 돌아왔다.

시선을 빼앗길 정도로 장관이었던 호수는 자객의 시체와 피로 붉게 물들어 있었다.

아무리 환이 고수여도 저렇게 많은 자객을 상대로 오래 버티지는 못한다. 어떻게든 몸을 일으키려 했지만 손가락 하나 움직일 수 없었다.

"망할!"

멀지 않은 곳에서 들리는 욕지거리에 이원이 고개를 돌렸다. 이원이 베었던 것보다도 더 큰 상처가 동윤의 어깨에 새겨져 있었다.

이원이 깨어났다는 것을 알아차리지 못한 건지, 그럴 정신조차 없는 건지 동윤의 눈은 환에게만 향해 있었다.

"이렇게 된 바에야⋯⋯."

힘겹게 붙잡고 있던 검을 집어 던진 동윤이 품에서 단검을 꺼냈다.

쏟아지는 폭우 속에서도, 중독되어 몸을 움직일 수도 없는 상황에서도 동윤이 가진 검만큼은 또렷하게 보였다. 기척을 최대한 없앤 동윤이 자객의 사이를 파고들었다.

"안······."

환을 향해 소리를 쳤지만, 무언가에 단단히 막힌 것처럼 목소리가 나오지 않았다. 그사이 자객의 사이를 파고드는 동윤의 눈에 광기가 돌았다.

살고 싶었다.

최대한 몸을 사리며 버텨 내면 언젠가는 기회를 얻어 황궁에서 살아 나갈 수 있을 거라 믿었었다.

자신의 손에 피가 묻더라도, 건강해진 동생을 보게 된다면, 그리하여 이호가 원하는 일을 이루며 사는 모습을 보게 된다면 지금의 고된 삶조차 그저 힘든 기억 정도로 남을 거라 생각했다.

죽고 싶지 않다.

"죽어라! 황제."

제대로 들리지 않는 귀에 동윤의 낮은 목소리가 울리는 것 같았다.

수많은 자객 속에 포위된 환은 저 사내의 검을 절대 보지 못할 것이다.

살고 싶다.

머릿속을 가득 채운 생존 욕구와는 다르게 이원이 환을 향해 달려갔다.

*
**

쓰러져서 미동도 없는 이원을 마주하는 순간 초조는 분노가 되었다.

서우환을 빼고는 누구도 은이원에게 저럴 수 없었다.

"어서 죽여!"

죽이라며 채근하고 있었지만, 누구도 섣불리 환에게 다가오지 못했다. 저들이 다가오지 않으면 환이 먼저 공격하면 될 뿐이었다.

호기롭게 달려든 자객의 검을 비끼듯이 쳐 낸 환이 곧바로 목을 꿰뚫었다. 군더더기 없이 빠르게 찔러 들어간 검은 약간의 오차도 없이 자객의 목숨을 거둬 갔다.

"컥!"

연거푸 자객의 목숨을 거두었지만 환은 하나였고 자객은 서른이 넘었다. 어설프게 덤벼들다가 죽음을 당하자 개별로 움직이는 대신 동시에 달려들었다.

한 번에 몰려드는 공격에 환이 뒤로 밀렸지만 대신 그의 영역에 들어오는 자는 여지없이 그의 검에 꿰뚫렸다.

"황제를 몰아!"

환이 수세에 몰리자 기세가 오른 자객들이 더욱 몰아붙였다. 쏟아지듯 퍼붓는 공격을 막아 내느라 정작 그들 사이에서 기척을 죽이며 달려드는 동윤을 미처 발견하지 못했다.

뒤늦게 동윤의 기척을 찾아냈지만, 이미 그는 환의 바로 앞까지 다가온 후였다.

"죽어라!"

동윤의 단검이 심장을 노리며 찔러 들자 환이 뻗었던 검을 빠르게 회수했다. 하지만 환이 자신에게로 검을 끌어들이는 것보다도 동윤의 검이 더 빨랐다.

피할 수 없다면 공격을 맞으면 된다. 치명상만 아니면 반격할 기회는 다시 환에게 돌아온다.

바로 앞까지 온 동윤의 공격을 최소한으로 줄이려 환이 몸을 틀었다.

푹!

환의 눈이 커지고, 동윤의 얼굴이 창백해졌다. 동윤이 목숨을 걸고 한 공격은 매섭고 정확하게 피부를 찢고 깊숙이 파고들었다.

환의 손가락이 조금 전에 튄 피를 쓸어내렸다. 분명 지겹도록 묻혀 왔던 피였다.

"왜…… 왜 네년이!"

동윤의 비명이 허공 속에 흩어졌다. 환의 눈이 소리를 지르는 동윤과 검에 찔린 이원을 쳐다보았다.

저놈의 검을 맞을 사람은 은이원이 아니라 서우환이었다.

이원의 어깨에 박힌 단검에서 피가 흘러내렸다.

쿨럭.

환의 앞에서 동윤의 검을 막은 이원의 입가에 검붉은 피가 흘러내렸다. 단검을 맞은 그대로 이원이 힘없이 환의 품으로 쓰러졌다.

폭우 속에서도 이원의 몸은 불덩이처럼 뜨거웠다. 믿을 수 없는 손이 이원의 뺨을 감쌌다.

"……원아?"

"죽여!"

이원을 안은 채로 굳어 있는 환을 향해 살아 있는 자객 전부가 달려들었다. 동시에 환의 주변에 바람이 불고, 가까이 다가온 자객의 몸에서 피가 뿜어져 나왔다.

"아아악!"

환에게 가까이에 있던 동윤이 팔을 붙잡으며 주저앉았다. 뒤따르던 자객 또한 다시 일어나는 바람에 고통스러운 비명을 토해 냈다.

조금 전까지 환을 죽일 수 있다며 달려들었던 자객의 전부가 바닥을 비틀거렸다.

"기, 기검…… 킥!"

힘겹게 말을 꺼내는 자객의 목에 보이지 않는 검이 박혔다.

떨리는 손이 이원의 어깨에 박혀 있는 단검을 만졌다.

"은……이원?"

다급히 안아 들자 그의 어깨에 힘없이 머리를 기대 왔다.

감옥에서의 이원도 위험했지만, 지금처럼 위태롭지는 않았었다. 품에 안겨 있는 이원의 체온은 비정상적으로 뜨거웠고, 내쉬는 숨조차도 끊어질 것처럼 희미했다.

이원이 죽는다.

그 순간 환의 머릿속을 채운 건 시체들 사이에서 썩어 가는 정상궁의 마지막 모습이었다.

"폐하!"

뒤늦게 안으로 들어온 석운이 앞의 모습에 숨을 삼켰다. 이원을 품에 안은 환이 몸을 일으켰다. 적의와 살기로 가득 찬 눈이 바닥에서 발버둥 치는 동윤을 향했다.

"쿨럭."

동윤을 보는 순간 이원이 짧게 기침을 토해 냈다. 또다시 터져 나온 검붉은 덩어리에 환의 안색이 굳어졌다.

"아직 죽지 않은 놈들은 전부 살려 놔라. 그리고 유빈이 준비한

궁으로 태의를 데려와라."

정 상궁과 같은 일 따위 이원에게 일어날 리 없었다.

분명 굳게 믿고 있음에도.

궁으로 달려가는 환의 얼굴이 창백하게 질려 있었다.

八章

　살려 달라며 애원하는 유빈을 내관들이 거침없이 끌고 갔다. 서둘러 준비한 침상에 이원을 눕히고 방의 온도를 올렸다. 펄펄 끓던 체온이 순식간에 떨어지더니 이제는 얼음장처럼 차가워져 있었다. 방의 온도를 올렸는데도 상처투성이인 몸은 여전히 시체처럼 차가웠다.

　작지만 언제나 따뜻한 온기를 가지고 있던 손이었다. 밀려드는 초조를 감추듯이 힘껏 붙잡았지만, 힘없이 늘어질 뿐이었다.

　"폐하."

　빗속을 뚫고 방으로 들어온 태의가 눈앞의 참상에 숨을 삼켰다. 그들에게 눈길 한 번 주지 않은 채 환이 몸을 일으켰다.

　"치료하라."

　"소인. 최선을 다하겠습니……."

　"살고 싶다면 살려야 할 것이다."

　평소에도 단호했던 목소리는 지금은 다가가기 어려울 정도로 소름 끼쳤다.

은이원이 죽으면 자신들도 죽는다.

더는 지체할 여유조차 없었다. 태의의 눈짓에 함께 들어온 이들이 이원의 상처를 살피고 치료에 들어갔다.

이원의 상처를 치료하는 태의와 의관을 환은 단 한 순간도 놓치지 않았다.

"흐윽."

차라리 소리를 내 아프다고 했으면 피가 이렇게까지 마르지 않았을 것이다.

지난번에도 고열에 힘들어하면서도 신음을 삼키던 이원은 이번에도 입술을 깨물며 나오려는 비명을 삼키고 있었다.

태의의 손이 어깨에 꽂혀 있는 단검을 뽑자 검붉은 피가 하얀 피부를 붉게 물들었다.

"살려야 한다."

이원은 강하니 이 정도로 위험하지 않을 것이다.

분명 머리로는 그렇게 생각했지만 상처투성이의 입술에서 흘러나오는 숨은 끊어질 것처럼 불안했다.

"폐하."

"무슨 일인가?"

"상처는 치료할 수 있지만 독이 문제입니다. 소인은 물론이고 황궁에 기록되어 있는 독이 아닙니다. 독이 움직이지 않도록 혈을 막아 치료를 하고 있지만 해독을 해야 합니다. 문제는……."

"문제는?"

"은 호위의 몸에 있는 독의 기운이 너무 강합니다. 해독약을 먹기도 전에 은 호위가 죽을 수 있습니다."

태의의 말이 끝나기가 무섭게 이원이 피를 토해 냈다. 입과 코에서 흐르는 피가 검붉다 못해 찐득했다. 몸의 피가 전부 빠져나올 것처럼, 흘러나오는 피의 양이 심상치 않았다.

"기로 독을 끌어낼 것이다. 전부는 아니지만 어느 정도는 가능할 터, 그 이후의 치료를 준비하라."

"네? 그리하겠습니다!"

서우명의 검으로 살았던 황제가 고수라는 건 알고 있었지만 기를 마음대로 사용하는 초고수인지는 전혀 알지 못했다.

기로 독을 약간이라도 빼낼 수 있다면 해독약을 찾을 때까지의 시간은 조금이나마 만들 수 있었다.

"아아악!"

환의 손이 이원의 상처 위에 닿고 주변의 흐름이 바뀌는 순간 이원이 참았던 비명을 터트렸다.

통증에 몸을 비트는 이원을 태의의 지시를 받은 이들이 붙잡았다.

"참아야 해."

이원의 비명을 외면하며 환이 그녀의 기를 따라 몸의 독을 끌어냈다.

혈을 거스르며 억지로 독을 모으자 무의식적으로 비명을 삼키려 했었던 행동조차 하지 못했다. 온몸을 난도질하는 것 같은 고통에 이원이 어린아이처럼 울음을 터트렸다.

"조금만 더."

"아파……."

"거의 다 왔어."

통증에 핏발이 터진 붉은 눈이 환을 향했다. 이마에 땀이 송골

송골 맺히면서도 환이 이원의 몸에 제 기를 끊임없이 보냈다.

이제 그만 아팠으면 했지만, 환은 제 말 따위 전혀 들어 주지 않았다.

"이제 그만!"

"더 버텨야 해."

야속하리만큼 단호한 말에 원망이 울컥 치밀었다. 도망치고 싶었지만, 몸을 움직이는 것조차 무리였다.

원망하는 눈으로 노려보았지만, 통증을 사라지게 하는 대신 환의 손이 이원의 뺨을 감쌌다.

이 사내와 있으면 언제나 아프고 힘들었다. 그 사실에 서럽고 화가 났지만 지금은 그저 이 고통이 끝났으면 하는 바람이었다.

"아악!"

얼마나 오랜 시간이 흘렀는지 누구도 알지 못했다.

환의 이마에 맺혀 있던 땀이 이원의 피로 엉망이 된 요에 툭 떨어지고, 곧이어 단검으로 찔린 상처에서 검붉은 피가 덩어리째 흘러내렸다.

한참을 나오던 검붉은 피가 붉게 변하자 태의가 서둘러 상처를 지혈했다.

기를 쓰느라 맺힌 땀을 닦아 낸 환이 태의를 보았다.

"어떠한가?"

"폐하의 기 덕분에 날뛰던 독은 어느 정도 가라앉았습니다. 하지만 몸에 독이 남아 있는 한 중독되는 건 시간문제입니다. 해독제가 필요합니다."

태의의 말을 듣던 환이 정신을 놓은 이원을 쳐다보았다. 조금 전보다는 혈색이 돌았지만 붙잡고 있는 손은 여전히 차가웠다.

통증을 느끼지 못할 정도의 옅은 기를 몸에 보내니 태의의 말대로 독이 남아 있었다.

"폐하. 유 시중이 뵙고자 합니다."

비에 젖은 침의를 갈아입던 환이 유 시중의 방문에 불쾌한 입꼬리를 올렸다. 제 딸의 실수를 수습하러 왔을 터, 하지만 이미 모든 패는 환이 쥐고 있었다.

"짐에게 자객을 보내 시해를 하려 했던 자의 아버지다. 딸과 함께 처소에 연금하라."

"그리하겠습니다."

"그리고 죄인과 죄인의 식솔을 모두 북쪽 한궁에 끌고 오라. 죄인과 연관 있다면 남녀노소 가릴 것이 없다."

명령을 받은 용호군이 사라지고, 환의 시선이 치료를 받는 이원에게로 향했다.

찢긴 옷을 벗겨 내자 곳곳에 보이는 상처를 환이 제 기억에 담았다. 이원의 머리맡으로 간 환이 이마에 송골송골 맺혀 있는 땀을 젖은 천으로 조심스럽게 닦아 냈다.

지금까지 단 한 번도 보지 못했던 모습에 자리를 지키고 있던 이들의 눈이 파르르 떨렸다.

"살고 싶다면 이 방을 나가서라도 입을 조심해야 할 것이다."

짧게나마 방을 지배했던 혼란은 환의 한마디에 단숨에 사그라졌다. 아무리 많은 귀족들이 제 이권을 가지고 목소리를 내고 있어도 황궁의 주인은 환이었다.

몸에 남은 독이 느껴지자 환이 이원의 이마에 손을 가져갔다.

명을 죽이기 위해 숨기고 있었던 기겁이었지만 이렇게 드러나도 상관없었다.

환의 기가 이원의 몸으로 스며들듯이 파고들고, 날뛰던 독이 다시 가라앉았다. 이원의 입가에 남아 있는 핏자국을 환이 조심스럽게 닦아 냈다.

.

**
*

밤이 깊도록 세차게 내리는 비는 한궁으로 끌려오는 이들에게는 더 깊은 두려움을 느끼게 했다.

황궁의 중죄인들을 가두고, 목숨을 거두는 곳, 명에게 버림받았던 서우환이 죽었다가 살아남았던 곳도 한궁이었다.

"참으로 기가 막힌 하루군."

환의 비아냥거림에 절반은 이를 갈며 노려보았고, 나머지는 겁에 질려 자비를 구했다. 그들의 시선 따위 상관없다는 듯이 죄인들을 보던 환이 두들겨 맞아 엉망인 동윤의 앞에 섰다.

자해를 하는 그를 막느라 물려 놓은 재갈을 벗겨 내자마자 그가 환을 향해 침을 뱉었다.

"네놈이 감히!"

화가 나 달려들려는 용호군을 저지한 환이 얼굴의 침을 닦아 냈다. 노려보는 동윤을 보던 환이 그대로 발길질을 했다. 땅바닥에 얼굴을 처박힌 동윤이 부러진 이를 뱉어 냈다.

"이런다고 없는 해독제가 나올 것 같으냐? 키킥."

"……."

"사내 맛이나 보고 중독되었으면 고통이라도 덜했을 것을. 큭큭. 결국 네놈의 그것은 고통 속에 몸부림치다가 죽을 것이다. 곧 네놈도 서우명에게 죽을 테니 그녀도 죽는 것이 그리 억울하지는

.

않겠군."

비아냥거리는 동윤을 보던 환이 석운의 검을 뽑아 휘둘렀다.

"망할! 아아악!"

다리에 피가 터져 나오자 동윤이 몸부림을 쳤다. 다리의 상처에 환이 발을 올려 힘을 주자 밀려드는 통증에 동윤이 고함을 질렀다.

"피 조금 더 흘린다고 안 죽어. 서우명이 그것도 안 알려 준 건가?"

"크아악. 난 죽지 않지만…… 그 은가 년은 피 몇 방울도 아쉽겠지. 큭큭."

환을 노려보는 동윤의 입가에 비틀린 미소가 새겨졌다. 비웃는 동윤을 보던 환이 석운에게 시선을 주자 빗속에 무릎을 꿇은 이들 중에서 몇몇이 앞으로 끌려 나왔다.

끌려 나오는 이들을 보는 죄인들의 얼굴이 창백하게 굳었다.

"아, 아버지?"

"아, 아들아! 이, 이게……."

"네, 네 이놈!"

"왜? 네놈은 짐의 것을 건드렸으면서 짐은 네 것을 건들면 안 된다는 건가?"

"아아악!"

동윤은 고함을 질렀지만 지금 환의 눈에는 이들이 보이지 않았다. 동윤의 눈은 식솔을 보고 있었지만, 환의 머릿속을 채우는 건 중독되어 위태로운 이원이었다.

독은 양면성을 가진 무기였다. 상대에게 치명상을 입힐 수도 있었지만, 도리어 그 독에 자신도 중독될 수 있었다.

절대 해독제가 없을 리가 없다.

"어차피 다 죽일 생각이라면 이렇게 능욕하지 말고 죽여라! 네놈이 무슨 짓을 해도 해독제는 없단 말이다!"

"그냥 죽이는 것과 눈앞에서 죽이는 건 다르지."

"……뭐?"

비웃음을 담으며 조롱하던 동윤의 얼굴에 그제야 공포가 스며들었다.

실패하면 가문이 멸문될 거라는 건 알았지만, 제 눈앞에서 식솔을 모두 죽일 거라고는 생각하지 못했다.

동윤만의 생각은 아닌지 무릎을 꿇은 이들의 얼굴에 절망과 공포가 함께 서렸다.

"구족을 멸할 죄인 중 단 한 명에게만 자비를 내릴 것이다."

"……."

"천동윤이 쓴 독의 해독제가 어디에 있는지 말하는 한 명의 가문만 멸문을 피할 수 있게 해 주겠다. 물론 천동윤이 직접 해독제를 내놓아도 그렇게 할 것이다."

환의 말은 담담했지만 그 여파는 상상을 초월했다. 좀처럼 멈추지 않는 폭우 속에서 모두의 눈이 동윤을 향했다.

"네놈이…… 네놈이 가지고 있잖아!"

"어디에 숨겼어? 어디에!"

"제가 찾아내겠습니다! 기회를 주시면 어떻게든 찾아내겠습니다!"

묶여 있는 것도 상관없이 주변의 이들이 동윤에게 달려들었다. 동윤의 옷가지를 물어뜯고 소리를 질렀지만, 동윤은 환만을 바라볼 뿐이었다.

맨정신으로 보기 끔찍한 모습이었지만 환은 미동조차 없었다.

"죄인 가문의 사촌에 해당하는 이들의 목을 전부 베라."

안 된다는 비명과 살려 달라는 절규는 폭우 속에 삼켜졌다. 시신이 있는 방향을 쳐다보지도 못한 채, 동윤이 몸을 떨었다.

환을 피해 고개를 돌렸던 동윤의 눈에 목이 베여 숨이 끊어진 사촌의 시신이 보였다.

황제의 목숨을 노린 이상 죽을 것이다.

하지만 제 눈앞에서 죽는 모습을 직접 보게 될 거라고는 생각하지 못했다.

"미쳤느냐! 이리 잔인하게 구는 황제는 어디에도 없었다!"

"다른 놈들이 그랬다고 짐이 그럴 필요는 없지."

"뭐?"

"아직 짐의 손에 해독제가 들어오지 않았다."

"……."

"죄인의 부모를 짐의 앞에 데려와라."

말이 끝나자마자 끌려온 이들이 환의 앞에 머리를 박았다. 공포에 질린 이들이 거듭 살려 달라며 목 놓아 외쳤지만 환은 무관심하다 못해 시큰둥했다.

태연한 눈이 천동윤을 향했다.

"부모의 손가락을 베어라."

"폐하! 살려 주십시오!"

"그 이후에도 해독제가 짐의 손에 들어오지 않는다면 팔을 베어라."

환을 향한 악의도, 해독제를 내놓으라며 발악하는 이들도 보이지 않았다.

해독제가 들어오기 전까지 편안한 죽음 따위는 없다는 선언에 동윤은 무너졌다. 자신의 죽음은 견딜 수 있으나 부모를 그렇게 보낼 수 없었다.

환의 앞에 무릎을 꿇은 동윤이 바닥에 머리를 박았다.

"해독제는 숨겨 놓았습니다. 제발…… 죽음에 자비를…… 자비를 베풀어 주십시오."

*
**

"아아악!"

기로 독을 제거했을 때보다도 더 끔찍한 비명이 이원에게서 터져 나왔다.

최음제일 때 사내와 교접하지 않으면 독으로 변하는 독은 해독제를 먹어도 쉽게 가라앉지 않았다.

"힘드셔도 버티셔야 합니다! 지금 버티지 못하면 독이 다시 날뛸 것입니다."

태의의 말이 들리지 않을 정도로 고통스러운지 붙잡힌 이원이 발버둥을 치며 울음을 터트렸다.

해독제만 찾아오면 전부 해결이 될 줄 알았던 것과는 다르게 이원의 상태는 시시각각 나빠졌다.

벌써 두 번이나 바뀐 요는 이원이 흘리는 땀으로 흥건히 젖어 있었다. 기를 주면서 조금씩이나마 돌아왔던 얼굴의 핏기는 다시 창백해져 있었다.

"모두 나가라."

환의 한마디에 방이 단숨에 비워졌다. 손발을 붙잡고 있던 이들이 사라지자 이원이 몸을 웅크렸다.

"……아파."

"버텨야 해."

무거운 눈꺼풀을 억지로 들어 올리자 바로 앞에 환이 보였다.

최선을 다하며 살아도 결국 제자리였다. 온몸을 헤집는 고통에 이원이 몸을 비틀자 가까이 다가온 환이 그녀를 붙잡았다.

"이거…… 놔……."

쥐어짜듯이 꺼낸 말도 들리지 않는지 몸부림치는 이원을 제 품으로 끌어당겼다.

너무 아파서 그런지 그의 품에 갇혀 있다시피 있어도 자각조차 하지 못했다.

열기와 통증에 눈앞이 흐려졌다. 이 모든 통증의 원인을 이원이 노려보았다.

"당신을 만나지 말았어야 해."

"……."

"잡혔던 날…… 죽었어야 했는데."

말을 꺼내는 것도 힘든지 이원이 가쁜 숨을 내쉬었다. 눈가에 가득 고여 있던 눈물이 얼굴을 따라 흘러내렸다. 이원의 몸을 붙잡은 환이 다시 기를 넣었다.

해독제가 독을 이기기에는 몸이 너무 약해져 있었다. 지금은 더는 심해지지 않도록 잡아야 했다.

"그렇게 발버둥을 치면 더 다칠 수 있어."

"……어머니 보고 싶어."

"……."

"너무 힘들어."

환의 품에 얼굴을 묻던 이원이 서럽게 울음을 터트렸다. 제 상처가 너무 깊었던 터라 다른 사람의 눈물은 보이지도 않았고 들리지도 않았었다.

그런데 고통 속에 이원이 서럽게 터트린 울음이 아무렇지 않았던 환의 마음속 깊이 균열을 만들었다.

"미안."

"아파."

"잘못했어."

황제와 호위는 이 자리에 없었다. 신음을 토해 내며 힘들어하는 이원을 안고 제 기를 주는 것 외에 환이 할 수 있는 건 아무것도 없었다.

황제여도, 힘을 가지고 있어도 무력하다.

"조금만 더 참아."

"……당신을 만나는 게 아니었어."

"못 도망갔잖아."

"……나아지면 나갈 거야. 도망갈 거야."

"……."

"이제…… 여기…… 지긋지긋해."

열과 통증에 무너진 이원이 토해 내는 진심이 미세하게 갈라져 있던 균열을 헤집었다.

가쁘게 내쉬는 숨이 아니라면, 아프다고 토해 내는 울먹임이 없었다면 이원이 살아 있다는 것조차 의심할 정도로 그녀는 위태로웠다.

"죽지 마."

환의 손이 울먹이는 이원에게 닿았다. 눈물과 땀에 얼룩진 눈가를 손가락으로 닦아 줬지만 얼마 가지 못하고 또다시 젖어 들었다.

"네가 죽으면 은이호도 같이 죽여 버릴 거다."

의미 없는 협박이었지만, 이렇게라도 하지 않으면 이원이 그대로 사라져 버릴 것 같았다.

이원이 죽는다.

떠올리는 것만으로도 숨이 막히고 눈앞이 깜깜해졌다.

"나한테 욕이라도 하면서 버텨."

환을 노려보던 이원이 버티지 못하고 정신을 놓았다. 힘없이 늘어진 이원의 옆에 누운 환이 가슴에 얼굴을 묻었다.

명을 죽이기 위해 숨겨 놓았던 수단이라는 생각은 전혀 없었다.

제 기를 전부 집어삼켜서 이원이 살 수 있다면, 그래서 그녀의 몸에 제 기가 각인처럼 새겨진다면 그것도 제법 괜찮은 선택이었다.

정 상궁의 시신 옆에서 버텨 냈었던 그날만큼이나 길고 두려운 밤이었다.

**

"황후 마마. 밤바람이 무척 찹니다."

"잠깐 걷는 거로 무슨 일이 생기지 않는다."

"그래도 요즘 감모 기운이 계속 있으시지 않습니까?"

"모처럼 밤에 나온 것이 아니냐? 너무 채근하지 마라."

김 상궁을 적당히 달랜 설아가 편안한 숨을 내쉬었다.

유빈이 그릇된 투기로 환에게 해코지를 하려다가 발각되어 자진하였다.

환이 다치지는 않았지만 연루된 이들은 전부 멸문이 되고 목숨을 잃었다고 했다.

황궁이 뒤집힐 큰일이었지만 그 덕분에 억지로 황은을 받는 척을 하지 않아도 되었고, 몰래 황궁으로 들인 권운과도 좀 더 편하게 만날 수 있으니 설아에게는 행복한 나날이었다.

"폐하를 지키려 했던 호위는 아직도 정신을 차리지 못했는가?"

"은가의 계집을 말씀하시는 거라면 그렇다고 합니다. 폐하께서 태의를 보내 특별히 신경을 쓰라는 황명을 내리셨다고 합니다."

자진하기 하루 전, 어둠을 틈타 유빈은 설아에게 살려 달라며 찾아왔었다. 자신은 환이 아니라 은가의 계집을 노린 것이며, 그 계집이 환과 각별한 사이였다는 것을 밝히며 도와 달라며 매달렸었다.

'연모를 모른다고 했던가?'

환의 부정을 떠올린 설아가 재미있다는 듯이 입꼬리를 올렸다. 그런 잔인하고 냉정한 사내도 연모를 하는 것이 신기했지만 정확히 그 정도일 뿐이었다.

서우환은 서우환일 뿐이고, 표설아는 표설아일 뿐이다.

그리고 유빈은 그저 제가 저지른 죄로 목숨을 잃었을 뿐이었다. 어차피 유빈과 자신은 처음부터 다른 존재였다.

"아……."

"내일은 태의를 들이겠습니다. 조용히 들일 것이니 진맥만이라

444

도 받아 보십시오."

알겠다는 듯이 설아가 고개를 끄덕였다. 태의에게 진맥을 받는
건 내키지 않았지만 상궁의 말대로 요즘 몸이 계속 무거웠다.

승상의 귀에 들어가지만 않는다면 괜찮을 것이다.

"음?"

"황후 마마?"

설아가 걸음을 멈추자 김 상궁이 물었지만. 지금은 답을 해 줄
여유가 없었다. 어둠을 틈타 으쓱한 궁으로 들어가는 사람은 분
명 권운이었다. 며칠은 몸이 좋지 않아 권운에게 기다리라는 명
령을 내렸었다.

그녀가 기억하는 대로라면 오늘 권운은 동쪽의 궁에 머물고 있
어야 했다.

"김 상궁. 모두 여기에 있거라."

"네? 황후 마마! 마마!"

권운이 들어간 곳에서 들리는 건 분명 여인의 웃음소리였다.

자신이 잘못 들은 것이다. 제 생각을 부정했지만 몸은 그녀도
모르게 창 가까이 다가가고 있었다.

달빛에 보일 듯 말 듯 하게 보이는 건 풀어진 옷 사이로 보이는
사내의 가슴이었다. 누구보다도 설아가 잘 아는 사내의 몸. 그 몸
위로 어린 궁녀가 몸을 겹쳤다.

"당신이 황후 마마의 정인이라고? 거짓말하지 마."

"내가 황후와 침상에서 뒹굴고 있는 걸 보여 줘야 믿을 눈치
네?"

설아에게 연모를 속삭이던 목소리와는 완전히 달랐다.

그녀가 알던 권운이 아닐 것이다. 수없이 부정했지만 궁녀의 목을 감싸고 뺨을 어루만지는 손길이 설아가 알던 그 손이었다.

"그 얼음장 같으신 황후 마마께서 당신에게 꼼짝도 못 한다는 사실이 믿기지 않아서 그렇지."

"내가 눈을 깔면."

궁녀의 옷고름에 권운의 손이 닿았다. 가늘고 매끄러운 손가락에 궁녀의 옷고름이 걸렸다.

"그러지 말라며 금은보화를 주지."

"그 황후 마마께서?"

"내가 그래도 그걸 받을 자격이 좀 되거든."

궁녀의 목에 권운이 입술을 묻자 간지럽다며 웃음을 터트렸다. 반쯤 풀린 옷 사이로 보이는 하얀 피부를 이를 세워 깨물자 웃음소리는 단숨에 신음으로 바뀌었다.

"최선을 다해 노리개 노릇을 하고 있는데 그 정도는 받아야 하지 않겠어?"

"노리개?"

궁녀의 손을 붙잡은 권운이 제 얼굴을 감싸게 했다. 또렷한 이목구비에 고운 피부를 가진 그가 미소를 짓자 궁녀의 얼굴이 붉게 달아올랐다.

그녀의 반응을 관찰하듯 보던 그가 풀어 헤친 옷 사이로 보이는 쇄골에 입술을 묻었다.

"이 잘난 얼굴을 가지고 싶다고 내 인생을 가져갔거든. 그럼 그만한 값은 해야지."

"그렇게 당당히 이야기하는 걸 보니 제대로 챙겼나 본데 나도 하나 주지 그래요? 아무것도 못 받고 옷고름을 푼 게 좀 억울하려고 하네."

"흐음. 억울하면 곤란하지. 이걸 줄까?"

권운이 품에서 옥비녀를 꺼냈다. 금으로 만든 꽃문양에 혀를 내두를 정도로 수많은 보석이 박혀 있어 화려하고 고와서 눈을 뗄 수 없었다.

자신이 권운에게 주었던 것을 모를 리가 없었다.

제 앞에 있는 호화로운 비녀를 보며 궁녀가 손을 뻗자 권운이 비녀를 뒤로 뺐다.

"공짜라며 꿀꺽 삼킬 생각은 아니겠지?"

권운의 속삭임에 궁녀가 단숨에 남은 옷을 벗었다. 나신으로 안겨 드는 궁녀에게 비녀를 쥐어 준 그가 보드라운 여체에 단숨에 몸을 묻었다.

비틀거리며 설아가 걸어 나오자 대기하던 김 상궁이 다가왔다.

"황후 마마!"

"조, 조용히. 다른 사람이 듣는다."

언제나 그녀의 앞에서는 순종적이고 다정했었던 사내였다. 설아가 무슨 이야기를 하든지 전부 받아 줄 유일한 사내. 그런 사내였기에 설아는 제가 가진 것을 아낌없이 그에게 내주었다.

설아에게 권운이 전부였던 것처럼, 저 사내도 설아를 제 전부라고 생각했어야 했다.

'그 계집 따위 잊은 것이 아니었나?'

권운에게는 혼인할 여인이 있었지만, 설아에 비하면 형편없고 더러운 평민이었다. 그런 가치 없는 계집에게 권운은 과한 사내였다.

가진 것이라곤 고운 외모밖에 없었던, 보잘것없던 권운을 거둔 사람이 설아였다. 그녀의 연모로 권운은 제 존재를 인정받고, 풍요로운 삶을 얻게 되었다.

"나에게 속삭였던 모든 것이 거짓이란 말인가?"

몇 년 동안 한 번도 흔들리지 않던 연모가 흔들렸다. 권운이 속삭였던 연모의 말도, 숨을 나누며 함께 있었던 운우지정도, 평생을 함께하겠다는 약조도 모두 거짓이었다.

"내가……."

"화, 황후 마마?"

김 상궁의 놀란 눈이 치마를 향하자 설아의 눈 또한 제 치마를 향했다.

피 냄새가 훅 밀려들었다.

치마를 적시며 떨어진 피가 땅을 붉게 물들였다. 의심스러운 눈으로 하혈을 보던 설아가 그대로 정신을 놓았다.

＊
＊＊

"죽여 주시옵소서! 폐하. 소인, 무지하고 부덕하여 귀한 용종을 지키지 못했습니다!"

절규에 가까운 외침에도 설아는 미동조차 없었다. 그 모습이 무척이나 참담하여 태의는 물론이고 상궁과 궁녀조차 눈물을 흘렸다.

"황후와 둘이 있을 것이니 궁을 비워라. 그리고 오늘 일은 절대 입 밖으로 내서는 안 된다. 짐의 귀에 오늘 일이 들어온다면 이 자리에 있는 이들은 전부 목숨을 거두겠다."

고저 없이 나오는 단호한 명령에 모두가 그리하겠노라 머리를 숙였다. 설아의 옆에 환이 앉자 몸을 숙이고 있던 이들이 뒷걸음질로 방 밖을 나갔다.

"이제 궁에 아무도 없습니다."

그제야 설아가 감고 있던 눈을 떴다. 자리를 지키기는 해도 걱정하는 시선도 아니었고, 괜찮으냐며 먼저 다가오지도 않았다. 잔인하고 냉정한 사내였지만 지금의 딱딱한 배려는 고마웠다.

"아시겠지만 폐하의 아이는 아닙니다. 저도 아이가 생겼는지 몰랐습니다."

"마음에 드시지는 않겠지만, 황후께서 황궁을 온전히 나가시기 위해서는 오늘 일은 묻어야 합니다."

몸이 천근만근이었지만, 누워서 환과 대화를 이어가기가 힘들어 설아가 몸을 일으켰다.

당장 쓰러질 것처럼 위태로우면서도 사내의 눈을 끌어당기는 고운 외모와 자태였지만 정작 환은 그저 지켜볼 뿐이었다.

"무엇을 잘했다고 드러내겠습니까? 그저 감모로 몸이 좋지 않다고 하겠습니다."

"혹 그 사람이 필요하십니까?"

환이 말하는 그 사람이 권운이라는 것을 깨달은 설아가 손을 떨었다. 설아를 배신하며 다른 여인을 품는 권운이 그녀의 머릿속을 가득 채웠다.

그때의 일을 떠올리는 것만으로도 몸이 떨리고 숨이 가빠졌다. 치미는 분노를 감추지 못하는 것이었지만, 환에게는 아이를 잃고 오열을 참으려는 것으로 보였다.

"필요하시다면 그이를 혜완궁에 들이겠습니다."

"필요 없습니다!"

"음?"

환의 반응에 설아가 입술을 깨물었다. 이 자리에서 권운을 끌어들이고 싶지 않았다.

그의 배신은 용서할 수 없지만, 환에게 설아의 치부를 들킬 수는 없었다.

"황궁에 보는 눈이 많습니다. 무모한 짓으로 다른 이들의 입방아에 오르면 좋지 않을 것 같습니다. 며칠만 몸을 추스르면 괜찮아질 것입니다."

"그럼 이만 나가 보겠습니다. 쉬시는 게 좋겠군요."

"어째서!"

자리에서 일어나 나가려는 환을 설아가 붙잡았다. 단 한 순간도 같은 공간에서 있고 싶지 않은 사내였지만 지금은 이상하게도 이 사내의 냉정함에 자꾸 의지하게 되었다.

이 사내에게 약점을 잡히면 안 된다. 하지만 그것을 알면서도 물어볼 수밖에 없다.

"왜 제가 아이를 잃은 것을 숨기시는 것입니까?"

"……."

"이 사실을 밝히면서 제 부정을 드러내면 폐하께서는 아버지와의 상황에서 우위를 점할 수 있습니다. 그런데 어째서 숨기시는 것입니까?"

"그럴 수도 있겠군요."

생각하지 못한 대답에 설아가 미간을 좁혔지만 환은 약간의 변화조차 없었다. 답을 요구하는 시선에 환이 다시 자리에 앉았다.

"그런 약점으로 기회를 잡아 봤자 내 약점이 드러날 뿐입니다. 그리고 지금은 그러고 싶지 않군요."

분명 독은 전부 해독되었다고 했는데 사흘이 지나도록 이원은 깨어나지 못하고 있었다.

곧 정신을 차릴 거라고 했다가도 하루에도 몇 번씩 약해지는 숨소리를 들을 때마다 그 자리에 멈춰 아무것도 할 수 없었다.

이원의 위태로운 상황에서 서우환은 무력했다.

그녀가 깨어났을 때 더는 곤란한 상황에 세우고 싶지 않았다.

"이번 일은 조용히 넘어갈 것입니다. 그러니 신경 쓰지 말고 몸부터 추스르시지요. 태의에게는 이야기를 해 놓겠습니다."

다른 사람들은 전혀 알지 못했지만 아이의 상실은 머리에 남아 있지도 않았다.

권운이 자신을 모욕했다. 그녀의 진심 어린 연모를 이용한 것도 모자라 다른 계집과 관계하여 더럽혀지기까지 했다.

저를 위해 쓰라고 내린 수많은 재물을 다른 계집을 품는 데 썼다고 생각하니 분노로 몸이 떨렸다.

절대 그냥 넘기지 않을 것이다.

자신을 우롱한 대가를 반드시 치르게 할 것이었다.

*
**

설아를 만나고 온 환이 그다음으로 만난 사람은 해준이었다.

"늦은 밤에 오셨습니다."

아무리 입을 막아도 표해준에게 들어가는 보고까지는 막을 수 없었다. 세력을 키우고 있었지만, 여전히 하원에서 가장 큰 영향력을 보이는 사람은 이 사내였다.

"제 여식의 허물을 지켜 주셔서 감사합니다."

권력에 검은 물이 들었어도 여전히 쉽지 않은 사내였다. 어설 프게 변명을 하고 빠져나가는 대신 돌직구를 던지는 해준을 보며 환이 부지런히 머리를 굴렸다.

해준에게는 여식과 국구가 중요한 것처럼, 환에게도 이원이 중 요했다.

"하지만 은가의 계집은 곤란합니다. 소인도 조용히 넘길 것이 니 그 계집은 내보내시지요."

그리고 그 순간 해준은 이원을 죽일 것이다.

뻔한 수였기에 입 밖으로 꺼내지 않았다.

썩어 가는 정 상궁의 시신 옆에서 사라져 가는 목숨을 억지로 붙잡았던 그때처럼.

표해준을 제 손아귀에서 흔들려면 때로는 전부를 걸어야 했 다.

"서우명이 짐에게 미약을 썼던 것을 기억하십니까?"

"그게 무슨 말씀이십니까?"

"그때 먹은 것을 약간만 바꾼다면 몸에는 무리가 없으면서도 환각을 보게 하는, 조금은 안정한 것으로 만들 수 있습니다. 조금 먹는 것만으로도 사내는 여인과 교접하는 환각을, 여인은 반대의 상황을 마주하게 되겠지요. 짐에게는 내성이 생겨 듣지 않았지 만, 다른 사람은 달랐습니다."

"……."

"죽은 유빈이나 정 귀인은 모릅니다. 하지만 황후는 알고 있습 니다. 아시다시피 황후에게는 지켜야 할 사람이 있었으니까요."

감추려 했지만 쉽지 않은지 해준의 손이 파르르 떨렸다. 저 태연한 얼굴로 누구와도 동침하지 않았다는 말을 꺼내고 있었다.

거짓 황은.

"이 일이 드러나면 소인들보다는 폐하께서 더 곤란해지실 겁니다."

"그러겠지요. 하지만 다른 이들은 기회로 생각할지도 모릅니다."

"……."

"아무도 받지 못했던 황제의 진짜 황은을 내 딸이 받을지도 모른다는 기회 말입니다."

영악한 놈.

제 손아귀에 넣지 못한다면 적당히 이용이 가능한 놈이었으면 했건만, 이건 상상 이상이었다.

부지런히 머리를 굴리던 해준이 속으로 탄식했다.

서우환 안에서의 은이원이 점점 달라지고 있었다. 누구도 손을 쓸 수 없는 운원궁에 은이원을 데려다 놓았다.

설아의 자리를 위협하기 전에 손을 쓰려 했지만 서우환의 말대로라면 잘못 움직이면 도리어 제 목을 조르는 결과가 될 것이다.

"짐은 승상과 척을 질 생각이 절대 없습니다."

"하지만 최근의 행보는 소인에게 적의를 가지시고 움직이셨지요."

"짐이 승상께 적의를 가졌다면…… 이 자리에서 대화를 나누는 대신 황후께서 용종을 지키지 못한 죄를 물었겠지요. 거짓 황은을 이야기하지도 않았을 테고 말이죠."

"……."

"내 손아귀의 여인이나 그대의 여식이나 지금은 쉬어야 하오. 대신 하나는 확실하게 말할 수 있소."

"무엇입니까?"

"은가의 여인은 몸을 회복해도 짐의 후궁은 되지 않을 것이오."

결국 이대로 묻자는 제안이었다. 제 딸의 약점으로 거래를 해 보려 했지만 결국 제안에 말려든 사람은 자신이었다.

속이 쓰렸지만 결국 여기까지였다.

"소인은 언제나 폐하의 뜻을 따릅니다. 뜻대로 하시지요."

"당분간 황후를 뵙기는 어려우십니다. 몸을 추스른 후에 사가에 기별하라 하겠습니다."

설아를 만나 가짜 황은에 대해 추궁하려 했지만, 그마저도 환은 잘랐다.

보고대로 아이를 잃은 것이라면 당분간 황은은 어림도 없을 터, 딸의 멍청한 선택이 일이 그르쳤다.

"이만 퇴궁하겠습니다."

제대로 답을 듣지도 않은 채, 해준이 집무실 밖으로 나갔다.

"후우."

이원이 깨어나지 않자 환도 잠들 수 없었다.

숨이 멈추지도 않았고, 기운도 가라앉았으며 이제는 괜찮다는 태의의 말도 들었지만 이원을 보지 않는 한 안심할 수 없었다.

"폐하. 은 호위께서 조금 전에 깨어나셨다고 합니다."

말이 끝나기가 무섭게 집무실의 문이 열렸다. 눈을 마주친 상궁이 황급히 고개를 숙였지만, 환은 집무실 밖으로 뛰듯이 걸어

나갈 뿐이었다.

*
**

불조차 켜지 않은 방 밖에서 환이 미간을 좁혔다. 환의 불편한 기색에 문 옆의 상궁이 몸을 숙였다.

"호위님께서 켜지 말아 달라 부탁하셔서 그리했사옵니다. 불을 켜겠습니다."

상궁이 들어가고 곧이어 어두웠던 방이 환해졌다. 도망치듯 나가는 상궁을 지나쳐 환이 방으로 들어갔다.

옅게 들어오는 밤바람을 맞으며 달을 보는 이원이 무척이나 작아 보였다. 웃지도, 울지도 않는 눈이 창밖에 보일 듯 말 듯 하게 떠 있는 달을 향했다.

"바람이 차."

어느 감정도 느껴지지 않던 눈이 환을 향하고, 다가온 환이 창문을 닫는 순간 이원의 고저 없던 눈에 두려움이 서렸다. 갑작스러운 반응에 당황한 환이 가까이 다가오자 놀란 이원이 서둘러 뒷걸음질을 쳤다.

"그러지 마."

환의 손이 가까이 다가오자 이원이 힘껏 내리쳤다. 그를 피하며 이원이 최대한 거리를 벌렸다.

눈조차 마주치지 않은 이원에게 다가가는 대신 환이 그 자리에서 한쪽 무릎을 꿇고 앉았다.

'당신을 만나는 게 아니었어.'

'도망갈 거야.'

정신을 잃기 전 이원이 했었던 선언이 뇌리를 스쳤다.

손을 뻗는 것만으로도 겁에 질려서 피하는 이원을 위해서라면 가까이 다가가서는 안 되었지만, 지금은 이원의 심장이 제대로 뛰는지 확인을 해야 제가 느끼는 불안을 완전히 가라앉힐 수 있을 것 같았다.

"밖의 상궁과 내관은 문을 단단히 붙잡아라. 문이 열리면 목이 잘릴 것이다."

황명을 내린 환이 이원에게 다가갔다. 도망가려 했지만, 얼마 가지 못한 채 환에게 붙잡혔다. 저리 가라며 밀어냈지만, 그는 꿈쩍도 하지 않았다.

"저리…… 가."

"나만 바뀌었다고 생각했는데."

"당신 무서워…… 오지 마."

"너도 바뀌었구나."

모든 이가 환을 꺼림칙해하며 거부할 때 이원은 먼저 다가왔다. 이제는 모든 이가 황제인 그에게 조금이라도 닿으려고 할 때 이원은 그가 무섭다며 온몸으로 거부했다.

처음으로 환은 이원이 그에게서 완전히 떠날지도 모른다는 두려움을 느꼈다.

"이거…… 놔! 놓으란…… 말이야!"

환이 놓지 않자 손을 붙잡고 있던 팔을 이원이 힘껏 물었다. 힘껏 물린 팔에서 피가 흘러내렸지만 우습게도 제 팔의 통증보다도 이원의 거부가 더 쓰렸다.

"도망가지 말고 차라리 물어."

"······."

"네가 물고 있는 동안은 내 곁에 있을 거잖아. 차라리 물고 상처 내."

이제 제 감정에 혼란은 남아 있지 않았다.

그 대가는 이원의 적의였지만, 그마저도 이제는 기꺼웠다.

굳어 있는 이원의 어깨에 얼굴을 묻자 따뜻한 체온이 맞닿은 피부에서 느껴졌다. 이제야 드는 확신에 환이 안도의 숨을 내쉬었다.

*
**

황궁의 북쪽에 한궁이 있는 것처럼, 하원의 북쪽은 다른 곳에 비해 춥고 척박했다. 황제를 새로 세운 공으로 하원의 가장 비옥한 땅을 해준이 하사받는 대신 누구도 받지 않으려 했던 북쪽의 땅도 함께 받았다.

하지만 쓸모가 없다고 생각한 해준은 맡기만 했을 뿐, 땅을 방치하였다.

그 덕분에 명과 건명이 환의 눈을 피해 이곳에 자리를 잡을 수 있었다.

"무능한 놈 같으니."

천동윤의 목이 수도로 들어가는 입구에 걸렸다. 지나가는 사람마다 동윤의 얼굴에 침을 뱉고 그의 배경에 있다고 선언한 명을 향해 손가락질을 했다.

이원을 데려오라는 명령을 내렸건만, 제 사욕을 채우느라 일을 그르치게 한 천동윤은 신경을 쓸 가치조차 없다.

하지만 그가 황제로 돌아와야 할 하원에서 서우명이라는 이름을 더럽히는 건 용납할 수 없었다.

"이원이는 다행히 살았다고 합니다."

건명의 대답에 명이 애써 시선을 피했다. 환에게 마음이 넘어가서 여의치 않다면 차라리 은건명의 딸로 명예롭게 죽으려 했다.

멍청한 놈 때문에 일이 그르쳤지만 한편으로는 이원이 죽지 않아서 다행이라고 생각했다.

"은 장군. 더는 지체하지 못할 것 같습니다. 움직여야겠습니다."

"폐, 폐하. 아직은."

"이곳에서 병사를 늘리고 세력을 키울 수 있는 건 한계가 있소. 우리가 가지고 있는 것이라고는 이곳의 복잡한 지리뿐이오. 이 지리 덕분에 가짜 놈이 찾지 못하는 것이겠지. 하지만 그뿐이오."

"……."

"이대로는 아무것도 해 보지 못하고 그 가짜 놈에게 전부 빼앗길 것이오."

세력을 키우려 손을 쓰려 했지만, 제대로 시도조차 하지 못한 채 환에게 전부 빼앗겼다. 마치 예전에 명이 환을 손아귀에 넣고 놀았던 것처럼, 환은 명에게 똑같은 짓을 하려 했다.

건방진 가짜 놈 같으니.

하지만 이 상황에서 우위는 환이라는 사실을 부정할 수 없었다.

"난 이제 말로만 폐하라는 말을 듣고 싶지 않소. 은 장군이나

나나 모두 제자리로 돌아가야 하지 않겠소."

"하지만 수도와 황궁의 삼엄한 경비를 뚫고 어찌 서우환의 목을 거두시겠습니까? 우리의 병력으로는 수도를 진입하는 것도 천운이 따라야 가능한 일입니다."

"이원이 도와주면 가능하지 않겠소?"

"네?"

건명의 눈은 커졌지만, 명은 어느 때보다도 냉정하고 차분했다.

은이호가 인질로 잡혀 있었기에 이원은 서우환의 검으로 끔찍한 삶을 이어 가고 있었다. 그것도 모자라 이번 일로 죽을 뻔했으니 이원은 절대 환에게 가까이 다가갈 수 없다.

혹 이원이 환에게 흔들렸을지도 모른다고 생각했지만, 그건 명의 실수였다.

이제야 이런 생각을 하다니, 자신의 패인이었다.

"지금 우리를 도와줄 사람들 중에 서우환에게 가장 가까이 있는 사람이 이원이오. 이원이 도와준다면 이 상황에서 큰 도움이 될 것이오."

"그건……."

"은이호만 수중에 넣는다면…… 아니 이호만 데리고 온다면 이원에게 채워진 족쇄도 풀어질 것이고, 알아본 바로는 이원의 실력이 환의 호위군 중에서도 으뜸이라고 했소."

"……."

"해 볼 수 있는 일은 해 봐야 하지 않겠소? 이런 선택은 고통스럽지만, 더는 이원의 손에 피가 적셔지는 것을 원하지 않소."

"……."

"이원의 손에 딱 한 명의 피만 더 묻힙시다."

명의 설득에 건명이 입을 굳게 다물었다. 반쯤 넘어온 듯한 그를 보며 명이 마음을 다잡았다.

슬슬 시린 겨울이 오고 있었다.

더는 뼈가 에이고, 먹을 것 하나 제대로 나오지 않는 이곳에서 버틸 수 없다. 고통스러운 겨울이 지난 후, 명은 하원의 황제로서 권좌에 반드시 앉을 것이다.

*
**

환이 도착했다는 김 상궁의 목소리에 설아가 자리에서 일어났다. 급한 대로 옷가지와 머리카락을 정돈했지만, 평소와는 다르게 흐트러지고 형편없었다.

"일어나실 필요 없습니다."

예를 갖추려는 설아에게 손을 저은 환이 그녀와 조금 떨어진 자리에 앉았다.

오자마자 인사를 받을 줄 알았던 그가 신경조차 쓰지 않자 도리어 설아가 더 당황했다.

"제 부탁을 들어주셔서 감사합니다. 감히 폐하께 혜완궁으로 와 주십사 청하였습니다."

"먼 거리도 아니고 조금 걷는다고 세상이 무너질 일도 없지 않습니까?"

"네?"

"몸이 좋지 않은 분이 억지로 와서 인사를 하는 걸 볼 정도로 법도에 환장한 사람은 아니라는 겁니다. 신경 쓰지 마시지요."

황후가 황제에게 직접 제 궁으로 와 달라는 부탁을 했다는 것
만으로도 황궁이 발칵 뒤집힐 일이었다. 예전보다 나아지기는 했
어도 여전히 하원은 사내와 여인 간의 차별이 심한 곳이었다.

"무슨 말씀을 하고 싶으시기에 이리 뜸을 들이십니까?"

"아! 실은…… 어찌하여 아버지를 혜완궁으로 들어오지 못하게
막으셨습니까? 아버지와의 대립은 폐하께도 좋지 않은 상황이지
않습니까?"

"황후께서는 황궁을 나가고 싶어 하시고 짐은 보내 드린다고
약조했습니다. 약조를 모르시는 승상께 많은 것을 알려 드릴 필
요는 없지요. 물론 이런다고 상황을 모르시는 분은 아니지만 말
입니다."

"아…… 약조가 있었지요."

"약조를 잊고 계셨던 것입니까? 황후께서 최근 많이 힘드셨나
봅니다."

낮은 웃음소리가 평소와는 다르게 듣기 좋았다. 과장된 말로
위로를 하는 주변과는 달리 이 사내는 설아의 사정 따위 신경 쓰
지 않는다는 것처럼 편하게 대해 주었다.

충동적으로 환을 불러 놓은 후 했었던 걱정이 사라지자 잠깐이
나마 그와 대화라는 걸 하고 싶어졌다.

"그 은가의 계집…… 아니 은 호위는 괜찮습니까?"

태연했던 환의 얼굴이 그 순간 보일 듯 말 듯 하게 굳어졌다.
얼마 전만 해도 연모가 아니라며 보여 줬던 것과는 사뭇 다른 얼
굴이었다.

"괜찮은 건지 아닌 건지 모르겠지만 살아 있습니다."

"네?"

"살아 있으니 다행이지요. 다만."

"……."

"잘못 들어간 길을 되돌아오는 것이 생각보다 어려운 문제더군요. 또다시 배웠습니다."

이 사내의 화법은 바로 이해하기가 어려울 때가 많았다. 그 점이 끔찍하게 싫었지만 지금은 약간이나마 새롭게 느껴졌다.

자세한 사정은 알지 못했지만 지금 저 사내의 찡그리는 표정조차 예전의 자신을 떠오르게 했다.

한때는 그녀도 권운의 연모를 얻으려 저렇게 고민을 했었다.

연모를 부정하던 사내가 연모를 받아들이자 무척이나 새로운 모습을 보여 주었다.

"아……."

"몸이 좋지 않은 분을 괴롭혔군요. 태의를 부르겠습니다."

"아니요! 그게 아닙니다! 가지 마십시오."

일어나려는 환을 설아가 붙잡았다. 얼마나 세게 붙잡았는지 설아의 손이 금세 붉어졌다.

제 손을 당황한 눈으로 보는 설아를 보던 환이 조심스럽게 떼어 냈다.

"그렇게 태의를 무서워하시는지 몰랐습니다."

"그, 그게."

"태의는 서운해하겠지만, 잔걱정이 많은 이라서 잔소리도 나날이 늘어 가는 이지요. 듣기 무서운 말만 해 대는 이지만 악의는 없으니 황후께서 넓으신 마음으로 넘겨 주시지요."

생각하지 못했던 대답에 설아의 눈이 커지고, 잠시 후 입술을 깨문 그녀에게서 작은 웃음이 나왔다.

이 사내와의 대화가 이렇게 재미있을 줄은 생각하지 못했다. 환에게서 위로를 받았으니 자신도 위로가 되고 싶었다.

"실수를 하면서 배우는 것이 사람이라고 합니다. 길을 바꾸기는 어렵지만 방향을 찾는다면 또 길이 보일 것입니다."

"음?"

"제, 제가 실수로…… 주제넘었습니다. 폐하께서 고민하시는 듯하여…… 송구하옵니다."

"황후께 이런 이야기를 들을 줄은 몰랐지만 큰 도움이 되었습니다. 언제는 길이 있어서 갔겠습니까? 감사합니다."

여인에게 고맙다며 머리를 숙이는 사내가 몇이나 있을까? 하물며 이 사내는 지존의 자리에 앉아 있는 황제였다.

제 지위를 이용하면서도 다른 이들은 목숨처럼 지키려는 법도는 크게 신경 쓰지 않았다.

"혹 황궁이 버거우시다면 별궁으로 피접을 나가시지요. 그 사람도 함께 데려가시도록 손을 써 놓겠습니다."

"싫습니다!"

날카로운 거부에 의외라는 표정으로 환이 미간을 좁혔다. 뒤늦게 자신의 행동을 깨달은 설아가 제 표정을 가리듯 시선을 돌렸다.

"지금으로도 폐하께 많은 폐를 끼치고 있습니다. 더는 그럴 수 없습니다."

"그리 짐을 신경 써 주지 않아도 괜찮은데 말입니다. 그럼 황후께서 원하는 대로 하십시오."

대화를 끝낸 환이 자리에서 일어나서 나가고 홀로 남은 설아가 환이 있던 자리로 다가왔다. 주저하듯 손을 뻗은 것도 잠시, 조심스럽게 그가 앉았던 자리에 손바닥을 대었다.

　손바닥에서 느껴지는 온기를 느끼는 설아의 눈이 흔들렸다.

**

　해가 저물고 어느 정도 일을 끝낸 환이 향한 곳은 운원궁이었다.

　공식적으로 이원은 황궁 밖에서 다친 몸을 추스르는 것으로 되어 있었기에 이곳에 있다는 것을 아는 사람은 몇 되지 않았다.

　"폐하."

　환을 향해 머리를 숙이는 이들을 지나 직접 문을 열고 들어가니 상궁의 도움을 받아 석반을 하고 있던 이원의 얼굴이 굳어졌다.

　환의 시선을 읽은 상궁이 밖으로 나가고, 그녀가 앉아 있던 자리에 환이 앉았다. 그를 보던 이원이 수저를 내려놓았다.

　"아직 많이 남았어."

　"충분히…… 먹었습니다. 그만…… 먹으려 했습니다."

　몸의 독은 남아 있지 않았지만 후유증은 꽤 오랜 시간 이원을 괴롭히고 있었다. 차분하지만 또렷했던 목소리는 힘이 없고 끊기기를 계속했다.

　태의의 말을 들어 보니 지금으로서는 천천히 몸을 회복하는 수밖에 방법이 없다고 했다.

　감추려 했지만, 소매 사이로 보이는 손이 누가 건들지 않는데도 바들바들 떨고 있었다. 이원이 내려놓은 수저를 가져온 환이 남은 죽은 조금 떠 이원에게 내밀었다.

"먹어야 나아져."

"……더는 먹고 싶지…… 않습니다."

"음. 석반이 형편없었나 보네. 제대로 시중을 들라 했거늘."

"……."

"황명을 제대로 지키지 않았으니 모두의 목을 베어야……."

환의 말이 끝나기가 무섭게 이원이 수저의 죽을 비웠다. 무덤덤했던 눈에 환을 향한 적의가 생긴 것과는 달리 그의 눈은 설아와 있을 때와는 완전히 다르게 부드러워졌다.

"제가…… 먹을 수…… 있습니다. 수저…… 주십시오."

"다시 먹어."

말이라고는 전혀 듣지 않는 사내를 앞에 두고 신경전을 해 봤자 이원만 힘들었다.

그와 눈조차 마주하지 않은 채, 이원이 그가 주는 대로 죽을 비웠다. 진심으로 더는 들어갈 곳이 없었지만, 죽을 전부 비울 때까지 수저를 멈추지 않았다.

식사를 끝낸 후, 빈 그릇이 나가고 탕약이 다시 들어왔다.

탕약을 잡으려는 환의 손을 이원이 막았다.

"제가…… 할 것이니 오지…… 않으셔도 됩니다. 아무리 폐하의 황궁……이셔도 누군가는…… 보게 되고…… 소문이 나면 곤란해지지…… 않겠습니까? 그러니……."

"그럼 네가 회복해서 운원궁을 나올 때 여기 있는 이들을 다 죽여 버리면 되겠네."

말이 끝나기가 무섭게 문밖에 있는 이들이 주저앉는 소리가 들렸다. 소인들이 잘못했다며 울부짖는 소리에 놀란 이원이 환을 쳐다보았다.

모두가 전부 뒤집힌 상황에서 평온한 사람은 탕약을 들고 있는 환뿐이었다.

"이제 소문이 날 일은 없을 거야. 탕약부터 마시자."

결국 다시 원점이었다. 싫다는 말을 하는 대신 그가 건네는 대로 탕약을 마셨다.

탕약의 효과가 밀려들자 몸에 힘이 다시 빠졌다.

이원의 변화를 눈치챈 환이 궁녀를 불렀고, 깨끗한 침상이 빠르게 준비되었다. 침상에 이원을 눕히자마자 내관들이 산더미 같은 장계를 탁자에 내려놓고는 사라졌다.

상궁의 말로는 이원이 깨어나기 전에도 환은 밤마다 이곳에서 장계를 처리했다고 했었다.

무척이나 고요하고 평온한 상황이었지만, 이원은 이 상황이 혼란스럽고 무서웠다.

"이렇게…… 매일 밤…… 오지 않아도 됩니다. 아니…… 오지 마십……시오."

목소리가 떨리고 갈라졌지만 이원은 쥐어짜듯이 먼저 말을 꺼냈다.

장계를 보던 환의 얼굴이 딱딱하게 굳었지만, 지금 이원에게는 환의 분노보다 동윤에게 죽을 뻔했을 때 느꼈던 공포가 더 강렬했다.

"폐하와…… 함께…… 있으면 소인이…… 죽습니다. 소인…… 죽고 싶지…… 않습니다."

자리에 일어나는 환을 보던 이원이 피하려 했지만, 시도조차 해 보지 못한 채 환에게 붙잡혔다.

힘을 주지 않은 채 손목을 잡고 있었지만, 그마저도 지금은 아프게 느껴졌다.

"전······ 콜록."

억지로 말을 쥐어짜던 이원이 잔기침을 하자 함께 토해 낸 피가 입술에 붉게 묻었다.

이원의 입술에 묻은 피를 보던 환이 가까이 다가왔다. 입술에 묻은 피를 손가락으로 닦아 냈지만, 여전히 입안에는 피가 고여 있었다.

"그 새끼를 쉽게 죽이는 게 아니었는데."

마른 종이에 물이 스며들듯이 환의 기가 이원에게 들어갔다. 그 상태 그대로 이원의 입술 위에 환의 입술이 닿았다.

쏟아붓듯이 들어오는 기에 정신이 몽롱해졌다. 밀어낼 힘도 남아 있지 않은 이원이 힘에 밀려 침상 위에 쓰러지자 환이 몸 위로 올라탔다.

"흐읏."

입안에 고여 있던 피는 거듭 삼켜져서 비릿한 향조차 나지 않았다. 힘이 빠진 이원의 몸이 침상에 힘없이 늘어진 후에나 거듭 이어지던 입맞춤이 멈추었다.

온몸을 몰아치는 욕정을 간신히 억누르며 환이 지친 이원을 바라보았다.

고작 입맞춤으로 만족이 될 리 없다. 처음 함께 있었던 그때처럼 이원을 남김없이 삼키고 쾌락에 지쳐 흐느끼던 모습을 보고 싶었다.

"······환이라고 불러 봐."

가쁜 숨을 내쉬던 이원이 그러기 싫다는 듯이 눈을 감았다. 그런 이원을 달래듯 환이 감은 눈 옆에, 입맞춤으로 젖어 든 입술에 짧게 입술을 맞추었다.

"제발 한 번만 불러 봐."

"전 이제…… 폐하의 길에는…… 있을 수…… 없습니다. 폐하께서…… 가시는 길은…… 무섭습니다."

"원아."

"그렇게…… 부르지도…… 마십시오."

붙잡은 손목을 풀어 줬지만 이원은 그마저도 느끼지 못하는 것처럼 힘없이 침상에 늘어져 있었다.

다가오지 말라는 거절이 살려 달라는 것처럼 들렸다. 문제는 그걸 알면서도 그 거절에 마음이 쓰렸다.

"내가 가는 길로 억지로 갈 필요 없어. 네가 가고 싶은 길로 가."

"……."

"그 길까지 내 길로 삼켜 버리면 그만이거든."

환의 손이 이원의 뺨을 감쌌지만, 굳게 감은 눈은 떠지지 않았다. 이원의 눈을 보고 싶었지만, 내색하는 대신 창백한 얼굴을 조심스럽게 어루만졌다.

적의를 받고 외면당하는 건 환에게는 익숙한 일이었지만 이원의 적의는 그에게도 꽤 견디기 힘들었다.

"싫어하겠지만 미리 사과할게."

"……."

"오늘도, 앞으로도 지켜야 할 게 있는 네가 날 참아."

힘겨운 숨을 내쉬는 이원의 입술에 환이 다시 입을 맞추었다. 그의 입맞춤을 피하지도 못한 채 버티던 이원이 결국 지쳐 정신을 놓았다.

*
**

　돌아오지 않을 것 같았던 건강도 시일이 흐르자 천천히 나아졌다.

　정상으로 몸이 돌아와도 상처는 자꾸 쌓이는 법이니 절대 무리하지 말라고 하였다.

　태의의 말을 함께 이야기를 듣고 있던 궁녀는 잔소리라며 고개를 저었지만 몇 년을 부모 없이 지냈던 이원에게는 왠지 모르게 부모가 해 주는 걱정처럼 들려 편안하게 느껴지기까지 했다.

　"호위님."

　운원궁 안에서라도 조금씩 걸어 보라는 조언에 요즘엔 조금씩 걷고 있었다. 마음 같아서는 제 처소로 돌아가서 쉬고 싶었지만, 현재 이원은 환의 명령에 운원궁에 감금되어 있다시피 있었다.

　"승명사에서 서신이 왔습니다."

　"네?"

　"보시면 아실 거라는 용호군장의 말씀이 있으셨습니다. 이만 가 보겠습니다."

　용호군장이면 석운이었다. 서신을 주고 간 궁녀가 담에 말없이 서 있었다. 평소라면 그냥 나갔을 궁녀가 서 있자 이원이 서신을 펼쳤다.

　서신을 쓴 사람은 이호였다.

　아직 이원의 상태를 알지 못하는 듯 자신이 와 있는 절에 대한 이야기부터 몸은 좀 더 나아졌다는 내용과 답신을 가져오겠다는 약조를 받았으니 천천히 서신을 보내 달라는 조심스러운 요청이 적혀 있었다.

"아……."

이호의 서신을 보던 이원의 눈이 붉어졌다. 반가운 서신이었지만 즐거워할 수 없는 서신에 울컥 눈앞이 흐려졌다. 수많은 말이 목에서부터 튀어나왔지만, 꺼내는 대신 궁녀를 향해 몸을 돌렸다.

"미안하지만 잠시만 기다려 주시겠습니까? 답신은 바로 드리겠습니다."

방에 들어온 이원이 궁녀의 도움을 받아 이호에게 보낼 내용을 서신에 담았다. 생각은 한가득 하였지만 다 담지 못한 서신을 마무리하고, 궁녀에게 잘 부탁한다며 몸을 숙였다.

이만 들어가라는 설득에도 해가 저물도록 이원은 운원궁의 문이 보이는 자리에서 조용히 기다렸다.

문이 열리며 환이 들어오자 단단히 마음먹은 이원이 자리에서 일어났다.

"날이 추운데 왜 나와 있어?"

화가 나 있다는 걸 알고 있으면서도 모르는 척 말을 던졌다. 일부러 저러는 것이라는 걸 알기에 이원도 그가 보여 주는 감정 따위 외면했다.

"제 약점을 다시 보여 주시고 일깨워 주셔서 감사합니다."

옅은 미소를 지으며 들어왔던 환의 얼굴이 단숨에 굳어졌다. 예전이었다면 움츠러들었을 표정이었지만, 이제는 피할 이유가 없었다.

이 사내는 이호에게 손을 쓸 수 없다. 은이호라는 약점이 사라지면 이원은 이곳에 있을 이유가 없으니까.

그리고 이 사내는 자신을 죽이지도 못한다.

"내가 그나마 너에게 미안하다고 사과를 하고 자비를 구할 방법이었어. 너에게 가장 소중한 사람은 은이호잖아."

서우환이 은이원에게 사과라니 있을 수 없는 일이다. 하물며 자비라니. 그건 은이원이 내내 서우환에게 바랐던 것이었다.

사과나 자비는 모두 서우환이 쓸 단어가 아니었다.

"폐하께서 저에게 사과와 자비를 원하신다면 서신이 아니라 이호와 함께 떠날 수 있게 해 주셨어야 합니다."

"……장난치지 마."

황궁에 돌아온 내내 흔들리고, 혼란스러워하던 이원은 없었다.

스스로 결심한 일에는 당당하고 주저하지 않았던 은이원이 바로 앞에 서 있었지만 전과는 다르게 가까이 다가가는 것조차 쉽지 않았다.

그럼에도 어떻게든 이원에게 가까이 가야 했다.

"이호를 보고 싶다면 언제든지 말하고 보러 가면 돼."

예전에 함께했었던 환은 이원에게 많은 길을 보여 주고 원하는 만큼 가고 싶은 길을 가라며 응원해 주었다.

네가 가는 길에 함께 있어 주겠다며, 이원을 붙잡고 있던 족쇄를 풀어 주려 했다.

하지만 이제 그는 제 세상에 이원을 자꾸 무릎 꿇리려 하였다.

상황이 달라졌기에 그럴 수밖에 없다며 버티고 버텼다. 그렇게 버티다가 보면 새 세상이 열릴 거라는 작은 꿈도 꾸었었다.

"사람이 화내며 말하지 않으니 모르는 척하시는 겁니까? 아니면 제 감정 따위 무시해도 되기에 이러시는 것입니까?"

어린아이처럼 꾸었던 꿈이 알고 보니 절대 이루어질 리 없는 허상이라는 것을 깨달았을 뿐이다. 그 현실을 보여 준 사람이 환이었다.

그래 놓고 자신을 끊임없이 농락하고 있었다.

"폐하의 증오가 풀리지 않으신다면 차라리 하원의 가장 험한 곳으로 소인을 버리시든지 자결을 하라 명하십시오! 폐하께서는 아실 필요도 없으시고, 이해도 못 하시겠지만 전 지금 저 혼자 버텨 내는 것만으로도 버겁고 힘듭니다!"

"죽는 게 무섭다며."

"……이렇게 농락당하는 것보다는 죽는 것이 낫습니다."

"거짓말."

환의 말에 이원의 눈이 파르르 떨렸다.

겁에 짓눌리지 않게 잔뜩 버티고 있는 그녀에게 어떻게 자결을 하라는 명령을 내리라는 것인지.

"그렇게 널 내 눈 앞에 치워 버려서 해결될 감정이었다면 몇 번이고 그렇게 했을 거다."

죽어 가는 이원에게서 환이 느낀 건 제 세상이 완전히 무너질지도 모른다는 절망과 혼자 남게 된다는 공포였다.

제 실수를 부정하지 않는다.

이원을 살려 놓은 이유는 철저히 복수 때문이었다.

그저 목숨을 거두는 건 너무 쉬웠으니까. 하나씩 부숴 버리고, 홀로 남은 이원을 제가 죽이는 것으로 은가의 그 무엇도 남기지 않을 계획이었다.

"내가 원하는 건 은이원의 죽음이 아니라 네 전부야."

"……."

"나한테 필요한 사람은 은가의 딸 이원이 아니라 예전에 함께 있었던 원이야."

"그럴 일이 다시는 없을 거라는 사실을 알려 주신 분은 폐하이십니다."

"그러니 다시 보여 줘야지."

"……."

"잘못했어."

"……그만하십시오."

"난 널 못 버리니까."

다른 여인의 보드라운 손은 아무 감정도 들지 않았지만, 굳은살에 상처투성이인 손은 붙잡고 있는 것만으로도 심장이 터질 듯이 뛰었다.

"나 버리지 마."

너무 멀리 와 버렸지만 끝은 아니었다.

이제 환은 자신의 잘못된 선택을 다시 돌려놓아야 할 상황에 놓였다.

"미안해. 원아."

닿을 수 없는 사과가 허공에서 흩어졌다. 그의 말을 전혀 받아들이지 않는 이원에게 자비를 구하며 환이 작은 손에 입술을 묻었다.

**

황후가 기다리고 있다는 전언에 궁 밖으로 나온 권운을 맞이한 사람은 처음 보는 사내들이었다.

권운의 얼굴을 확인한 그들은 주저 없이 그의 머리에 가져온 자루를 덧씌웠다.

갑자기 시작된 폭력에 비명조차 나오지 않았다. 힘이 빠져 늘어진 권운을 누군가가 어디로 끌고 갔다.

밖의 차가운 바람이 사라지고, 안으로 들어간 것 같은 기분이 들자 권운이 소리쳤다.

"이거 놓아라! 내가 누구인 줄 알고 이러는…… 컥!"

얼굴이 가려진 채로 발버둥을 치던 권운이 복부에 느껴지는 통증에 자리에 주저앉았다. 권운이 주저앉은 것과 동시에 둘러싼 이들이 다시 발길질했다.

권운의 얼굴에 뒤집어씌워진 주머니에 붉은 물이 배어 나오자 그제야 발길질을 멈추었다.

잠시 후, 굳게 닫혀 있던 문이 열리고 너울로 얼굴을 가린 설아가 안으로 들어왔다.

"벗겨라."

얼굴에 씌인 천이 벗겨지고 비틀거리며 일어난 권운이 너울을 보며 미간을 좁혔다. 고작 너울로 얼굴을 가렸다고 누구인지도 알지 못하는 정인이라니.

전에는 보지 못했던 권운의 본모습에 설아가 치미는 구역질을 삼키며 너울을 벗었다.

"황, 황후 마마! 어찌 이러시는 것입니까? 소인이 무슨 잘못을 하여!"

설아의 손이 권운의 뺨을 매섭게 때렸다. 맞은 뺨을 감싸곤 놀란 눈으로 보는 권운을 보며 설아가 다시 뺨을 때렸다.

참다못한 권운이 몸을 일으키려 했지만, 그마저도 옆에 있던 사내들에게 붙잡혀 시도조차 하지 못했다.

"도대체 소인이 무슨 잘못을 저질렀다고 이러시는 것입니까!"

"감히 네놈 따위가 날 이용하다니!"

"마, 마마?"

"네놈이 날 현혹시켜 사사로이 재물을 취하고 다른 계집들과 난잡하게 몸을 굴린 것을 내가 모를 거라고 생각한 것이냐?"

권운의 눈이 커진 것도 찰나 기괴하게 휘어졌다. 비틀린 미소로 입꼬리를 올리자 피에 물들 붉은 이가 드러났다.

발길질에 엉망으로 망가진 얼굴은 항상 설아가 보아 왔던 고운 외모와는 거리가 멀었다.

저게 권운은 진짜 모습이다.

"무엇이 문제인데 그렇게 화를 내십니까? 황후 마마께서 소인에게 직접 보여 주시지 않았습니까?"

피와 가래가 섞이면서 나오는 소리가 무척이나 끔찍했다. 마주하기도 거슬리고 더러운 사내였지만 한번 말해 보라는 듯이 설아가 내려다보았다.

"제 정인을 사내놈에게 욕보이게 하고는 죽이지 않았습니까? 그러고는 소인에게 자결이라고 하셨지요."

권운의 말에 설아가 숨을 삼켰다. 권운이 알지 못하도록 은밀하게 지시했던 일이었다.

귀족, 그것도 표가의 귀한 딸인 설아가 매달렸지만 평민인 권운은 꿈쩍도 하지 않았다.

권운이 움직이지 않는 이유가 어릴 적부터 함께했었던 정인 때문이라는 것을 알아차린 설아는 주저하지 않았다.

권운을 향한 연모는 진심이었으니까. 설아의 진심을 권운이 보지 못하게 가리는 정인은 그저 걸림돌일 뿐이었다.

"그 대신 내 너에게 그만큼 주지 않았느냐? 너도 내가 주는 재물을 기꺼이 받지 않았느냐?!"

"제 것을 전부 빼앗기고, 평생 사람들 사이에서 숨어 살게 되었는데 그 정도는 가져야 하지 않겠습니까? 하지만 마마께서 넘치도록 주신 그 수많은 재물조차 그다지 가치는 없었습니다."

"권운!"

설아의 고함에 권운이 웃음을 터트렸다. 그 웃음이 즐겁기보다는 절규에 가까웠지만 설아는 그의 상처 따위 보이지도 않았고 이해하고 싶지도 않았다.

"내 연모를 더럽혔으니 넌 이제 필요가 없다."

"잘나신 황후 마마께서는 종이에 떨어진 작은 먹물조차 오점으로 여기는 분이시니까요."

설아가 몸을 돌리자 권운의 옆에 서 있던 사내가 검을 뽑았다. 설아를 비웃으며 조롱하던 권운은 제 목으로 검이 다가오는 순간 무척이나 편안하고 행복한 미소를 지었다.

"이제야 지옥에서 벗어나는구나."

지독한 혈향이 안을 채우자 거북하다는 듯이 설아가 명주 천으로 입과 코를 막았다.

세상의 전부였던 사내는 더는 설아의 머릿속에 남아 있지도 않았다. 그저 이곳에서 벗어나 황궁으로 돌아가고 싶었다.

"문제가 생기지 않도록 은밀하게 처리해야 할 것이다."

"그리하겠습니다."

언제나처럼 설아에게 오점은 남아 있지 않았다. 눈길 한 번 주지 않은 채, 설아가 도망치듯이 밖으로 나갔다.

몸이 완전히 나아지자 환은 굳게 닫아 놓았던 운원궁의 문을 열어 주었다. 공식적으로는 크게 다쳤다가 회복된 후, 황명을 수행하러 밖에 나갔다가 오늘 돌아온 것으로 되어 있었다.

궁녀가 가져온 무복을 입고 자연스럽게 지나다니면 될 터, 어차피 이원에게 관심을 가질 이는 없었다.

"은 호위님. 이걸로 갈아입으세요."

궁녀가 가져온 새 무복을 보던 이원이 미간을 좁혔다. 전체적인 모양은 그녀가 입던 것이 맞았지만, 메꽃 자수가 새겨져 있는 소매에 검은 천이 둘려 있었다.

"무복에 변화가 있다고 하셨습니다. 이 무복으로 입으시고 남쪽의 수련장으로 모이시라는 용호군장님의 말씀이 있었습니다."

말을 끝낸 궁녀가 밖으로 나가고, 이원이 새 무복으로 갈아입었다.

운원궁에 머무는 이들은 함부로 궁 밖으로 나갈 수 없었다. 지금이 아니면 감사하다는 인사조차 하지 못할 터, 이원이 하나씩 감사하다며 인사를 한 후, 오라고 한 수련장으로 향했다.

"은 호위님은 저에게 검을 주시고 오른쪽에 서 계시면 됩니다."

적당히 자리에 있으려 하는 이원에게 내관이 방향을 잡아 주었다. 무슨 일인가 싶으면서도 하라는 대로 서서 보니 소매에 검은 천을 두른 이들과 두르지 않은 이들이 섞여 있었다.

천동윤의 일이 있어서 그런지 평소에 이원에게 시비를 걸던 이들도 지금은 흘낏거리며 쳐다보기만 할 뿐, 가까이 다가오지 않았다.

"황제 폐하께서 납시오."

이원이 들어온 지 얼마 되지 않아 석운과 함께 환이 들어왔다. 환의 눈이 이원을 향했지만 그를 보는 대신 이원은 눈을 바닥에 내리깔았다.

"오늘 모인 것은 시시비비를 가리고 용호군을 재편성하기 위함이다. 이미 모든 조사를 끝냈고, 상황을 명명백백하게 밝혀냈으니 정리를 하고자 한다."

말을 끝낸 환이 석운을 보았다. 검을 빼 든 석운이 정확히 왼쪽에 모인 이들을 향해 겨누었다.

"죄인을 모두 베어라."

말이 끝나기가 무섭게 주변을 에워싸고 있던 이들이 왼쪽에 서 있는 이들을 향해 무기를 휘둘렀다.

뒤늦게 반격을 하려 했지만 들어올 때부터 무기를 반납한 이들이 무기를 휘두르는 상대를 피할 수는 없었다.

"아아악!"

끔찍한 비명이 수련장을 가득 채우고, 그들이 흘린 피가 오른쪽에 서 있는 이들의 발치까지 붉게 적셨다.

순식간에 일어난 일에 놀라 비명조차 삼키는 이들을 향해 환이 무표정하게 눈을 돌렸다.

"짐이 아니라 저를 추천한 귀족에게 충성을 맹세하여 기밀을 전달한 자. 귀족들 사이에서 입을 놀려 이익을 얻은 자. 폐태자 서우명에게 몸을 숙여 다른 기회를 보려 한 자는 전부 죽었다."

"……."

"소매에 검은 천을 두른 자는 용호군 안에서 짐의 검을 수행하던 무흔이다. 본디 숨겨진 검으로 두려 했으나 역도 천동윤의 일로 마음을 바꾸었다. 모두가 짐의 검이라는 것은 똑같으나 무흔은 용호군보다 우위에 두겠다. 단!"

환의 선언이 나오자마자 이원을 포함한 검은 천을 두른 이들에게 다른 사람들의 시선이 꽂혔다.

이번에는 또 무슨 수작인지 알 수 없었지만, 확실한 건 용호군과 무흔 모두에게 환은 너희들의 목숨 따위 간단히 거둘 힘이 있다는 것을 보여 주고 있었다.

놀라서 가쁘게 내쉬던 숨소리가 멈추고, 모두의 시선이 환을 향해 고정되었다.

그들을 내려다보던 환의 입가가 싸늘하게 굳었다.

"그대들은 짐의 검으로 선택되었으니 검답게 처신해라. 잘못된 선택으로 불미스러운 일이 또 일어난다면 저들이 쓰러진 자리에 그대들이 눕게 될 것이다."

겁에 질린 이들을 향해 환의 눈이 하나씩, 하나씩 살기 어린 시선을 보냈다. 그의 눈을 마주친 이들은 몸을 비틀거리거나 다급히 시선을 피했다.

수많은 사람 중 단 하나.

너는 아니라는 것처럼 환은 이원의 눈을 피했다.

폭풍이 밀려드는 것처럼 이원의 상황은 다시 바뀌고 있었다.

*
**

비교적 평온한 나날이었다.

완전히라고는 할 수 없겠지만, 몸 상태도 천천히 나아져 이제는 다시 검을 잡고 휘두를 정도가 되었다.

무슨 의도였는지는 알 수 없었지만 환이 무흔을 드러내 주니 용호군으로 있을 때보다 시비는 많이 줄어 있었다.

"폐하. 은 호위가 도착했습니다."

집무실로 들어간 이원이 보일 듯 말 듯 하게 눈을 파르르 떨었다. 워낙 암살의 위험에 노출되어 있었기에 대체로 집무실에는 두 명의 호위가 들어가 있었다.

하지만 최근 이원은 홀로 집무실에 들어갔다. 다른 호위도 그런지 내관에게 물어봤지만, 누구에게 무슨 명령을 들었는지 그녀의 물음을 피했다.

그렇다고 환에게 물어보는 건 죽어도 하고 싶지 않았다.

"요즘에는 시비가 좀 줄어들었던가?"

"같은 용호군끼리 대립할 일이 무엇이 있겠습니까?"

"얼마 전까지는 제법 있었잖아."

그게 전부 서우환이 이원을 황궁에서 고립시키기 위해 부린 수작질 때문이었다. 뻔히 알고 있으면서도 물어보는 짓거리라니.

뻔히 이원의 감정을 꺼내기 위한 짓거리였기에 화를 내는 대신 고개를 숙이고 제 자리를 지켰다.

이원의 반응에 피식 실소하던 환이 피곤한 듯 눈을 감았다. 그의 행동에 이원의 눈이 잠시 흔들렸던 것도 순간 다시 모르는 척 시선을 돌렸다.

"원아."

하지만 서우환은 이원이 보인 찰나의 반응을 절대 놓치지 않는 이였다.

"부르셨습니까? 폐하."

"나 눈이 아파."

"태의를 불러오겠습니다."

"황명이야. 가까이 와."

환을 노려보는 이원의 눈에는 적의가 한가득이었지만, 정작 당사자는 허허실실 보기 좋은 미소를 지을 뿐이었다. 소리 없이 한숨을 내쉬며 이원이 가까이 오자 환이 자신이 보고 있던 것을 이원에게 내밀었다.

"이것이 무슨 의미입니까?"

"내 대신 봐 봐."

"소인이 봐서 알 내용도 아니고 볼 자격도 없습니다. 폐하."

"그건 봐야 아는 거고."

"……."

"당장 무언가를 결정하라는 건 아니니까 한번 읽어 봐."

예전에 이원의 약을 올렸었던 그때처럼 환은 얄미운 미소로 이원이 해서는 안 되는 일을 해 보라며 재촉했다.

일개 황제의 호위가 황제만이 볼 수 있는 문서를 본다니, 대신들이 알면 뒤집어질 일이었지만 어차피 보라 했으니 볼 뿐이었다.

'음?'

환이 보라고 한 문서에는 하원의 주요 도시와 도시 주변에 만들어진 길의 상태, 정비에 소요될 금액과 필요한 자원이 수량이 자세히 적혀 있었다.

문서를 보기 전 느꼈던 짜증은 어느새 사라져 있었다. 환이 그녀를 어떻게 쳐다보고 있는지도 느끼지 못한 채 이원이 이해가 안 되는 부분은 몇 번이고 다시 읽었다.

"어때?"

"많은 이들이 반대할 것입니다."

"대신 길이 정비된다면 좁은 길에 숨어 있는 화적떼의 피해를 줄일 수도 있을 거고, 평민들도 직접 다른 도시와 교류할 수 있을 테니 전보다도 돈이 돌겠지."

하원의 길은 수도로 가는 적군의 발을 묶어 놓는다는 명목으로 전혀 정비가 되어 있지 않았다.

좁고 구불구불한 길은 화적떼가 몸을 숨기기에 좋은 조건이었고, 그렇기에 다른 도시와 물자를 교류할 수 있는 건 힘을 가진 귀족들이었다.

"막대한 금액과 자원이 들겠지만, 무엇보다도 인력을 확보하는 게 가장 어렵습니다. 곧 날이 풀리고 농번기가 옵니다. 농번기에 이런 일은 큰 부담입니다. 다만 그 문제만 해결된다면 길을 정비하는 건 귀족 외의 이들에게 많은 기회를 줄 것입니다."

"하원은 중앙귀족이 너무 많은 것을 독점하고 있지. 물자는 이번에 멸문한 귀족들에서 빼앗았고, 자금은 또 어디서 구할 테니 또 어떻게 되겠지…… 흐으응."

환에게서 들리는 불길한 소리에 뒤늦게 문서에서 환을 향해 눈을 돌렸다. 그가 준 문서를 보며 이리저리 생각하느라 그와의 대화에 자신도 모르게 적극적으로 말했다는 것을 뒤늦게 깨달았다.

환의 입가에 생기는 진한 미소를 보자마자 이원이 가지고 있던 문서를 내려놓았다.

"소인은 이만."

482

"나 눈이 아파. 원아."

어쩌라고. 이 인간아.

목 끝까지 치미는 욕지거리를 이원이 침을 삼키며 꾹꾹 눌러 담았다.

화를 내도 안 통하고, 거절해도 듣지를 않는다. 차라리 안 보면 좋겠건만, 서우환에게 눈치는 숨 쉬는 것과 똑같아서 몰라줬으면 하는 것도 기가 막히게 찾아 꼬투리를 잡았다.

"폐하. 야참을 대령했사옵니다."

내관의 말에 이원이 서둘러 제자리로 돌아왔다. 문이 열리고, 어린 궁녀가 작은 상에 차와 밀과를 가지고 들어왔다.

궁녀가 나간 후, 밀과와 차를 보던 환이 이원을 다시 쳐다보았다.

도대체 이번에는 또 왜 쳐다보는 것인가!

"무슨 일이십니까?"

"야참에 기미가 안 되어 있네."

이건 또 무슨 기가 막힌 말일까? 야참이 들어가기 전에 기미를 한다는 건 이원도 충분히 알고 있었다.

"다시 기미해."

이제는 반항할 기력도 없었다. 소반에 있는 밀과와 차를 조금씩 입에 넣었다. 독은커녕 맛만 좋았다.

"드셔도 됩니다."

"그렇게 찔끔 먹어서 무슨 기미가 돼?"

"네?"

"전체를 전부 먹어야지."

"폐하."

"세상 무서운 곳이라 믿을 수가 없네. 다시 기미해 봐."

속이 부글부글 끓고 이제는 이런 식으로 괴롭히냐며 목 끝까지 욕이 치밀었지만 꾹 억누르며 밀과를 하나 들어 입에 넣었다.

애초에 독이라고는 전혀 없는 밀과 하나를 전부 먹는다고 중독될 일도 없었다.

정말 괜찮으니 제발 좀 먹으라는 눈치를 보냈건만, 저 세상 얄미운 환은 다른 밀과도 가리켰다.

"저것도 먹어 봐."

"폐하. 안심하고 드셔도 됩니다."

"이쪽 밀과에 없는 독이 저쪽 밀과에 있을 수 있잖아."

"……."

"황명."

황명이라는 단어가 나오기 전에 서우환의 입을 막아 버렸어야 했다. 결국 그 옆의 밀과도 들어 입에 넣었다.

"목 막힐 수 있으니까 차도 다시 기미해."

따뜻한 차를 잔에 담은 환이 손수 이원의 앞에 내려놓았다. 이원이 밀과와 차를 전부 먹을 때까지 끊임없이 기미와 황명을 찾던 환이 배불러하는 이원을 보며 활짝 미소 지었다.

"독은 없네. 다행이다."

싱글벙글 웃는 그를 보며 이원은 처음으로 진짜 죽여 버리고 싶다는 충동을 느꼈다.

*
**

환의 배려로 몸을 완전히 회복한 설아가 황궁을 걷고 있었다.

몸은 쉽게 나아졌지만, 마음의 고통은 설아를 오랫동안 괴롭혔다.

진심으로 사랑했고, 최선을 다했지만 권운은 그녀를 배신했다. 그가 속삭였던 모든 말이, 행동이 전부 거짓이었다는 것을 깨달으니 좋은 기억은 사라지고 구역질만 치솟았다.

"승상께서 폐태자 서우명과 은밀히 만나셨다고 합니다."

김 상궁이 속삭이는 말에 설아의 걸음이 멈추었다. 언제나 해준은 여러 갈래의 길을 만들어 놓았었다. 죽어 가는 서우환을 살려 권좌에 세운 것도 해준이 만든 길 중 하나였다.

"어찌 폐태자를 그냥 보내셨단 말인가!"

"대화가 길지 않아 내용을 알아내지는 못했습니다만 명을 붙잡으려는 병사를 승상께서 막으셨다고 합니다."

해준은 자신만이 전부 알고 있다고 생각했지만, 그의 행동을 설아 또한 살피고 있었다.

그녀의 의지 없이 끌려다니는 건 어렸을 때만으로도 충분했다.

"그이에게 돈을 더 쥐여 줘라. 또 그런 일이 있다면 무슨 수단을 써서라도 어떤 대화를 하는지 알아오라고 해."

"그러겠습니다."

"혼자 걷고 싶다. 떨어져서 따라오라."

멀리 떨어진 이들을 보던 설아가 홀로 길을 걸었다. 평온한 길이었지만 설아의 걸음은 무척이나 무거웠다.

도려낼 수만 있다면 권운과의 기억 따위 완전히 없애 버리고 싶었지만 그럴 수 없다는 사실이 설아를 고통스럽게 했다.

"왜 굳이 이 길로 가십니까? 이곳은 폐하께서 다니실 만한 길이 아닙니다."

"짐이 가면 그게 짐의 길이지."

멀지 않은 곳에서 들리는 목소리에 설아의 걸음이 그쪽으로 향했다. 멀지 않은 곳에 이원과 환이 나란히 걷고 있었다.

저런 미소를 지을 줄 아는 사내였던가?

연신 즐거운 미소로 걸어가는 환과는 달리 이원의 얼굴을 딱딱하게 굳어 있었다.

"그럼 앞서가십시오. 소인이 뒤따르겠습니다."

"네가 앞서가는 길을 짐이 나중에 뒤따른 것인데, 어찌 짐이 널 밀어내고 앞서가겠느냐? 짐을 그리 경우 없고 무례한 사람으로 만들려는 것이냐?"

"그런 것이 아니라…… 소인이 그런 망극한 생각을!"

굳어 있던 표정이 새빨갛게 달아오르자 환이 웃으며 이원의 머리카락을 거칠게 휘저었다.

갑작스러운 공격에 머리가 엉망이 된 이원이 노려보자 언제 그랬냐는 듯이 헝클어진 머리카락을 정리해 주며 눈치를 보았다.

"아……."

연모를 속삭일 때조차 권운은 저러지 않았다. 도리어 그는 설아에게 재물을 요구하며 거리를 두었다. 그럼에도 연모했기에, 전부를 줘도 아깝지 않았기에 설아가 먼저 다가갔었다.

설아도 저런 연모를 받고 싶었다. 자신이 주지 않아도 아낌없이 주는 사내의 연모를 받으며 행복하고 싶었다.

너무 힘든 그녀에게도 기댈 사람이 필요했다.

"내가 눈이 멀었었네."

그녀가 원하는 연모는 가까운 곳에 있었다. 딱딱하게 굳은 이원이 신경 쓰이는지 미소를 지은 환이 조심스러우면서도 자연스럽게 다가갔다.

무슨 말을 했는지 화가 단단히 나 있던 이원의 표정이 어느새 바뀌어 있었다.

투박한 호위복에 검 한 자루만 든 초라한 모습인데도 환과 있는 것만으로도 반짝반짝 빛나 보였다.

누가 봐도 환의 일방적인 감정이었지만 둘은 전혀 어색하지 않았다.

"황후 마마. 무슨 일이라도?"

"아니다. 혜완궁으로 돌아가자."

말은 그렇게 했으면서도 설아의 눈이 향하는 곳에 있는 사람은 환이었다.

*
**

말에서 내린 이원이 오르막길을 천천히 걸어 올라갔다.

승명사는 황궁에서 북쪽으로 말을 타고 두 시진을 간 후, 반시진을 걸어가야 나오는 고즈넉한 절이었다. 환이 권좌가 오른 후, 이호는 내내 이곳에서 머물면서 치료받고 있었다.

처음 이호를 만나러 다녀와도 된다는 허락에 이원은 사람을 또 흔들려는 수작질이냐며 화를 냈었다.

'저지른 게 많으니 만회하려면 노력해야지. 혼자 보내 줄 테니까 갔다 와.'

그렇게 승명사를 간 지도 벌써 세 번째, 이제는 보고를 하지 않아도 한 달에 한 번은 이호를 보러 갈 수 있었다.

처음 했었던 걱정과는 다르게 갈 때마다 나아지는 동생을 보니 환에게 가졌던 의심은 많이 사라져 있었다.

"은 호위님 오셨습니까?"

승명사의 어린 스님이 이원을 보자마자 합장을 했다. 스님의 인사에 이원이 같이 몸을 숙였다.

"그동안 잘 지내셨습니까?"

"저희야 별일 없었습니다. 일이 있으셔서 뒤따라오신 것입니까? 도련님께서는 폐하와 함께 계십니다."

"네?"

무슨 말인지 알지도 못한 채, 어린 스님을 따라 걸음을 옮겼다. 멀지 않은 곳에서 들리는 웃음소리에 이원의 눈이 커졌다.

단 한 번도 이원은 이호가 저리 즐거워하며 크게 웃음을 터트리는 것을 들어 본 적이 없었다.

"그럼 소승은 이만 가 보겠습니다."

그에게 적당히 인사를 한 이원이 소리에 가까이 다가갔다. 낯선 웃음소리만큼이나 처음 보는 광경이 보였다.

이마에 땀을 흘리며 이호가 뛰고 있었다. 빠른 뜀박질은 아니었지만 서 있는 것도 힘들어하던 동생이 환의 발에 있는 공을 빼앗으려 뛰고 있었다.

그리고 그의 앞에서 의관의 복장을 한 환이 발을 놀리고 있었다.

"이……."

이호를 부르려는 이원을 말리듯이 환이 그녀를 쳐다보았다. 이

488

원의 말문이 막히자 환이 발을 놀려 이호의 공격을 교묘히 피했다.

"발끝으로만 찬다고 생각하면 안 돼. 발등도 써야 하고 발의 안쪽도 이용해야지."

입술을 꾹 다문 이호가 어설프게 발의 안쪽을 이용하려 하자 모르는 척 발을 느리게 움직였다. 그 짧은 틈을 놓치지 않은 이호가 발등으로 공을 차올렸다.

"어?"

"차, 찼다!"

당황하는 환을 보며 이호가 다시 크게 웃음을 터트렸다. 땀이 맺혀 젖은 머리카락을 환이 개의치 않으며 머리카락을 휘저었다.

헝클어진 머리카락으로 가쁜 숨을 내쉬는 이호의 얼굴에 깃든 생기가 낯설면서도 떨렸다.

"누님!"

뒤늦게 이원을 발견한 이호가 그녀에게 달려왔다. 꿈같은 모습에 눈이 흐려진 이원이 다급히 감정을 가라앉혔다.

제 앞까지 뛰어온 이호의 이마의 땀을 닦아 주며 이원이 동생의 몸을 차근차근 살폈다.

"힘들거나 아픈 것은 아니냐?"

"숨이 좀 가쁘지만 재미있습니다!"

명은 이호의 인사를 받는 것도 꺼리며 제대로 된 대우조차 하지 않았었다. 그랬던 동생이 환에게는 먼저 스스럼없이 다가가고 있었다.

이호가 저리 건강한 모습으로 뛰는 건 처음이었다.

지금까지 환이 했었던 수작질도, 힘들게 했었던 과거도 지금은 기억조차 나지 않았다.

제 동생에게 새로운 길을 보여 준 환에게 이원이 진심을 담아 인사했다.

*
**

환이 내려간 후, 이호와 함께 절 주변을 걸었다. 지난달보다도 나아진 이호는 힘들어하면서도 조금 더 걸으려 했다.

"이제는 쉬는 게 좋지 않겠느냐?"

"아직 걸을 만합니다. 그런데 누님. 제가 말씀드릴 건 아니라고 생각합니다만 그래도 여쭤보고 싶은 것이 있습니다."

"음?"

"의관님과 개인적으로 친분이 있으십니까?"

"콜록콜록."

갑자기 훅 들어오는 질문에 사레가 걸린 이원이 기침을 토해 냈다. 한참을 기침하던 이원이 간신히 진정하고는 그럴 리가 없다며 고개를 저었다.

"무엇을 봤는지는 모르지만 그런 건 아니란다."

"아…… 제가 잘못 알았나 봅니다. 실은…… 아닙니다."

"무슨 말을 하려다가 마는 것이냐? 괜찮으니 편하게 해 보거라."

"그것이…… 지난번에 우연히 의관님과 대화를 하시는 누님을 보았습니다. 누님은 그대로셨지만, 의관님은 다른 사람과 대화할 때와 조금은 다르셨거든요. 그리고 제 욕심일지 모르겠지만 누님과 의관님이 잘 어울린다고 생각했습니다."

과거에는 잠시 꾸었던 꿈이지만 이제는 그 꿈조차 꾸지 않았다.

모든 것을 외면하더라도 환과 그녀의 거리는 너무나도 멀었다. 몇 번이고 지우고 지웠지만, 아직도 환은 그녀의 마음속 깊게 남아 있었다.

하지만 그것뿐, 더는 환과 무언가를 같이하고 싶다는 욕심은 없었다.

"제가 누님께 든든한 동생이 되면 좋겠지만, 그러지 못했기에 항상 걱정이 많았습니다. 저의 섣부른 판단이었지만, 실은 의관님 같은 분을 만나 서로 의지하시며 사시는 것도 좋을 것 같았습니다. 물론 꼭 의관님을 만나시라는 건 아니지만…… 제가 만난 분 중에 가장 의지가 되어서 그런지 자꾸 의관님 이야기를 꺼냅니다."

얼굴이 새빨개진 채로 이호가 고개를 숙였다.

어리게만 느껴졌던 동생이 건강을 되찾고 그녀의 걱정까지 해주다니. 처음으로 이원은 제가 선택한 삶이 그렇게 나쁘지는 않았다는 생각이 들었다.

하루하루가 힘들고 지쳤던 삶에서 오늘만큼은 기억에 오래 남을 것 같았다.

"이곳에서 지낼 만하니?"

"예. 편하게 지내고 있습니다. 곧 건강해져서 누님께 도움이 되고 싶습니다. 요즘에는 왠지 그럴 수 있을 것 같다는 확신이 듭니다."

당찬 이호의 말에 이원의 눈이 젖어 들었다. 이원의 떨리는 손이 이호의 손을 감쌌다.

굳은살로 거친 자신과는 다르게 하얗고 가는 손.

하지만 그녀가 스스럼없이 붙잡을 수 있는 유일한 손이었다.

"다행이다. 진짜 다행이야."

이호만 건강해진다면 이원은 더는 바라는 것이 없었다.

진심으로 그녀에게 남은 진짜 바람은 이호의 건강뿐이었다.

**

이호와 헤어지고 내려오니 옷을 갈아입은 환이 이원이 지나가는 자리에 서 있었다. 그에게 가까이 다가간 이원이 환에게 몸을 숙였다.

"감사합니다. 폐하."

"수작질이야."

"알고 있습니다. 그래도 동생이 저리 건강해질 거라고는 기대조차 하지 않았었습니다."

"완치는 어렵겠지만 어떻게 관리하느냐에 따라서 달라지는 지병이라고 하더군. 점점 나아질 거야."

이원의 눈이 커진 것도 잠시 곧이어 부드럽게 휘었다. 오랜만에 보는 것 같은 미소에 환의 심장이 천천히 달음박질을 쳤다.

활짝 핀 미소는 아니었지만 진심으로 모처럼 예전의 미소가 겹쳐 보였다. 아직 이원에게는 가까이 다가오지 말라는 선이 느껴졌지만 그래도 조금이나마 충동적인 욕심이 생겼다.

"고마우면 내 수작질에 조금만 동조해 줘."

"네?"

"이름 불러 줘."

환의 요구에 이원의 말문이 다시 막혔다.

황궁의 태의와 의관을 전부 동원해서 은이호의 병을 치료하게 하고, 종종 이호에게 얼굴을 보여 주며 친분을 쌓은 건 전부 이원이 깊고 두껍게 만든 선을 지우기 위함이었다.

시간이 필요하다는 건 알았지만 불안과 초조가 불쑥 생기는 건 어쩔 수 없었다.

모르는 척 환이 뒷걸음질 치며 발을 헛디뎠다. 환이 비틀거리자 당황한 이원이 손을 뻗었다.

"환!"

이원이 환을 붙잡는 순간, 휘청거리던 그가 언제 그랬느냐는 듯이 중심을 잡았다. 환의 입가에 새겨져 있는 미소를 마주하는 순간 이원이 미간이 딱딱하게 굳었다.

또 속았다.

"잡아 줘서 고마워."

이 인간은 언제나 사람을 이렇게 약 올리면서 원하는 것을 얻어 냈다.

이호의 일에 잠깐이나마 방심했더니만 그 틈을 환은 놓치지 않았다. 붙잡고 있던 환의 팔을 놓은 이원이 그를 지나쳐 성큼성큼 걸어갔다.

그녀의 분노와는 상관없이 옆으로 따라온 환이 싱글벙글 미소 지었다.

"생각해 보면 꽤 재미있었을 것 같아."

"또 무슨 말씀을 하시려는 것입니까?"

"내 어머니가 살아 있고, 너와 내가 했었던 약조가 이루어졌다면 말이야.”

언제 걸음을 멈추었는지도 알 수 없었다. 놀란 눈으로 바라보니 난감한 듯 환이 뺨을 손가락으로 긁었다.

정 상궁과 환이, 이호와 이원이 서로의 족쇄에서 나와 함께 살기로 했었던 약조.

이원은 하고 싶었던 의원 일을 하며, 사는 게 쉽지는 않아도 이겨 내면서 평생을 같이하자고 했었던 약조를 환은 잊지 않고 있었다.

더는 이룰 수 없는 꿈이었지만, 만약 그렇게 되었다면 지금과는 다른 눈으로 서로를 마주 보았을 것이었다.

“황궁으로 돌아가자.”

“함께하자는 약조를 한 후 헤어졌었던 그날, 환이 선물해 줬었던 검이 사라졌습니다. 아무리 찾아도 나오지 않았어요.”

“……..”

“누구에게도 물어보지 못한 채 내내 방과 저택을 뒤졌었습니다. 한참이 지난 다음에나 아버지와 명을 피해 환이 사라졌다고만 생각했습니다. 어떻게든 버티다가 보면, 그렇게 기다리다 보면 환이 돌아올 거라고 생각하며 기다렸습니다.”

마주한 환을 보며 이원이 숨을 삼켰다. 이런다고 달라지는 것은 없었지만 그래도 한 번은 꼭 이야기하고 싶었다.

“전 한 번도 환을 배신한 적이 없습니다.”

“……..”

“모시겠습니다. 폐하. 앞장서십시오.”

환의 눈을 피하듯 이원이 몸을 숙였다.

언제나 넉살 좋게 이원에게 먼저 다가갔지만 지금은 왠지 그녀를 보기가 쉽지 않았다.

어렴풋이 자신이 오해하고 있었다는 생각은 들고 있었다. 막연한 생각은 이원의 고백에 티끌이나마 남아 있던 의심조차 사라지게 했다. 결국 환은 물론이고 이원조차 명과 건명에게 이용당했을 뿐이었다.

"돌아가자."

환이 앞장서자 이원이 뒤따랐다.

잠깐이나마 평온한 시기였다. 마주 보며 함께하지는 않았지만 그럼에도 잠시나마 황제와 신하로 같은 곳을 보고 있었다.

그저 이대로만이라도 지켜지기를 바랐던 평온은.

승명사에 자객이 들고 이호가 사라지는 것으로 깨졌다.

**

얼마 전 천천히 올라갔었던 오르막길을 이원이 전력으로 달렸다.

불어오는 바람에 피 냄새가 맡아졌다. 속도를 줄이지 않는 채로 검을 뽑은 이원이 반쯤 열린 승명사로 뛰어 들어갔다.

"이호야!"

목숨을 잃은 스님과 황병의 시신이 바닥에 널브러져 있었다. 시신의 얼굴을 확인하며 움직이는 이원의 걸음이 거의 느껴지지 않았다.

두 개의 문을 지나 이호가 머물던 절로 들어간 이원의 걸음이 그 자리에서 멈추었다.

누가 누구인지도 알 수 없을 정도로 쌓여 있는 시신들. 절과 바닥에 흥건하게 고여 있는 피웅덩이.

그 참상의 가운데 호위들에게 둘러싸여 있는 유수가 이원을 보며 환한 미소를 지었다.

"오랜만이구나."

- 다음 권에서 계속